DIE TOCHTER DES UHRMACHERS

GLASS & STEELE 1

C.J. ARCHER

Übersetzt von
SIMONE HELLER

WWW.CJARCHER.COM

Die Tochter des Uhrmachers, Glass & Steele 1

Originaltitel: The Watchmaker's Daughter © 2016 C.J. Archer

Copyright für die deutsche Übersetzung: Die Tochter des Uhrmachers, Glass & Steele 1 © 2020 Simone Heller

Lektorat: Hannah Brosch

Deutsche Erstausgabe

KAPITEL 1

LONDON, FRÜHJAHR 1890

*E*s gab etliche Gründe, warum ich mich in Eddie Hardacre verliebt hatte. Aber als ich sah, wie ein Maler die letzten Striche des Schriftzugs "E. HARDACRE, UHRMACHER" auf eine Ladenfront pinselte, die über hundert Jahre lang im Besitz meiner Familie gewesen war, wollte mir kein einziger einfallen. Mein ehemaliger Verlobter war schlimmer als ein Pirat. Piraten waren zumindest ihrer Mannschaft treu. Für Eddie war Treue ein Unterpfand, das er dann einsetzte, wenn er es auf jemanden abgesehen hatte, dessen Vertrauen er gewinnen wollte. Jemanden wie meinen armen, törichten, verstorbenen Vater. Und mich.

Es war an der Zeit, Eddie zu sagen, was ich von ihm hielt. Ich hatte meine Wut lange genug unter Verschluss gehalten, und wenn ich ihr nicht Luft machte, würde ich mich nie wieder erholen. Außerdem war es der perfekte Zeitpunkt, denn gerade nahm ein Kunde eine von Vaters Uhren in Augenschein. Eddie verabscheute öffentliche Gefühlsausbrüche.

Ich würde ihm den öffentlichsten Gefühlsausbruch auftischen, den ich zustande brachte.

Ich zupfte am Revers meiner Jacke, nahm schwungvoll die Schultern zurück und marschierte an der glänzend schwarzen Kutsche des Gentlemans vorbei in den Laden, der hätte mir gehören sollen.

1

Weiter als bis zum Eingang kam ich nicht. Die Vertrautheit aller Dinge um mich herum zerrte an meinem Herzen. Der schwere Geruch nach poliertem Holz, in den sich unterschwellig eine metallische Schärfe mischte. Das endlose Ticken, das so viele Kunden nach nur wenigen Minuten im Laden in den Wahnsinn trieb, ließ eine Woge aus Erinnerungen aufwallen. Zusammen in einem Raum klangen die unterschiedlichen Rhythmen chaotisch, aber mir versicherten sie, dass alles gut werden würde, dass ich nach Hause gekommen war. Es waren zwei Wochen vergangen, seit ich ihre Melodie zum letzten Mal gehört hatte. Zwei Wochen, seit ich den Laden betreten hatte. Zwei Wochen seit Vaters Tod.

Es war an der Zeit.

Im Inneren hatte sich nichts verändert. Hinten befand sich der Verkaufstresen, glatt und glänzend wie immer. Die Tür zur Werkstatt dahinter war geschlossen. Ich kannte jede Uhr, die an den Wänden hing oder auf den Tischen stand, und alle Schauvitrinen aus Glas schienen mit denselben Uhren gefüllt zu sein wie zuvor, von der billigen deckellosen Variante bis hin zu jenen mit aufwändig verzierten Silbergehäusen mit Sprungdeckeln. Sogar Vaters antike Musivgold-Schildpatt-Uhr tickte noch in ihrem einzigartigen Rhythmus vor sich hin, doch niemand hatte sich die Mühe gemacht, sie zu stellen. Sie ging drei Minuten nach.

„Ich bin gleich bei Ihnen", sagte Eddie, ohne von der Uhr aufzuschauen, die er dem Gentleman zeigte. Was für eine armselige Betreuung! Man sollte zu jedem Kunden Blickkontakt herstellen. Ein warmes Lächeln und ein freundlicher Gruß waren auch nie verkehrt.

Ich war jedoch froh, dass er mich nicht gleich gesehen hatte. „Entschuldigen Sie, Sir." Ich wandte mich an den dunklen Hinterkopf des Kunden. Er drehte sich nicht um, aber davon ließ ich mich nicht beirren. „Entschuldigen Sie, Sir, aber wenn Sie ihr Geld nicht einem Lügner und Betrüger überantworten wollen, sollten Sie von diesem Mann nichts kaufen."

Eddie sah auf und schnappte nach Luft. Alle Farbe wich aus seinem Gesicht. „India!" Er vertröstete seinen Kunden mit einem hastig gestotterten „Entschuldigen Sie" und kam um den Tresen herum. Den Arm hielt er ausgestreckt, um mich durch die Tür zu schieben, und die Farbe schwappte so schnell zurück in sein Gesicht, wie sie daraus gewichen war. „Wie nett von dir, mich hier zu besuchen, aber wie du siehst, bin ich recht beschäftigt. Ich werde dir später einen Besuch abstatten, meine Liebe."

Ich duckte mich unter seinem Arm hindurch, drehte mich, um ihn im Blick zu behalten, und ging rückwärts Richtung Tresen. Ich wollte sehen, wie Eddie puterrot wurde, während ich seinen Kunden über sein verabscheuenswürdiges Verhalten aufklärte. „Ich bin nicht mehr deine *Liebe*, und ich kann nicht glauben, dass ich das je sein wollte." Ich hatte ihn einmal für ansehnlich gehalten, mit seinen blonden Locken und blauen Augen, und ich hatte mich für einen Glückspilz gehalten, dass er mich als seine Braut auserwählt hatte. Meine Dankbarkeit war vor zwei Wochen zerschmettert worden, zusammen mit meiner Zukunft. Inzwischen hielt ich ihn für einen der hässlichsten Männer, die mir je begegnet waren.

„India!" Er sprang auf mich zu, aber ich war darauf vorbereitet und trat hinter den Tisch, auf dem die Sammlung kleiner Kaminuhren stand. „Komm sofort her." Als ich das nicht tat, stampfte er mit dem Fuß auf wie ein verzogenes Kind, dem nicht alle nach der Pfeife tanzten.

Ich lächelte ihn mit zusammengekniffenen Lippen an. „Wenn du willst, dass ich gehe, musst du mich erst mal erwischen."

Er schaute an mir vorbei auf den Gentleman, den mein schockierendes Verhalten wohl außerordentlich verblüffte. Mir war gleich, was er dachte. Ich war immer als die ordentliche, anständige Tochter von Elliot Steele bekannt gewesen, aber die jüngsten Ereignisse hatten mich verändert. Sollten die verstaubten alten Männer doch an der Gildentafel über mich schwätzen. Es spielte keine Rolle mehr, denn ich war nicht mehr durch Vater oder den Laden mit der Gilde verbunden.

Eddie hechtete plötzlich nach links. Ich wich aus und bewegte mich weiter um den Tisch. Er knurrte verärgert.

Ich lachte und kam langsam näher, forderte ihn heraus, es nochmals zu versuchen. Ein Teil von mir wollte, dass er mich erwischte, damit ich ihn zwingen konnte, sich vor einem Kunden als der herrische Grobian aufzuführen, als den ich ihn kannte.

„Du machst eine Szene", zischte Eddie.

„Gut."

Er leckte sich über die Lippen, und sein Blick huschte zurück zu dem Gentleman hinter mir. Er räusperte sich und straffte die Schultern, versuchte zu wirken, als hätte er alles im Griff. „Komm schon, India, sei ein braves Mädchen und lass diesen Gentleman in Ruhe. Er will kein Zeuge deiner Hysterie werden."

„Ich bin etwas alt, um als Mädchen durchzugehen, Eddie, meinst du nicht?"

„Durchaus", sagte er mit schnarrender Stimme. „Siebenundzwanzig ist auf jeden Fall jenseits der Blüte der Jugend."

Er hätte auch gleich kundtun können, dass ich zu alt zum Heiraten war. Ich war überrascht, dass er das nicht als Ausrede angebracht hatte, um unsere Verlobung zu beenden, doch er hatte mein Alter gekannt, bevor er mir den Antrag gemacht hatte. „Und ich bin auch nicht hysterisch", fügte ich an.

Eddie lächelte. Es war pure, verdrehte Grausamkeit. Ich stellte mich auf seine nächsten Worte ein. „India und ich waren einmal verlobt", sagte er zu dem Gentleman, der hinter mir keinen Ton von sich gegeben hatte. „Nun ja, ihre recht versponnene und unverblümte Art wurde erst nach unserer Verlobung offenkundig. Ich sollte wohl dankbar sein, dass sie ihr wahres Selbst nicht verborgen hat, bis es zu spät war." Sein Lachen war so schal wie sein blassblauer Blick. „Ich musste unsere Verlobung auflösen, da die Gefahr bestand, dass unsere Kinder darunter zu leiden hätten."

„Du hast unsere Verlobung aufgelöst, weil du bekommen hast, was du wolltest, und das war nicht ich. Es war Vaters Laden."

Ich hörte durch das Hämmern des Blutes zwischen meinen Ohren gerade noch, wie sich der Gentleman hinter mir räusperte. Eddie hatte es wohl auch vernommen, und er riss sich zusammen. Er leckte sich noch einmal die Lippen, eine Angewohnheit, die ich inzwischen verabscheute.

„Sir, ich bitte um Verzeihung." Eddie nickte mit dem Kopf, als würde er den kleinen mechanischen Vogel nachahmen, der zum Stundenschlag aus Kuckucksuhren kam. Er wirkte so lächerlich wie armselig. „India", fuhr er mich an. „Raus! Jetzt!"

Ich stemmte eine Hand in die Hüfte, lächelte und wirbelte herum, um den Gentleman anzusprechen und eine noch größere Szene zu machen. Dort stand ein stark gebräunter Mann mit dunkelbraunen Augen, hervortretenden Wangenknochen und dichten Wimpern. Wenn er nicht so finster dreingeblickt hätte, und wenn um seinen Mund und die Augen nicht die Anzeichen der Erschöpfung erkennbar gewesen wären, hätte er gut ausgesehen. Er war alles, was Eddie nicht war – hochgewachsen, dunkel und breitschultrig. Er trug einen gut geschnittenen schwarzen Anzug, der seinem beeindruckenden Körperbau gerecht wurde, einen Zylinder und eine graue Seidenkrawatte. Obwohl seine Kleidung eindeutig in Richtung Gentleman wies, stand seine Haltung dem entgegen. Er lehnte mit einem Ellbogen auf dem Tresen, als wäre er angetrunken und müsse sich stützen. Ein Gentleman hätte sich bei Anwesenheit einer Frau aufgerichtet, aber dieser Mann nicht. Vielleicht war er kein Engländer. Darauf ließ auch die tiefe Bräune schließen.

Ich brauchte einen Augenblick, um mich zu erinnern, was ich hatte sagen wollen, und in diesem Augenblick kam er mir zuvor. „Ich habe mit Mr. Hardacre Geschäftliches zu erledigen", sagte er mit einem gebrochenen englischen Oberschichtakzent. Er war durchaus vornehm, aber die Schärfe war ihm abhandengekommen und durch eine leicht schleppende Aussprache ersetzt. „Bitte nehmen Sie Ihren Streit mit hinaus, wenn Sie gehen." Er streckte eine Hand aus und zeigte mir die Tür.

Plötzlich fiel mir wieder ein, was ich hatte sagen wollen. „Mr. Hardacre ist ein Lügner und ein Schuft."

Eddie gab ein ersticktes Geräusch von sich.

„Das haben Sie bereits dargelegt", sagte der Kunde. Er klang gelangweilt, doch das konnte auch an seinem Akzent liegen.

„Ist das ein Mann, dem Sie ihre Geschäfte anvertrauen möchten?", drängte ich weiter.

„Zum gegenwärtigen Zeitpunkt ja."

Eddie kicherte. Meine Hand glitt von der Hüfte und ballte sich an meiner Seite zur Faust. Ich schluckte die Hoffnungslosigkeit hinunter, die mich zu überwältigen drohte. Mein Plan, Eddie zu diskreditieren, löste sich vor meinen Augen rasch in Luft auf.

„Dann helfen und begünstigen Sie einen Mann mit der Moral einer

Ratte. Ihm ist es egal, wen er ruiniert, um zu bekommen, was er will, solange er es am Ende bekommt – was immer dazu nötig ist." Ich hörte, wie armselig und verzweifelt ich klang, doch ich konnte nicht verhindern, dass die Worte aus mir hervorsprudelten. Ich war es leid, sie für mich zu behalten, zu lächeln und zu Bekannten zu sagen, dass es mir gutging. Mir ging es nicht gut. Ich *war* armselig und verzweifelt. Ich hatte keine Anstellung, kein Geld und kein Zuhause. Ich hatte innerhalb weniger Tage meinen Verlobten und meinen Vater verloren, obwohl ich, wie sich gezeigt hatte, nie wirklich einen Verlobten besessen hatte. Unsere Verlobung war eine Finte gewesen, damit Vater Eddie den Laden überschrieb.

„Ich bedaure das sehr, Miss", sagte der Gentleman und klang ehrlich mitfühlend.

„Gewiss tun Sie das jetzt. Eddie ist nicht besser als der Schlamm an Ihren Stiefeln."

Er seufzte, und die winzigen Fältchen in seinen Augenwinkeln vertieften sich. „Nein, ich meine, dass ich bedaure, was ich gleich tue."

Zwei Schritte brachten ihn zu mir, und ich konnte seine beeindruckende Größe und seinen Körperbau bewundern. Aber nicht lange. Zwei große Hände legten sich um meine Taille, hoben mich hoch und warfen mich über jene muskulösen Schultern, die ich bewundert hatte.

„Was machen Sie da?", rief ich. „Das ist empörend! Lassen Sie mich sofort runter!"

Das tat er nicht. Einen Arm fest über der Rückseite meiner Oberschenkel, marschierte er durch die Tür, als wäre ich nur ein Sack Mehl. Mir stieg das Blut in den Kopf. Mein Hut hing an den Nadeln. Ich schlug mit den Fäusten auf seinen Rücken ein, aber das zeigte keine Wirkung. Ich war völlig hilflos, und es gefiel mir gar nicht, nicht das geringste bisschen.

Hinter mir brüllte Eddie vor Lachen. Ich spürte, wie sich die Muskeln des Gentlemans anspannten, und hörte, wie er scharf Luft holte. Er wurde jedoch nicht langsamer, sondern schob einfach die Tür auf und stellte mich auf dem Bürgersteig ab. Ich stolperte, und er fasste mich an den Schultern, bis ich mein Gleichgewicht wieder gefunden hatte, dann ließ er mich gehen.

„Ich entschuldige mich, Miss", sagte er mit einem knappen Nicken. „Aber Ihr Gespräch nahm zu viel Zeit in Anspruch, und ich bin ein vielbeschäftigter Mann."

Ich zog meinen Hut gerade und richtete den Rücken auf, wobei ich an Würde zusammenkratzte, was mir möglich war. Es war nicht leicht bei all den Ladenbesitzern und ihren Kunden, die durch die Türen und Fenster starrten, um zu sehen, was los war. „Das ist mir gleich!" Zu meinem Entsetzen brach meine Stimme. Ich wollte *nicht* weinen. Nicht mehr. Ich hatte wegen Eddie und allem, was ich verloren hatte, schon genug Tränen vergossen. „Es ist mir egal, wenn Sie meinetwegen zu spät zu einer Verabredung kommen, oder wenn ich Eddie das Geschäft mit Ihnen koste. Sie sind ein Grobian! Ein Unmensch! Sie mögen ja aussehen wie ein Gentleman, aber Sie sind ganz gewiss keiner!"

„Cyclops", sagte der Mann zu jemandem hinter meiner Schulter.

Ich warf einen Blick nach hinten und sah eine riesige Gestalt mit einer schwarzen Binde über einem Auge geschickt vom Kutschbock springen und auf mich zukommen. Mit einem unterdrückten Schrei duckte ich mich weg, aber er erwischte mich am Arm. Ich wollte mich losreißen, da packte er meinen anderen Arm und verfestigte seinen Griff. Die rote, wulstige Narbe, die unter der Augenklappe hervorlugte, zeichnete sich auf seiner kohlschwarzen Haut ab, seine Zähne waren sogar noch auffälliger, als er sie knurrend fletschte.

„Lassen Sie mich gehen!", schrie ich und zog noch fester. „Mr. Macklefield! Hilfe!"

Mr. Macklefield, der Schneider von nebenan, warf einen Blick auf den Riesen und floh zurück in seinen Laden. Überall auf der Straße schlossen die Ladenbesitzer ihre Türen. Leute, die ich mein ganzes Leben lang gekannt hatte, duckten sich nach drinnen. Sogar der Maler oben auf der Leiter wurde ganz still, als hoffte er, niemand würde von ihm Notiz nehmen. Niemand kam mir zur Hilfe. Ich hatte mich noch nie so allein und verletzlich gefühlt.

Ich sah zu dem Riesen auf, der meine beiden Handgelenke

hielt, und blinzelte heiße Tränen weg. „Bitte lassen Sie mich los", flüsterte ich.

„Kann ich nicht, Miss", sagte er mit dröhnender Stimme und einem Akzent, der dem des Gentleman ähnelte, aber aus der Gosse und nicht aus einem Stadthaus. „Sie bleiben einfach bei mir hier draußen und lassen Mr. Glass sein Gespräch zu Ende führen."

Ich schniefte. „Also lassen Sie mich nicht gehen, sogar wenn ich verspreche, nicht wieder hineinzugehen."

Er schüttelte den Kopf.

„Es wird nicht lange dauern", sagte der Gentleman hinter mir.

„Verstehe." Ich holte Luft, stieß sie wieder aus und stampfte mit dem Absatz auf den Stiefel des Riesen.

Er zuckte zusammen, und sein eines Auge weitete sich, aber los ließ er mich nicht.

Der Gentleman lachte leise. „Guter Versuch."

Der Riese knurrte. „Nicht schlecht für so ein kleines Ding."

Ich hätte vor Furcht wahnsinnig werden sollen, aber ihr leichtfertiges Geplänkel dämpfte meine Angst. Zwar fühlte ich mich nicht gerade sicher und zuversichtlich, aber ich hatte nicht mehr das Gefühl, dass der Riese oder sein Herr mir wehtun wollten.

„Sir, wenn Sie so freundlich wären", sagte Eddie in einem ekelerregend unterwürfigen Ton. „Bringen wir unser Geschäft drinnen zu Ende."

„Ich muss Ihnen erst ein paar Fragen stellen", sagte der Gentleman, Mr. Glass.

„Fragen? Zu der Uhr? Natürlich."

„Sir", sagte ich über meine Schulter. Mir blieben nur noch wenige Augenblicke, um das Ganze für Eddie zu ruinieren, so wie er mir ungleich viel mehr ruiniert hatte. „Mason And Sons haben bessere Uhren mit Sprungdeckeln als die, die Sie bei … da drinnen bewundert haben." Ich brachte es nicht fertig, den Laden Hardacre zu nennen. Für mich war es immer noch Steele und würde es immer bleiben. „Wenn Sie meinen Rat möchten, sollten Sie Ihr Geld in jenem Etablissement ausgeben. Dort werden Sie nicht nur exzellent bedient, sondern unterstützen auch eine aufrichtige Familie."

„India!", rief Eddie. „Wenn du dich nicht beruhigst, lasse ich einen Schutzmann kommen." Er schnippte mit den Fingern nach Jimmy, dem Jungen, der manchmal Botengänge für die Ladenbesitzer der Straße übernahm. Er war der Einzige, der sich nicht nach drinnen verdrückt hatte, aber nur, weil Jimmy die Läden nicht betreten durfte. Keiner der Ladenbesitzer vertraute darauf, dass er nichts stahl. Zumindest nicht seit Vaters Tod und der Tatsache, dass Eddie mich rausgeworfen hatte. Er spazierte herüber, die Hände tief in den Taschen, hielt sich jedoch zurück, da er offenbar nicht Eddie beispringen wollte, aber auch nichts tun konnte, um mir zu helfen.

„Ich war bereits bei Mason And Sons", sagte Mr. Glass zu mir, ohne Eddie zu beachten. „Dort gab es nichts, was mein Interesse weckte. Ich will mir *diese* Uhr ansehen."

„Kommen Sie, Sir", sagte Eddie und fasste Mr. Glass am Arm. Mr. Glass kniff die Augen zusammen, und Eddie ließ mit hörbarem Schlucken los. „Ich werde Ihnen für die Uhr einen guten Preis machen."

„Sie können nicht bei Mason And Sons gewesen sein", sagte ich zu dem Gentleman. „Mr. Mason hat wirklich ein besseres Exemplar derselben Uhr. Ich habe es gestern gesehen und bezweifle, dass er es bereits verkauft hat."

Mr. Glass schaute mich neugierig an. Wo er vorher müde gewirkt hatte, war er nun aufmerksam. Es war, als wäre ihm gerade etwas von entscheidender Wichtigkeit aufgefallen – und es betraf mich. Sein Blick konzentrierte sich mit entschlossener, drängender Intensität auf mich. Es war nervenaufreibend, dem unterworfen zu sein, noch mehr als die körperliche Anwesenheit seines Kutschers. Hätte mich niemand festgehalten, wäre ich weggelaufen und froh gewesen, entkommen zu sein – wem oder was, dessen war ich mir nicht sicher.

„Sie sind mit Mr. Mason und seiner Arbeit vertraut?", fragte er mich.

„Bin ich. Er war meinem Vater sowohl Freund als auch Rivale." Ihre Beziehung war komplex gewesen. Obwohl sie einander respektierten und mochten, mussten sie bei Londons Elite um

Kunden konkurrieren. Zum Glück gab es genug Reiche in der Stadt, um sie beide und etliche andere Uhrmacher zu unterstützen. Mr. Mason war der erste gewesen, zu dem ich gegangen war, als Eddie unsere Verlobung gelöst hatte, aber er hatte mich nicht einstellen können, da er selbst drei Söhne und eine Tochter hatte.

Mr. Glass schloss die Augen und rieb sich die Stirn, als wolle er Schmerzen vertreiben. Es war so seltsam, unmittelbar nach diesem intensiven Blick, dass ich mich bei seinem Diener vergewisserte, ob er es für untypisch hielt.

Der Kutscher schaute seinen Herrn finster an. „Matt?" Er sprach seinen Herrn beim Vornamen an? Was für eine seltsame Übereinkunft. „Ähm, Sir? Müssen Sie ...?"

„Mir geht's gut", fuhr ihn Mr. Glass an.

„Sieht aber verdammt nochmal nicht gut aus", murmelte der Kutscher und klang etwas verletzt.

„Ihr Vater ist Uhrmacher?", fragte mich Mr. Glass und ließ die Hand sinken. Er klopfte sich auf den Mantel, als würde er etwas in seiner Tasche ertasten. Vielleicht war es Schnupftabak oder eine Pfeife, die er gern geraucht hätte, um wieder Farbe in seine Wangen zu bringen. Er wirkte recht kränklich.

„War." Ich breitete die Hände aus, um die Ladenfenster einzuschließen, mit den Taschenuhren, die auf dem unteren Regal aufgestellt waren, die oberen Regale voller Uhren in sämtlichen Formen und Größen. „Ihm gehörte dieser Laden unter dem Namen Steele bis zu seinem Tod vor zwei Wochen." Ich schluckte den Kloß, der in meiner Kehle aufstieg, aber trotzdem kamen mir die Tränen.

„Er hat ihn *mir* in seinem Testament überlassen", ging Eddie rasch dazwischen.

„Weil du ihm versichert hast, dass du dein Versprechen halten und mich heiraten würdest, und mein törichter Vater hat dir geglaubt. Ich habe dir geglaubt", würgte ich hervor. Es war mir inzwischen egal, was der Gentleman oder sein Diener von meinem Verhalten hielten. Vor zwei Wochen war ich zu traurig und schockiert gewesen, um Eddie zu sagen, was ich von ihm hielt, aber jetzt nicht mehr. Ich war immer noch traurig, aber jene zwei Wochen hatten mir Zeit zum Nachdenken gegeben. Inzwischen war ich nicht mehr schockiert, ich war wütend.

„Damals wusste ich noch nicht, dass du so ein stures Weibsbild bist", sagte Eddie. „Hätte ich das gewusst, hätte ich nicht um deine Hand angehalten. Nimm doch diese Vorstellung hier zum Beispiel. Man braucht keine weiteren Beweise für deinen Eigensinn."

Zorn tobte durch meinen Körper. Ich fühlte mich, als würde er aus mir herausbrennen. „Was ich bin, ist die Tochter und Assistentin von Elliot Steele, Uhrmacher."

„Nein, das *warst* du. Nun bist du einfach nur ... armselig. Geh weg, India. Niemand will dich hier."

Ich biss die Zähne zusammen und zerrte an dem Mann, der mich hielt. Zu meiner Überraschung ließ er los. Ich stürmte zu Eddie und ohrfeigte ihn, bevor er meine Hand kommen sah.

Eddie taumelte rückwärts, hielt sich die Wange. Er starrte mich mit offenem Mund an, sein Ausdruck irgendwo zwischen Angst und Entsetzen, als wäre ich eine schaurige, seltsame Kreatur. Vermutlich war ich das auch irgendwie. Ich fühlte mich im Augenblick auf jeden Fall nicht wie ich selbst. Ich fühlte mich ... leichter, befreit, und ja, tatsächlich sehr seltsam.

Mr. Glass räusperte sich. „Miss Steele?"

Ich lächelte ihn und seinen einäugigen Diener an. Der Kutscher grinste zurück. „Ja, Mr. Glass?", fragte ich.

„Würde es Ihnen etwas ausmachen, sich heute Nachmittag im Tea Room des Brown's Hotel zu mir zu gesellen?"

„Ich?" Mein Lächeln entglitt mir. Ich starrte ihn an. „Aber ... warum?"

„Ja", murmelte Eddie. „Warum sie?"

Mr. Glass beachtete ihn nicht. „Um über Ihren Vater zu sprechen."

Ich versuchte zu entscheiden, ob es ungehörig war, mit einem fremden Gentleman allein in einem vornehmen Hotel Tee zu trinken, und ob mich so etwas noch kümmerte, als Eddie mein Schweigen ausnutzte. „Ich kann Ihnen alles über Elliot Steele erzählen, was Sie zu erfahren wünschen. Ich kannte ihn gut."

„Ach, hör doch auf, Eddie." Es schien, als wäre mir doch

noch etwas eingefallen, was ich sagen konnte. „Ich werde Sie zum Tee treffen, Mr. Glass. Danke."

Die braunen Augen leuchteten kurz auf, und ein leichtes Lächeln zupfte an seinen Lippen. Es verschwand jedoch schnell, und sein Kinn spannte sich an. Der Muskel zuckte und ließ nicht locker. Es war, als würde er sich gegen Schmerzen stemmen. Mein Magen zog sich nervös zusammen. Ich kannte diesen Mann nicht, und er hatte einen recht einschüchternd wirkenden Diener, und doch hatte ich zugestimmt, mit ihm Tee zu trinken. Es schien, als wäre der heutige Tag einer, an dem ich Dinge tat, die untypisch für mich waren. Ich schob die Nervosität von mir.

„Wir können über Uhren sprechen", sagte ich zu Mr. Glass, einfach um zu sehen, wie Eddies Gesicht wieder rot vor Wut wurde. „Wenn Ihnen ein Rufschlagwerk vorschwebt, dann gibt es in der Stadt viele gute Ausführungen. Viel besser als hier."

„Das waren die Uhren deines Vaters!", rief Eddie. „Diese Uhr ist exquisit."

„Die Stifte des Rückers klemmen, und sie verliert alle zwölf Stunden fünf Sekunden. Ich konnte das nie reparieren."

„Du meinst, dein Vater konnte es nicht", sagte Eddie selbstgefällig.

„Nein, ich meine, *ich* konnte es nicht. Ich habe die letzten drei Jahre alle Reparaturen durchgeführt, seit der Zeit, als Vaters Augenlicht nachließ."

„Nun gut, jetzt kann ich sie ja reparieren. Elliot hat *mir* all seine Aufzeichnungen hinterlassen."

„Die sind seit drei Jahren überholt. *Meine* Aufzeichnungen waren nicht Teil der Erbmasse." Ich wirbelte auf dem Absatz herum, nickte Mr. Glass zu, dann seinem Diener, und fragte: „Sagen wir drei Uhr?"

„Perfekt", erwiderte Mr. Glass mit einem Lächeln, das einen Augenblick lang die Müdigkeit aus seinem Blick verbannte. „Bis dann."

Ich ging die Straße entlang und fühlte mich, als würde mich die ganze Stadt beobachten. Ich umrundete eine Ecke und machte kehrt, gerade rechtzeitig, um Mr. Glass abfahren zu sehen. Er zog seine Handschuhe aus und musterte etwas in seiner Hand. Er schloss die Finger darum, legte den Kopf nach hinten und atmete tief ein, als würde er endlich die Ruhe bekommen, nach der er sich sehnte.

Es war jedoch nicht dieses Verhalten, das meinen Puls beschleunigte. Es war das Objekt in seiner geballten Faust, und das starke violette Glühen, das es abgab. Ein Glühen, das seine Haut durchdrang und seinen Ärmel hinauf verschwand.

KAPITEL 2

„ *S* ie haben mir gestern erzählt, dass Sie mich bezahlen würden", sagte Mrs. Bray, meine Vermieterin, die im Eingang zu meinem Zimmer stand. „Und vorgestern, und vorvorgestern." Sie verschränkte die Arme unter ihrem ausladenden Busen, den sie so hoch schob, dass die Gefahr bestand, er würde ihr die Luft abdrücken, und schaute an ihrer schmalen Nase entlang auf mich herab. „Ich bin nicht die Wohlfahrt, Miss Steele."

Das war sie gewiss nicht. Sie wollte die Miete für das winzige Mansardenzimmer im Voraus und erinnerte mich jeden Tag, an dem ich sie nicht bezahlen konnte, dass ich sie räumen müsse, wenn ich das Geld nicht beschaffte. Durch eine Kombination aus Charme und Betteln war es mir gelungen, das Zimmer zu behalten, aber ich glaubte nicht, dass diese Taktik noch viel länger funktionieren würde. Dem wenig mitfühlenden Stirnrunzeln in ihrem verkniffenen Gesicht nach zu urteilen war sie mit ihrer Geduld am Ende.

Eigentlich hatte ich nicht damit gerechnet, lange in ihrer Unterkunft zu verweilen, nachdem Eddie mich am Tag, an dem mein Vater beerdigt worden war – am *gleichen* Tag –, aus meiner Wohnstatt über dem Laden geworfen hatte. Ich war davon ausgegangen, dass ich mir längst eine Anstellung als Ladengehilfin bei einem Uhrmacher gesichert haben würde. Aber ich hatte mich bei jedem einzelnen in der Umgebung persönlich vorgestellt, und bei keinem war eine Stelle frei, obwohl einige ihr Mitgefühl für meine Not ausgedrückt hatten. Leider konnte ich das Mitgefühl weder essen noch darauf schlafen. Ich brauchte Arbeit. Darum meine Bewerbungen bei anderen Ladenbesitzern. Bislang hatten drei Kurzwarenhändler, zwei Tuchhändler, vier Gemüsehändler und ein Drogist sich geweigert, mich ohne Referenzen einzustellen. Ich hatte es unendlich satt, das Wort Nein zu hören.

„Ich verstehe, Mrs. Bray", sagte ich und beschwor von Gott weiß woher etwas Freundlichkeit herauf, „aber ich brauche nur einen weiteren Tag. Ich werde mich als Gouvernante bewerben."

Sie schnaubte. „Lächerlich."

„Bitte?"

Sie schob sich den Busen mit den verschränkten Armen hoch. „Hochwohlgeborene stellen andere Hochwohlgeborene als Gouvernanten ein. Sie sind nur eine Ladenhilfe."

Eigentlich war ich Uhrmacherin und Reparateurin gewesen, aber ich verbesserte sie nicht. Niemand glaubte mir je, wenn ich behauptete, mein Vater hätte mir alles beigebracht, was er wusste. Nicht mal meine Freundin Catherine Mason, deren Vater und drei Brüdern Mason And Sons gehörte. Sie hatte zu mir gesagt, kein ehrbarer Vater würde seiner Tochter gestatten, sich in der Werkstatt die Hände schmutzig zu machen. Ich mochte Catherine, darum stritt ich mit ihr nicht darüber.

„Ich muss etwas anderes probieren", erklärte ich Mrs. Bray. „Ich *brauche* Arbeit."

„Für notleidende Frauen gibt es immer das Armenhaus."

Ich erschauerte. Das Armenhaus war für jene ohne Dach über dem Kopf, ohne Ausbildung und ohne irgendwelche anderen Mittel, um für den eigenen Unterhalt aufzukommen. Wenn man dort arbeitete, bedeutete das ein Bett zum Schlafen und zwei Mahlzeiten täglich, wenn auch ein läuseverseuchtes Bett und ungenießbare Grütze. Es hieß auch lange Stunden in der Fabrik, wo man Leib und Leben an den gefährlichen Maschinen aufs Spiel setzte, und es hieß, mit den verkommenen Männern fertig zu werden, die dachten, dass arme Frauen nicht besser wären als Huren. Eine vollkommen gesunde Frau, mit der ich bekannt gewesen war, war in einem Armenhaus gelandet, nachdem ihr Mann gestorben war. Ein Jahr später hatte ich sie wiedergetroffen, an der Schwelle des Todes, ausgezehrt von Syphilis und mit Bluthusten. Das Armenhaus war ein elender Ort. Es ließ Mrs. Brays kalte Dachstube mit der niedrigen Decke und dem beständigen Gestank nach Katzenpisse wie einen Palast wirken.

Wenn ich sonst nirgends eine Anstellung fand, wäre das Armenhaus meine einzige Möglichkeit.

Ich nahm meine Handschuhe und meinen Pompadour vom Bett, aber Mrs. Bray ließ mich nicht durch. Ihre ausladenden Hüften füllten den Türrahmen. „Ich muss jetzt ausgehen", erklärte ich, „aber auf dem Rückweg werde ich bei der gemeinnützigen Gouvernanten-Organisation Halt machen und sehen, ob es für eine gebildete Frau wie mich dort Arbeit gibt."

Sie fuhr sich mit der Zunge über die obere Zahnreihe und machte ein nuckelndes Geräusch. „Ich habe Ihnen gesagt, Sie werden nichts finden. Sie sind nicht von der richtigen Art, um Gouvernante zu werden."

„Ich muss es versuchen."

„Sie sind hartnäckig, das will ich Ihnen lassen." Sie sog erneut Luft durch die Zähne. „Aber Sie müssen Ihre Sachen packen und sie mitnehmen."

Ich keuchte auf. „Sie werfen mich raus?"

„Ich hatte eine Anfrage von einem Gentleman, der dieses Zimmer mieten möchte." Sie ging rückwärts aus dem Eingang und begab sich in ihrem tollpatschigen, wankenden Gang zu Treppe. „Sie haben fünfzehn Minuten."

„Aber ich kann nirgends hin!"

„Sie haben Freunde. Bitten Sie das hübsche Mädchen, die Sie letzte Woche besucht hat, um Hilfe."

Ich stand oben an der Treppe und starrte auf ihren verschwindenden Rücken. Die Masons konnten es sich nicht leisten, mich zu unterstützen, da sie selbst so viele Mäuler zu stopfen hatten. Sie hätten versucht, mir zu helfen, wenn sie um meine Not gewusst hätten, aber ich brachte es nicht über mich zu betteln. Stolz war alles, was ich noch hatte.

„Bitte, Mrs. Bray. Heute Abend habe ich das Geld."

Sie hielt unten an der Treppe an und schüttelte den Kopf.

„Wie?", rief sie nach oben. „Sie haben keine Anstellung und nichts mehr zu verkaufen. Selbst wenn Sie heute eine Anstellung finden, wird man Sie erst in vier Wochen bezahlen. Ich brauche dieses Geld jetzt, Miss Steele. Ich muss auch essen." Sie entfernte sich. „Sie haben fünfzehn Minuten, oder ich hole den Schutzmann und lasse Sie wegen unerlaubten Eindringens festnehmen."

Festnehmen! Ihrem Gesichtsausdruck nach meinte sie es ernst.

Ich ging zurück in mein Zimmer und packte wie betäubt meinen Koffer. Da ich so viele persönliche Gegenstände verkauft hatte, wie ich konnte, um in den letzten zwei Wochen Miete und Essen zu bezahlen, kam mit meinen verbliebenen Besitztümern nicht viel zusammen. Ich hatte zwei Sätze Leibwäsche, ein Nachthemd, ein Kleid zum Wechseln, einen Mantel und eine Haarbürste, einen Handspiegel und Kämme, die meiner Mutter gehört hatten. Mein Koffer war so leicht, dass ich keine Schwierigkeiten hatte, ihn die Stufen hinabzutragen.

Mrs. Bray wies mich nach draußen und schloss die Tür, sobald ich über der Schwelle war, so dass sie mich beinahe im Rücken erwischte. Ich ging so aufrecht wie möglich die Stufen zum Bürgersteig hinab, meinen abgenutzten Lederkoffer in der Hand. Es war ohnehin ein düsteres, feuchtes Haus gewesen. Ich würde einen besseren Ort zum Leben finden, sobald ich mir erst einmal eine Anstellung gesichert hatte. In der Zwischenzeit würde es Catherine Masons Fußboden tun müssen.

Ich würde mich jedoch nicht lange auf die Anteilnahme der Masons verlassen. Das würde ich nicht brauchen. Ich war bestens erwerbsfähig, wenn mir nur jemand die Gelegenheit gab, mich ohne Referenzen zu beweisen. Nach dem Treffen mit Mr. Glass würde ich mich bei der gemeinnützigen Gouvernanten-Organisation bewerben. Ich könnte ihn sogar fragen, ob jemand in seinen Kreisen die Dienste einer gebildeten Frau benötigte. In der Tat, das Treffen mit Mr. Glass könnte sich als recht ergiebig erweisen. Ich hatte ein gutes Gefühl dabei.

Ich ging von der Herberge in der Nähe der Kings Cross Road nach Mayfair. Ich brauchte eine knappe Stunde, aber die Luft war halbwegs klar, so dass die Frühlingssonne durch den grauen

Schleier sickern konnte. Den Weg kannte ich ganz gut, da ich Uhren an reiche Kunden ausgeliefert hatte, die hier wohnten. Ich hatte sogar eine exquisite Taschenuhr an einen ausländischen Fürsten zugestellt, der im Brown's Hotel residiert hatte. Dennoch verfehlten es die Säulenfassaden der prachtvollen Gebäude nie, mich in Staunen zu versetzen und mir das Gefühl zu geben, ganz klein zu sein.

Mein Koffer fühlte sich nicht mehr leicht an, als ich in der Albermarle Street ankam, und meine Schultern und Arme schmerzten. Der Träger in der Livree des Brown's Hotel öffnete mir die Eingangstür. Ich achtete nicht auf die fragend hochgezogenen Augenbrauen und seinen beredten Blick auf mein einfaches Kleid und meinen Koffer und marschierte mit einer, wie ich hoffte, Aura der Zuversicht nach drinnen. Ich wollte zumindest aussehen, als wüsste ich, wohin ich unterwegs war, auch wenn mein Magen sich völlig verkrampft hatte. Der Träger, der meinen Koffer in einem Hinterzimmer verstaute, zeigte mir den Weg zum Teesalon.

Ich erhielt weitere neugierige Blicke, während ich mich nach Mr. Glass umsah. Einfache Verkäuferinnen gesellten sich normalerweise nicht zu den Damen und Herren guter Abstammung im Teesalon des Brown's. Ich fühlte mich wie ein simples Stück Sackleinen inmitten bunter Seide und delikater Spitze.

Ich erspähte Mr. Glass an einem Tisch nahe des Fensters. Er stand auf und grüßte mich mit einem verwegenen Lächeln, das ich einfach erwidern musste, trotz meines verkrampften Magens. Er hatte sich wohl gut ausgeruht, seit wir uns zum letzten Mal gesehen hatten, denn in seinen Augen stand keinerlei Müdigkeit mehr. Sie waren so klar und warm wie sein Lächeln. Es gab auch keine Spur des violetten Leuchtens auf der Haut seiner bloßen Hand. Sie schien ganz, wie sie sein sollte – gebräunt, stark und völlig normal.

„Danke, dass Sie gekommen sind, Miss Steele", sagte er, während er einen Sessel für mich herauszog.

„Danke für die Einladung, Mr. Glass, obwohl ich immer noch nicht genau weiß, was Sie mich fragen wollen."

„Ich habe Fragen zu Ihrem Vater."

„Das sagten Sie, aber was wollen Sie über ihn wissen?"

Wir wurden vom Kellner unterbrochen, und die Unbeholfenheit war wieder da. Ich war mir nicht nur unsicher, ob man von mir erwartete, dass ich für meinen Nachmittagstee bezahlte, sondern an den umgebenden Tischen starrten mich auch alle an. War ich die Kuriosität, oder war es Mr. Glass mit seinem guten Aussehen und seiner irgendwie legeren Art zu sitzen? Oder waren es wir beide zusammen? Niemand kannte mich, aber es war recht wahrscheinlich, dass unter den anderen Gästen Bekannte von Mr. Glass waren, und dass er sich auf diese Weise mit einer Frau traf, würde das Geschwätz der Woche werden.

„Ihren besten Tee, bitte", bat Mr. Glass den Kellner, „und Ihre besten Kuchen und … Dinge", fügte er mit einer abweisenden Handbewegung hinzu. „Ist mir nicht wichtig, was. Ihnen etwa, Miss Steele?"

„Äh, nein." Solange man nicht von mir erwartete, dafür zu bezahlen. Trotz der Seltsamkeit von Mr. Glass und seiner entspannten Art ordnete ich ihn als Gentleman ein, und kein Gentleman würde eine Dame zum Tee einladen und sie dann bitten, ihren Anteil zu bezahlen.

Der Kellner zog sich zurück, und Mr. Glass lehnte sich vor. Er nahm die kleine Silbergabel und drehte sie in den Fingern. „Ihnen muss meine Bitte, sich mit mir zu treffen, merkwürdig erscheinen", sagte er.

„Nicht merkwürdiger als die Tatsache, dass ich zugestimmt habe. Es ist nicht meine Art, mit fremden Männern Tee zu trinken."

Er hob abwehrend die Gabel. „Natürlich nicht. Ich merke sehr wohl, dass Sie eine respektable Dame sind."

„Das haben Sie bei unserer kurzen Begegnung heute Morgen bemerkt? Der Begegnung, bei der ich meinen ehemaligen Verlobten beschimpft und versucht habe, sein Geschäft zu ruinieren, und Ihrem Diener auf die Zehen gestiegen bin?"

„Um der Gerechtigkeit willen, Cyclops hatte es verdient. Ich hätte nicht gedacht, dass er Sie so fest halten würde." Er ließ die Gabel los und legte sich eine Hand aufs Herz. „Ich hätte es noch mehr verdient. Bitte lassen Sie mich meine aufrichtige Entschuldigung dafür aussprechen, wie ich Sie behandelt habe. Ich war nicht … ich selbst. Ich gehe normalerweise nicht so grob mit

Frauen um. Es war unangebracht, und ich kann mich nur immer wieder dafür entschuldigen."

„Entschuldigung angenommen. Ich gebe zu, zunächst war ich etwas entsetzt, aber mir ist nichts passiert. Ich schlage vor, dass Sie beim nächsten Mal, wenn Sie sich nicht ganz wie Sie selbst fühlen, davon absehen, Frauen herumzuschleppen wie ein Höhlenmensch. Andere sind vielleicht nicht so nachsichtig."

Er grinste, worauf ich auch gehofft hatte. Sein Lächeln mit den perfekten weißen Zähnen, die sich von seiner glatten, braunen Haut abhoben, gefiel mir außerordentlich. Auch seine Augen glitzerten dabei. „Ich werde versuchen, mich zurückzuhalten, obwohl ich launisch und an die zarten Empfindsamkeiten englischer Frauen nicht gewöhnt bin."

„Wo Sie herkommen, sind Frauen also damit einverstanden, herumgeschleppt zu werden?"

„Nicht viele, nein. Sie treten mir gewöhnlich auf die Zehen und mehr, falls sie sich in so einer Lage befinden." Er nahm die Gabel erneut und spielte damit. Offenbar hatte er Schwierigkeiten, still zu sitzen. Er war wohl ein Mann der Tat. Solche setzten sich nur selten zu Damen in Teestuben. „Mir gefällt Ihre direkte Art, Miss Steele. Sie ist erfrischend. Ich dachte schon, alle Engländer und Engländerinnen sprächen um den heißen Brei, ohne zu sagen, was sie wirklich denken."

„Ich bin normalerweise nicht so direkt, aber heute Morgen war mir der Geduldsfaden gerissen." Der Damm war letztlich gebrochen, als ich Eddies selbstgefälliges Grinsen gesehen und sein albernes Lachen gehört hatte. Mein Zorn hatte keinen Ausweg gefunden, er musste nach draußen. Erst später, als ich still in meiner Dachstube saß, war mir klar geworden, dass mein Zorn sich mittlerweile in weiten Teilen gegen mich selbst richtete – Zorn, weil ich den Antrag eines Mannes angenommen hatte, den ich nicht liebte und nie lieben konnte. „Wo kommen Sie her, Mr. Glass? Ihr Akzent ist ungewöhnlich."

„Mein Akzent ist eine Mischung, wie man mir sagt, wegen der unterschiedlichen Abstammung meiner Eltern und unserer Reisen. Zuletzt war ich in Amerika."

„Amerika? Wie aufregend."

Er lachte leise. „Nicht sonderlich."

„Doch, wenn man niemals weiter als Cheshunt gekommen ist."

Er schaute mich verständnislos an.

„Das ist etwas nördlich von London."

Der Kellner brachte eine silberne Etagere voller Kuchenstücke, Sandwiches und Gebäck. Ich hatte noch nie so viele auf einmal gesehen, oder so hübsch angerichtet. Mein Magen knurrte. Seit heute Morgen hatte ich nichts mehr gegessen, und da auch nur eine Scheibe schimmliges Brot, das Mrs. Bray gerade hatte wegwerfen wollen.

Mr. Glass beäugte mich unter langen Wimpern, sagte aber nichts. Er wartete, bis der Kellner unseren Tee eingeschenkt hatte und uns mit dem Kessel alleine ließ, ehe er mich drängte, meinen Teller zu füllen.

Ich nahm ein zartes Gebäckstück und aß es in zwei Bissen, bevor er auch nur angefangen hatte. Er rückte die Etagere etwas näher zu mir, und ich nahm ein Stück Kuchen und aß das. Als er mich weiter drängte, schüttelte ich den Kopf.

„Ich bin recht satt, danke", log ich. Meine Mutter hatte mir immer gesagt, ich solle mich nicht wie ein Ferkel benehmen, und meistens folgte ich ihrem Rat. Ich vermied es allerdings, die Kuchen anzusehen, um mein Bedauern nicht zu verraten.

„Das mag ja sein, aber ich kann das alles nicht allein aufessen", sagte er. „Bitte, helfen Sie mir, sonst wird es weggeworfen."

Wenn er damit so gentlemanlike umging, dann durfte ich auch weiteressen.

Er nippte an seinem Tee, und ich musste ein Kichern unterdrücken. Er wirkte so fehl am Platz in einem Zimmer, in dem sich vorrangig Frauen befanden, eine hübsche, geblümte Teetasse in der einen Hand und ein Gebäckstück in der anderen. Ich fragte mich, ob er dergleichen in Amerika auch tat. Hätte ich raten müssen, hätte ich gesagt, dass er mit diesen braunen Händen wohl Gentleman-Farmer war.

„Stört es Sie, wenn ich jetzt mit meinen Fragen beginne?", sagte er.

„Nur zu. Darum bin ich doch hier."

Er stellte die Tasse sorgsam ab, als hätte er Angst, sie zu zerbrechen. Einen Augenblick lang beäugte er den Inhalt, und als er aufschaute, war da wieder dieses intensive Starren vom Vormittag. Ein Schauer lief mein Rückgrat hinab und kühlte mir die Haut. Ich war mir nicht ganz sicher, ob es mir gefiel, so angesehen zu werden. „Wie alt war Ihr Vater?", fragte er.

Das war eine merkwürdige erste Frage. „Neunundvierzig. Warum?"

Er lehnte sich im Sessel zurück und murmelte leise: „Verdammt."

„Warum?", wiederholte ich. „Und warum wollen Sie überhaupt etwas über meinen Vater wissen? Was hat das damit zu tun, dass Sie sich eine neue Taschenuhr kaufen?"

Seine Mundwinkel zuckten, aber er lächelte nicht richtig. „Ihr voller Magen macht Sie neugierig."

Ich hob eine Braue und wartete auf eine Antwort.

Er beugte sich wieder vor und griff nach seiner Teetasse. „Ich versuche einen Mann zu finden, der mir vor fünf Jahren begegnet ist. Er war Uhrmacher und hat mir eine Taschenuhr angefertigt, die nun repariert werden muss."

„Läuft sie nicht mehr?"

„Sie wird langsamer."

„Haben Sie versucht, sie aufzuziehen?"

„Sehe ich aus wie ein Idiot?"

„Tut mir leid." Ich nippte an meinem Tee und hielt den Blick abgewandt. Ich hörte ihn wieder seufzen, und er verlagerte sein Gewicht auf dem Sessel, als bedaure er, mich zum Tee eingeladen zu haben. „Warum haben Sie Eddie Ihre Taschenuhr nicht gezeigt?", fragte ich. „Vielleicht hätte er sie reparieren können."

„Nicht diese Uhr."

„Warum nicht? Ist es eine amerikanische? Manche amerikanischen Uhren sind anders als unsere, aber ein guter Uhrmacher kann herausfinden, was korrigiert werden muss, ohne die Mechanismen zu beschädigen. Eddie ist kein schlechter Uhrmacher, allerdings ist seine Expertise begrenzt. Er wurde nicht von meinem Vater ausgebildet. Möchten Sie, dass ich sie mir ansehe? Ich kann Ihnen versichern, ich bin zwar nur eine Frau, aber ich war in der Lehre beim besten Uhrmacher der Stadt, vielleicht des Landes. Der einzige Grund, warum ich nicht in die Gilde durfte und mich nicht Uhrmachermeister nennen darf, liegt in ihren überkommenen Regeln, die keine weiblichen Mitglieder zulassen. Darum bin –"

„Miss Steele." Er hob eine Hand, damit ich aufhörte. Ich biss mir auf die Zunge. „Danke für Ihr Angebot, aber diese Uhr ist sehr speziell. Der ursprüngliche Hersteller ist der Einzige auf der Welt, der sie reparieren kann."

„Es ist ziemlich arrogant von ihm, so etwas zu behaupten."

„Trotzdem möchte ich ihn finden."

Ich wollte ihn schon drängen, sie mir zu zeigen, entschied mich aber dagegen. Wenn er glaubte, nur eine Person könne sie reparieren, spielte das für mich keine Rolle. „Erzählen Sie mir von diesem arroganten Uhrmacher. Bisher passt seine Beschreibung auf einige Männer in der Gilde."

Das schien ihn zu amüsieren. Er lächelte, und seine Schultern entspannten sich. „Ich gebe zu, dass ich durch ganz London gelaufen bin, ohne wirklich zu wissen, was ich tue und wohin ich gehe." Er lehnte sich vor. „Würde es Ihnen etwas ausmachen, mir zu helfen, meine Suche einzuengen?"

„Es wäre mir eine Freude. Ich nehme an, seinen Namen kennen Sie nicht."

„Er nannte sich Chronos."

„Wie der griechische Gott der Zeit? Wir können zu arrogant noch lächerlich hinzufügen. Weiter."

Um seine Augenwinkel bildeten sich Fältchen. „Ich traf ihn in einem Saloon in New Mexico, vor fünf Jahren. Er war Engländer und sagte mir, er käme aus London." Plötzlich umwölkten sich seine Augen, und er wurde ernst, während er seine Teetasse musterte. „Er war damals ein alter Mann, also kann es nicht Ihr Vater gewesen sein."

„Vater hat England sowieso nie verlassen. Er hat sein ganzes Leben lang über dem Laden gewohnt, und sein Vater auch, und dessen Vater davor. Nun hat ihn Eddie", spuckte ich aus.

Sein Blick schärfte sich. „Ihr Großvater ist Uhrmacher?"

„War. Er ist tot."

Er starrte mich an, ohne zu blinzeln. Ich zuckte vor der Intensität seines Blickes zurück. „Wann ist er gestorben?"

„Vor meiner Geburt, darum kann er auch nicht Ihr mysteriöser Chronos gewesen sein."

Mit einer Hand wischte er sich über die Augen und übers Gesicht nach unten, dann stieß er die Luft aus. Es musste in der Tat eine besondere Uhr sein, um solch eine Reaktion hervorzurufen. Ich spürte seine Nervosität über den Tisch hinweg.

„Lassen Sie mich sehen, ob ich das richtig verstehe", sagte ich. „Vor fünf Jahren erhielten Sie eine Uhr von einem Engländer in Amerika, der behauptete, niemand sonst könne sie reparieren. Sie weigern sich, jemand anderen versuchen zu lassen, sie zu reparieren, also sind sie den weiten Weg gereist, um ihn zu finden. Sie kennen seinen Namen nicht, ebenso wenig wissen sie, wo genau in London er wohnte, nur, dass er alt sein muss."

„Ganz genau", sagte er und klopfte geistesabwesend auf seine Tasche.

Ich erwähnte die Tatsache, dass er verstorben sein könnte, nicht. Daran hatte er zweifellos gedacht, und ich wollte nicht sehen, wie dieses ansehnliche Gesicht von Enttäuschung verdüstert wurde. „Dann sind Sie zur richtigen Person gekommen. Ich kenne jeden wichtigen Uhrmacher in London, und die meisten unwichtigen auch."

„Ich hatte so ein Gefühl, dass Sie mir helfen könnten", sagte er. „Ich werde Sie natürlich für Ihre Zeit bezahlen. Es dauert womöglich einige Tage, den richtigen Mann ausfindig zu machen."

Mich bezahlen! Ah, jetzt verstand ich, warum er mich und nicht Eddie genommen hatte, oder sonst jemanden. Er hatte wohl am Vormittag meine Verzweiflung gespürt und vermutet, dass ich Zeit hatte, um mich einem solchen Plan zu widmen. „Wenn Sie darauf bestehen", sagte ich so anmutig, wie ich nur konnte, während ich versuchte, mein Lächeln zu verbergen.

„Was zahlt man derzeit einem Verkäufer in London an Lohn?", fragte er.

„Einer mit Erfahrung kann auf ein Pfund hoffen. Ich weiß nicht, wie es bei Assistenten in anderen Berufen aussieht."

„Ein Pfund also." Er hielt mir eine Hand hin. „Abgemacht?"

Ich schüttelte ihm fest die Hand, so, wie mir mein Vater beigebracht hatte, dass man die Hand eines Mannes nach einem besonders lukrativen Geschäft schüttelte. „Abgemacht", wiederholte ich und ahmte dabei seinen Akzent nach.

Er lachte leise. „Nehmen Sie sich noch ein Stück Kuchen, Miss Steele. Dann fangen wir an."

Ich aß ein Stück, tupfte mir mit der Serviette die Mundwinkel ab und spülte es mit einem großen Schluck Tee hinunter. Ich benahm mich nicht sehr damenhaft, aber ich war keine Dame, und ihm schien es nicht aufzufallen.

„Die meisten Uhrmacher gibt es traditionell in Clerkenwell und St. Luke's", sagte ich, „aber man findet sie auch anderswo verstreut. Einer meiner Vorfahren hat seine Räumlichkeiten auf der St. Martin's Lane eingerichtet, und dort waren wir bisher immer."

„Bis Ihr ehemaliger Verlobter sie ihnen weggenommen hat."

Ich schaute ihm nicht in die Augen. Es war eine Sache gewesen, meine schmutzige Wäsche auszubreiten, als ich wütend auf Eddie gewesen war, aber es war etwas ganz anderes, an mein schockierendes Auftreten erinnert zu werden, und dann auch noch von einem Gentleman. „Mein Vater glaubte, nur ein Mann könne das Geschäft leiten." Ich wusste nicht, warum ich ihm die Lage erklären wollte. Es schien mir wichtig, ihn wissen zu lassen, dass mein Vater mich geliebt hatte, dass er aber hereingelegt worden war. „Ihm gefielen Präzision, Organisation und Ordentlichkeit, daher änderte er sein Testament, als ich mich verlobte, weil er dachte, auf Eddie könne man sich verlassen, und darauf, dass er sein Wort hielt. Niemand rechnete damit, dass er vor der Hochzeit plötzlich sterben würde. Und um Vater gegenüber fair zu sein, Eddie war bis dahin auch sehr nett. Erst bei der Beerdigung hat er gezeigt, was für ein gemeiner kleiner Wurm er doch ist."

Mr. Glass sagte nichts, und ich wünschte, ich hätte nicht schon wieder all meine Probleme aus mir heraussprudeln lassen. Er musste mich für so armselig halten, wie ich mich auch fühlte „Meine Mutter hat mir immer gesagt, Gott würde solche Leute bestrafen, sobald sie tot wären", sagte er.

„Ich wünschte, Eddie würde schon in *diesem* Leben bekommen, was er verdient hat, damit ich es sehen und genießen kann."

Einer seiner Mundwinkel zuckte nach oben. „Sie und ich

denken ganz ähnlich." Er hob seine Teetasse zum Salut. Da er sie leer vorfand, füllte er meine und seine auf.

„Werden Sie lange in London bleiben, nachdem Sie Ihren alten Uhrmacher gefunden haben?", hörte ich mich mit leicht heiserer Stimme fragen.

Er schüttelte den Kopf. „Ich muss mich zu Hause um Geschäfte kümmern."

Schade. „Erzählen Sie mir, wie Ihr Uhrmacher aussieht", sagte ich. „Abgesehen vom Alter, meine ich."

„Er hatte blaue Augen, weißes Haar und war ansonsten unauffällig. Ich hatte das Gefühl, er würde vor etwas oder jemandem weglaufen."

„Warum sagen Sie das?"

„Weil die meisten Leute, die in Broken Creek, New Mexico, auftauchen, vor etwas oder jemandem weglaufen."

„Sind Sie deshalb dort gewesen, Mr. Glass?"

Seine Augen funkelten, aber sein Mund zeigte kein Lächeln. „Ich bin wegen der Landschaft dort gewesen."

„Ist sie schön?"

„Für manche."

Er führte das nicht aus, und ich bekam das Gefühl, dass er seine Vergangenheit in Broken Creek nicht weiter besprechen wollte.

„Dann erzählen Sie mir von den Uhrmachern, die Sie bereits aufgesucht haben", sagte ich. „Das wird unsere Suche einschränken."

„Mein Anwalt hat mir mitgeteilt, dass die meisten in Clerkenwell wohnen, wie auch Sie angemerkt haben. Dort habe ich heute Morgen angefangen." Er listete ein halbes Dutzend auf, deren Namen ich kannte, obwohl mir keiner persönlich bekannt war. „Ich beschloss, auf meinem Nachhauseweg bei Masons' und Hardacre's vorbeizuschauen. Tatsächlich hat man mir gesagt, es hieße Steele's, und ich war überrascht, einen Maler zu sehen, der das Schild erneuerte. Ich bin froh, dass Sie da waren, Miss Steele. Unser Treffen hat etwas von einem glücklichen Zufall."

Ich lächelte. „Das sehe ich auch so. Ich hatte seit unserer Begegnung ein gutes Gefühl."

„Selbst als ich Sie so grob behandelt habe?"

„Womöglich fing es anschließend an."

Wir sprachen darüber, zu den Uhrmachern in Clerkenwell zurückzukehren, aber letztlich entschieden wir, die gehobenen Uhrmacher in anderen Teilen der Stadt zu überprüfen. Mr. Glass beharrte darauf, dass der Mann, den er vor fünf Jahren getroffen hatte, einen gebildeten Mittelklasseakzent gehabt hatte, nicht einen aus der Gosse. Da er den Großteil des Vormittags in Clerkenwell verbracht hatte, hatte er den Unterschied bereits wahrgenommen.

Zum Glück kannte ich die meisten jener Uhrmacher gut, denn Vater hatte freundlichen Umgang mit ihnen gepflegt, damals, als er die Gildenmitglieder noch gemocht und respektiert hatte. Ein leises Schuldgefühl wegen meiner Rolle bei seinem Streit mit der Gilde zerrte an meinen Eingeweiden. Er hatte sich wegen *meiner* Bewerbung mit den anderen Mitgliedern gestritten.

Sobald die Teekanne leer und die meisten der köstlichen Backwaren verschwunden waren, klopfte sich Mr. Glass auf die Jackentasche und erhob sich. Der Kellner brachte ihm Hut und Handschuhe, und Mr. Glass zahlte für uns beide. Er geleitete mich zum Hoteleingang, aber ich fiel zurück, um meinen Koffer abzuholen. Ich hatte vor zu warten, bis er weg war, aber er schien darauf zu warten, dass ich zuerst ging.

„Wohnen Sie hier im Brown's?", fragte ich ihn.

„Nein, ich habe ein Haus in der Nähe", sagte er.

Ich fragte nicht, wie jemand, der bis vor zwei Tagen noch nie einen Fuß auf englischen Boden gesetzt hatte, an ein Haus kommen konnte, aber vielleicht gab es irgendwo eine familiäre Verbindung. Das würde seinen Akzent zum Teil erklären, und die Tatsache, dass er einen Anwalt hatte.

„Danke, Miss Steele. Ich habe Ihre Gesellschaft heute genossen", sagte er.

O je. Er wollte, dass ich zuerst ging. Sollte ich gehen und meinen Koffer abholen kommen, nachdem er weg war, oder zulassen, dass er ihn sah, und ihn damit wissen lassen, dass ich obdachlos war?

Der Portier, dem ich am Eingang begegnet war, traf die

Entscheidung für mich. Er stellte den Koffer zu meinen Füßen ab. „Sie hätten beinahe Ihr Gepäck vergessen", sagte er mit einem gemeinen Funkeln in den Augen.

Mein Gesicht wurde ganz heiß. „Danke. Wie freundlich von Ihnen, es für mich zu holen."

Er verbeugte sich und ging. Mit zusammengebissenen Zähnen wandte ich mich an Mr. Glass. Er schaute meinen Koffer finster an. Da die Katze nun aus dem Sack war, konnte ich ihn auch noch etwas weiter drängen. Ich hatte nichts zu verlieren.

„Mr. Glass, dürfte ich so frei sein und um einen Vorschuss auf meinen Lohn bitten? Es ist nur, dass ich Ausgaben habe, wissen Sie, und im Augenblick keine andere Anstellung."

Er blinzelte langsam. „Natürlich. Ich werde Ihnen gleich einen ganzen Wochenlohn geben. Wird das Ihre Ausgaben begleichen?"

Eine ganze Woche! Was für ein spendabler Mensch. „Ganz sicher. Vielen Dank."

Er schaute sich um. „Tun Sie so, als müssten Sie weinen", sagte er leise.

Ich brauchte kurz, um zu begreifen, dass er die Übergabe auf eine Weise durchführen wollte, durch die mein Ruf gewahrt blieb. Ich schniefte und wischte mir mit dem Finger die nach unten blickenden Augen, während er verstohlen ein paar Münzen in sein Taschentuch einschlug. Er reichte es mir, und ich gab vor, mir damit die Tränen abzutupfen, bevor ich es in mein Täschchen fallen ließ. Die Übergabe ging insgesamt sehr heimlich von statten, und ich war ziemlich sicher, dass niemand sie bemerkt und einen falschen Schluss gezogen hatte – oder den richtigen, so, wie die Lage nun einmal war.

„Miss Steele, liege ich richtig in der Annahme, dass Sie heute auf dem Weg zu einer neuen Bleibe sind?" Er nickte zu dem Koffer hin.

„Ich gehe zum Haus meiner Freundin Catherine Mason." Es war keine direkte Lüge, und es wäre mir viel zu peinlich gewesen, ihm zu erzählen, dass ich aus der Herberge geflogen war, in der ich die letzten beiden Wochen verbracht hatte.

„Ist das Catherine Mason von Mason And Sons?", fragte er. „Wohnt Sie über dem Familiengeschäft?"

„Daneben. Ihr ältester Bruder wohnt inzwischen mit seiner Frau und seinem Kind über dem Laden. Mit dem Omnibus werde ich nicht lange brauchen."

„Wenn Sie hier warten möchten, kann ich Sie von Cyclops fahren lassen."

„Danke, das ist sehr großzügig, aber ich kann Sie auf keinen Fall weiter belasten. Die Vorauszahlung meines Lohns war mehr als genug. Außerdem ist es nicht weit zur Omnibusstrecke, und es ist ein angenehmer Tag für einen Spaziergang."

Er warf einen Blick durch das Frontfenster auf den Himmel. „Das nennen Sie einen angenehmen Tag? Der Himmel ist grau, und ich habe das Gefühl, er hängt tief genug, um mich zu ersticken."

„Es wäre kein Londoner Himmel, wenn er blau und weit wäre." Ich nahm meinen Koffer, und der Portier hielt mir die Tür auf.

Mr. Glass folgte mir nach draußen und die Stufen hinab. „Ich hole Sie morgen Vormittag am Haus der Masons ab", sagte er und strich sich mit dem Daumen über die Jackentasche, was mir vorkam wie etwas, was er tat, wenn er abgelenkt war. Es war mindestens das dritte Mal, dass er die Bewegung im Lauf des Nachmittags gemacht hatte. Was immer da drin war, musste wichtig sein – vielleicht der seltsam glühende Gegenstand.

„Achten Sie auf Taschendiebe", sagte ich.

Auf sein Stirnrunzeln hin nickte ich zu seiner Jackentasche. Er verschränkte die Hände hinter dem Rücken. „Da ist nichts drin", sagte er steif. „Nur ein Taschentuch."

„Sie haben zwei dabei?"

„Weinende Frauen sind in Amerika sehr häufig."

Beinahe entfuhr mir ein glucksendes Lachen, aber ich schluckte es hinunter. Er wirkte ganz ernst und mehr als nur etwas verstimmt. Ich konnte mir nicht vorstellen, warum meine Warnung ihn verstimmen sollte, aber ich dachte nicht länger darüber nach.

„Wann morgen?", fragte ich.

„Ist neun zu früh?"

„Nicht für mich." Er war eindeutig nicht wie andere Männer seiner Art, die bis mittags schliefen.

Er nickte mir knapp zu, und ich machte mich auf den Weg. Ich konnte nicht verhindern, dass ich von der Straßenecke einen Blick zurückwarf, aber Mr. Glass war bereits weg. Zur Omnibusstrecke war es wirklich nicht weit, und ich musste nicht lange warten, bis einer heranratterte. Das Glück war mir an diesem Nachmittag hold, denn ich ergatterte einen Platz im Inneren, gegenüber einem Gentleman, der Zeitung las. Als Vaters Sehkraft nachgelassen hatte, hatte ich ihm jeden Abend die Zeitung vorgelesen, aber seit seinem Tod hatte ich keine mehr gekauft. Ich musste jeden Penny sparen.

Rasch überflog ich die Titelseite und suchte nach etwas Interessantem. Es gab etliche Artikel, aber eine Überschrift war größer als alle anderen: AMERIKANISCHER BANDIT IN ENGLAND GESICHTET.

Meine Brust zog sich zusammen. Mir gefror das Blut in den Adern. Nein, ganz gewiss nicht. Gewiss war der gutaussehende, weltmännische Mr. Glass kein Bandit. Gewiss war es nur Zufall, dass sowohl er als auch der Mann, der mit dem Wort GESUCHT auf der Skizze in der Zeitung abgebildet war, beide erst kürzlich hier eingetroffen waren. Anhand der Schwarzweißzeichnung war schwer zu erkennen, ob sie ein- und derselbe waren. Der Bandit hatte einen ungepflegten Bart und einen Schnurrbart, und er trug einen breitkrempigen Hut, der tief ins Gesicht gezogen war. *So* sah ein Bandit aus. Er war nicht gut angezogen und sauber rasiert. Wildwest-Gangster waren dreckig und grob. Sie benahmen sich wie ... Höhlenmenschen.

O Gott.

Wo war ich da nur hineingeraten?

KAPITEL 3

*J*ch las möglichst viel von dem Artikel, bevor der Mann mit seiner Zeitung den Omnibus verließ. Es hieß, dass über den Banditen sehr wenig bekannt sei, nicht einmal sein Name. Die *Las Vegas Gazette* hatte ihm den Namen Dark Rider verliehen, denn niemand hatte sein Gesicht gesehen, und seine Verbrechen wurden nachts verübt. Der Dark Rider hatte Postkutschen überfallen, Pferde gestohlen und einen Gesetzeshüter getötet, der ihn aufgespürt hatte. Ein anschaulicher Bericht der vereitelten Festnahme nahm in dem Zeitungsartikel den meisten Raum ein, was aber meine Aufmerksamkeit erregte, war der letzte Absatz. Dort wurde eine Belohnung von zweitausend Dollar geboten, wenn man ihn fasste. Ich wusste nicht, wie viel das in englischem Geld war, aber es war eine beeindruckende Summe. Der Pfundwert musste den der Münzen, die jetzt in meinem Täschchen lagen, weit übersteigen. Ich konnte nicht aufhören, darüber und über den Banditen nachzudenken, bis ich am Haus der Masons ankam.

„Natürlich kannst du bleiben", sagte Catherine, während sie mich in die Küche brachte. „Oder nicht, Mama?"

Mrs. Mason lächelte mir schwach grüßend zu und schlug dann die Faust in einen Berg Teig. „Solange es deinem Vater nichts ausmacht."

„Warum sollte es ihm etwas ausmachen? India ist meine

älteste Freundin, und sie braucht uns jetzt." Catherine drückte mir die Hand und verdrehte die Augen.

„Er kommt bald nach Hause", sagte Mrs. Mason und schlug besonders fest auf den Teig ein. Die Masons hatten kein Hausmädchen, und wann immer ich Catherine oder ihre Mutter sah, trugen sie Schürzen und waren in der Küche zu finden. Ihr Haus war ständig von köstlichen Düften erfüllt.

„Ich will Ihnen nicht zur Last fallen." Ich kaute auf meiner Unterlippe. Vielleicht war es ein Fehler gewesen, herzukommen. Die Masons hatten nicht viel Almosen anzubieten. „Es ist nur für diese Nacht. Ich schlafe auf dem Boden und esse, was am Tisch übrig bleibt. Oh, und ich kann Sie bezahlen. Mein neuer Arbeitgeber hat mir eine Woche Lohn im Voraus gegeben."

Mrs. Mason hörte auf zu kneten. „Ein oder zwei Pennys würden helfen, Mr. Mason zu beruhigen." Sie lächelte, diesmal ehrlicher. „Du bist unserer Catherine eine liebe Freundin und hier immer willkommen. Es ist nur, dass ..." Sie schüttelte den Kopf und warf einen Blick zur Tür.

„Was ist denn, Mama?", drängte Catherine.

„Du bist eine junge Frau, India, und ich habe noch zwei leicht zu beeindruckende junge Männer im Haus. Das ist alles."

„Oh. Daran habe ich nicht gedacht", sagte ich.

Catherine lachte. „Ronnie und Gareth interessieren India kein bisschen, Mama. Sie kann etwas sehr viel Besseres kriegen als meine blöden Brüder."

Ihre Mutter kehrte zum Teig zurück. „Trotzdem."

„Ronnie und Gareth sind wie Brüder für mich", sagte ich. Hoffentlich reichte das, um ihr zu versichern, dass ich ihren Söhnen keine Heiratsfalle stellen wollte. Es tat zugegebenermaßen weh, dass sie so von mir dachte. Sie wusste bestimmt auch, dass ihre Söhne kein Interesse an mir haben würden, ganz gleich, welche Methoden ich nutzte, um sie zu locken. Wie Catherine waren die Mason-Jungs äußerst attraktiv. Sie konnten sich die Mädchen aussuchen. Ich war zu alt für sie, und zu schlicht mit meinem glatten braunen Haar, meinem kleinen Wuchs und einer Taille, die nicht auf eine elegantere Größe schrumpfen wollte, ganz gleich, wie fest ich das Korsett schnürte.

An der Hand führte mich Catherine die Treppe hinauf in ihr Zimmer. Sie schloss die Tür und warf sich aufs Bett. Sie klopfte neben sich auf die Matratze. „Ronnie hat ein Gerücht gehört, dass du Eddie zur Rede gestellt hast. Stimmt das? Erzähl mir, was los war." Ihre langen, hellen Wimpern umrahmten ihre großen, blauen Augen in unschuldigem Erstaunen. Es war nicht überraschend, dass es etliche Verehrer gab, die um ihre Hand warben. Sie war ein paar Jahre jünger als ich, und ein ganzes Stück hochgewachsener und hübscher, und die Jünglinge liefen ihr nach wie Welpen. Sie schien die Aufmerksamkeit zu genießen, aber ich vermutete, dass es nach einer Weile ermüdend wurde.

„Ich habe es versucht", erzählte ich. „Es gelang mir, einen Handel mit seinem Kunden zu ruinieren." Obwohl ich mir nicht mehr sicher war, ob Mr. Glass überhaupt da gewesen war, um eine Uhr zu kaufen.

Catherine kicherte sich in die Hand. „Gut gemacht! Dieser schreckliche kleine Mann ist ... naja, er ist schrecklich. Vater weigert sich inzwischen, ihm Kundschaft zu schicken, selbst wenn es um etwas geht, das wir nicht führen, und von dem er weiß, dass Steele's – ich meine Hardacre's – es hat."

„Dein Vater ist ein Ehrenmann."

Sie legte eine Hand auf meine und lächelte mich mitfühlend an. „Ich bin froh, dass du immer noch so denkst. Ich weiß, dass es nicht einfach war, ihm zu verzeihen, nachdem die Gilde ihre Entscheidung getroffen hatte, aber er musste sich der Mehrheit anschließen."

„Ich nehme es ihm nicht übel."

Ich hatte wohl überzeugend geklungen, denn sie schien mir zu glauben. In Wahrheit warf ich Mr. Mason vor, sich ihnen nicht entgegengestellt zu haben. Vater hatte gesagt, er sei schweigend dagesessen und habe bei dem Treffen der Gildenältesten, bei dem meine Bewerbung um eine Mitgliedschaft auf den Tisch gekommen war, kein Wort gesagt. Nur eine Woche vorher hatte Mr. Mason mich zu einer Bewerbung gedrängt. Diese Kehrtwendung verblüffte mich. Das Verhältnis unserer Familien war nie wieder wie früher geworden, obwohl meine Freundschaft zu Catherine zum Glück unverändert geblieben war. Ich kannte so wenige andere Frauen in meinem Alter, dass der Verlust ihrer Freundschaft schlimmer gewesen wäre als meine aufgelöste Verlobung mit Eddie.

„Erzähl mir von deiner neuen Anstellung", sagte Catherine. „Hat es mit Uhren zu tun?"

„Gewissermaßen."

„Gut. Du hast den Dreh für feine Reparaturen raus, das sagt zumindest Vater. Er war ziemlich überrascht, wie schnell du alles gelernt hast. Er hat dich immer als Beispiel angeführt, warum man Frauen erlauben sollte, Männerarbeit zu verrichten, wenn sie es wollen." Sie zog die Nase kraus. „Tut mir leid, India, aber ich bin froh, dass er damit aufgehört hat. Neben deiner Vollkommenheit bin ich mir allmählich ziemlich unzureichend vorgekommen."

„Ich bin keineswegs vollkommen", schnaubte ich.

„Vater hat stets Verstand vor Schönheit geschätzt." Sie tätschelte ihre wippenden blonden Locken. „Manche Männer sind so, weißt du", fügte sie an, als wären solche Männer eine Seltenheit.

„Die meisten mögen ein wenig von beidem", sagte ich lachend, „aber jeweils nicht zu viel."

Sie fing erneut an zu kichern.

„Wir wären eine unschlagbare Mischung, wenn wir eine Person wären", sagte ich nach wie vor lächelnd. „Mit deinem Aussehen und meinen Uhrmacherfertigkeiten würden alle Gentlemen im meilenweiten Umkreis unsere Uhren kaufen."

„Stell dein Licht doch nicht so unter den Scheffel, India." Sie stieß mich am Ellbogen an. „Du bist hübsch. Ich weiß nicht, warum du denkst, du wärst es nicht."

„Weil ich es verglichen mit dir nicht bin."

„Schwachsinn." Sie kicherte über die heftige Formulierung. „Dieser Eddie Hardacre müsste sich für eine Menge rechtfertigen, weil er dich immer so niedergemacht hat. Ich weiß nicht, was du an ihm gefunden hast."

„Ich genauso wenig", sagte ich seufzend. „Ich schätze, es lag daran, dass er der erste Mann war, der mir etwas Aufmerksamkeit schenkte, und der erste, der mich bat, ihn zu heiraten."

„Er war nur der erste, weil du die meisten anderen Männer einschüchterst."

„Tu ich nicht!"

„Doch. Frag mal Ronnie und Gareth. Du machst ihnen eine Heidenangst."

„Das liegt daran, dass ich ihnen nicht zu Füßen liege und von Pontius zu Pilatus laufe, um ihnen zu gefallen, wie andere Mädchen."

„Das und dein reges Mundwerk. Sie glauben, du ziehst sie auf."

Ich verdrehte die Augen, aber ihre Worte waren ziemlich schockierend. Fanden mich Männer wirklich einschüchternd? Alle Männer, oder nur die größtenteils hirnlosen wie ihre jüngeren Brüder?

„Wo ist denn der Laden?", fragte sie. Auf meinen verwirrten Blick hin fuhr sie fort: „Der Laden, in dem du arbeiten wirst?"

„Es ist kein Laden. Es ist ein kurzfristiger Auftrag, um einem Gentleman zu helfen, einen gewissen Uhrmacher zu finden, dem er vor Jahren begegnet ist. Ich weiß, das klingt komisch", sagte ich, als sie mich blinzelnd anschaute. „Aber der Gentleman wirkt sehr freundlich, und er zahlt gut. Es wird nicht viel Arbeit machen, und ich kann mich weiterhin nach anderer Arbeit umsehen, während ich zu jedem Uhrmacher der Stadt gefahren werde."

„Da siehst du es. Ich hätte daran niemals gedacht. Wie klug von dir. Alsooo ..." Sie stieß mich erneut an. „Ist dieser Gentleman gutaussehend?"

„Sehr. Er ist auch liebenswürdig und reich. Wir haben im Brown's Tee getrunken."

Sie keuchte auf. „Dann musst du etwas Schöneres tragen als dieses alte Kleid." Sie sprang auf und öffnete die Schublade, in der sie ihre Kleider aufbewahrte.

„Catherine, ich passe doch nicht in deine Kleider."

„Oh." Sie schloss die Schublade und nahm mich kritisch unter die Lupe. „Dann machen wir etwas mit deinen Haaren. Ich wollte deinen Stil schon längst etwas modernisieren."

Ich seufzte und ergab mich ihrer Fürsorge. Sie zog die

Nadeln heraus und fuhr mit den Händen durch meine Haarsträhnen.

„Dein gutaussehender Gentleman-Arbeitgeber wird überrascht sein, wenn er dich morgen sieht. Ich glaube, wir können auch deine Taille etwas enger schnüren."

Ich stöhnte. „Er ist kein Heiratskandidat, Catherine."

„Jeder alleinstehende Mann ist ein Kandidat." Mit den Händen in meinen Haaren hielt sie inne. „Er ist nicht verheiratet, oder?"

„Er hat keine Frau erwähnt, aber ich habe nicht danach gefragt."

„Das musst du als erstes herausfinden. Nun, was kannst du mir sonst noch über ihn sagen?"

Ich verriet ihr seinen Namen, und dass er Amerikaner von vermutlich englischer Abstammung war. Ihre Ooohs und Aaahs kamen wie erwartet, und sie wippte auf den Zehenspitzen, als ich ihr erzählte, dass er ein Haus in Mayfair hatte. Ich erzählte ihr alles, woran ich mich aus unserer Unterhaltung erinnerte.

Ich erwähnte nicht, dass er mit hoher Wahrscheinlichkeit ein Wild-West-Bandit auf der Flucht war.

* * *

„Sie sollte nicht hierbleiben." Mr. Masons Zischen war inmitten des Klapperns der Töpfe und Pfannen in der Küche kaum hörbar, da Mrs. Mason das Geschirr spülte. Er hatte uns alle bis auf seine Frau nach dem Abendessen weggeschickt. Beim Essen hatte er mir seltsame Blicke zugeworfen, als würde er mich in ganz neuem Licht sehen. Es war so seltsam, dass ich ihn beinahe fragte, ob etwas nicht stimmte, aber ich entschied mich dagegen. Es kam ihm wohl einfach komisch vor, dass ich mich ohne Vater in diesem Haus aufhielt, und vielleicht fehlte auch ihm Vaters Gesellschaft. Ich war in die Küche zurückgekehrt, um mir etwas zu trinken zu holen, hielt aber inne, als ich Mr. Mason hörte.

„Sie steht Catherine zu nahe", sagte er weiter.

„India ist ein gutes Mädchen, eine Vernünftige", sagte Mrs. Mason. „Catherine könnte von ihr das eine oder andere lernen."

Ich beugte mich dichter heran. „Du verstehst nicht", erwiderte er gewichtig. Obwohl ich ihn nicht sehen konnte, stellte ich mir vor, wie er am Tisch saß, sich mit den Händen über den kahlen Schädel fuhr.

„Dann erklär es mir."

„Ich ... ich kann nicht."

Ein Stuhl knirschte, und Schritte kamen näher. Ich verbarg mich in einer dunklen Nische und wartete, dass er ging, bevor ich in Catherines Zimmer zurückkehrte. Meine Füße fühlten sich an wie Holzscheite, und mir tat das Herz weh. Warum wollte Mr. Mason mich nicht hier haben? War ich wirklich eine Bedrohung für seine Söhne? Hielt er mich nicht mehr für eine tugendhafte Frau, nun, da mein Vater gestorben war? Ich konnte mir keinen anderen Grund vorstellen – nichts sonst hatte sich verändert, seit ich ihn zum letzten Mal gesehen hatte. Warum also wollte er mich nicht mehr in der Nähe seiner Familie haben?

„Du hast den Krug nicht raufgebracht", sagte Catherine, als ich in ihr Zimmer zurückkehrte.

„Ich habe keinen Durst mehr."

* * *

DER GANZE MASON-HAUSHALT hatte die Nasen an das vordere Fenster gedrückt, als Mr. Glass in seiner Kutsche eintraf. Die Männer murmelten Wörter wie Kupplung, Deichseln und Achsen, als wären sie Kutschenbauer und keine Uhrmacher, während die Frauen diskutierten, wie viel er wohl verdiente, um ein so ansehnliches Beförderungsmittel zu haben. Ich öffnete die Tür und ging hinaus, um ihn zu begrüßen.

„Guten Morgen, Miss", grüßte Cyclops vom Kutschbock herab. „Verzeihen Sie mir, dass ich nicht herabsteige, aber ich habe nur noch einen heilen Fuß, und den will ich nicht aufs Spiel setzen." Er grinste mich übers ganze Gesicht an und zückte seine Kappe.

Eine Person, die nach Speck roch, trat neben mich. „India", flüsterte mir Mrs. Mason ins Ohr. „Als respektable Frau und gute Freundin deiner armen verstorbenen Eltern sehe ich es als meine Pflicht, dafür zu sorgen, dass du weißt, was du tust."

„Warum jetzt? Sie wussten doch schon gestern, dass Mr. Glass mich abholen würde."

„Ja. Nun gut. Jetzt, da ich seinen Kutscher gesehen habe, bekomme ich Zweifel. Bist du sicher, dass der Kutscher kein Pirat ist? Er hat nur ein Auge."

„Ich *glaube* nicht, dass Piraten so nett lächeln." Meine flapsige Erwiderung sollte sie zwar etwas ärgern, aber tatsächlich hämmerte mein Herz. Es war untypisch für mich, mit seltsamen Männern in Kutschen zu fahren. Wären meine Eltern hier gewesen, hätten sie es nicht gestattet oder darauf bestanden, mitzufahren. Ich wusste, dass mich die Masons nicht wie ihre eigene Tochter behandeln würden, aber es war nett von Mrs. Mason, als mein Gewissen aufzutreten. In diesem Fall würde ich es jedoch ignorieren. Ich konnte es mir nicht leisten, vorsichtig zu sein. Inzwischen ging es nicht mehr nur um ein paar Pfund, sondern um zweitausend amerikanische Dollars.

Mr. Glass' lange Beine schnellten aus der Kabine, und er trat auf den Bürgersteig. „Guten Morgen, Miss Steele. Mr. Mason", fügte er an und streckte Catherines Vater die Hand hin. „Erfreut, Sie wiederzutreffen, Sir."

Mr. Mason war mir den ganzen Vormittag aus dem Weg gegangen. Nun ja, vielleicht nicht *aus dem Weg gegangen*. Er war in seine Werkstatt gegangen, bevor ich aufgewacht war. Obwohl ich unbedingt wissen wollte, warum er mich nicht mehr für einen guten Einfluss auf Catherine hielt, wollte ich mir auch nicht ins Gesicht sagen lassen, dass ich ein schlechtes Exempel abgäbe. Meine strapazierten Nerven konnten keine weitere Belastung gebrauchen. Außerdem war ich dankbar, dass man mich nicht aus dem Haus geworfen hatte.

Mr. Glass schüttelte jedem Familienmitglied die Hand, als der Vorstand des Haushalts sie vorstellte. „Suchen Sie immer noch nach Ihrem Uhrmacher?", fragte Mr. Mason.

„In der Tat", sagte Mr. Glass.

„Mein Angebot von gestern gilt noch. Ich sehe mir an, ob ich sie für Sie reparieren kann."

„Danke, aber ich lasse es lieber den ursprünglichen Uhrmacher machen."

„Die meisten Uhren weichen nicht groß voneinander ab,

wissen Sie? Ich bin mir sicher, ich bekomme es auch dann hin, wenn es eine ist, die ich noch nie gesehen habe." Er lachte etwas nervös, sodass seine Backen bebten.

„Nicht diese Uhr." Mr. Glass klappte die Trittleiter für mich herab und streckte dann die Hand aus. „Wohin als erstes, Miss Steele?"

„Oxford Street, am Ende des Marble Arch", sagte ich. „Wissen Sie, wo das ist, Mr. Cyclops? Es ist nicht weit von Mayfair."

Cyclops musterte eine schmutzige und arg verknitterte Karte, die auf seinem Schoß lag. „Ich kenne es. Und ich bin nur Cyclops, Miss, kein Mister."

Mr. Mason griff sich an die Knopfleiste seiner Weste. Mrs. Mason war eine hervorragende Näherin und konnte viele Kleidungsstücke abändern, aber auch sie konnte die Weste ihres Mannes nicht so vergrößern, dass sie über seinen wachsenden Wanst gepasst hätte.

„Was macht diese Uhr so besonders?", drängte Mr. Mason. Das nervöse Gelächter war verschwunden, und nun schien er darauf bedacht, jedes Wort mitzubekommen, dass Mr. Glass über die Lippen kam.

Mr. Glass schenkte ihm ein Lächeln, aber seine Schultern hatten sich ziemlich angespannt. „Wenn ich das wüsste, müsste ich den ursprünglichen Uhrmacher nicht suchen."

Er stieg ein, und Gareth klappte die Leiter hoch und schloss die Tür. Cyclops trieb das Pferd vom Bordstein weg, bevor Mr. Mason noch ein Wort sagen konnte. Der arme Mann stand dort mit offenem Mund, sein Blick huschte zwischen Mr. Glass und mir hin und her. Er war ein wenig blass geworden, was seiner Frau nicht entgangen war. Sie hielt ihn am Arm, aber er schien ihre Anwesenheit gar nicht wahrzunehmen.

Ich winkte Catherine durchs Fenster zu und versuchte, ihr nicht zu zeigen, wie nervös ich war. Ihrer Miene nach zu urteilen war sie nervös genug für uns beide.

Mr. Glass winkelte die Beine an, so dass sie meine Röcke nicht berührten. „Ich hoffe, Sie sind gut erholt, Miss Steele. Wir haben heute Vormittag viel zu tun."

„Es gibt etliche Uhrmacher auf der und rund um die Oxford

Street", sagte ich. „Cyclops kann in der Nähe des Marble Arch bleiben, und wir können von dort aus laufen. Es wird aber länger als den Vormittag dauern. Wie Sie sagten, es gibt viel zu tun."

Er stützte den Ellbogen auf den Fensterrahmen und rieb sich nachdenklich mit dem Finger über die Lippen. Schatten huschten durch seinen müden Blick. „Wir können nach dem Mittagessen zurückkehren."

„Es gibt ein paar hervorragende Gaststätten in der Gegend. Wir können in einer davon essen und unsere Ermittlungen sofort wieder aufnehmen."

„Ich kehre lieber für eine oder zwei Stunden nach Hause zurück."

Ich wollte gerade einwenden, dass niemand so lange zum Mittagessen brauchte, aber ich hielt mich im Zaum. Vielleicht waren lange Mittagspausen eine amerikanische Sitte. Es war unangebracht für mich, mit ihm zu streiten, wenn er mich bezahlte. Genauso unpassend war es, ihn zu fragen, warum er heute Vormittag so müde war, obwohl mich die Neugier vermutlich irgendwann im Lauf des Tages dazu zwingen würde.

„Wie Sie wünschen, Mr. Glass", sagte ich. „Aber wir haben eine Menge Uhrmacher zu besuchen, und ich brauche etwas Zeit für mich."

„Zum Einkaufen?"

„Um bei Arbeitsvermittlern anzufragen, und bei Herbergen."

Er zog die Augenbrauen hoch. „Sie bleiben nicht bei den Masons?"

Ich musste ihm irgendwann erzählen, dass er mich morgen Vormittag nicht dort abholen würde, trotzdem zögerte ich. Letztlich schaffte ich es nur, ohne ihn direkt anzuschauen. „Ich will den Masons nicht noch mehr zur Last fallen."

Er schwieg einen langen Moment, in dem ich seinen Blick auf mir spüren konnte, während ich so tat, als würden mich die vor dem Fenster vorbeiziehenden Ansichten interessieren. „Sie können für die Dauer Ihrer Anstellung in meinem Haus wohnen", sagte er schließlich.

Ich keuchte auf, und mein Blick zuckte zu ihm. Mir hatte es die Sprache verschlagen – etwas, das kaum je vorkam.

Er lächelte, was mein bereits schnell schlagendes Herz völlig aus dem Takt brachte. „Na?", ermunterte er mich.

„Ich ... ich ..." Ich klang einfältig, aber mir wollte keine Ausrede einfallen, um abzulehnen. Unter demselben Dach leben wie ein Ausländer, der sehr wahrscheinlich ein Revolverheld war? Ich wäre verrückt gewesen, das auch nur in Erwägung zu ziehen. „Das sollte ich nicht. Das wäre nicht angemessen."

„Sie scheinen mir nicht in einer Lage zu sein, in der Sie sich darum kümmern können, was angemessen ist." Bei meinem zweiten Aufkeuchen zuckte er nur die Schultern. „Oder nicht?"

„Schooon", wand ich mich, „aber es ist nicht höflich, das einer Frau mit gemindertem Status klarzumachen."

„Ich entschuldige mich. Die Höflichkeitsregeln sind hier zahlreich. Ich bin noch nicht mit allen vertraut."

„Ihnen sei vergeben."

„Also ist das Ihre endgültige Ablehnung meines Angebots?"

Ich hätte sagen sollen, dass dem so war, ohne zu zögern. Ich hätte darauf bestehen sollen, mir eine eigene Unterkunft zu suchen.

Aber es wäre wunderbar gewesen, sich darum eine Woche lang keine Sorgen machen zu müssen. Und wenn ich im selben Haus wohnte wie Mr. Glass, wäre es so viel einfacher, ihn auszuspähen und die Wahrheit herauszufinden. Wenn ich nachts meine Tür abschloss und mit einem Messer unter dem Kissen schlief, sollte das doch sicher für mich sein. Außerdem hieß es in dem Zeitungsartikel nicht, dass der Bandit Frauen angriff, nur dass er Pferde stahl und Postkutschen überfiel – jedenfalls abgesehen von dem Mord. Ich hatte nichts Wertvolles, das er stehlen konnte, und ich war kein Gesetzeshüter. Wenn ich etwas herausfand, das ihn mit dem Mann in der Zeitung in Verbindung brachte, würde ich es nur der Polizei sagen und mir Mr. Glass gegenüber von meinen Verdächtigungen absolut nichts anmerken lassen.

„Ich wohne nur bei Ihnen, wenn ich in den Personalunterkünften schlafen kann und Sie allen sagen, dass ich Ihre Haushaltshilfe oder Magd bin", sagte ich.

„Ich beschäftige Reinemachfrauen, keine Mägde. Meine

Cousine kam mit mir herüber und lebt im Haus. Fühlen Sie sich wohler, wenn eine andere Frau da ist?"

„Ja, durchaus."

„Dann begreifen Sie sich als vorübergehenden Gast in der Park Street 16, Mayfair."

Die Geschwindigkeit, mit der die Entscheidung gefallen war, war schwindelerregend. Ich brauchte einen Augenblick, um mir klarzumachen, dass ich eine Woche lang wie eine Herzogin in einem von Londons besten Vierteln leben würde. Als ich es letztlich begriff, musste ich mir auf die Innenseite der Lippe beißen, um mein Lächeln zu verbergen.

Mr. Glass verbarg seines nicht. „Es ist ein schönes Haus", sagte er mit schalkhaftem Unterton. „Es ist etwas größer, als ich es gewohnt bin, aber es gefällt mir."

„Dankeschön", sagte ich. „Das ist sehr nett von Ihnen. Oh, da fällt mir ein." Ich öffnete meinen Pompadour und nahm sein Taschentuch heraus. „Vielen Dank dafür. Ich wüsste nicht, wo ich ohne das wäre."

„Ich bin froh, dass ich helfen konnte."

So, wie er es sagte, fühlte ich mich in meiner Lage gar nicht elend. Im Gegenteil, es fühlte sich an, als hätte ich ihm einen Gefallen getan, indem ich sein Stellenangebot akzeptierte. Ich nahm an, dem war auch so. Die anderen Leute, die alle Uhrmacher der Stadt ausmachen konnten, hatten alle bereits gut bezahlte Arbeit und wären nicht für das zeitraubende Unternehmen zu haben gewesen.

Er steckte das Taschentuch ein, und als seine Hand sich wegbewegte, berührte er die Manteltasche, die er auch am vorigen Tag mehrmals berührt hatte, nur, um sich dann zu zügeln. Er warf mir einen Blick zu und lächelte wieder, aber ich ließ mich nicht täuschen. Er vergewisserte sich, ob ich es bemerkt hatte. Ich erwiderte das Lächeln und gab vor, ahnungslos zu sein.

Cyclops fuhr in der Nähe des Marble Arch an den Straßenrand, und Mr. Glass half mir aus der Kutsche. „Nicht länger als drei Stunden", rief Cyclops herab. „Sir."

Mr. Glass hob wegwerfend die Hand und wartete auf dem Bürgersteig, bis der Verkehr nachließ. Nach einem Augenblick sagte ich: „Wir werden unser Glück mit dieser Lücke versuchen müssen."

Mit einer Hand an meinem Hut, wobei die andere meine Röcke hob, lief ich mit ihm zur Oxford Street. „Ist der Verkehr so schlimm, wo Sie herkommen?", fragte ich, während wir an einer Tuchhandlung vorbeikamen, in der herrliche rote Seide so ausgestellt war, dass sie das Morgenlicht bestmöglich einfing.

„Nein", sagte Mr. Glass.

Als er so knapp antwortete, löste ich meinen Blick von der Seide. Ich brauchte einen Augenblick, bevor mir klar wurde, dass er mir wohl nicht zu viele Information über sich gewähren wollte, wenn er ein Bandit war. Dieser Gedanke faszinierte und besorgte mich zugleich.

„Leben Sie in einer Stadt oder einem Dorf?", drängte ich trotzdem.

„Im Augenblick in einem größeren Städtchen, aber ich habe schon auf der ganzen Welt gelebt."

„Wirklich? Wo denn genau?"

„Frankreich, Italien, Preußen, jetzt Amerika."

„Wo in Amerika?"

„Hier und da." Er wich einem Jungen mit einer leeren Holzkiste auf der Schulter aus und wartete, bis ich aufholte. Er machte kleinere Schritte, damit wir gleich schnell waren.

„Sie haben einen Ort in New Mexico erwähnt", fuhr ich fort. „Broken Creek, oder?"

„Ja."

„Wie lang haben Sie dort gelebt?"

„Dort habe ich nicht gelebt."

„Wo haben Sie dann gelebt?"

„Sie stellen viele Fragen, Miss Steele."

„Ich bin von Natur aus wissbegierig, aber wenn ich bei Ihnen wohnen soll, würde ich mich besser fühlen, wenn ich Sie besser kennen würde." Da. Das klang doch überhaupt nicht verdächtig neugierig, einfach nur vorsichtig.

„Das scheint unser erster Halt zu sein", sagte er und nickte zu einem Schild hin, das aus einem Eingang ein paar Läden entfernt ragte. Er wich mir definitiv aus.

Mr. Thompsons Laden war nicht viel anders als der meines

Vaters oder der von Mr. Mason, wenn auch etwas kleiner. Auf der Oxford Street war die Miete höher, und es gab keinen Platz für eine zurückgesetzte Werkstatt. Ich wusste zufällig, dass Mr. Thompson keine Uhren mehr fertigte, sondern welche verkaufte, die in den Fabriken von Clerkenwell hergestellt wurden.

Mr. Thompson schaute von der Vitrine auf, wo er Uhren auslegte, und lächelte Mr. Glass an. Er wandte sich mir zu, und sein Lächeln erstarb. „Miss Steele! Was machen Sie hier?" Er ging rückwärts und um den Tresen herum, den er zwischen sich und uns platzierte.

„Guten Morgen, Mr. Thompson", sagte ich und trat an den Tresen.

Er ging zur Seite, von mir weg. Ich folgte ihm, aber er ging noch ein Stück weiter und beschäftigte sich stark mit einer Auswahl von Uhrketten, die auf einer Samtmatte ausgelegt war. Sein Blick huschte zur Seite und beobachtete mich. Ich war Mr. Thompson zwei Jahre lang nicht begegnet, und ich hatte mich offenbar nicht verändert, oder er hätte mich nicht wiedererkannt. Damals war er freundlich zu mir gewesen, also warum nun dieses merkwürdige Verhalten?

„Das ist Mr. Glass", sagte ich. „Er sucht einen bestimmten Uhrmacher, der vor etwa fünf Jahren nach Amerika ging."

Mr. Thompson warf einen Blick auf Mr. Glass und nickte ihm grüßend zu.

„Er müsste älter sein als Sie, Mr. Thompson", sagte Mr. Glass. „Kennen Sie irgendwelche Uhrmacher, die zu dieser Zeit in Amerika waren? Er wäre inzwischen ziemlich alt. Ihr Vater vielleicht?"

Mr. Thompson, der etwa im Alter meines Vaters war, schüttelte den Kopf. „Mein Vater war Kerzenzieher, kein Uhrmacher. Und ich kenne niemanden, der in Amerika war. Möchten Sie eine neue Taschenuhr kaufen, Sir? Oder eine andere Uhr?"

„Heute nicht."

Mr. Thompson räusperte sich, sah zu mir und dann betont zur Tür. Er hätte es nicht deutlicher machen können, hätte er mit voller Lautstärke gerufen: „Raus jetzt!"

Ich marschierte aus dem Laden, Mr. Glass dicht hinter mir. Ich wunderte mich über Mr. Thompsons Begrüßung, bis wir beim nächsten Uhrmacher ankamen, einem schmalen Laden, kaum breiter als eine Tür, der sich zwischen einen Juwelier und einen Tabakhändler quetschte.

Mr. Baxter, der Besitzer, war ein Freund meines Vaters und einer der wenigen gewesen, die zu seiner Beerdigung gekommen waren, obwohl er nach der Zeremonie nicht geblieben war. Ich erwartete zumindest eine herzliche, freundliche Begrüßung, denn er war ein stürmischer, großzügiger Mann, dessen Charakter so ausladend war wie seine fassförmige Brust. Doch auch er stellte sich hinter seinen Tresen, um mit mir zu sprechen, als wäre dieser ein Schild, hinter dem er bei Bedarf in Deckung gehen konnte. Anders als Mr. Thompson konnte Mr. Baxter mir kaum in die Augen sehen, und er wirkte recht nervös, etwas, das ich bei ihm nie vermutet hätte.

Wir stellten unsere Fragen, er gab knappe Antworten, und Mr. Glass und ich brachen auf, ohne Chronos etwas näher gekommen zu sein. Wir mussten die trublige Oxford Street überqueren, um zum nächsten Laden auf meiner Liste zu gelangen, einen, vor dem es mir von Anfang an gegraut hatte, und der mich jetzt noch nervöser machte, nachdem mich sowohl Mr. Thompson als auch Mr. Baxter so merkwürdig empfangen hatten. Ich konnte die Art, wie sie mich behandelten, nicht einmal als frostig beschreiben. Es war, als wären sie mir gegenüber misstrauisch. Vielleicht erwarteten sie, dass ich sie darauf ansprach, dass sie mich nicht in die Gilde gelassen hatten. Sie hatten immerhin gegen meine Zulassung gestimmt, zusammen mit den anderen Mitgliedern.

Aber der nächste Uhrmacher auf meiner Liste war derjenige, der mich am vehementesten abgelehnt hatte, das hatte Vater erzählt, nachdem er am Abend der Abstimmung zurückgekommen war. Mr. Abercrombie war der Gildenvorstand und hatte diese Position bereits seit einigen Jahren inne, weil ihm niemand etwas entgegenzusetzen wagte. Er hatte nebst dem Laden von seinem Vater auch ein Vermögen geerbt, so dass er sich die besten Werkzeuge und Materialien leisten konnte. Die Königin hatte vor etwa dreißig Jahren eine Uhr von seinem Vater gekauft, und von dieser Behauptung hatte Mr. Abercrombie seither hervorragend leben können. Er brüstete sich nun mit einer Kundschaft aus Fürsten und Lords und ließ allein in seinem Laden vier Angestellte für sich arbeiten. Er besaß Macht in der Gilde, und alle anderen Mitglieder beugten sich seinen Wünschen. Wenn er nicht wollte, dass ein Uhrmacher zur Gilde gehörte, dann wurde er auch nicht zugelassen. Jedes Mitglied würde so abstimmen, wie Mr. Abercrombie riet. Und wenn ein Uhrmacher nicht zur Gilde gehörte, durfte er in England nicht rechtens Uhren verkaufen. Darum war Vater so aufgebracht gewesen, dass mein Antrag abgelehnt worden war – und es erklärte, warum er den Laden Eddie überlassen hatte anstatt mir. Als Mann war Eddie zugelassen.

Abercrombies Fine Watches and Clocks war dreimal so groß wie Mr. Thompsons Laden und lag an einer markanten Ecke. Mr. Glass hielt mir die Tür auf, aber ich schüttelte den Kopf.

„Gehen Sie rein und stellen Sie Ihre Fragen ohne mich", sagte ich. „Meine Anwesenheit ist nicht nötig."

Er warf einen Blick über die Straße zu Baxters, runzelte leicht die Stirn, dann nickte er. „Also gut."

Ich beobachtete die Szene durchs Fenster. Die schlanke Gestalt von Mr. Abercrombie stand mitten im Laden, die Hände auf dem Rücken. Mit seinem geölten Schnurrbart und dem Zwicker auf dem unteren Ende der Nase wirkte er so respektabel wie jeder seiner adligen Kunden. Er wies einen Angestellten an, Mr. Glass Hut und Mantel abzunehmen, doch Mr. Glass lehnte ab. Er sprach, und Mr. Abercrombie antwortete mit skeptischer Miene. Er sagte etwas, bot vermutlich an, einen Blick auf Mr. Glass' besondere Taschenuhr zu werfen. Obwohl er mit dem Rücken zu mir stand, sah ich Mr. Glass seufzen. Er hatte es wohl satt, immer die gleichen Antworten zu hören.

Mr. Abercrombie breitete die Hände aus, um auf all seine wunderbaren Waren zu verweisen. Mein Blick folgte seiner Bewegung, und ich konnte nicht aufhören, die herrliche Mahagoni-Bodenstanduhr mit dem Zifferblatt aus Messing anzustarren, die hinter dem Tresen ausgestellt war. Es war ein ziemlich spektakuläres Stück.

Eine Bewegung zog meinen Blick auf sich, und plötzlich kam Mr. Abercrombie durch die Tür marschiert. Er fasste mich am Arm, bevor ich flüchten konnte.

„Sie *sind* es!" Über den Rand seines Zwickers spähte er mich an. Wenn der tollwütige Blick seiner Augen mich nicht zurückzucken ließ, dann gewiss sein stinkender Atem. „Was machen Sie hier, Miss Steele?"

Ich schluckte und wollte mich von ihm losmachen, aber er hielt mich zu fest. „Ich kaufe nur ein, Mr. Abercrombie. Lassen Sie mich gehen, bitte, oder ich schreie."

„Los, schreien Sie ruhig. Ich werde allen sagen, dass Sie mich bestohlen haben."

Ich keuchte. „Warum sollten Sie das tun? Warum hassen Sie mich so?"

Seine einzige Antwort bestand darin, die Finger noch fester in meinen Arm zu krallen. Ich zuckte zusammen, als seine Nägel sich durch den Ärmel in meine Haut bohrten.

„Lassen Sie Miss Steele los", ertönte ein tiefes Knurren hinter Mr. Abercrombie. Ich hatte nicht gesehen, wie Mr. Glass aus dem Laden kam, aber nun erschien er über der Schulter des Uhrmachers, mit finster gerunzelter Stirn und Augen schwarz wie Gewitterwolken.

„Sie kennen sie?", fragte Mr. Abercrombie, der mich nicht losließ. „Was ist das? Was geht hier vor?"

„Ich sagte, lassen Sie sie los. *Sofort.*"

Wäre ich Mr. Abercrombie gewesen und Mr. Glass hätte mich auf so einschüchternde Weise angesprochen, dann hätte ich getan, was er verlangte – und zwar schnell. Aber Mr. Abercrombie tat es nicht. „Sagen Sie mir, was Sie wirklich wollen, oder ich werde das Mädchen des Diebstahls bezichtigen", erwiderte er.

„Sie können mich nicht des Diebstahls bezichtigen, wenn ich nichts von Ihnen habe", fuhr ich ihn an. „Lassen Sie mich gehen, Mr. Abercrombie. Sie tun mir weh." Tatsächlich hatte der Blutfluss in meinen Unterarm und meine Hand aufgehört. Meine Finger pochten.

Mr. Abercrombie zog mich an sich, grinste mir ins Gesicht und schob mir etwas in die Tasche. Ich musste nicht nachsehen, um zu wissen, dass es eine Uhr war.

„Diebin!", schrie Mr. Abercrombie. „So holt doch jemand den Schutzmann! Ich habe eine Diebin erwischt!"

KAPITEL 4

*M*r. Abercrombies Schrei versetzte alle Einkaufenden und Ladenbesitzer in Bewegung. Eine Frau schrie auf, eine weitere zog ein kleines Kind hinter sich, und Türen schlossen sich bestimmt. Drei Männer liefen jedoch auf uns zu. Einer, ein Metzger, wenn man nach seiner blutigen Schürze ging, hielt ein Messer.

„Ich bin keine Diebin!", rief ich und versuchte mich verzweifelt aus Mr. Abercrombies Griff zu lösen.

Seine Lippen verzogen sich verächtlich, und Mr. Glass schlug ihm das Grinsen aus dem Gesicht.

Die Finger des Uhrmachers öffneten sich ruckartig und ließen mich los. Mit einem gequälten Stöhnen stolperte er zur Seite und hielt sich das Kinn. Bevor ich ganz zu Sinnen kommen und meine Röcke hochraffen konnte, schnappte sich Mr. Glass meine Hand und riss mich in vollem Lauf mit sich. Seine andere Hand drückte sich auf seinen Mantel, an seine Innentasche.

„Halt! Diebin!", brüllte jemand hinter uns.

Ich wagte es nicht, einen Blick über die Schulter zu werfen. Es war schon schwer genug, mit Mr. Glass' Schritt zu halten, während er jenen auswich, die uns aufhalten wollten, und weiteren Hindernissen auf unserem Weg. Die Stimmen hinter uns fielen jedoch nicht zurück, ganz gleich, wie schnell wir liefen.

Und ich konnte nicht schneller. Mein verflixtes Korsett machte es mir unmöglich, tief einzuatmen. Meine Brust schmerzte schon, weil es sie nach Luft verlangte. Mein Gesicht fühlte sich an, als würde es vor Überhitzung explodieren, und meine Kehle zog sich zusammen. Ich traute mich allerdings nicht, Mr. Glass zu bitten, langsamer zu machen. Wenn man uns erwischte, würde ich für Gott weiß wie lang im Gefängnis verschwinden. Londons Gefängnisse waren kaum besser als eine läuseverseuchte, von Krankheiten verpestete Hölle.

Die Fußgänger und Hindernisse wurden weniger, als wir die Geschäftsgegend verließen. Wir kamen auf einer schmalen Straße voller Stallungen hinter Mayfairs großen Häusern heraus. Kutscher, die leere Kutschen fuhren, schauten auf die Männer herab, die uns noch verfolgten, hielten aber nicht an, um zu helfen.

Ein Stallbursche trat weiter vorne auf die Straße und hob die Fäuste. Mr. Glass hätte den dürren Jungen mühelos wegschubsen können, aber er huschte nach links durch einen Torbogen – direkt in einen Hof ohne weitere Ausgänge.

Er fluchte mit starkem amerikanischen Akzent und nannte London verwirrender als eine „Honigwabe, gebaut von sturzbe-soffenen Bienen". Wenn ich genug Luft gehabt hätte, hätte ich ihn für seine niedere Sprache getadelt. Aber es war eher so, dass ich um jeden Atemzug kämpfen musste. Die Ränder meines Sichtfelds wurden schwarz, und ich musste seine Hand fest umschließen, um nicht zu taumeln. Ein Teil von mir war erfreut, dass wir anhielten, doch ich wusste, das war das Ende. Wir saßen in der Falle.

Der Metzger und zwei weitere Männer standen unter dem Torbogen, grinsend wie Füchse. „Jetzt haben wir euch", fauchte der Metzger. Mit seiner blutigen Schürze und dem monströsen Messer in der Hand wirkte er, als würde er sich bereitmachen, uns in Einzelteile zu zerhacken.

„Kehren Sie jetzt um, und niemand muss zu Schaden kommen", sagte Mr. Glass in diesem tiefen Befehlston, den er auch bei Abercrombie eingesetzt hatte. Es hatte dort nicht funk-tioniert, und es funktionierte hier nicht. Der Metzger und seine Kameraden näherten sich mit gleichbleibender Geschwindigkeit.

Ich ging rückwärts an die Backsteinwand, Mr. Glass an meiner Seite. „Können Sie laufen?", murmelte er.

Ich war noch nicht wieder zu Atem gekommen, und vor meinen Augen tanzten winzige Sterne, aber ich nickte. Ich musste laufen. Es gab keine andere Wahl.

„Ich lenke sie ab, während Sie entwischen", sagte er. „Laufen Sie am Rand entlang zum Torbogen. Biegen Sie nach links und dann rechts. Warten Sie dort auf mich."

Ich drückte ihm die Hand, in der Hoffnung, dass er verstehen würde, dass ich ihn fragen wollte, wie er vorhatte, dort auf mich zu treffen, wenn drei Männer im Weg waren. Aber er verstand die Geste nicht und schob mich nur zur Seite in Sicherheit.

Der Metzger und einer seiner Freunde schlossen zu Mr. Glass auf. Der dritte Mann ging auf mich zu. Schweiß benetzte sein Gesicht und seine Haare, und er atmete schwer. Der Ausdruck in seinen Augen war etwas, das ich noch nie zuvor gesehen hatte. Sie waren glasig, trüb, die Pupillen nahmen den Großteil der weißen Fläche ein. Den Kampf, der sich neben ihm anbahnte, schien er nicht wahrzunehmen, er war ganz auf mich konzentriert. Es war sinnlos, ihm zu erklären, dass es ein Irrtum gewesen war. Ich konnte nicht vernünftig mit jemandem reden, der von fiebrigem Wahn erfasst war.

Ich stolperte rückwärts, hielt aber irgendwie das Gleichgewicht. Die Arme zu beiden Seiten ausgestreckt leckte er sich über die Lippen und kam auf mich zu. Ich konnte außen entlang laufen, wie Mr. Glass vorgeschlagen hatte, aber ich würde nicht schnell genug sein. Ich musste irgendwie an ihm vorbei und dabei die Oberhand behalten.

Meine beste Chance war, ihn ins Stolpern zu bringen. Mit etwas Glück würde ihn der Schwung gegen die Wand hinter mir schleudern. Dazu musste ich ihn ermutigen, auf mich zu zu rennen.

Ich hob meine Röcke an und huschte nach links. Mit einem schiefen Grinsen kam er mir hinterher. Ich lief ein Stück, schaute über die Schulter. Als er mich beinahe hatte, wich ich seitlich aus und schob einen Fuß vor.

Er stolperte darüber, traf aber nicht die Wand. Ich wartete nicht ab, ob er sich erholte. Ich lief durch den Torbogen und wandte mich nach links, dann nach rechts, wo ich mich mit dem Rücken an die Wand drückte und keuchend so gut wie möglich Luft holte.

Einen Augenblick später näherten sich Schritte. Ich machte abermals meinen Fuß bereit, doch es war Mr. Glass. Er hielt das Messer des Metzgers. Ohne ein Wort nahm er wieder meine Hand, und wir liefen zusammen die Straße entlang.

Niemand folgte uns. Hinter uns waren keine Schritte, man hörte nur meinen Atem – und seinen –, sowie das ferne Rumpeln von Kutschenrädern. Hätte ich nicht Mr. Glass' Hand gehalten, wäre ich gegen etwas geprallt. Die Sterne in meinem Blickfeld hatten sich in schwarze Punkte verwandelt. Tatsächlich rammte ich mit der Schulter eine Mauer, als wir um eine weitere Ecke bogen.

Ich stolperte, nur um von Mr. Glass aufgefangen zu werden. In meinem Kopf drehte sich alles, und ich konnte ihn durch den schwarzen Nebel nicht richtig erkennen. Ich spürte, wie ich stürzte und auf dem Bürgersteig landete. Oder vielleicht hatte er mich hingelegt. Ich war mir dessen nicht mehr ganz sicher, wusste nur, dass ich Luft holen musste, oder ich würde ohnmächtig werden.

„Knöpfen Sie Ihre Weste auf", verlangte Mr. Glass.

Ich wollte „Wie bitte?" sagen, aber es kam nur ein ersticktes Keuchen heraus.

„Knöpfen Sie die Weste auf. Das Kleid auch."

Als ich einfach nur weiter seine verschwommenen Umrisse anstarrte und hoffte, damit irgendwie zum Ausdruck zu bringen, wie sehr mich sein Vorschlag schockierte, schnalzte er mit der Zunge. Starke, geschickte Finger öffneten meine Weste. Ich schlug sie weg, aber der Schlag hatte keine Wirkung.

Mr. Glass wurde mit meiner Weste fertig und machte mit der Knopfreihe weiter, die mein Kleid hinab verlief. Sie erwies sich als schwieriger zu öffnen, und mit einem Knurren und einem Reißen gab er den Versuch auf, behutsam zu sein. Knöpfe flogen in alle Richtungen, regneten auf den Bürgersteig neben mir herab.

„Ich entschuldige mich, Miss Steele, aber wenn Sie nicht atmen, werden Sie bewusstlos. Oder sterben." Er hatte wohl irgendwann seine Handschuhe ausgezogen, denn seine bloßen Finger streiften die Wölbung meiner Brüste über meinem Korsett.

Meine Brust zog sich noch enger zusammen. Winzige Hitzeadern breiteten sich auf meiner Haut aus, konzentriert auf die Stelle, an der seine Finger lagen. Ich hustete, und er machte sich daran, an meinem Rücken das Korsett aufzuschnüren. Köstliche Luft drang in meinen Körper, weitete meine Brust wie einen Ballon. Ich nahm einen Atemzug nach dem anderen, bis die Schwärze langsam zurückwich und der Schwindel sich auflöste, sodass ich mir des Mannes sehr bewusst wurde, der vor mir kauerte – der glatten Haut seiner Wangen, der Wärme seines Atems, der Goldsprenkel in seinen Augen, die mich immer noch voller Ernst und mit einer anderen Regung betrachteten, die ich nicht ganz ergründen konnte.

Sein Daumen strich über meine Haut, dicht an meiner Brust. Ein Teil von mir wollte, dass seine Hand weiter erkundete, mich überall berührte, dass ich seine Arme um mich spürte. Der Gedanke, wie sich unsere Herzschläge vereinten, ließ meinen erneut davongaloppieren, aber diesmal nicht, weil mir die Luft wegblieb.

Diese Gedanken waren reiner Wahnsinn. All die anstrengende Bewegung setzte mir eindeutig zu.

„Danke, Mr. Glass." Ein Flüstern war alles, was ich herausbrachte.

Er blinzelte, dann zog er seine Hände zurück. Deren Wärme wich einem kühlen Luftzug, aber ich spürte immer noch die Male, die seine Hände auf meiner Haut hinterlassen hatten. „Geht es Ihnen gut genug zum Weitergehen?"

„Ich werde nicht umfallen, aber ich muss meine Kleider richten." Ich griff rasch nach hinten und schnürte mein Korsett wieder zu.

„Natürlich." Er sammelte die Knöpfe und meinen Pompadour auf, den ich wohl fallengelassen hatte. „Es tut mir leid, dass …" Er räusperte sich. „Alles."

„Es ist schon in Ordnung, aber wenn ich höre, dass Sie es vor irgendjemandem erwähnen, werde ich es nicht nur leugnen, sondern Sie auch nachts im Schlaf kastrieren."

Er lachte leise. „Sie müssen nicht so extrem werden. Ich hätte Ihnen mein Wort gegeben."

Ich war nicht sicher, ob das Wort eines Banditen viel wert war, aber ich behielt diese Spitze für mich. Er hatte mich immerhin gerettet.

Er schob die Knöpfe in meinen Pompadour, während ich die Weste über meinem offenen Kleid zurechtzog, so gut es ging. Ich blicke auf und sah, wie er seine Tasche tätschelte. Als er meinen Blick bemerkte, hörte er auf und nahm seine Handschuhe und das Metzgermesser. Er hielt mir die Hand hin, als wir beide aufstanden.

Rasch wandte er den Kopf ab und legte sich die Finger an die Schläfen, aber nicht, ehe ich sah, wie bleich er geworden war.

„Geht es Ihnen gut, Mr. Glass?", fragte ich. „Oder haben Sie es auch übertrieben?"

„Es geht mir gut. Machen Sie kein Tamtam."

„Ich würde eine kurze Nachfrage nach Ihrer Gesundheit nicht Tamtam nennen, insbesondere, wenn Sie kränklich wirken."

Er schnaubte laut. „Mir geht's gut. Gehen wir. Wir sollten schnell machen." Er reichte mir meinen Pompadour und steckte sich das Messer in den Hosenbund. „Aber wir müssen nicht rennen. Ich glaube, wir befinden uns näher an meinem Haus als an Cyclops und dem Marble Arch, also gehen wir dorthin."

„Wissen Sie, wo von hier aus die Park Street ist?", fragte ich.

„Ja."

„Sie waren schon mal in dieser Gegend unterwegs?" Da wir uns immer noch inmitten von Stallungen und Geschäften befanden, die mit Pferden und Kutschen zu tun hatten, hegte ich Zweifel. Nicht allzu viele Gentlemen hätten sich dazu herabgelassen, hierherzukommen.

„Mein Orientierungssinn ist hervorragend. Wir müssen hier entlang."

Da ich mich in Mayfair nicht sonderlich gut auskannte, ließ ich ihn vorangehen. Er war immer noch blass, abgesehen von den dunklen Ringen, die unter seinen Augen erschienen. Vorhin hatte er noch ganz fidel gewirkt, darum glaubte ich nicht, dass es an unserer Begegnung mit dem Metzger lag. Er

C.J. ARCHER

sah vielmehr aus, als hätte er seit Tagen nicht mehr richtig geschlafen.

„Haben Sie diese Kerle verjagt, nachdem Sie dem Metzger das Messer abgenommen hatten?", fragte ich und schaute mich um. Es waren keine Verfolger zu hören.

Ein paar Schritte weiter sagte er: „Sie sind nicht in der Verfassung, uns zu folgen."

Ich keuchte. „Sie haben sie verletzt?"

Er warf mir einen Seitenblick zu. „Spielt das eine Rolle?"

„Ich ... ich weiß nicht. Sie waren nur gesetzestreue Unschuldige, die jemanden aufhalten wollten, den sie für eine Diebin hielten." Und sie waren zu dritt gewesen, und er war nur einer. *Wie* hatte er sie besiegt?

„Sie übten sich in Selbstjustiz", sagte er. „Ihre Art der Gerechtigkeit ist niemals unschuldig und hält sich sehr selten ans Gesetz."

„Vielleicht in Ihrem Land."

Er ging eilig weiter, und ich dachte, das Gespräch wäre beendet, als er sagte: „Sie hätten sich mit Ihnen vergnügt, Miss Steele, ehe sie Sie den Behörden übergeben hätten."

„Woher wissen Sie das?" Aber noch während ich es sagte, wusste ich, dass er recht hatte. Ich hatte es in den Augen des Mannes gesehen, der auf mich zugekommen war. Ich erschauerte und verschränkte die Arme vor der Brust. „Danke noch einmal, dass Sie mir bei der Flucht geholfen haben."

„Sie müssen mir nicht danken."

„Doch. Es tut mir auch sehr leid, dass Sie darin verwickelt wurden."

„Wenn ich nicht gewesen wäre, wären Sie doch gar nicht erst dort gewesen. Ich bin genauso schuld."

Seine Logik war nicht ganz tadellos, da er ja nicht hatte ahnen können, wie man mich empfangen würde. „Ich verstehe wirklich nicht, warum Mr. Abercrombie so etwas tun sollte. Warum wirft er mir Diebstahl vor?"

„Das würde ich auch gern wissen", murmelte er so leise, dass ich es fast nicht hörte.

„Ich habe ihn seit Jahren nicht gesehen, und die ganze Sache mit der Gilde ging zu seinen Gunsten aus. Ich hätte zornig sein sollen, nicht er."

„Sie müssen mir dieses Gildensystem zuhause einmal erklären. Sie erwähnen es nicht zum ersten Mal."

Wir betraten die Park Street und sahen uns in beide Richtungen um, bevor wir weitergingen.

„Zum Glück sind Sie hier nicht bekannt", sagte ich. „Oder die Polizei würde schon an Ihre Tür klopfen." Ich war sicher, während ich bei Mr. Glass wohnte und mich von der Oxford Street fernhielt, aber sobald unser Geschäft beendet war, würde ich aufpassen müssen. Die Masons würden zwar Abercrombie nicht glauben, wenn er ihnen sagte, ich hätte etwas gestohlen, aber ich wollte sie nicht mit hineinziehen, wenn es sich vermeiden ließ. „Ich hoffe, Mr. Abercrombie setzt sich nicht in den Kopf, nach mir zu suchen und diesen lächerlichen Vorwurf des Diebstahls weiterzutreiben."

„Ich kümmere mich um Abercrombie", sagte Mr. Glass.

„Wie werden Sie sich um ihn kümmern?"

„Überlassen Sie das mir."

Wollte er Abercrombie ans Leder? Oder ihn im Wildwest-Stil bedrohen?

Ich erhielt nicht die Gelegenheit, nachzufragen. Wir waren bei Nr. 16 angekommen, einem rot-beigen Backsteinhaus, das in den grauen Himmel aufragte. Ich spähte über den schwarzen Eisenzaun, der neben der Treppe hinab zum Dienstboteneingang verlief. Die Jalousien waren geschlossen, und kein Licht drang hervor. Heute war wohl nicht der Tag der Reinemachfrau.

Mr. Glass' Klopfen an der Eingangstür wurde von einem Lakaien oder Butler beantwortet. Ich konnte es nicht genau sagen, da er nur den Kopf zur Tür herausstreckte, als würde er den ganzen Rest verstecken.

„Oh, ich dachte, es wäre jemand anders", sagte der Mann und öffnete die Tür weiter. „Auch gut. Ich bin nicht ordentlich gekleidet."

„Warum nicht?", fragte Mr. Glass. „Es ist fast Mittag. Was, wenn wir Besuch bekommen?"

„Kriegen wir nicht."

„Aber es hätte sein können." Er trat beiseite, um mich durchzulassen.

Der Mann, der nur Hose, Hemd und Weste trug, richtete sich zu seiner vollen Größe auf. Er war nur etwas höher gewachsen als ich, mit breitem Körperbau, kantigem Gesicht und schiefer Nase. Seine kleinen Augen glitzerten wie Saphire, als sie mich von Kopf bis Fuß betrachteten. Ich fühlte mich sehr auffällig mit meinem aufgeknöpften Kleid unter der Weste.

„Ist sie das?", fragte er mit einem Akzent, der dem von Cyclops ähnelte.

„Das ist Miss Steele, ja. Miss Steele, das ist Duke, mein Butler. Oder Lakai."

„Beides?", fragte ich lächelnd. „Freut mich, Ihre Bekanntschaft zu machen, Mr. Duke. Ist das ein Vorname, Nachname oder Titel?"

„Es ist nur Duke." Er knurrte. „Warum ist sie dabei?"

Mr. Glass schob sich an ihm vorbei. „Butler oder Lakaien stellen keine Fragen."

Duke knurrte ein weiteres Mal und beäugte mich finster.

„Miss Steele wird hier wohnen, bis ihre Arbeit mit mir abgeschlossen ist."

„Aber ..."

„Das steht nicht zur Debatte." Mr. Glass fuhr zu ihm herum. „Ist das klar? Kein Wort."

Duke drückte die Lippen fest zusammen, aber nur eine Sekunde lang. „M... Sir, Sie wirken hundemüde." Er warf mir noch einen Blick zu, der sich auf meine Brust richtete. Ich hatte das Korsett nicht wieder fest zugeschnürt, und unter der Weste stand mein Kleid immer noch offen. Er merkte das bestimmt. „Ging es nicht darum, sich nach dem Uhrmacher zu erkundigen, anstatt mit der Lady herumzutollen, die dabei helfen sollte?"

„Duke!", fuhr Mr. Glass ihn an.

„Ich habe herumtollen gesagt, nicht herumvö..."

„DUKE!"

Duke lachte leise. Ich bemühte mich, möglichst schockiert auszusehen, aber es war schwer, weiterhin ernst zu blicken. Mr. Glass wirkte schrecklich peinlich berührt, und ich hatte noch nie gehört, wie ein Diener so dreist zu seinem Herrn sprach. Ich glaubte nicht, dass sich dieses Verhalten darauf zurückführen ließ, dass sie Amerikaner waren. Je mehr Diener von Mr. Glass ich traf, umso überzeugter war ich, dass er nicht wirklich ihr Arbeitgeber war, sondern nur eine Rolle spielte. Vielleicht war er der Bandenführer.

Dieser Gedanke ließ mein Lächeln schwinden. Ich schluckte schwer und verschränkte wieder die Arme vor der Brust. Ich bekam allmählich ernsthafte Zweifel, ob ich in diesem Haus bleiben sollte. Es war eine Sache, unter demselben Dach zu schlafen wie Mr. Glass, in dem Wissen, das Cyclops vermutlich im Stall schlief, aber etwas ganz anderes, wenn auch dieser Grobian nicht weit von meinem Schlafzimmer entfernt sein würde.

„Du hast Miss Steele beleidigt", sagte Mr. Glass zu Duke. „Entschuldige dich." Als Duke zögerte, riss Mr. Glass das Metzgermesser heraus.

Ich schluckte meinen Schrei hinunter und hielt mir die Hände vor den Mund.

Duke knurrte nur wieder. „Tut mir leid, Miss. Es war nur ein Witz."

Mr. Glass warf dem Mann das Messer zu. Duke fing es mühelos am Griff. „Ist vielleicht praktisch in der Küche", sagte Mr. Glass.

Duke musterte die Klinge. „Da ist Blut dran."

„Nicht von mir oder von Miss Steele."

„Niemand sonst würde zu schlichten Erkundigungen rausgehen und mit einem Messer so lang wie mein Unterarm zurückkommen." Duke musterte das Gesicht von Mr. Glass genau, dann warf er einen Blick auf die Standuhr. „Sir! Sie wirken müde, und dabei ist es noch gar nicht Zeit."

„Zeit wofür?", fragte ich.

„Nichts", erwiderten sie beide.

„Geh Cyclops holen", wies Mr. Glass seinen Diener an. „Er wartet am Marble Arch auf uns."

Duke sah aus, als wolle er widersprechen, aber er überlegte es sich anders. Er nahm sich einen Hut vom Hutständer und ging dann an uns vorbei zur Vordertür.

„Wenn du zurück bist, bereite ein Zimmer für Miss Steele

vor", sagte Mr. Glass. „Und sorg dafür, dass du ab jetzt ordentlich gekleidet bist. Wir haben einen Gast."

„Aye, aye, Sir." Duke salutierte. „Gibt es sonst noch was? Tee, Kuchen oder vielleicht einen Uhrmacher dazu?"

„Mittagessen, und hör auf, dich so idiotisch zu verhalten. Wo ist Willie?"

Willie? Gab es noch mehr grobe Diener? Gott steh mir bei.

„Draußen", sagte Duke. „Keine Ahnung, wo." Er nickte in Richtung der Uhr. „Sie gehen besser und … ruhen sich aus. Ich kümmere mich um Cyclops und das Zimmer." Er klang dabei aufrichtiger als zu jedem anderen Zeitpunkt, seit wir eingetreten waren, als wäre er wirklich besorgt darum, dass Mr. Glass seine Ruhe bekam.

Er musste krank sein, sonst hätte die Anstrengung ihm nicht derart zugesetzt. Inzwischen wirkte er noch bleicher, und die Schatten unter seinen Augen standen hervor wie ein Relief. Auf seiner Stirn und rund um seinen Mund zeigten sich Falten, die vorher nicht dagewesen waren.

„Sie sehen übel aus", sagte ich zu ihm, als Duke aufbrach. „Bitte, gehen Sie sich ausruhen. Ich werde warten, im, äh …" Ich warf einen Blick zur Tür, die von der Eingangshalle wegführte.

„Im Salon." Er lächelte mich grimmig an und deutete auf das Zimmer. „Ich bin in ein paar Minuten bei Ihnen. Fühlen Sie sich ganz wie zu Hause, denn das wird es in nächster Zeit auch sein."

Ich begab mich zum Salon, hielt aber gleich hinter der Tür inne. Er ging die Treppe hinauf, seine Schritte waren gequält, den Kopf hielt er gesenkt. Sobald er außer Sicht war, folgte ich ihm leise, wobei ich nach weiteren Dienern Ausschau hielt. Mr. Glass blieb oben am Treppenabsatz stehen. Er schien außer Atem, als hätte der kurze Aufstieg ihn erschöpft. Und doch hatte er kaum ausgesehen, als wäre er ins Schwitzen geraten, gleich nachdem er sich mit drei Schlägertypen geprügelt hatte. Was für eine Krankheit setzte erst im Nachhinein ein?

Es war alles sehr seltsam, aber es ging mich nichts an und hatte nichts damit zu tun, warum ich ihm folgte. Ich wollte herausfinden, wo sich seine Privatgemächer befanden, damit ich ein andermal zurückkehren und sie nach Hinweisen auf seinen Beruf in Amerika und seinem Grund, nach England zu kommen, durchsuchen konnte. Es gab keinen besseren Zeitpunkt. Ihm ging es zu schlecht, um es zu bemerken, und die Diener waren weg.

Ich spähte im dritten Stock um die Ecke und musste rasch zurückhuschen. Er war fast am Ende des Gangs stehengeblieben, eine Hand an eine Tür gelegt, den Kopf gesenkt. Die drei Etagen hatten ihm zugesetzt.

Als ich wieder aufschaute, erwartete ich, dass er weg war, eingetreten, aber er saß auf dem Boden, die Beine vor sich ausgestreckt, den Rücken zur Wand. In der Hand hielt er einen leuchtenden Gegenstand, und eine Kette baumelte von seinen Fingern. Es war, als hielte er eine kleine Sonne, deren Strahlen seine Hand mit violettem Licht durchtränkten. Das Licht breitete sich über die Adern seinen Arm hinauf aus, so wie ich es auch am Vortag in der Kutsche gesehen hatte.

Ich beobachtete ihn weiter, sowohl fasziniert als auch entsetzt von dem seltsamen Phänomen. Mr. Glass schien zu wissen, was er tat. Er zeigte keine Angst. Stattdessen schien er sich in den Strahlen des Objekts zu sonnen und mit jeder Sekunde gesünder zu werden. Plötzlich weitete sich seine Brust, er schnappte heftig nach Luft, und die Farbe kehrte in sein Gesicht zurück. Es wirkte nicht mehr blutleer, sondern erfüllt von Leben, als das helle Leuchten aus seinem Kragen den Hals hinaufkroch, zum Kinn, den Wangen und schließlich zur Stirn. Sein Gesicht und seine Hände – vielleicht sein ganzer Körper – waren eine Landkarte aus feurigen, glühenden Adern.

Mit einem weiteren Atemzug ließ er den Deckel des Gegenstands zuschnappen, womit er das Licht löschte. Er hielt ihn an der Kette hoch und steckte ihn dann in seine Innentasche. Selbst aus der Ferne konnte ich erkennen, dass es eine gewöhnliche silberne Taschenuhr war.

Nein, nicht gewöhnlich. Sie mochte aussehen wie eine einfache Uhr, aber an diesem Leuchten war nichts Gewöhnliches.

Mr. Glass erhob sich und verschwand in dem Zimmer. Er hatte mich nicht gesehen, zum Glück. Ich war nicht bereit, ihn wegen seines Geheimnisses zur Rede zu stellen. Denn es musste ein Geheimnis sein, warum sonst hätte er mir nicht gleich davon erzählen sollen, wo es doch sehr wahrscheinlich mit dem Uhrmacher zu tun hatte, den er mit meiner Unterstützung finden wollte.

„Wer sind Sie denn?" Die schneidende Frauenstimme kam von hinten und ließ mich zusammenzucken. Mir barst beinahe das Herz in meiner Brust. Ich wollte mich zu ihr umdrehen, aber sie packte mich an beiden Ellbogen und riss mich an sich. Sie roch nach Tabak und Veilchen, eine merkwürdige Kombination, um es gelinde auszudrücken. „Und warum spionieren Sie herum?"

KAPITEL 5

„Lassen Sie mich los." Ich wehrte mich gegen sie, aber sie war für eine Frau verflixt stark. „Ich bin heute schon genug festgehalten worden." Ich wollte ihr mit dem Absatz auf die Zehen stampfen, aber sie sah meine Bewegung voraus und sprang zurück, ohne mich loszulassen.

„Ich sagte, wer sind Sie und warum spionieren Sie?" Die tiefe, beinahe männliche Stimme ließ mich zusammen mit dem Tabakgeruch daran zweifeln, ob sie tatsächlich eine *sie* war.

„Ich heiße India Steele, und ich spioniere nicht. Ich bin zu Gast bei Mr. Glass, und ich suche nach der Toilette."

Ihr Griff löste sich so weit, dass ich mich herauswinden konnte. Ich drehte mich zu ihr um, nicht sicher, ob ein Lächeln oder ein Tadel angesagt waren. Letztlich konnte ich sie jedoch nur aus weit aufgerissenen Augen anstarren.

Sie war auf jeden Fall eine Frau. Ihre Figur war genauso kurvig wie meine und sicher nicht mit der eines Mannes zu verwechseln. Doch sie trug locker sitzende Männerhosen und eine lederne Männerweste über einem einfachen weißen Hemd. Ihre schwarzen Haare waren zu einer lässigen Frisur aufgetürmt, als hätte sie so geschlafen. Sogar in dieser männlichen Kleidung und trotz der finsteren Grimasse und der geschürzten Lippen hatte sie ein hübsches ovales Gesicht.

„Zur Toilette geht's da lang." Sie wies mit dem Kopf ruckartig in die Gegenrichtung von Mr. Glass' Zimmer.

„Danke." Ich wollte an ihr vorbei, aber sie fasste mich
am Arm.

Ich riss mich los und erwiderte ihren finsteren Blick. „Ich bin
heute wirklich schon genug Wegelagerern begegnet, danke auch.
Lassen Sie mich freundlicherweise durch."

Sie verschränkte nur die Arme und stellte sich breitbeiniger
hin. „Ich bin mir nicht sicher, ob ich das tun sollte, bevor ich mit
Matt gesprochen habe."

„Matt?"

„Matthew. Mr. Glass." Also redete auch sie ihn mit dem
Vornamen an. Ich schätzte, ich hätte damit rechnen sollen.

Ich beschloss, meine Taktik zu ändern und hielt ihr die Hand
hin. „Da niemand da ist, um uns vorzustellen, sollen wir es
einfach selbst übernehmen?" Ich lächelte. Ihr Gesicht wurde
noch finsterer. „Ich heiße India Steele."

„Das sagten Sie."

„Und Sie sind?"

„Nicht vertrauensselig."

Ich zog meine Hand zurück. „Darf ich fragen, warum Sie mir
nicht vertrauen?"

Ihr Gesicht entspannte sich. Sie räusperte sich und wirkte
etwas weniger selbstsicher. „Sie sprechen wie eine anständige
englische Lady, sind aber nicht wie eine angezogen."

Ich sagte ihr nicht, dass *sie* wie eine Frau sprach, sich aber
wie ein Mann anzog. Bis ich nicht wusste, wie sie solche Spitzen
aufnahm, behielt ich sie lieber für mich. Besonders, da ich in
einer etwas riskanten Lage war, solange ich im Haus eines
Mannes wohnte, dem ich nicht vertraute.

„Was meinen Sie?", fragte ich.

„Ihr Vorbau sitzt ein bisschen locker."

„Vorbau?"

Sie wies auf meine Brust.

„Oh." Mein Gesicht wurde wieder heiß, und ich stellte fest,
dass ich abermals die Arme vor der Brust verschränkte. „Darum
muss ich auch zur Toilette. Ich brauche Nähzeug und einen
Raum, in dem ich ungestört bin."

Sie dachte darüber nach, während sie den Mund verzog. Die Hände in die Hüften gestemmt drehte sie sich um und marschierte los. Ein paar Schritte weiter hielt sie an und schaute über die Schulter zu mir zurück. „Dann kommen Sie mal."

Ich folgte ihr. „Danke, Miss …"

„Willie Johnson. Nennen Sie mich Willie, nicht irgendwas mit Miss. Verstanden?"

„Äh, ja, Sie haben Ihren Wünschen sehr deutlich Ausdruck verliehen."

Sie hielt an und fuhr zu mir herum, das Gesicht nur ein paar Zentimeter von meinem entfernt. „Machen Sie sich über mich lustig?"

Ich versuchte, wegen des Tabakgestanks in ihrem Atem nicht zu stottern. „Überhaupt nicht." Ich hoffte, dass sie mir glaubte. Sie mochte ja eine Frau sein, aber bei ihr fühlte ich mich nicht sicherer als bei Mr. Glass' anderen Bediensteten. Sie schien mir noch wilder als Duke. „Sagen Sie, Miss … Sagen Sie mir, Willie, sind Sie hier die Haushälterin? Oder vielleicht Köchin?"

Sie blinzelte mich an und brach in schallendes Gelächter aus, das mich einen Schritt zurückweichen ließ, um ihrem Atem zu entgehen. „Ich, Köchin? Nicht sehr wahrscheinlich. Sie würden eher verhungern als zu essen, was ich koche. Und was das Saubermachen angeht, nein danke." Sie schnaubte und wischte sich die Nase mit dem Handrücken ab. Ich fragte mich allmählich, ob sie von wilden Bären aufgezogen worden war. „Hier geht's lang." Sie wies mit dem Kopf zu einer Tür in der Nähe.

Ich öffnete sie, ging aber nicht hinein. „Das ist nicht die Toilette."

„Es ist mein Zimmer. Oder eines meiner Zimmer. Matt hat mir die Damengemächer überlassen, wie er sie genannt hat, obwohl ich sagte, dass ich nicht so viel Platz brauche." Sie deutete an, dass ich vor ihr eintreten sollte. „Mein Nähzeug ist da drin, aber mir ist was Besseres eingefallen."

Ich ging vor ihr hinein. Das Zimmer war ein großer Wohnraum mit einer Chaiselongue unter einem Fenster, einem Tisch, zwei Sesseln am Kamin, einem Teewagen, einem Sekretär und einer leeren Glasvitrine. Die salbeigrün-beige gestreifte Tapete passte zum Sofa, und alles passte wiederum zu den winzigen grünen Blumen auf den Vorhängen und Kissen. Es war viel zu feminin für die Frau, die neben mir stand. Vielleicht war das der Grund, warum es aussah, als wäre es unbenutzt. Es roch auch so, ganz muffig und stickig. Kein Tabak allerdings.

Willie schloss die Tür. „Kommen Sie mit in mein Schlafzimmer und ziehen Sie sich aus." Sie zeigte auf eine weitere Tür. „Los jetzt, werden Sie mir nicht prüde und lassen die Dame raushängen."

Ich folgte ihr zur Schlafzimmertür, ging aber nicht hinein. Dieser Raum roch nicht unbenutzt. Tatsächlich lag hier ein starker Geruch nach Veilchen in der Luft. „Ich bin nicht prüde, ich frage mich nur, was Sie mit mir vorhaben."

Willie durchwühlte eine große Truhe am Fußteil des Bettes und zog ein braunes Baumwollkleid mit einem beigen Spitzenkragen heraus. Sie schüttelte es aus und hielt es für mich hoch. „Es ist wirklich hässlich, aber es wird Ihnen passen."

Wir hatten dieselbe Größe, das stimmte, und obwohl das Kleid nicht sonderlich hübsch war, war es auch nicht hässlich. Es hatte keinerlei Verzierungen bis auf den großen Kragen. Es war gewiss in einem besseren Zustand als mein knopfloses Kleid. Ich vermutete, dass es nie getragen worden war. „Sie borgen es mir?", fragte ich sie.

„Behalten Sie es. Ich trage keine Kleider, Korsetts oder andere Frauensachen. Darin kann kein Mädchen rennen oder sich ein Schießeisen an die Hüfte schnallen."

„Stimmt, aber sie eignen sich hervorragend, wenn man jemanden zu Fall bringen will." Sie schaute mich unwissend an. „Die Füße sieht man unter diesen Röcken nicht." Ich führte es ihr vor.

„Ich laufe lieber weg oder stelle mich zum Kampf."

Ich seufzte. „Manchmal würde ich das auch gern."

Ich nahm das Kleid, und sie ließ mich allein, um mein Kleid aus- und ihres anzuziehen. Es passte gut, war jedoch etwas kurz. Meine Fußknöchel waren sichtbar. Meine Mutter hätte mich dazu angehalten, mich umzuziehen, wäre sie hier gewesen, aber sie war schon lange tot. Außerdem, in der Not fraß der Teufel Fliegen.

Ich überprüfte gerade mein Kleid, um nachzusehen, ob der

Stoff beschädigt war, als Willie wieder hereinmarschierte, ohne vorher geklopft zu haben. „Himmel, es ist nur ein Kleid. Was dauert da so lang?"

„Ich bin fertig."

Willie betrachtete mich von oben bis unten. „Ist immer noch ein hässliches Kleid, aber an Ihnen sieht es besser aus als an mir."

„Äh, danke. Glaube ich."

„Lassen Sie Ihre Sachen in meinem Wohnzimmer und holen Sie sie später. Ich schätze, ich sollte Ihnen Erfrischungen anbieten, da Sie doch ein Gast sind und so."

„Danke! Eine Tasse Tee wäre herrlich." Ich war nach der Anstrengung durstig, und nun, da ich mich wieder passender gekleidet fühlte, war ich bereit, es bei einer Tasse Tee mit dem Haushalt aufzunehmen.

Ich hoffte nur, Mr. Glass würde nicht lange ruhen. Ich war gern in seiner Gesellschaft und fühlte mich beruhigter, wenn er da war. Seine Diener – oder was auch immer sie waren – machten mich sehr nervös.

Willie führte mich zurück zum Salon und verschwand dann, nachdem sich mich angewiesen hatte, hier zu warten. Es gelang ihr, diese Worte so stählern klingen zu lassen, dass ich es nicht wagte, mich zu bewegen. Ganz eindeutig vertraute sie mir nicht.

Und ich vertraute ihr nicht. Keinem von ihnen.

Aber ich würde mir vorerst Zeit lassen und später weiter Ermittlungen anstellen. Es wäre nicht klug gewesen, noch einmal außerhalb des Salons erwischt zu werden.

Ich durchquerte den Raum, der ebenso hübsch war wie Willies Gemächer, wenn auch in den Farben Blau und Gold. Auch hier roch es jedoch muffig, so dass ich die Fenster öffnen wollte. Nach ein paar Minuten, in denen ich untätig diversen Krimskrams aus der Nähe betrachtet hatte, hielt ich es nicht mehr aus. Ich entriegelte einen der Fensterflügel und öffnete ihn.

Ich atmete tief ein und beobachtete glänzend schwarze Kutschen, die vorbeirumpelten, mit vornehm wirkenden Herren darin. Elegante Damen in edlen Kleidern spazierten mit Sonnenschirmen in der Hand, um sich vor der Frühlingssonne zu schützen, und Kindermädchen schoben Kinderwagen über den

Bürgersteig. Niemand war in Eile. Keine Ladenbesitzer taten brüllend kund, was für herrliche Waren sie hatten, und keine Lieferkarren rempelten einander aus dem Weg. Es war herrlich hier in Mayfair.

Eine Kutsche fuhr vor Nr. 16 vor, und Duke sprang vom Kutschbock, wo er neben Cyclops gesessen hatte. Cyclops sah mich und winkte, aber Duke, der seinem Blick folgte, runzelte die Stirn.

„Wozu haben Sie das Fenster geöffnet?", rief er.

„Frischluft", rief ich zurück.

„Diese Luft nennen Sie frisch?" Er blickte zum Himmel und rümpfte die Nase. „Ihr Engländer seid wahnsinnig."

Ich hörte, wie die Haustür aufging, bevor er auch nur angekommen war. Ich beugte mich aus dem Fenster, um zu sehen, wer Duke aufgemacht hatte, konnte es aber nicht ganz erkennen.

„Besser?", fragte Duke.

„Hör mit dem Getue auf", kam die Antwort von Mr. Glass. „Und halt dich vor Miss Steele bedeckt."

Ich konnte nicht hören, ob Duke ihn warnte, dass ich am offenen Fenster stand, oder nicht. Die Tür schloss sich, und einen Augenblick später kamen sie beide in den Salon marschiert. Mr. Glass sah sehr erfrischt aus. Seine Augen leuchteten, und seine Haut hatte wieder ihre gewöhnliche Farbe, nicht bleich oder von Adern aus violettem Licht erleuchtet. Er lächelte mich an. Ich lächelte zurück und fragte mich, womit Duke sich bedeckt halten sollte, ob es die seltsame Uhr betraf oder etwas anderes.

„Ich sehe, Sie haben sich umgezogen, Miss Steele", sagte Mr. Glass. „Sie haben wohl meine Cousine getroffen."

Ich spürte, wie meine Wangen wieder heiß wurden, als er auf meine Kleidung hinwies, obwohl er nicht erwähnte, weshalb es notwendig gewesen war, mich umzuziehen. Doch ich war auch froh, dass er meinen Kleidungswechsel zur Kenntnis genommen hatte, ohne darauf herumzureiten. Tatsächlich hatte er es geschafft, nahtlos das Thema zu wechseln. Ich fragte mich, ob das Absicht war, um meine Verlegenheit zu mildern, weil wir uns kürzlich so nahegekommen waren.

„*Willie* ist Ihre Cousine?", fragte ich.

„Mütterlicherseits."

„Das hat sie mir nicht gesagt. Sie hat mir eigentlich gar nicht viel gesagt. Ich dachte, sie wäre eine Bedienstete."

Mr. Glass wirkte schmerzerfüllt. „Hat Sie sie bedroht?"

„Gewissermaßen. Aber dann hat sie mir dieses Kleid gegeben, also nehme ich an, zwischen uns ist jetzt alles bestens."

„Darauf würde ich nicht die Ranch verwetten, Miss Steele", sagte Duke. „Sie hasst Kleider. Sie versteht das sicher so, dass Sie ihr einen Gefallen tun."

„Dann können wir vielleicht Freundinnen sein, denn Freundinnen tun einander Gefallen."

Duke brach in Gelächter aus. „Sie hatte noch nie eine Freundin. Alle Mädchen zu Hause fürchten sich vor ihr, und die meisten Burschen auch."

Mr. Glass nickte. „Das stimmt. Sie schüchtert sogar mich ein, wenn sie schlechte Laune hat. Aber keine Sorge, sie ist kaum daheim. Sie werden sie wahrscheinlich nicht viel zu Gesicht bekommen, während Sie bei uns wohnen."

„Wenn man vom Teufel spricht", sagte Duke, als Willie mit einem Tablett hereinkam, auf dem eine Teekanne, Tassen und Kuchenstücke standen. „Und seht euch das an! Sie wird uns ja noch ganz fraulich und hat Tee gemacht. Das muss wohl am Einfluss einer richtigen Lady im Haus liegen."

„Du hast Glück, dass ich dieses Tablett in der Hand halte, Duke, sonst würdest du dir dafür eine fangen." Willie stellte das Tablett mit einem lauten Klirren ab, bei dem das zarte Porzellan bebte.

Duke lachte leise. „Ich muss ein Zimmer vorbereiten und Mittagessen machen. Komm und hilf mir, Willie."

„Mach es selbst. Ich bin nicht die Magd."

„Sehe *ich* aus, als trüge *ich* 'ne Schürze?"

„Duke", fuhr ihn Mr. Glass an. „Es reicht. Willie ... mach, was du willst. Wie üblich."

Duke verschwand lachend, und Willie schenkte den Tee ein. Das leichte Lächeln auf ihren Lippen ließ plötzlich nach, und sie richtete sich auf, obwohl sie die zweite Tasse noch nicht ganz eingeschenkt hatte. Tee platschte aus dem Ausgießer auf die Untertasse.

„Was soll das heißen, ein Zimmer vorbereiten?", fragte sie.

„Miss Steele hat derzeit kein Dach über dem Kopf", sagte Mr. Glass. „Ich habe ihr ein Zimmer angeboten, bis unsere Geschäfte erledigt sind und wir London verlassen."

Sie funkelte ihn an, dann drehte sie sich um und funkelte mich an. „Haben Sie ihm das aufgenötigt?"

„Nein!", widersprach ich und beäugte die Teekanne. Willies weiß angelaufener Griff um den Henkel wirkte unheilverheißend. Es hätte mich nicht überrascht, wenn sie sie als Waffe eingesetzt hätte.

„Du bist ein verdammter Narr, Matt." Sie stieß die Teekanne in seine Richtung, so dass der Tee darin herumschwappte. „Ein Mädel klimpert mit den Wimpern und lässt ihr Holz vor der Hütte wackeln, und du kriegst dich gar nicht mehr ein, um ihr zu helfen."

Mr. Glass' Nasenflügel blähten sich. „Lass es", knurrte er.

„Na, stimmt doch." Willie schnaubte, aber ihr war etwas der Wind aus den Segeln genommen. „Und erst recht, wenn sie vollkommen hilflos ist, wie Missy hier."

„Moment mal", sagte ich und erhob mich. Ich war nicht groß, aber ich war größer als Willie. Leider war ihr mein Höhenvorteil völlig egal. Sie betrachtete mich erheitert, als ob sie meinen Einschüchterungsversuch lächerlich fand. „Erstens bin ich nicht hilflos. Ich mag ja gerade keine feste Anstellung und kein Dach über dem Kopf haben, aber ich kann versichern, dass das nur ein vorübergehender Zustand ist. Zum zweiten habe ich vor Mr. Glass mit gar nichts *gewackelt*. Und mit den Wimpern klimpern ist lächerlich. Das würde keine Frau tun, die ein wenig Selbstachtung hat."

Willie lächelte schief. „Scheint, als ob wir uns zumindest darin einig sind."

„Ich schenke den Tee fertig ein", sagte Mr. Glass. „Du kannst gehen."

Willie verschränkte die Arme und ließ sich breitbeinig aufs Sofa plumpsen, als wollte sie so viel Platz wie möglich beanspruchen. In Anbetracht der Tatsache, dass ich auch auf dem Sofa saß, vermutete ich, dass sie es darauf anlegte, mich zum Abrücken zu bewegen. Ich quetschte mich in eine Ecke, dabei streiften meine Röcke ihr Knie.

„Ich bleibe hier", verkündete sie. „Vielleicht musst du vor ihr gerettet werden."

„Willie", knurrte er. „Raus mit dir, oder ich halbiere dein Taschengeld."

Sie rückte nach vorne, die Hände auf den Knien, dann schob sie sich hoch. „Du musst nicht gleich so fies werden. Ich passe nur auf dich auf, so wie du es schon oft bei mir getan hast."

Er seufzte und fuhr sich mit den Händen durchs Haar. So bedrängt hatte ich ihn den ganzen Tag lang noch nicht gesehen, und wenn man bedachte, was für ein Tag es gewesen war, war das ziemlich überraschend. „Ich weiß, Willie. Aber im Augenblick muss ich mit Miss Steele sprechen. Wir haben etwas zu erledigen, und ich möchte ungern eine weitere Minute verschwenden."

Willie biss sich auf die Lippen und schlang dann plötzlich die Arme um ihren Cousin. Dieser jähe Gefühlsausbruch überraschte ihn genauso sehr wie mich. Seine Augenbrauen zuckten hoch, und er brauchte ein paar Sekunden, ehe er ihr vorsichtig auf die Schulter klopfte, als wäre sie ein gefährliches Tier, von dem er nicht ganz wusste, wie man es streichelte.

„Ich helfe Duke, falls du mich brauchst", sagte sie und löste sich von ihm.

„Versuch, nicht mit ihm zu streiten."

„Mache ich, wenn er es auch macht."

Mr. Glass seufzte, während sie den Salon verließ.

„Sie ist ein ziemlicher kleiner Wirbelwind", sagte ich.

„Schon eher ein Tornado." Aber er lächelte, als er die Teekanne nahm und weiter einschenkte. „Ich entschuldige mich für ihr Verhalten, Miss Steele. Willie ist ... schwierig."

„Sie ist auf jeden Fall ein einzigartiger Typ."

„Sie ist nicht in idealen Umständen für eine junge Frau aufgewachsen. Ich habe sie erst kennengelernt, als wir beide schon fünfzehn waren, und da war es zu spät. Sie war bereits auf ihre Art festgelegt."

„Sie hat sich wie ein Mann gekleidet, schon bevor sie fünfzehn Jahre alt war?" Obwohl sich Willies Alter schwer schätzen ließ, vermutete ich, dass Mr. Glass Ende zwanzig war. Vorhin, bevor er nach oben gegangen war, hatte er allerdings sehr viel älter gewirkt.

„Hat sie, und sich auch wie ein Mann benommen."

„Warum?"

Er reichte mir die Tasse, schaute mir aber nicht in die Augen. „Sie hat festgestellt, dass es leichter ist, ein launischer, vulgärer Mann zu sein als eine launische, vulgäre Frau."

Ich nippte am Tee und schob die Gedanken an Willie beiseite. Sie wichen Überlegungen zu meinem neuen Auftraggeber und seiner erstaunlichen Erholung. Er hatte in der kurzen Zeit, die wir getrennt voneinander verbracht hatten, doch nicht schlafen können, darum musste seine wiederhergestellte Gesundheit wohl an der glühenden Uhr liegen.

„Ich bin froh, dass es Ihnen offenbar viel besser geht", sagte ich. „Ich hatte nicht erwartet, sie so schnell wieder auf den Beinen zu sehen. Sie haben vorhin sehr krank gewirkt." Wenn er mir jetzt nichts von der Uhr erzählte, dann wollte er sie auf jeden Fall geheim halten.

„Ich habe in meinem Zimmer ein Tonikum", sagte er und hielt meinen Blick fest. „Ein kleiner Schluck, und ich bin geheilt." Er lächelte locker. Wenn ich die Szene mit der Uhr nicht gesehen hätte, hätte mich seine charmante Art völlig überzeugt. „Ich weiß, dass es mich nichts angeht", fuhr er fort und setzte sich in den Sessel mir gegenüber, „aber da ich gewissermaßen Ihr Komplize bin, würde ich gern wissen, worum es bei dieser Angelegenheit mit Abercrombie ging. Sie behaupten, nicht zu wissen, warum er Sie des Diebstahls bezichtigt hat, aber es gibt doch ganz bestimmt einen Grund."

„Ich weiß nicht. Ich weiß es wirklich nicht. Die ganze Episode war sehr seltsam und beunruhigend. Vater mochte ihn nie, das weiß ich. Er nannte Abercrombie einen aufgeblasenen Pinkel, der sich viel zu wichtig nahm. Abercrombie ist ziemlich reich, wissen Sie, und hat sehr großen Einfluss auf die Uhrmachergilde, da er ihr Meister ist."

„Was ist diese Gilde?"

„Es ist eine von mehreren Handwerkergilden, die hier in England schon seit Jahrhunderten operieren. Der offizielle Titel lautet die Hochwohlgeborene Gesellschaft der Uhrmacher, aber so nennt sie heute niemand mehr. Es gibt eine Ingenieursgilde, eine Schneidergilde, eine Tischlergilde, eine Juweliersgilde und noch dutzende mehr. Jeder, der etwas herstellt und dieses Erzeugnis verkauft, muss zu einer Gesellschaft gehören. Das ist Gesetz. Ohne Mitgliedschaft darf man nichts verkaufen. Gibt es das nicht in Amerika?"

„Es gibt in verschiedenen Staaten Organisationen, aber sie üben nicht so viel Kontrolle aus. Ist die einzige Funktion der Gilde, dass sie festlegt, wer seine Waren verkaufen darf und wer nicht?"

„Sie kümmert sich auch über Härtefonds um die Witwen und Waisen verstorbener Mitglieder und vergibt Preise für hochwertiges Handwerk. Natürlich sind nur Gildenmitglieder für einen Preis wählbar, und es gibt eine Beitrittsgebühr, aber die Gewinnernamen werden in allen größeren Zeitungen und Zeitschriften veröffentlicht. Das kann die Kundschaft enorm vergrößern."

„Wer legt den Gewinner fest?"

„Der Gildenmeister und andere Mitglieder, die in ein Komitee namens Assistentenkammer gewählt werden. Es überrascht sie vielleicht nicht zu erfahren, dass Mr. Abercrombie in den letzten drei Jahren sowohl den Preis für die beste Taschenuhr als auch den für die beste Uhr gewonnen hat."

„Hat er betrogen?"

„Er hat sich vermutlich Stimmen gekauft oder Drohungen ausgesprochen."

„Mochte ihn Ihr Vater deshalb nicht?"

„Das ist einer der Gründe." Ich ließ den Tee langsam in meiner Tasse wirbeln und versuchte, den Quell der Verzweiflung zu unterdrücken, der immer überlaufen wollte, wenn ich an Vater, die Gilde und den Verlust unseres Ladens an Eddie dachte. „Als Vater krank wurde, ermutigte er mich, mich um eine Mitgliedschaft zu bewerben. Er wusste, um den Laden nach seinem Tod allein weiterführen zu können, würde ich Gildenmitglied werden müssen. Sie lehnten meinen Antrag ab."

„Hatten Sie die nötigen Qualifikationen?"

„Natürlich. Ich war jahrelang Vaters Lehrling gewesen. Die Eignungsprüfung verlangt vom Anwärter, einen Uhrmechanismus auseinanderzunehmen und wieder zusammenzusetzen.

Es ist ganz einfach, und ich hätte mühelos bestanden, aber diese Gelegenheit erhielt ich nicht. Sie wiesen meinen Antrag ab, ohne ihn überhaupt in Erwägung zu ziehen."

„Warum?"

„Weil ich eine Frau bin."

Darüber dachte er mit einem Stirnrunzeln nach. „Aber ich habe hier Ladenbesitzerinnen gesehen, die ihre eigenen Waren herstellen, da bin ich mir sicher – Schneiderinnen, Juwelierinnen, Modistinnen. Müssen sie nicht auch zu ihrer jeweiligen Gilde gehören?"

„Schon, aber ihre Gesellschaften lassen Frauen zu. Die Uhrmachergilde nicht."

„Warum nicht?"

„Das müssen Sie sie fragen. Es ist lächerlich. Ich bin eine hervorragende Uhrmacherin, aber sie scheinen zu glauben, ich würde ein schlechteres Erzeugnis herstellen und ihren Ruf abwerten." In mir brodelte es immer noch, wenn ich daran dachte. Ihre Logik war fehlerhaft und überholt, aber ich konnte nichts dagegen machen. Ihre Satzung konnte nur geändert werden, wenn alle Mitglieder dafür stimmten.

„Ah. Jetzt verstehe ich", sagte er.

„Sie verstehen was?"

„Warum Ihr Vater Hardacre den Laden überlassen hat. Das hat er wohl als die einzige Möglichkeit gesehen, Ihnen den Laden zu erhalten, in der Annahme, dass Sie ihn bald heiraten würden."

„Nur dass wir nicht geheiratet haben", fuhr ich dazwischen. „Eddie hat meinen Vater hereingelegt, und mich auch." Nie wieder würde mich ein so hinterlistiger, verlogener kleiner Dreckskerl hereinlegen.

„Er muss ziemlich überzeugend gewesen sein", sagte Mr. Glass leise.

„War er, aber das entschuldigt nicht meine Blindheit." In Wahrheit hatte ich glauben wollen, dass Eddie mich liebte. Ich war siebenundzwanzig, und noch nie hatte ein Mann mir Zuneigung gezeigt. Vor einem Jahr hatte ich die Hoffnung auf eine Ehe aufgegeben und das Dasein als alte Jungfer akzeptiert. Und dann war Eddie in mein Leben gestürmt, mit seinem ungezwungenen

Lächeln, dem hübschen Gesicht und dem Bemühen um mein Gefallen. Nichts war ihm zu aufwendig oder langweilig gewesen, ob er mich nun zum Markt begleitete oder zusah, wie ich in der Werkstatt eine Uhr reparierte.

Doch er hatte nie über die Witze gelacht, über die ich lachte. Das hätte ich zumindest als Zeichen sehen sollen, dass er nichts für mich war. Ein Leben ohne Lachen wäre die reine Strapaze geworden. Es war ein Zeugnis meiner Verzweiflung, dass ich ihn trotz seines mangelnden Humors hatte heiraten wollen.

Mr. Glass stellte die Teetasse ab und verlagerte sein Gewicht auf dem Sessel. Das Schweigen dehnte sich unangenehm, und ich wünschte, wir hätten Eddie überhaupt nicht zur Sprache gebracht. Ich konzentrierte mich darauf, an meinem Tee zu nippen, bis Mr. Glass schließlich sprach.

„Bewahrt die Uhrmachergilde Aufzeichnungen über frühere Mitglieder auf?"

„Ich nehme es an, aber ich weiß nicht recht, wie hilfreich diese Kartei wäre, um Ihren Uhrmacher zu finden, wenn Sie seinen Namen nicht wissen. Ich glaube, wir können recht sicher sein, dass er nicht Chronos lautet."

„Zugegeben." Er seufzte. „Sollen wir die Route besprechen, die wir heute Nachmittag absolvieren werden?" Er zog ein gefaltetes Blatt Papier aus der Tasche und schob seine Teetasse zur Seite, um auf dem Tisch Platz zu schaffen. Das Blatt erwies sich als Stadtplan von London.

„Sind Sie sicher, dass Sie heute Nachmittag munter genug zum Ausgehen sind?", fragte ich.

Seine Schultern spannten sich an. „Natürlich. Mit mir ist alles in Ordnung."

„Aber …"

„Der Stadtplan, Miss Steele. Bitte zeigen Sie mir, wo wir Ihrer Meinung nach als nächstes hingehen sollten."

Ich seufzte und musterte den Plan. „Wir werden es mit dem Bereich südlich des Hyde Park bis nach Westminster versuchen", sagte ich und malte mit dem Finger einen Kreis um das Gebiet. „Das sollte für heute reichen."

„Weg von der Oxford Street", sagte er mit zustimmendem Nicken.

C.J. ARCHER

„Ja", erwiderte ich leise. „Ein gutes Stück."

„Wir werden bei Masons anhalten und Ihre Sachen abholen, während wir unterwegs sind."

„Und den Ärger erwähnen, den Mr. Abercrombie aufwirbeln möchte. Ich könnte es nicht ertragen, wenn die Masons die Gerüchte zuerst aus anderer Quelle hörten, oder wenn sich Mr. Abercrombie auf der Suche nach mir zu ihnen begäbe."

„Er wird die Sache nicht weiter verfolgen." Mr. Glass faltete den Plan zusammen und steckte ihn sich wieder in die Tasche.

„Da können Sie sich nicht sicher sein."

Er schenkte mir ein schiefes Lächeln, in dem Übermut und Rätselhaftigkeit standen. „Doch, kann ich."

* * *

DIE NACHMITTÄGLICHEN BESUCHE brachten uns Mr. Glass' Uhrmacher kein Stück näher. Zum Glück wurde ich weder angegriffen noch brüskiert, obwohl das daran liegen konnte, dass ich meist in der Kutsche blieb. Ich stieg nur bei Mr. Healys Geschäft aus, um mir die Beine zu vertreten und zu sehen, wie es ihm ging. Er war ein guter Freund von Vater gewesen und hatte mich am Tag der Beerdigung freundlich behandelt. Ich wollte ihn wissen lassen, dass es mir gut ging. Ich war erleichtert, als er mich mit einem Lächeln begrüßte.

Wir hielten am späten Nachmittag am Haus der Masons an, und Mrs. Mason begrüßte uns mit einer Tasse Tee und Walnusskuchen. „Gareth, bring das deinem Papa und deinem Bruder ins Geschäft", sagte sie und reichte ihrem Sohn ein Tablett, auf dem eine Teekanne und Kuchen standen.

Gareth verschwand, und ein paar Minuten später kehrte Mr. Mason allein zurück, seine Teetasse in der Hand. Er grüßte uns mit einem angestrengten Lächeln und schüttelte Mr. Glass die Hand.

„Erfolg gehabt?", fragte er.

„Noch nicht", erwiderte Mr. Glass. Ich war erfreut zu sehen, dass er an diesem Nachmittag nicht vor Müdigkeit schwankte. Er wirkte ganz gesund. „Aber Miss Steele versichert mir, dass wir nur an der Oberfläche gekratzt haben. Ich hatte keine Ahnung, dass London so groß ist."

„Es ist die größte Stadt Europas", sagte Mr. Mason mit stolzgeschwellter Brust.

„Abgesehen von Paris", sagte Catherine verträumt. „Ich würde Paris gern eines Tages sehen, du nicht, India?"

„Darüber habe ich noch nie nachgedacht", sagte ich. „Ich nehme es an, aber ich bezweifle, dass ich London je verlassen werde. Ich spreche nur Englisch, und ich kenne auch niemanden außerhalb dieser Stadt."

Catherine schnaubte ein wenig. „Du bist immer so brav."

Ich blinzelte zu ihr hinüber. Ich nahm an, mit brav meinte sie langweilig. So sah sie mich also? Eine prüde alte Jungfer ohne Träume, Ehrgeiz oder Hoffnungen? Sahen mich *alle* so?

„Paris ist in der Tat eine schöne Stadt." Mr. Glass' eindringliche, tiefe Stimme drang in meine um mich selbst kreisenden Gedanken.

„Sie waren dort?" Catherine lehnte sich vor, ihre Teetasse verharrte auf halbem Weg zu den Lippen.

„Ich habe dort vor vielen Jahren gewohnt."

„Wie spannend."

„Das reicht, Catherine", tadelte Mr. Mason. „Mr. Glass hat wichtigeres zu besprechen als deine Luftschlösser. Paris ist nichts für jemanden wie dich."

Catherine sank auf ihrem Stuhl zurück und zog eine Schnute. Ich lächelte sie mitfühlend an, aber sie schaute weg.

Die Unterhaltung war unterbrochen, darum entschied ich, zum Grund unseres Besuchs zu kommen. „Mr. Glass hat mir Unterkunft in seinem Haus angeboten", erklärte ich den Masons. „Ich bin hier, um meine Sachen zu holen."

Catherine stand der Mund offen, aber sie erholte sich rasch. „Großartig! Komm mit nach oben, und wir holen sie zusammen."

Mrs. Mason schnalzte missbilligend mit der Zunge. „Das ist gewiss eine vollkommen respektable Übereinkunft", sagte sie, „aber ich habe das Gefühl, dass ich einschreiten muss. Was sollen die Leute denken?"

„India weiß, was sie tut", sagte Mr. Mason rasch. „Mach dir keine Sorgen, meine Liebe."

Seine Frau funkelte ihn an. Er nippte an seinem Tee.

„Sie werden gar nichts denken, denn niemand wird davon wissen", erklärte ich hitzig. „Und selbst wenn, was für eine Rolle spielt das? Meine Zukunft ist ruiniert. Dafür hat Eddie schon gesorgt. Ein kleiner Skandal wird mich nicht noch schlimmer belasten."

Mit einem *Hmpf* machte sich Mrs. Mason nützlich, sammelte Teetassen und Teller ein. Ihre Wangen waren gerötet. Zweifellos dachte sie über alle möglichen reißerischen Szenarien mit Mr. Glass und mir nach. Sie ähnelten vermutlich denen, die mir selbst durch den Kopf gegangen waren, besonders nach dem Vorfall mit dem Korsett. Manchmal fühlte sich meine Haut an, als wären noch immer die Abdrücke seiner Hände darauf.

„Ich verstehe Ihre Bedenken", sagte Mr. Glass. „Und es freut mich, dass Miss Steele in Ihnen beiden so gute Freunde hat. Aber seien Sie versichert, meine Cousine, Miss Willemina Johnson, wohnt bei mir und wird als Anstandsdame dienen. Sie ist eine respektable, verantwortungsbewusste Frau von hohem moralischen Charakter und wird sicherstellen, dass Miss Steele immerzu angemessen behandelt wird. Miss Steele, würden Sie sagen, dass meine Beschreibung von Willie zutrifft, basierend auf Ihrem ersten Eindruck?"

Sie schauten mich alle an. Zum Glück waren meine Wangen nicht mehr heiß, aber es fiel mir äußerst schwer, nicht die Fassung zu verlieren. Willie wäre vermutlich höchst erheitert gewesen, hätte sie die Beschreibung ihres Cousins gehört. „Sie ist das alles und noch mehr", versicherte ich den Masons. „Sie ist sehr liebenswert und nett."

Mr. Glass lächelte mich an. Hoffentlich war ich die einzige, der das schalkhafte Funkeln in seinem Blick auffiel.

„Ich habe vor, in den nächsten Tagen nach einer längerfristigen Bleibe und Anstellung zu suchen", sagte ich. „Aber ich will Ihre großzügige Familie nicht länger belasten."

„Du bist keine Last, India", sagte Catherine und berührte mich am Knie.

„Ganz und gar nicht", sagte Mrs. Mason nach einem peinlichen Moment des Schweigens. Ihr Mann nippte am Tee.

„Dann ist es abgemacht", sagte Catherine und erhob sich. „Komm, India, holen wir deine Sachen."

Oben in ihrem Zimmer half sie mir beim Packen, während ich ihr erzählte, dass der Saum meines Kleides aufgegangen wäre, so dass Willie mir eins der ihren geliehen hatte, bis ich es später reparieren konnte. Sie schien mir kaum zuzuhören.

„Er ist so großartig", sagte sie schließlich, als sie meinen Koffer zuklappte und die Schnalle schloss.

„Mr. Glass? Ist mir nicht aufgefallen."

„Quatsch! Natürlich ist es dir aufgefallen. Und wenn man bedenkt, dass du bei ihm in seinem Haus wohnen wirst. Was für eine Gelegenheit!"

„Ich weiß, worauf du anspielst, Catherine, und ich glaube, du bist wahnsinnig geworden. Ich werde mich nicht Mr. Glass zu Füßen werfen."

„Vielleicht wirft er sich dir zu Füßen."

Das brachte uns beide zum Lachen, bis wir völlig außer Atem aufs Bett sanken.

Sobald wir uns erholt hatten, begaben wir uns mit meinem Koffer zurück in den Salon. Ich berührte Catherine an der Hand, ehe wir hineingingen, weil ich eine Art Versicherung von einem Menschen brauchte, den ich kannte und dem ich vertraute. Trotz unseres Gelächters machte es mich nervös, in Mr. Glass' Haus zu wohnen. Er und die anderen Mitglieder seines Haushalts waren ganz anders als wir. Sie waren wagemutig und verwegen, und sie sprachen von Schießeisen und … Holz vor der Hütte. Sie mochten Banditen sein. Ich könnte mich in etwas verstricken, das zu tief ging, als dass ich je wieder herauskommen würde.

Catherine drückte mir mitfühlend die Hand, obwohl sie den wahren Grund meiner Nervosität nicht kannte. Sie dachte wohl, ich wäre nervös, weil die Möglichkeit einer Verführung im Raum stand.

Catherine und ihre Eltern brachten uns an die Tür. Ich umarmte sie alle nacheinander und versprach, sie bald zu besuchen. Alle außer Mr. Mason umarmten mich herzlich zurück.

„Nur noch eines", fragte ich, ehe wir gingen. „Hat sich Mr. Abercrombie nach mir erkundigt?"

„Miss Steele, das ist unnötig", sagte Mr. Glass mit hartem Blick und schüttelte den Kopf. „Das wird bis morgen früh bereinigt sein."

„Abercrombie?", fragte Mr. Mason. „Nein. Warum?"

„Es spielt keine Rolle", ging Mr. Glass dazwischen.

„Eigentlich schon", sagte ich. „Er wollte mich wegen Diebstahls festnehmen lassen."

„Gute Güte!" Mrs. Mason drückte sich den Saum ihrer Schürze ans Kinn. „Das ist schrecklich."

Ich erklärte das Ereignis kurz und versicherte ihnen, dass ich nichts von ihm gestohlen hätte. „Ich wollte nur, dass Sie es von mir erfahren, bevor Sie es von jemand anderem hören." Obwohl Mr. Glass mir versichert hatte, dass alles bereinigt sein würde, sah ich nicht, wie das gehen sollte. Ich musste mich schützen, und dazu gehörte es, die Masons einzuweihen.

„Natürlich, natürlich." Mr. Mason nickte übertrieben, so dass seine Wangen wackelten wie Aspik. Er wirkte ziemlich besorgt, und das machte wiederum mir Sorgen.

„Falls Abercrombie auf der Suche nach dir herkommt, sagen wir ihm nicht, wo du bist", sagte seine Frau.

Ich lächelte sie an und versuchte den Blick ihres Mannes aufzufangen, aber der schaute mich nicht an. „Vielen Dank."

Mr. Glass verstaute meinen Koffer hinten in der Kutsche, während ich einstieg. Er stieg hinter mir ein, und die Kutsche fuhr ruckelnd an.

„Es war unnötig, den Vorfall mit Abercrombie zu erwähnen", sagte er. „Ich *werde* mich darum kümmern, dass er Sie nicht mehr behelligt."

„Ich kann mir nicht vorstellen, wie Sie das zustande bringen wollen. Wenn Sie mir vielleicht mitteilen würden, wie Sie sich darum kümmern, hätte ich mehr Vertrauen."

Er zog sich die Handschuhe aus, einen Finger nach dem anderen. „Ich habe etwas Einfluss in dieser Stadt."

„Aber Sie waren noch nie hier!"

„Das spielt keine Rolle."

Ich schnalzte mit der Zunge. Es war einfacher, von einer

Statue Antworten zu erhalten. „Verzeihen Sie mir meine Zweifel, Mr. Glass, aber mir fällt es etwas schwer, jemandem zu vertrauen, der keine befriedigenden Erklärungen gibt."

Seine Stirn legte sich in Falten, und sein Blick richtete sich auf meinen. „Ich hoffe, das ist nicht wahr, Miss Steele." Seine tiefe Stimme dröhnte aus seiner Brust. „Ich würde nicht wollen, dass Sie sich in meinem Haus nicht sicher fühlen."

„Oh." Ich winkte ab. „Das ist etwas ganz anderes."

„Ich weiß, dass Willie, Duke und Cyclops für Engländer … anders sind, aber Sie haben mein Wort, dass sie Ihnen kein Leid zufügen werden."

„Das höre ich gerne."

„Außer, Sie erzürnen sie."

Ich wurde völlig reglos. Wusste er, dass ich ihn verdächtigte? Warnte er mich, dass ich meinem Verdacht keine Taten folgen lassen sollte?

Er lächelte, und ich konnte darin keine Täuschung erkennen. Nicht, dass ich eine Expertin im Durchschauen von Menschen gewesen wäre. Man sehe sich nur an, wie Eddie mich eingewickelt hatte.

Wir kamen wieder bei Mr. Glass' Haus in Mayfair an, und ich war erfreut zu erfahren, dass mein Zimmer fertig war. Es war geräumig und mit einer Tapete aus rosaroten Kletterrosen verziert, mit passenden Kissen auf dem Bett. Es bot eine hübsche Aussicht auf die Straße weit, weit unten. Ich war noch nie so hoch oben gewesen, und der Blick aus dem Fenster machte mich unruhig. Ich trat zurück, ließ es aber der Luft wegen geöffnet. Der Raum roch wie viele andere muffig. Offenbar war das Haus lange Zeit unbewohnt gewesen, bevor Mr. Glass eingetroffen war.

Jemand hatte mein Kleid aufs Bett gelegt, darum leerte ich die Knöpfe aus meinem Pompadour. Ich suchte in meinem Koffer mein Nähzeug, aber mir ging bald der Faden aus. Mit einem tiefen Atemzug zur Stärkung meiner Nerven verließ ich das Zimmer und machte mich auf die Suche nach Willie. Ich hoffe, sie würde mir nicht vorwerfen, ich spioniere wieder herum, falls sie mich außerhalb meines Zimmers antraf.

Ich begab mich die Treppe hinab zu ihren Gemächern, aber

C.J. ARCHER

niemand antwortete auf mein Klopfen. Sie war vermutlich in der Küche, um das Abendessen vorzubereiten, oder half Duke. Ich warf einen Blick den Gang entlang auf Mr. Glass' Tür, entschied mich aber dagegen, dort anzuklopfen. Er ruhte vielleicht.

Ich ging die Wendeltreppe ins Erdgeschoss hinab und schaute in alle Zimmer. Alle leer. Die Küche war unterhalb des Erdgeschosses, und ich fand schließlich die Tür, die zur Personaltreppe führte, verborgen in einer Wand an der Rückseite des Hauses. Stimmen drangen zu mir herauf, erst die von Willie, dann die von Mr. Glass. Ich hielt auf der letzten Stufe inne, als ich Willies verletzende Worte hörte.

„Ich mag sie nicht", sagte sie. „Sie ist ein Etepetete-Fräulein, das sich für besser hält als wir alle."

„Du bist kindisch", tadelte Mr. Glass. „So ist Miss Steele gar nicht."

Willie schnaubte. „Warum hast du sie überhaupt *hierher*geholt? Du hättest ihr woanders eine Unterkunft bezahlen können. Es gab keinen Anlass für dich, sie unter *unser* Dach zu holen."

„Da stimme ich Willie zu", sagte Duke. „Diese Steele hier wohnen zu lassen, ist gefährlich. Sie könnte etwas sehen, das sie nicht sehen sollte."

„Oder Matt könnte etwas tun, das *er* nicht tun sollte", sagte Cyclops mit einem tiefen Kichern.

„Halt's Maul, Cyclops", fuhr ihn Willie an. „Matt ist an jemandem wie ihr nicht interessiert. Was hat sie denn zu bieten, das andere Damen nicht haben?"

Cyclops' leises Lachen tönte zu mir herauf. Ich wünschte, ich hätte die Reaktionen der anderen sehen können, insbesondere die von Mr. Glass.

„Ich wollte sie aus einem bestimmten Grund hier haben", sagte Mr. Glass. „Nicht aus diesem Grund", fügte er schnell hinzu. „Irgendwas ist an ihr. Ich spüre es. Oder vielmehr der Apparat spürt es."

„Der Apparat spürt es?", wiederholte Duke.

„Wenn sie in der Nähe ist, wird die Uhr wärmer. Ich spüre das durch mein Hemd."

„Das ist lächerlich", sagte Willie. „Das kann sie nicht."

„Woher solltest du das wissen?", erwiderte Duke hämisch.
„Aber Matt ... ist das alles? Glüht sie oder irgendwas?"

„Nein, aber ich bin überzeugt, dass sie mehr ist als eine
einfache Uhrmachertochter. Sie *muss* mehr sein, warum sonst
sollten alle anderen Uhrmacher der Stadt vor ihr Angst haben?"

Angst vor mir? Das war ein wenig übertrieben. Sie schienen
jedoch unnatürlich misstrauisch mir gegenüber zu sein, aus
Gründen, die ich nicht verstand. Sogar Mr. Mason. Der Einzige,
der mich wie immer behandelt hatte, war Mr. Healy.

„Sie bleibt hier", verkündete Mr. Glass, „weil sie mir nützlich
ist. Also seid nett. Ihr *alle*, Willie."

War das der Grund, warum er sich mir gegenüber wie ein
Gentleman verhielt? Warum er mich aus Mr. Abercrombies
Fängen gerettet hatte? Weil er annahm, dass ich ihm nützlich
war? Auch wenn ich nie erwartet hätte, mich mit ihm anzufreun-
den, so hatte ich doch angenommen, dass wir uns sympathisch
waren. Jetzt war ich mir nicht mehr sicher, was ich spürte, oder
ob ich seiner freundlichen Art trauen konnte. Es klang, als wäre
das alles vorgespielt, um mich dazu zu bringen, ihm zu trauen.

Aber wozu, das wusste ich nicht. Ich hatte nichts, was sich zu
stehlen lohnte, und es gab ganz gewiss nichts Besonderes an mir,
ganz gleich, was er glaubte. Überhaupte nichts Besonderes.

KAPITEL 6

$\mathcal{D}$as Abendessen war eine ungewöhnliche Angelegenheit. Duke hatte Seezunge zubereitet, gefolgt von Schweinebraten, Kartoffeln, Salaten und zum Abschluss Götterspeise. Das Ungewöhnliche daran war, dass er und Cyclops mit Mr. Glass, Willie und mir im Esszimmer speisten, und nicht in den Personalunterkünften.

„Das ist köstlich, Duke", sagte ich und lächelte ihn an.

Seine Wangen wurden rot, und er konzentrierte sich auf seinen vollgeladenen Teller. „Danke", murmelte er.

„Sollte es auch", sagte Willie, die ein Stück Schweinefleisch mit der Gabel aufspießte. „Er hat den ganzen Nachmittag damit verbracht, Sie zu beeindrucken."

Duke verdrehte die Augen. „Es dauert einen ganzen Nachmittag, etwas wie das hier zuzubereiten. Nicht, dass du sowas wissen würdest. Du lässt ja alles anbrennen."

„Wo hast du das gelernt?", fragte ich rasch, bevor das Gespräch der beiden in einen Streit mündete.

„Hier und da." Er stopfte sich den Mund voller Kartoffeln. Ich nahm das als Hinweis darauf, dass er keine weiteren Fragen zu seinen Kochkünsten beantworten wollte.

„Cyclops, hast du unsere Billets abgeholt?", fragte Mr. Glass seinen Kutscher.

„Aye, nachdem ich Sie hierher zurückgefahren hatte, bin ich zum Fahrkartenschalter gegangen", sagte Cyclops.

„Endlich!" Willie leckte sich Schweinefett von der Unterlippe. „Ich dachte schon, wir würden ewig in diesem elenden Land bleiben. Wann geht's nach Hause?"

„Nächsten Dienstag." Cyclops' heiles Auge wandte sich zu Mr. Glass. „Solange alles gut geht und wir ihn finden."

„Werden wir", sagte Mr. Glass fröhlich. „Oder nicht, Miss Steele?"

„Ich, äh, hoffe es doch", erwiderte ich. Falls der Uhrmacher nicht gestorben war, oder umgezogen. Je mehr ich über die Gründe nachdachte, warum er nicht in London sein könnte, desto mehr zweifelte ich an unserem Erfolg. Er konnte überall auf der Welt sein. „Aber was passiert, wenn wir ihn in einer Woche nicht finden? Werden Sie trotzdem nach Amerika zurückkehren?"

Die Stille, die darauf folgte, war so vollständig, dass nicht einmal mehr jemand kaute. Duke, Willie und Cyclops schauten alle zu Mr. Glass. Mr. Glass musterte seinen Wein, trank aber nicht.

„Sie werden ihn finden, Miss Steele." Willie deutete mit dem Messer auf mich. „Sonst ..."

„Willie", sagte Mr. Glass angestrengt. „Wenn es uns nicht gelingt, den Uhrmacher zu finden, wird es nicht an Miss Steele liegen."

Willie schnaubte und stürzte dann den Inhalt ihres Weinglases hinunter. „Findet ihn einfach", knurrte sie und stellte das Glas heftig ab. „Was anderes könnt ihr euch nicht leisten."

Wieder sagte niemand etwas, und wieder tat Mr. Glass so, als würde er nicht merken, dass alle ihn anstarrten. Cyclops wirkte besorgt, Willie wütend, aber Dukes Reaktion fand ich am interessantesten. Seine Augen wurden feucht. Als er bemerkte, dass ich hinschaute, senkte er rasch den Kopf und schaufelte sich eine weitere Kartoffel in den Mund.

„Meine Güte", sagte ich munter. „Sie wirken alle sehr verzweifelt bei dem Gedanken, den Uhrmacher nicht zu finden." Ich hoffte, ich stocherte damit nicht im Wespennest, aber im Augenblick hätte ich verdächtiger gewirkt, wenn ich *nichts* sagte.

„Ihre Uhr muss wirklich sehr besonders sein, wenn sie nur ein Mensch auf der Welt reparieren kann, und der Gedanke, ihn nicht zu finden, eine solche Sorge auslöst."

„Das ist sie", sagte Mr. Glass mit einem ausdruckslosen Lächeln. „Nun, Miss Steele, erzählen Sie uns bitte von sich."

Sein plötzlicher Themenwechsel überraschte mich nicht, aber dass er mir den Schwarzen Peter zuschob schon. „Es gibt nichts zu erzählen. Ich bin recht langweilig."

„Das kann ich kaum glauben. Das Uhren- und Taschenuhrengeschäft hier in London wirkt sehr lebhaft auf mich. Jeder scheint jeden zu kennen. Haben sich so Ihre Eltern getroffen? Stammte Ihre Mutter auch aus einer Uhrmacherfamilie?"

Ah, jetzt verstand ich es. Er war hinter Informationen über meinen anderen Großvater her, weil er hoffte, er könne der Uhrmacher sein, den er suchte. Es tat etwas weh, das zu erkennen, aber ich hätte nicht überrascht sein sollen. Mein Leben *war* langweilig, und ich damit genauso. „Der Vater meiner Mutter war Zuckerbäcker. Er hatte einen Laden dort, wo mein Vater als Junge wohnte. Vater kaufte jeden Tag etwas Süßes, nur damit er mit ihr sprechen konnte."

Mr. Glass lächelte und wollte etwas sagen, aber Willie kam ihm zuvor. „Entzückend", sagte sie und gab eine schreckliche Imitation des englischen Akzents zum Besten. „Wenn ihr mich jetzt entschuldigen würdet, ich gehe aus." Sie wischte sich den Mund mit dem Handrücken ab, nahm die Serviette vom Schoß und erhob sich.

„Ist das klug, Willie?", fragte Mr. Glass düster.

„Nein, aber Klugheit ist was für Jungfrauen und Esel." Sie lächelte in meine Richtung.

„Sie ist auch was für die Lebenden." Ich erwiderte das Lächeln. „Und jene, die am Leben bleiben wollen. Genießen Sie Ihren Abend, Willie."

Anstatt beleidigt zu wirken, wurde Willies Grinsen breiter. Sie baute sich vor mir auf. „Wollen Sie mir Gesellschaft leisten, Miss Steele? Ich könnte Ihnen beibringen, wie man beim Poker gewinnt."

„Nein", fuhr Mr. Glass sie an, bevor ich die Gelegenheit hatte, etwas zu erwidern. „Miss Steele will dir keine Gesellschaft beim

Pokern leisten. Und auch du solltest nicht die ganze Nacht spielen. Es ist nicht sicher, und es schickt sich nicht. Hier in England sind die Dinge anders."

Sie schnaubte. „Stimmt. Aber eines ist unverändert, Matt – ich bin eine freie Frau, die hingeht, wo sie will. Gute Nacht allerseits. Genießt euren Abend mit Lesen und höflicher Konversation. Ich bin dann mal weg und gewinne ein bisschen englisches Geld."

„Wenn du bei Morgengrauen nicht zurück bist, komme ich dich holen", rief Mr. Glass ihr nach.

Sie antwortete mit einer unflätigen Geste, die ich bisher nur bei Jungs gesehen hatte, die sie hinter dem Rücken von Schutzmännern machten.

„Vergeben Sie mir, Miss Steele", sagte er, sobald Willie außer Hörweite war. „Ich hätte nicht für Sie antworten sollen."

Doch hatte es gewirkt, als wäre es für ihn das Natürlichste der Welt. Vielleicht war er es gewohnt, Befehle zu geben, denen jeder gehorchte. Außer Willie.

„Zuhause muss ich meine Cousine nicht im Auge behalten", sagte er. „Sie pokert an den meisten Abenden mit einer eingespielten Runde. Niemand würde es wagen, ihr etwas anzutun."

„Warum?"

Seine Lippen bewegten sich, aber keine Worte kamen heraus.

Cyclops antwortete an seiner Stelle. „Sie haben Angst vor Matt."

Ich wurde bleich. Ich hatte erwartet zu hören, dass sie Angst vor Willie hatten, nicht ihrem recht charmanten Cousin. Ich wollte mir eine Antwort überlegen, blieb aber letztlich einfach stumm.

Mr. Glass lachte und winkte ab. Cyclops zog ein finsteres Gesicht. „Ich mache mir Sorgen, dass Willies vorlautes Mundwerk sie in Schwierigkeiten bringt", erklärte Mr. Glass.

„Sie scheint mir jemand zu sein, der sich bestens selbst *aus* Schwierigkeiten befreien kann", sagte ich.

„Das sollten Sie sie hören lassen. Dann würde sie Sie lieber mögen." Er seufzte und strich sich dann mit der Hand über die Augen. „Die Art Mann, gegen die sie hier spielt, ist verschlagener als die Cowboys, die sie gewohnt ist. Sie tun ganz charmant und gentlemanlike, aber das sind sie nicht. Sie sind tückisch."

Ich fragte mich, ob er aus direkter Erfahrung sprach, oder nur aus Beobachtung. Er war noch nicht lange hier, aber er war eindeutig schon mit Herren dieser Art in Kontakt gewesen.

Die Ähnlichkeit mit ihm traf mich wie ein Schlag. Er war zwar kein Engländer, aber er trat bei mir wie ein Gentleman auf. Je näher ich ihn kennenlernte, desto mehr argwöhnte ich, dass das alles nur gespielt war. Wenige offene, unschuldige Herren konnten drei bewaffnete Schläger vermöbeln oder amerikanischen Cowboys Angst machen. Ein Bandit allerdings schon.

„Willie wird schon klarkommen", sagte Duke zu Mr. Glass. „Wenn sie eingekerkert wird, befreien wir sie einfach aus dem Gefängnis, so wie wir's in Tombstone gemacht haben."

Ich keuchte auf. „Sie haben einen Gefängnisausbruch durchgeführt? Und was ist Tombstone?"

„Nur aus einer vorübergehenden Haft", sagte Cyclops mit einem Schulterzucken. „Und Tombstone ist eine Stadt."

„Ein seltsamer Name für eine Stadt."

„Willie war unschuldig", versicherte mir Duke.

Guter Gott. Ich fühlte mich, als wäre ich in einen reißerischen Roman geraten.

„Entschuldigen Sie, Miss Steele. Ich sehe, dass wir Sie erschüttert haben", sagte Mr. Glass.

„Ganz und gar nicht. Mich erschüttert nichts so leicht."

„Das habe ich gemerkt", sagte er mit einem Hauch von Bewunderung und einem warmen Lächeln. „Nur wenige Frauen hätten die Geistesgegenwart, einem Mann ein Bein zu stellen, der sie in die Ecke drängt. Die meisten hätten den Tag wohl vielmehr damit verbracht, sich von der Tortur zu erholen, die Sie heute Vormittag über sich ergehen lassen mussten."

„Ich schätze schon." Ich konnte ihn nicht ansehen. Sein Lob war zu groß, und wieder blickte er eindringlich, als würde er den Moment vor seinem geistigen Auge sehen, in dem er mein Korsett geöffnet und die Hände auf meine nackte Haut gelegt hatte.

„Eine tapfere Lady", sagte Cyclops, der sein Glas zum Salut

hob. „Sie würden gut in den Wilden Westen passen, Miss Steele."

„Vielen Dank, aber für meinen Geschmack klingt er etwas sehr wild."

Mr. Glass stand auf. „Vielleicht sollte ich Willie begleiten."

„Nein", sagten sowohl Cyclops als auch Duke. Sie schauten beide zu mir.

„Schau auf die Uhr." Duke nickte zur kaputten Uhr auf dem Sims. Die Zeiger hatten sich den ganzen Abend nicht bewegt. „Es ist spät. Oder nicht, Cyclops?"

„Zu spät für jemanden, dem es nicht gut ging", stimmte Cyclops zu.

Mr. Glass ging um den Tisch herum und hielt mir die Hand hin. Ich nahm sie und erhob mich. „Ich muss sowieso raus."

„Warum?", fragte Duke.

„Um sicherzugehen, dass Abercrombie diese törichte Diebstahlsanschuldigung nicht weiter verfolgt. Miss Steele ist unschuldig, und ich habe vor, dafür zu sorgen, dass diese Anschuldigung im Sande verläuft."

Ich starrte ihn an, aber er lächelte nur. Sein Daumen strich auf eine äußerst intime Art über meine Hand, so dass mein Herz in meiner Brust Purzelbäume schlug. Ich entschied mich dagegen, noch einmal Einspruch gegen seinen Wunsch einzulegen, wegen Abercrombie etwas zu unternehmen. Es war ganz in meinem Interesse, ihn glauben zu lassen, dass ich ihm vertraute.

„Darf ich diese Uhr heute Abend mit in meine Räume nehmen?", fragte ich stattdessen. „Ich würde gern versuchen, sie zu reparieren."

„Natürlich." Er holte sie vom Sims und reichte sie mir. „Ich habe sie aufgezogen, aber sie will trotzdem nicht gehen."

Ich kehrte mit der Uhr in mein Zimmer zurück und entnahm die Einzelteile aus dem Mechanismus, die ich alle sorgsam auf den Tisch legte. Ich fischte die Werkzeuge aus meinem Koffer und säuberte jedes Rädchen, jeden Hebel und jeden Stift mit einem Tuch. Ich ließ mir Zeit und fand Trost in der beruhigenden Aufgabe, die mir so natürlich schien. Nach einer knappen Stunde entdeckte ich den Übeltäter – eine der Federn war gebrochen. Die Uhr war nicht zu reparieren, bis man einen Ersatz kaufte.

Ich legte die Teile beiseite und dachte über die nächsten Schritte nach. Da Willie und Mr. Glass außer Haus waren und Cyclops sie mit hoher Wahrscheinlichkeit fuhr, beschloss ich nach Beweisen zu suchen, dass Mr. Glass der Bandit aus dem Zeitungsartikel war. Wenn ich die Belohnung haben wollte, musste ich sie mir verdienen, bevor es sonst jemand tat. Außerdem wollte ich auch ein Messer.

Mit einem Kerzenleuchter in der Hand begab ich mich nach unten, nicht leise oder verdächtig, sondern als wollte ich eine Tasse Tee. Ich fand Duke, der laut schnarchend auf dem Sofa im Salon lag, die Stiefel ausgezogen und die Arme über der Brust drapiert. Ich ging weiter zur Küche und nahm ein Messer aus der Schublade. Ich hatte es mir gerade in den Ärmel geschoben, als sich jemand hinter mir räusperte.

Ich wirbelte herum, das Keuchen blieb mir im Halse stecken. Mr. Glass stand im Eingang, eine Schulter an den Türrahmen gelehnt, die Arme verschränkt und die Fußknöchel überkreuzt. Er sah aus, als wäre er schon eine ganze Weile hier.

„Sie sind zurück", sagte ich lahm.

„Bin ich." Sein Gesicht lag im Schatten, aber ich konnte gerade noch die Krümmung seiner Lippen erahnen, als er lächelte. Es war nicht das warme Lächeln, das darauf ausgelegt war, mich zu beruhigen. Es war spitzbübisch und wissend, als wolle er mich vorwarnen, dass ihm klar war, was ich vorhatte.

Ich schluckte schwer. „Haben Sie mit Abercrombie gesprochen?"

Er schob sich vom Türrahmen weg und pirschte in die Küche. „Ich habe nie gesagt, dass ich mit ihm sprechen würde."

„Oh." Ich ging rückwärts, während er näherkam. Sein Lächeln wurde noch etwas breiter. „Was ist mit Willie?"

„Sie kann sich einen Abend lang um sich selbst kümmern. Ich wollte gleich zurück nach Hause."

Er ging weiter vor, und ich entfernte mich weiter von ihm, obwohl mein Rückzug sinnlos war. Hinter mir gab es keine Ausgänge.

„Oh", sagte ich noch einmal. Meine Stimme klang mädchenhaft. „Ich wollte gerade etwas Tee aufsetzen", erklärte ich mutiger. „Möchten Sie eine Tasse?"

„Nein, danke."

Ich spürte die Wärme des Herds hinter mir und hielt an. Ich musste mich diesem Mann stellen und ihm zeigen, dass ich keine Angst hatte, oder er mochte sich fragen, *warum* ich Angst hatte. „Können Sie mir zeigen, wo sich die Tassen befinden?"

„Sind Sie sicher, dass Sie Tee möchten?" Seine Stimme kam mir vor wie ein hypnotisierendes Schnurren. „Oder sind Sie auf der Suche nach etwas anderem hier heruntergekommen?"

„Tee", sagte ich schwach. „Eindeutig Tee."

Er war jetzt sehr nahe, seine Füße berührten meinen Rocksaum. Ich reichte ihm nur bis zur Schulter. Meine Kerze stand zwar auf dem Tisch, der sich inzwischen hinter ihm befand, aber ich erkannte dennoch die wilde Intensität seines Blickes, der sich auf meinen heftete. Ich konnte nicht wegsehen. Wollte es nicht.

Mein Herz hämmerte in meiner Brust und verdrängte alle vernünftigen Gedanken, bis mir nur noch die wahnsinnigen blieben. Die, in denen ich mir vorstellte, Mr. Glass zu küssen und den Kuss erwidert zu sehen.

Als hätte er meine Gedanken gelesen, berührten seine Finger meine. Er strich mir über die Handfläche und aufwärts zur Unterseite meines Handgelenks. Er verfolgte die pochende Ader und zupfte die Spitzenmanschette des Kleides weg. Sein Finger fuhr weiter nach oben, weiter, bis er die Spitze des Messers berührte.

Er zuckte nicht, prallte nicht vor Überraschung zurück. Er hatte die ganze Zeit gewusst, dass es da war. Er sah mich immer noch aus diesen tiefen, dunklen Teichen an.

Ich entzog mich ihm nicht, obwohl mir mein Verstand zubrüllte, dass ich fliehen sollte. Mein Herz protestierte auch, hämmerte mir gegen die Rippen. Ich konnte mich nicht bewegen. Wagte es nicht. Wenn ich weglief, wäre das nur eine Einladung an ihn, mich zu verfolgen, und was er mir dann antun könnte, ängstigte mich genauso sehr, wie es mich erregte.

„Vorsicht, Miss Steele." In dem samtigen Unterton lag mehr Erheiterung als Bedrohung, doch auch das beruhigte meine Nerven nicht. „Es ist heiß hier drin. Verbrennen Sie sich nicht."

C.J. ARCHER

Er ging rückwärts, ließ das Messer in meinem Ärmel versteckt, dann wandte er sich ab. Es machte sich eindeutig keine Gedanken, dass ich ihm das Messer in den Rücken schleudern könnte. „Teetassen sind in dem Schrank dort", sagte er auf dem Weg nach draußen. „Bleiben Sie nicht zu lange auf. Ich will morgen früh anfangen."

Er war so plötzlich weg, wie er erschienen war. Ich musste mich auf den Hocker am Herd setzen, damit ich nicht umfiel, so schwach waren meine Beine. Meine Brust hob sich, und ich holte keuchend Luft, als wäre ich noch einmal den ganzen Weg von der Oxford Street hergelaufen. Schließlich, nach ein paar Minuten, wich der Nebel aus meinem Kopf, und ich war wieder fähig zu denken und nicht einfach nur zu *fühlen*. Aber das Einzige, was ich denken konnte, war, dass meine Reaktion auf ihn reiner Irrsinn gewesen war. Noch nie war ich wegen eines Mannes zu einem bebenden Nervenbündel geworden.

Noch nie hatte ich mich in der Gegenwart eines Mannes so lebendig gefühlt, oder so begehrenswert.

Dieser letzte Gedanke schockierte mich bis ins Innerste und ließ mich aus der Küche fliehen, bevor er noch zurückkam. Ich lief hinauf in mein Zimmer, verschloss und verriegelte die Tür und schob das Messer unter mein Kissen.

Ich hatte ihm vorher nicht vertraut, und jetzt tat ich es gewiss nicht. Er wusste wohl, dass ich ihn verdächtigte, hatte aber – vielleicht noch schlimmer – sowohl sich als auch mir bewiesen, dass er die Macht hatte, mich in einen hirnlosen Trottel zu verwandeln, der viel zu leicht unter seinen Einfluss geriet.

Selbst wenn er kein Bandit war, war er sehr gefährlich.

* * *

BEIM AUFWACHEN FÜHLTE ich mich entschlossener denn je, die Belohnung für Mr. Glass' Ergreifung zu kassieren. Der Beweis, dass er der Dark Rider war, würde mich nicht nur um ganze zweitausend amerikanische Dollar reicher machen, er würde auch demonstrieren, dass man mich nicht manipulierte. Er beschäftigte mich als seine Führerin, das war alles. Ich würde nicht seinem Charme verfallen und ihn dann vor den Behörden schützen. Ich würde ihnen den Weg zu ihm weisen.

Ich brauchte nur einen Beweis, dass er der Bandit war, der in der Zeitung erwähnt worden war. Ganz gleich, wie sehr ich die finanzielle Belohnung benötigte, ich konnte doch nicht den falschen Mann zum Galgen schicken.

Mr. Glass schien heute Morgen von der vollkommen uninteressanten Szenerie vor dem Kutschenfenster abgelenkt zu sein. Wir waren unterwegs zurück nach Westminster, um jene Uhrmacher zu befragen, die wir am vorigen Tag nicht erreicht hatten, und über eine höfliche Begrüßung hinaus hatten wir noch kein Wort gewechselt. Das machte die langsame Fahrt durch den Verkehr enervierend. Ich wollte das Eis brechen, wusste aber nicht, wie. Ich war noch von unserer Begegnung in der Küche erschüttert, und mein Gehirn funktionierte nicht richtig. Es war höchst beunruhigend, und es gefiel mir nicht.

„Der Himmel scheint sich zugezogen zu haben", sagte ich. Im Zweifelsfall übers Wetter reden, hatte meine Mutter immer gesagt. „Wir sollten uns nicht beschweren, nach so vielen angenehmen Tagen hintereinander, aber schade ist es schon."

Sein Blick ging einmal die Straße entlang, ehe er sich schließlich losriss. Mit gerunzelter Stirn lehnte er sich zurück. „Es tut mir leid, Miss Steele, ich bin heute Morgen etwas abgelenkt."

„Gibt es einen besonderen Grund?"

Er grinste plötzlich. Es war ein atemberaubender Anblick. „Die Möglichkeit eines Messerangriffs lastet auf meinen Gedanken."

„Wenn das der Fall wäre, sollte Ihre Aufmerksamkeit aufs Innere der Kutsche gerichtet sein statt aufs Äußere."

„In der Tat." Seine Augen glitzerten erheitert. Offenbar hielt er mich nicht für eine Bedrohung.

„Ich hoffe, Ihnen ist klar, dass ich nicht vorhatte, es konkret bei Ihnen zum Einsatz zu bringen."

„Bei wem sonst wollen Sie es konkret zum Einsatz bringen?"

„Jedem, der versucht, in mein Zimmer einzudringen. Ich bin als Frau allein im Haus mit Fremden, von denen drei Männer sind, und einer eine Frau, die mich anscheinend nicht besonders mag. Es tut mir leid, wenn das Ihr Ehrgefühl beleidigt, aber ich bin einfach nur vorsichtig."

Das Lächeln wich aus seinem Gesicht. Ich bedauerte, es schwinden zu sehen. „Ich verstehe das voll und ganz. Sie sind eine Frau, allein auf der Welt, und in einem Haushalt voller Leute gelandet, die Sie kaum kennen. Ich bin nicht beleidigt, ich bewundere es. Sie sind bemerkenswert."

Er hätte nach dem ersten Satz aufhören sollen. Das restliche Lob war ein wenig zu dick aufgetragen, um glaubwürdig zu sein. Zusammen mit seinem sanften Lächeln, das nicht ganz ehrlich wirkte, war es viel zu viel. Ich hatte genug davon. Ich wollte ihn wissen lassen, dass ich seinen Auftritt durchschaute, sowohl den von gestern Abend als auch den heutigen, und wenn auch nur, damit er mit dieser lächerlichen Scharade aufhörte. „Bitte, Mr. Glass, Ihr übermäßiges Lob ist nicht vonnöten."

„Ich würde es nicht übermäßig nennen." Er beugte sich vor und nahm meine Hand in seine Hände. „Miss Steele, ich meine das ehrlich."

Ich entriss ihm die Hand. „Aufhören", brauste ich auf. „Ich bin mir nicht sicher, ob Sie mich verführen oder sich einfach mit mir anfreunden wollen, aber damit eines klar ist: Ich bin kein albernes Frauchen, das hübschen Worten, einem strahlenden Lächeln und hitzigen Blicken zu Füßen sinkt."

Zu meiner Überraschung fing er an zu lachen, aber darin lag eine gewisse Härte. „Ist das so. Wie hat Hardacre Sie *dann* gewonnen?"

Gereizt sah ich ihn an. Meine Beziehung zu Eddie ging ihn nichts an, und es war höchst unhöflich, sie zu erwähnen. Doch ich fühlte mich zu einer Antwort verpflichtet. Ich hatte gewollt, dass Mr. Glass seine aufgesetzte Gentleman-Manier ablegte, und nun, da er es getan hatte, musste ich mit den Folgen leben. „Ich habe meine Möglichkeiten sorgfältig abgewogen, bevor ich seinen Antrag angenommen habe. Eddie war immer freundlich und liebenswürdig. Leider war er ein sehr viel besserer Schauspieler als Sie. Ich konnte seine Worte, sein Lächeln und seine Blicke nicht durchschauen, ehe es zu spät war. Oder vielleicht habe ich seither ein paar Dinge über Männer gelernt und bin jetzt klüger."

„Oder Sie haben einfach eine sehr schlechte Menschenkenntnis. Sie lagen bei ihm falsch, also liegen Sie vielleicht auch bei mir falsch. Es ist schade, aber Sie werden niemals erfahren, ob ich einfach ehrlich mit Ihnen befreundet sein will." Er seufzte theatralisch und schaute wieder zum Fenster hinaus. „Eine Schande."

Bah. Der Mann war schlimmer, als ich gedacht hatte.

Die restliche Fahrt schien sich stundenlang zu ziehen, aber ein kurzer Blick auf die Taschenuhr, die ich in meinem Pompadour hatte, zeigte mir, dass nur fünfzehn Minuten vergangen waren, als Cyclops die Kutsche vor Underwood Watches And Clocks anhalten ließ. Ich blieb in der Kutsche, da Mr. Underwood mich kannte.

Mr. Glass brauchte drinnen nicht lange und kehrte nach nur wenigen Minuten in die Kutsche zurück. Er hielt inne, ehe er in die Kabine stieg, den Blick auf etwas hinter uns gerichtet. Ich drehte mich um, um durch das Rückfenster hinauszuschauen, aber es war nur eine Mietdroschke, die ohne Fahrgast abfuhr.

„Was ist los?", rief Cyclops von seinem hohen Sitz herab.

„Nichts", sagte Mr. Glass. „Fahr weiter." Er stieg ein und ließ sich auf dem Sitz mir gegenüber nieder.

„Und, Glück gehabt?", fragte ich, die ersten Worte, die einer von uns seit unserer frostigen Diskussion äußerte. Hoffentlich würde das das Schweigen beenden.

„Nein", sagte er seufzend. „Mr. Underwood ist etwa im richtigen Alter, aber er ist nicht Chronos, angefangen bei seiner zu großen Nase."

„Kannte er jemanden, der zu der Beschreibung passt?"

„Nein, aber ich hatte das Gefühl, er lügt."

„Warum sollte er lügen?"

Sein Blick huschte zu mir, dann nach draußen. Er strich mit dem Finger über den unteren Rand des Fensters. „Der Trick liegt darin, wie wir ihn dazu bringen, uns zu sagen, was er weiß."

„Sind Sie ganz sicher, dass er lügt?"

„Ja." Sein Finger hielt still. „Wissen Sie etwas über ihn, das wir zu unserem Vorteil nutzen können?"

„Nutzen? Sie meinen, um ihn zu erpressen?"

Ich hatte das Gefühl, dass er sehr bemüht war, nicht die

Augen zu verdrehen. „Nein, ich meine einfach nur nutzen. Erpressung ist etwas sehr viel Finstereres. Ich will ihm nicht schaden."

„Sondern ihn nur benutzen."

„Auf sein Wissen zugreifen."

„Wissen, das er nicht mit Ihnen teilen möchte."

„Wissen Sie etwas oder wissen Sie nichts über Mr. Underwood, das wir nutzen können, um ihn zu … ermutigen, uns zu sagen, was er weiß?" Sein Tonfall war sehr viel zwingender und weniger geduldig als alles, was er bisher mir gegenüber geäußert hatte. Ich fühlte mich, als müsse ich ihn dafür belohnen, dass er in meiner Gegenwart er selbst war.

„Ich weiß nichts, aber ich weiß jemand anderen, der den Kerl vielleicht kennt, auf den Mr. Underwood anspielt."

„Glauben Sie, er wird mit seinem Wissen herausrücken?"

„Vielleicht. Mr. Glass, ist irgendwas an Ihrem Uhrmacher, das Sie mir nicht verraten? Hat er einen Grund, anonym zu bleiben?"

Sein Finger wanderte erneut am unteren Rand des Fensters entlang, wo das Glas auf das Holz traf. „Nichts."

„Ich glaube Ihnen nicht."

Er kniff die Lippen zusammen. Ich zog herausfordernd die Augenbrauen hoch, und er fluchte leise. „Es ist nicht an mir, seine Gründe auszuplaudern. Sie sind seine."

Ich keuchte auf. „Ist er ein Bandit?"

„Nein. Jetzt keine Fragen mehr, bitte. Es ist nicht an mir, diese Antworten zu geben. Wo finden wir den alten Uhrmacher, den Sie kennen?"

„Auf der anderen Flussseite." Ich gab ihm eine Wegbeschreibung, und er öffnete das Fenster und teilte sie Cyclops mit. Cyclops rief zurück, dass er den Weg anhand seiner Karte finden könne, vielen Dank auch.

Mr. Glass kehrte auf seinen Sitz zurück. „Welche Information kann ich gegen ihn einsetzen?"

„Die kommt besser von mir", sagte ich. „Ich werde mit Ihnen in seinen Laden gehen."

„Ist das klug, wenn man die Reaktion bedenkt, die Sie gestern erhalten haben?"

„Er wird nicht denselben Trick wie Abercrombie versuchen."

„Woher wissen Sie das?"

„Weil …" Ich wusste es nicht *sicher*. Die Reaktion der Uhrmacher auf der Oxford Street, nicht nur die von Abercrombie, war unerwartet und unerklärlich. „Er ist nicht so gemein wie Abercrombie", war alles, was ich sagte. Obwohl er sich, wenn ich mit dem „Ermutigen" durch war, vielleicht gegen mich wenden würde.

Es dauerte etwas, durch den Verkehr zu kommen, die Brücke über den Fluss zu nehmen und Clapham zu erreichen. Cyclops verirrte sich nicht ein einziges Mal und fuhr bei Mr. Lawsons Geschäft auf der High Street vor. Mr. Glass stieg als erster aus und hielt mir die Hand hin, um mir die Leiter herabzuhelfen. Wir hatten auf der Fahrt kaum gesprochen, darum dankte ich ihm betont, um das Schweigen zu durchbrechen.

Ich betrat den Laden als erste und ging zum Tresen, wo Mr. Lawson auf einem Hocker vorgebeugt da saß und an einer Uhr herumbastelte. Über seine Brille hinweg warf er einen Blick auf mich und ließ die Uhr auf den Tresen fallen. Eine Feder fiel heraus.

„Miss Steele! Was machen Sie denn hier?"

Ich hob seine Uhr auf und schob die Feder wieder zurück. Die Uhr tickte weiter. Ich hielt sie ihm hin, aber er starrte sie nur mit offenem Mund an.

„Sie war kaputt!", rief er.

„Und ich habe sie repariert." Ich hielt die Uhr etwas höher, aber er nahm sie trotzdem nicht. „Die Feder musste einfach wieder eingesetzt werden." Ich kam mir wie eine Närrin vor, ihm das zu erklären, wo er doch sicher gesehen hatte, wie sie herausgefallen war.

Er schüttelte den Kopf. „Die Feder war nicht das Problem. Ich habe den ganzen Vormittag an der Uhr gearbeitet und konnte nicht finden, was daran nicht stimmte, doch sie hat nicht funktioniert."

Vielleicht brauchte er eine neue Brille. Ich legte die Uhr auf dem Tresen ab. Er hob sie an der Kette auf und legte sie zur Seite, den Arm ausgestreckt. Dann entfernte er sich rückwärts von mir.

„Mein Gott", murmelte er und starrte mich immer noch an, als hätte ich zwei Köpfe. „Unnatürlich."

Ich spürte Mr. Glass' ruhige Gegenwart hinter mir, sehr nahe. Sie war beruhigend, reichte aber nicht, um meine Neugier zu vertreiben. „Mr. Lawson, warum haben Sie Angst vor mir?"

Der alte Uhrmacher betastete den weißen Schnurrbart, der seine Oberlippe verbarg. Er lachte nervös. „Angst vor Ihnen? Ganz und gar nicht, Miss Steele, ganz und gar nicht. Ich bin einfach nur … überwältigt, Sie nach der langen Zeit zu sehen." Sein Blick wanderte zu der Taschenuhr, dann zurück zu mir. Seine zahlreichen Falten verzogen sich finster. „Ihr Vater und ich waren in den letzten Jahren nicht gerade Freunde."

„Nein."

„Was wollen Sie? Ich kann Sie nicht anstellen."

„Ich will nicht für Sie arbeiten."

Er wirkte erleichtert.

„Das ist Mr. Glass", sagte ich. „Mr. Glass, das ist Mr. Lawson."

Mr. Glass streckte eine Hand aus. Mr. Lawson kam nicht näher, also ließ Mr. Glass sie sinken.

„Ist das Chronos?", fragte ich.

Mr. Glass schüttelte den Kopf. Dann erzählte er seine kurze Geschichte vom rätselhaften Chronos und fragte Mr. Lawson, ob er einen Mann in ungefähr seinem Alter kannte, der vor fünf Jahren vielleicht einmal die Überfahrt gemacht hatte.

Je länger Mr. Glass sprach, desto größer wurden die Augen des Uhrmachers, und sie waren bereits weit aufgerissen. Ich war überzeugt, dass er den Burschen kannte, den Mr. Glass suchte.

„Nun?", drängte ich. „Wer ist er?"

„Niemand." Mr. Lawson rückte nach hinten an die Wand, wodurch er an eine Uhr stieß, die dort hing. „Ich kenne keinen solchen Mann."

Ich schaute Mr. Glass an. Er nickte ernst. „Sie lügen uns an", sagte ich zu Mr. Lawson. „Sie *wissen*, wen wir suchen."

Er hielt die Hände hoch, und abermals stieß er mit den Schultern an die Uhr. Sie kippte nach rechts. „Nein! Um Himmels willen, Miss Steele, ich bin ein alter Mann. Lassen Sie mich bitte in Ruhe."

„Sie sind ein alter Mann und ein Lügner. Sie haben meinen Uhrenentwurf gestohlen, ihn für den Preis der Gilde eingereicht und gewonnen. Mit *meinem* Entwurf, Mr. Lawson. Den Preis hätte ich erhalten sollen."

Mr. Glass berührte mich im Kreuz. Stützte mich? Beruhigte mich? Bereitete sich darauf vor, mich davon abzuhalten, über den Tresen zu springen?

„Ah. Das." Mr. Lawson strich sich wieder über den Schnurrbart und lachte nervös.

„Ja, das."

„Kommen Sie doch, Miss Steele, man muss sich nicht über etwas aufregen, das vor etlichen Jahren passiert ist."

„Ich rege mich nicht auf!" Ich räusperte mich und fuhr ruhiger fort: „Ich werde über diesen Diebstahl hinwegsehen, wenn Sie –"

„Diebstahl! So weit würde ich nicht gehen, Miss Steele. Sie sind ziemlich hysterisch."

Ich drückte die Handknöchel auf den Tresen und beugte mich vor. Er presste sich an die Wand und warf damit die Uhr komplett herunter. Sie krachte mit einer Kakophonie aus splitterndem Holz und einem einzelnen, verstimmten *Kuckuck* auf den Boden. Mr. Lawson schob sich die Brille höher auf die Nase.

„Es war Diebstahl", knurrte ich. „Die Gilde wird Ihnen nicht wohlgesonnen sein, wenn sie erfährt, was Sie getan haben. Die Satzung besagt, dass jeder, der in einem Wettbewerb beim Betrug erwischt wird, aus der Gilde fliegt."

„Ich … ich bin mir nicht sicher, ob man Ihnen glauben würde, wenn man bedenkt, was in der Vergangenheit zwischen Ihnen vorgefallen ist. Vielleicht nimmt man es lediglich als gekränkten Stolz wahr."

Das war der Punkt, bei dem ich nicht ganz so zuversichtlich gewesen war, aber ich war schon so weit gekommen. Ich konnte weiterbluffen bis zum Ende. „Ich würde bei der Gilde ausreichend Zweifel sähen, so dass man Sie sehr genau beobachten würde, Mr. Lawson. Nun, ich bin willens, die Sache auf sich beruhen zu lassen, wie es mein Vater und ich beschlossen hatten, wenn Sie uns verraten, was Sie über diesen Kerl wissen, den Mr. Glass sucht."

Er leckte sich die Oberlippe, womit er die Enden seines Schnurrbarts befeuchtete, die er dann im weiteren Verlauf streichelte.

„Kommen Sie schon, Mr. Lawson. Ich weiß, dass Sie ihn kennen. So ein guter Lügner sind Sie nicht."

Er schaute an mir vorbei zu Mr. Glass. „Sein Name ist Mirth. Er mag der Mann sein, den Sie wollen, oder auch nicht, aber die Beschreibung passt auf ihn. Er hatte einmal ein Geschäft hier in der Nähe, ehe er vor ein paar Jahren ins Ausland gereist ist."

„Vor fünf Jahren?", drängte Mr. Glass.

Mr. Lawson zuckte mit den Schultern. „Vielleicht mehr, vielleicht weniger. In meinem Alter laufen die Jahre alle ineinander."

„Wissen Sie, wohin ihn seine Reisen geführt haben?", fragte ich.

„Nein. Er schloss einfach eines Tages sein Geschäft und eröffnete es bei seiner Rückkehr nicht wieder."

„Der Name ist mir nicht bekannt", sagte ich. „Er war hier in der Nähe Uhrmacher?"

Er schnaubte und schob sich wieder die Brille hoch. „Sie kennen nicht jeden Uhrmacher, der je in London gearbeitet hat, Miss Steele."

Da hatte er recht. „Wo ist er jetzt?"

„Ich hörte, er wäre bei der Aged Christian Society in der Sackville Street, aber das war vor einiger Zeit. Vielleicht ist er gestorben."

„Wo ist die Sackville Street?", fragte Mr. Glass.

„An der Piccadilly."

„Ich kenne sie", sagte ich.

„Danke, Mr. Lawson", sagte Mr. Glass. „Sie waren sehr hilfreich."

„Ihnen einen guten Tag." Mr. Lawson räusperte sich und trat einen Schritt von der Wand weg. „Miss Steele, habe ich Ihr Wort, dass Sie jenen kleinen Vorfall vor niemandem in der Gilde erwähnen? Immerhin war es vor etlichen Jahren."

„So lange Ihre Information nicht falsch ist, sehe ich keinen Grund, darüber sprechen zu müssen." Vater hatte derzeit entschieden, kein Aufhebens zu machen, und obwohl es mich ärgerte, dass Mr. Lawson damit durchgekommen war, hatte

Vater vermutlich recht gehabt. Die Beweislast lag bei uns, und ich war mir nicht sicher, ob ich genug Beweise hatte, um die voreingenommenen Gildenmitglieder zu überzeugen. „Guten Tag, Mr. Lawson. Ich hoffe, Ihre Kuckucksuhr ist nicht zu stark beschädigt."

Ich ging mit Mr. Glass hinaus. „Sie waren da drin ganz hervorragend", sagte er, als er mir in die Kutsche half. Er wirkte wieder müde, doch nicht erschöpft.

„Fangen Sie nicht schon wieder damit an, Mr. Glass", presste ich hervor. „Ich bin nicht in der Stimmung für Ihre falschen Nettigkeiten."

Sein Mund verhärtete sich. „Das war nicht falsch." Zu Cyclops sagte er: „Fahr zur Sackville Street, an der Piccadilly." Er klappte die Leiter ein, stieg in die Kabine und setzte sich mir gegenüber. Er knallte die Tür zu.

Ich schätzte, dass ich ihn erzürnt hatte. Und wenn schon. Seine Launen interessierten mich nicht. Es bedeutete aber eine unangenehme Rückfahrt.

Es dauerte nicht lang, bis mir mein Ausbruch leidtat. Mr. Glass hatte aufrichtig gewirkt, und es war ungerecht, ihn anzufahren, wo ich doch eigentlich auf Mr. Lawson wütend war.

„Miss Steele", sagte er und riss den Blick vom Fenster los. „Ich muss Sie etwas über dieses Gespräch mit Mr. Lawson fragen. Kann ich das, ohne zu riskieren, dass Sie mir den Kopf abreißen?"

Ich drückte die Lippen aufeinander, um nicht zu lächeln. „Legen Sie los."

„Sie haben diese Uhr für ihn repariert, obwohl er es nicht konnte. Wie kann das sein?"

Ich zuckte mit einer Schulter. „Er ist alt und sollte vielleicht in den Ruhestand gehen. Es ging nur darum, eine Feder wieder einzusetzen."

„Mr. Lawson hat jahrzehntelange Erfahrung, doch Sie wollen mir weismachen, dass ihm etwas so Einfaches entgangen ist?"

„Was für andere Erklärungen gäbe es? Sie hat nicht funktioniert; ich habe sie mühelos repariert, während er es nicht schaffte. Mehr ist nicht dabei."

Er nickte langsam, ohne den Blick von mir zu wenden. Ich

fand es beunruhigend, daher konzentrierte ich mich auf die Straßen, die draußen vorbeizogen. Nachdem wir ein paarmal abgebogen waren, wurde mir klar, dass wir nicht in die richtige Richtung unterwegs waren. Ich öffnete das Fenster, um Cyclops genau das zuzurufen.

Er wandte sich um und schaute nach hinten, so dass er mich sehen konnte, während er sich seitlich an die Nase tippte, als ob ich ein Geheimnis wahren solle. Ich schloss das Fenster wieder.

„Was hat er gesagt?", fragte Mr. Glass, der sich die Schläfen rieb.

„Dass er weiß, was er tut."

Als wir in der Park Street vorfuhren, stieß Mr. Glass die Tür auf und sprang hinaus, bevor die Kutsche vor dem Haus ganz angehalten hatte. „Was zum Teufel machst du da?", brüllte er Cyclops an.

„Sie zum Ausruhen nach Hause bringen", sagte Cyclops. „Und bleiben Sie ruhig. Sie machen dem Pferd Angst."

Die Eingangstür von Nummer sechzehn flog auf, als ich gerade aus der Kutsche stieg. Eine Frau von Mitte fünfzig stand auf der Schwelle, das Gesicht wütend verzogen, während sie sowohl mich als auch Mr. Glass betrachtete. Sie war von Kopf bis Fuß in schwarze Spitze gekleidet und wirkte wie eine trauernde Spinnwebe.

„Matt!", rief Willie hinter ihr. „Komm lieber ganz schnell rein, bevor sie eine Szene macht."

„Sie!" Die Frau deutete auf Mr. Glass, ehe er sich bewegen konnte. „Hausbesetzer! Eindringling! Raus aus meinem Haus, oder ich lasse Sie festnehmen!"

KAPITEL 7

„*V*agabund!", brüllte die Frau mit schriller Stimme. „Hausdieb!" Sie kam die Stufen herab, wobei sie immer noch mit dem Finger auf Mr. Glass deutete. Ihre Hand zitterte, und neben ihm wirkte sie winzig und zerbrechlich, doch sie stellte sich ihm, als wäre sie eine Kriegerin. Ich bewunderte sie sehr.

Ich blieb auf dem Bürgersteig und wartete Mr. Glass' Antwort ab. Cyclops fuhr die Kutsche nicht weiter, und an der Tür gesellte sich nun Duke zu Willie. Anders als bei ihr galt sein Blick Mr. Glass, nicht der Frau. Er wirkte besorgt.

Ein rascher Blick auf Mr. Glass zeigte, warum. Die typischen Anzeichen der Erschöpfung zerrten an seinen Augen und seinem Mund. „Sie irren sich, Madam", sagte er. „Dieses Haus gehört mir."

Es *gehörte* ihm? Ich hatte gedacht, er hätte es bloß gemietet. Wie kam ein Amerikaner dazu, ein Haus in einer von Londons besten Gegenden zu besitzen?

„Ihnen kann dieses Haus nicht gehören", sagte die Frau mit einem hochnäsigen Schniefen. „Es gehört meinem Neffen."

Willie fielen fast die Augen aus dem Kopf.

„Bei den Klöten des Kojoten!", murmelte Duke.

Mr. Glass blinzelte ein paar Mal, ehe er sich schließlich räusperte. „Dann sind Sie wohl Miss Letitia Glass." Er verbeugte sich. „Ich bin Matthew Glass. Ihr Neffe."

Die Frau taumelte zurück, nur um die Stufe hinaufzustolpern. Willie und Duke fingen sie auf und stellten sie wieder hin. Sie schien sich ihres Beinahe-Unfalls oder der Leute hinter ihr gar nicht bewusst zu sein, obwohl Dukes Lippen ein weiterer Kraftausdruck entwich.

„Nein", murmelte sie. „Nein, nein, nein. Sie können nicht Matthew sein. Er ist in Amerika, wo er … amerikanische Dinge tut. Er würde mir schreiben und mich von seiner Ankunft in Kenntnis setzen." Sie beugte sich vor, nahm ihn durch zusammengekniffene Lider in Augenschein, dann lehnte sie sich zurück und fuhr mit ihrer Musterung fort, als würde sie aus der Ferne besser sehen.

„Warum sollte ich schreiben, wo ich doch nie zuvor geschrieben habe?", fragte Mr. Glass. „Tante Letitia –"

„Nennen Sie mich nicht so", fuhr sie ihn an. Sie fasste ihn am Kinn. Er hätte ihrem Griff ausweichen können, aber er nahm ihre Inspektion hin, während sie seinen Kopf von einer Seite zur anderen drehte. „Hmmm. Sie haben etwas von der Art der Glass, und Sie sind so gutaussehend wie Ihr Vater. Aber Matthew können Sie nicht sein. Er ist erst dreißig. Sie wirken sehr viel älter."

„Er war krank", sagte Willie.

Mr. Glass funkelte seine Cousine scharf an, als Letitia Glass ihn losließ. „Ich bin nicht überzeugt. Beweisen Sie mir, dass Sie Matthew sind, und ich werde Ihnen gestatten, hierzubleiben."

„Sie *gestatten* es mir?"

„Ja. Ich gestatte es, Mr. Werauchimmer. Je mehr ich von Ihnen sehe, desto stärker bezweifle ich, dass Sie mein Neffe sind. Mein liebster Bruder würde seinen Sohn nicht zur Impertinenz gegenüber seiner Tante erziehen. Harry hatte Manieren."

Als sein Vater angesprochen wurde, senkte Mr. Glass den Kopf. Er seufzte auf.

„*Sie* beweisen, wer Sie sind", sagte Duke, ehe Mr. Glass etwas erwidern konnte.

Die winzige Frau wandte sich ihm zu. „Jeder kennt mich." Sie winkte zu einem benachbarten Fenster. Der Vorhang bewegte sich, und das Gesicht, das herausgespäht hatte, verschwand. „Ich bin in London wohlbekannt. Ich war – bin – eng mit der Königin befreundet." Sie berührte die grauen Locken in ihrem Nacken, die unter der Wolke aus schwarzem Tüll rund um ihren Hut hervorkamen. „Ich wurde von den Meistern portraitiert, ausländische Fürsten machten mir den Hof, und ich habe in Palästen gespeist. Einmal hat sogar ein weißer Ritter für mich einen Drachen erschlagen."

Betäubte Stille folgte auf ihre seltsame Erklärung, in der wir sie alle anstarrten. Es hatte zu nieseln begonnen, und der Vorhang des Nachbarhauses war erneut beiseite gezogen worden. Letitia Glass stand mit gerecktem Kinn, geradem Rücken und einem Glitzern in den Augen, das ich inzwischen für Wahnsinn hielt, in unserer Mitte.

„Miss Glass", sagte ich sanft. „Ich heiße India Steele, und es freut mich, Ihre Bekanntschaft zu machen. Bitte, treten Sie aus dem Regen. Wir werden Ihnen eine Tasse Tee machen und sehen, ob wir dieses Missverständnis ausräumen können. Ich gebe Ihnen mein Wort, dass Ihnen niemand etwas antun wird."

Sie betrachtete mein Gesicht, meine Kleidung und den Pompadour, der an meiner Hand hing. „Sie wirken wie ein gutes, respektables *englisches* Mädchen." Sie warf Willie einen geharnischten Blick zu.

Willie öffnete den Mund und wollte etwas sagen, aber Mr. Glass schüttelte den Kopf, und sie schloss ihn wieder.

Miss Letitia Glass trat zurück auf die Veranda und nahm nach kurzem Zögern Dukes dargebotenen Arm.

„Niemand wird ihr etwas antun?", murmelte mir Mr. Glass ins Ohr. Seine Hand an meinem Ellbogen packte hart zu. „Sie glauben, ich könnte alte Damen verletzen?"

„Mr. Glass …" Ich sah davon ab, ihm zu sagen, dass ich ihm nicht vertraute, und erwiderte stattdessen: „Es hat sie beruhigt, nicht? Gibt es irgendetwas, das Sie ihr zeigen können, um zu beweisen, wer Sie sind?"

„Ist das für Miss Glass oder für Sie?" Er ließ mich los und bedeutete mir, vor ihm einzutreten.

„Ich habe niemals daran gezweifelt, dass Sie Matthew Glass sind", sagte ich und ging an ihm vorbei. „Bis jetzt."

Mr. Glass schloss sich uns nicht an, und Duke verschwand, nachdem er Miss Glass auf dem Sofa im Salon abgesetzt hatte. Ich setzte mich neben sie, in der Hoffnung, meine Anwesenheit würde ihr etwas Trost spenden, obwohl sie nicht wirkte, als würde sie ihn brauchen. Sie saß dort, als wäre sie genau da, wo sie sein sollte, und ihre schwarzen Röcke nahmen einen Großteil des Sofas ein. Sie berührte einen polierten schwarzen Stein, der in Gold gefasst und an der Kehle an ihr Kleid gesteckt war, und zog die Nase kraus.

„In diesem Raum riecht es muffig", verkündete sie. „Sie sollten ihn lüften."

„Das ist sinnlos", sagte Willie. „Wir werden bald weg sein, und hier regnet es sowieso immer, oder die Luft ist verraucht."

„Miss Glass", sagte ich, „erzählen Sie mir von Ihrem Neffen Matthew." Ich wollte möglichst viel über ihn erfahren, ehe er zurückkam. Also, falls der Kerl, der mich angestellt hatte, tatsächlich ihr Neffe war.

„Fragen Sie ihn selbst", ging Willie dazwischen.

„Würde er mir antworten?"

Sie zuckte lediglich mit den Schultern.

„Mein Bruder liegt mir am Herzen", sinnierte Miss Glass. Ihre Augen trübten sich, und ich bezweifelte, dass sie ihre Umgebung überhaupt wahrnahm. „Er ist so lebhaft und fröhlich, und schrecklich nett. Er ist herausragend in allem, was er anpackt. So klug und liebenswert. Jeder bewundert ihn und will mit ihm befreundet sein. Außer Papa natürlich." Ihr Mund verzog sich traurig. „Und Richard."

„Äh, Miss Glass." Ich warf Willie einen Blick zu. Sie zuckte ebenfalls mit den Schultern. „Ich habe nach Matthew Glass gefragt, Ihrem Neffen, nicht Ihrem Bruder."

„Ihr Bruder ist tot." Willie erhob die Stimme, als wäre Miss Glass taub.

„Willie!", zischte ich.

Miss Glass regte sich und verlagerte ihr Gewicht auf dem Sofa. „Ja. Natürlich ist er das. Das weiß ich." Sie senkte den Kopf, doch ich sah Tränen in ihren Augen.

„Was wissen Sie über Matthew?", versuchte ich es noch einmal.

„Nichts", sagte Miss Glass. „Ich bin ihm nie begegnet. Harry schrieb mir, als seine Frau ihm einen Sohn gebar. Das war vor dreißig Jahren, aber es fühlt sich an wie gestern. Ich habe mich so für ihn gefreut. Für sie beide, obwohl ich sie natürlich nie getroffen habe. Ihre Leute waren arme Amerikaner, wissen Sie, einem Glass überhaupt nicht angemessen. Aber Harry war nun einmal Harry und heiratete sie trotzdem. Er war immer der Romantische." Sie seufzte.

„Arme Amerikaner?", empörte sich Willie.

„Von der völlig falschen Art", erklärte ihr Miss Glass. „Alle ziemlich … rau, so hieß es in einem von Harrys frühen Briefen." Sie seufzte erneut. „Er schrieb mir oft, nachdem er von Matthews Geburt berichtet hatte, aber Richard versteckte die Briefe vor mir. Die Hausdame hat mir von ihnen erzählt, aber sie hat sich nicht getraut, sie zu nehmen, als ich sie darum bat."

„Wer ist Richard?", bohrte ich weiter.

„Mein Bruder und der derzeitige Baron von Rycroft."

„Baron!", entfuhr es sowohl Willie als auch mir.

„Ein richtiger Baron, oder nennen ihn die Leute einfach so?", fragte Willie.

„Warum sollte ihn jemand einen Baron nennen, wenn er keiner wäre?" Miss Glass lachte wie ein junges Mädchen. „Dumme Amerikaner", sagte sie zu mir, als würde sie einen intimen Witz mit einer anderen Engländerin teilen.

Ich war allerdings noch zu verblüfft zum Antworten. Mr. Glass war der Neffe eines Barons! Aber er war viel zu ausländisch. Und obwohl er sich wie ein Gentleman verhalten konnte, war an ihm nichts Nobles. Gewiss gab es ein Missverständnis, und er war nicht der Matthew Glass, der mit dieser Frau verwandt war.

Das würde ihn zum Lügner machen, und zum Hausbesetzer, wie sie ihn genannt hatte. Von da aus war es nicht mehr weit bis zum Banditen. Entsetzen stieg in mir auf. Wenn diese Frau beweisen konnte, dass er nicht Matthew Glass war, dann drohte ihr durch ihn Gefahr.

Duke kam mit einem Tablett herein. Ich schenkte Tee ein, da Willie damit beschäftigt war, Duke zu erzählen, was Miss Glass gesagt hatte. Ich nahm dafür beide Hände, eine stützte die andere.

„Hast du das gewusst?", fragte Willie aufgeregt.

Duke schüttelte den Kopf. „Du? Du bist doch seine Cousine."

„Cousine?" Miss Glass machte ein missbilligendes Geräusch. „Was habe ich Ihnen gesagt, Miss Steele? Mein Bruder hat in eine raue amerikanische Familie eingeheiratet, und das ist der Beweis." Sie nahm die Tasse von mir entgegen und gewährte mir ein vornehmes Lächeln, als hätte sie nicht eben Willie beleidigt.

Willie kam zu ihr, die Hände auf den Hüften. Ihre Nasenflügel bebten wie bei einem wütenden Stier. Sie sagte ganze zwanzig Sekunden lang nichts, atmete einfach schwer und funkelte Miss Glass tödlich an. „Das nehmen Sie zurück!", erklärte sie schließlich.

„Warum sollte sie?", knurrte Duke. „Sie hat recht."

Willie marschierte wieder zu ihm und knuffte ihn so hart in die Schulter, dass er einen Schritt zurück machen musste. Sie stürmte aus dem Salon, während er leise lachte. „Wir haben euch im Krieg geschlagen!", rief sie zurück.

„Wir hatten Krieg mit Amerika?", fragte Miss Glass, eine Hand auf der Brust. „Liebe Güte, wie schrecklich."

„Ich glaube, sie bezieht sich auf den Unabhängigkeitskrieg vor hundert Jahren", sagte ich und versuchte, nicht erleichtert zu lächeln. Zumindest Willie war keine Bedrohung – derzeit.

Miss Glass nippte an ihrem Tee. „Wo ist er?", fragte sie und schaute an Duke vorbei zur Tür. „Wo ist der Kerl, der behauptet, mein Neffe zu sein? Ich will noch einen Blick auf ihn werfen."

„Ruhig Blut", sagte Duke. „Er ist bald zurück."

Miss Glass legte die Hände in den Schoß.

Mr. Glass betrat den Salon, und Miss Glass setzte sich sofort gerader hin. Sie konnte den Blick nicht von ihm wenden, genauso wenig wie er von ihr. Er wirkte gesünder, die Anzeichen von Krankheit und Erschöpfung waren verschwunden. Er zog einen Stuhl herüber, um sich neben sie zu setzen, und reichte ihr eine Ferrotypie. Eine weitere hielt er noch zurück.

„Das bin ich mit meinen Eltern", sagte er leise. „Ich war etwa drei Jahre alt."

Er beobachtete Miss Glass' Reaktion genau. In ihren Augen glitzerten Tränen, als sie den Mann auf dem Foto mit dem Daumen nachzeichnete. Das war dann wohl ihr Bruder. Er ähnelte dem jetzigen Mr. Glass erstaunlich, nur mit einem Schnurrbart und Haaren, die seitlich gescheitelt waren. Er stand dicht hinter einer sitzenden Frau in Reifröcken. Sie war sehr hübsch, von schlanker Gestalt und mit großen Augen. Sie hielt die Hand eines kleinen Jungen, der finster in die Kamera blickte. Er wirkte, als würde er es verabscheuen, so lange stillstehen zu müssen.

„Und das bin ich mit meinen Eltern, kurz bevor sie krank wurden. Ich war fünfzehn."

Das Aussehen des Paars hatte sich kaum verändert. Ihr Kleid war dunkel anstatt hell, die Röcke nicht ganz so weit, und sie trug eine Haube. Der Haaransatz des Mannes war etwas zurückgewichen, aber er war immer noch sehr gutaussehend. Der Junge war gewachsen und stand nun auf der anderen Seite hinter seiner Mutter. Er war größer als sein Vater, hatte breitere Schultern, und er warf der Kamera keinen finsteren Blick mehr zu, sondern schaute direkt mit ruhiger Fassung hinein. Sein Gesicht mochte jugendlicher sein, aber es war unverkennbar der Mann, der uns gegenüber saß, und er war ziemlich sicher der Sohn des Mannes auf beiden Bildern. Es war ein Wunder, dass Miss Glass die bestechende Ähnlichkeit nicht sofort aufgefallen war, als sie ihn gesehen hatte. Aber sie war ja auch nicht ganz richtig im Kopf.

Sie schniefte laut. Mr. Glass reichte ihr sein Taschentuch, und sie tupfte sich die Augen. „Harry", flüsterte sie und strich wieder über die Ferrotypie. „Mein liebster Harry."

Mr. Glass beobachtete sie, die Ellbogen auf den Knien, seine Kehle bewegte sich, als er schluckte. „Tante Letitia?", murmelte er.

Sie wischte sich die Wange mit dem Taschentuch ab und reichte die Fotografien zurück. Sie nahm seine beiden Hände. „Matthew", flüsterte sie. „Wir haben so viel zu besprechen. Und wir müssen schnell machen."

„Schnell? Warum?"

Sie gestikulierte mit der Hand, die das Taschentuch hielt.

„Stimmt es, dass deine Eltern an einer Krankheit gestorben sind?"

Er nickte. „Sie starben beide innerhalb weniger Wochen."

„Was hast du dann gemacht?"

Er lehnte sich zurück und musterte jede der Ferrotypien. „Bin zur Familie meiner Mutter in Kalifornien zurückgekehrt. Bis ich alt genug war, um zu gehen", fügte er mit eisiger Bitterkeit hinzu.

Ich rückte auf meinem Platz vor, wartete darauf, dass er weitere Puzzleteile herausrückte, die mich das Rätsel um Mr. Glass lösen lassen würden.

„Warum bist du nach all der Zeit nach England gekommen?", fragte sie. „Harry hatte geschworen, nie zurückzukehren."

„Ich suche jemanden." Sein Blick huschte zu mir, dann zurück zu seiner Tante. Das war das erste Mal, dass er meine Anwesenheit zur Kenntnis nahm, seit er in den Salon gekommen war.

„Ich verstehe. Na, ich bin froh, dass du gekommen bist." Sie drückte seine Hände in ihren. „Bist du verheiratet?"

Er machte sich los. „Nein."

„Jemandem versprochen?"

„Nein."

„Hervorragend! Wir müssen dir eine Braut suchen, nun, da du zu Hause bist. Ein gutes englisches Mädchen, jemanden aus unseren Kreisen." Sie schnalzte mit der Zunge. „Wenn ich nur wüsste, wer heutzutage die richtigen Mädchen sind."

„Tante, bitte. Ich suche nicht nach einer Braut. Nur nach einem Uhrmacher." Erneut warf er einen Blick auf mich. Er wollte wohl los, um mit dem Uhrmacher zu sprechen, der Mirth hieß. „Ich werde auch nicht lange hier sein. Ich breche am Dienstag wieder auf."

„Dienstag! Aber das ist zu bald."

Er stand auf. Sie wollte seine Hand festhalten, aber er entfernte sich. Den Versuch hatte er bestimmt bemerkt. Er hielt sich steif, als er sich hinüber zum Kaminsims stellte, so weit wie möglich von uns entfernt, während er noch im Zimmer war.

„Ich hoffe, dir geht es gut, Tante."

„Ich bin ganz fidel. Aber, Matthew –"

„Und meinem Onkel Richard?"

Sie schnalzte mit der Zunge. „Lebt noch, jammerschade."

„Kümmert er sich um dich?", fragte Mr. Glass.

„Ich werde angemessen mit Nahrung und einem Dach über dem Kopf versorgt, wie eines seiner Pferde, falls du das meinst." Sie verschränkte die Hände auf dem Schoß, das stolze Kinn wieder hochherrschaftlich geneigt. Das war eine Frau, die sich ihrer hohen Stellung in der Welt bewusst war. Der Wahnsinn war nirgends zu sehen.

„Weiß er, dass ich in England bin?", fragte Mr. Glass.

„Ja."

„Ließ er mich verfolgen?"

„Verfolgen? Warum sollte er dir folgen?"

„Das weiß ich nicht, aber ich weiß, dass man mir folgt."

Darum hatte er also heute Vormittag ständig aus dem Kutschenfenster geblickt.

„Wann?" Duke klang besorgt.

Mr. Glass tat seine Frage mit einer Handbewegung ab. Duke drückte die Lippen aufeinander, und ich dachte, er würde widersprechen, aber Miss Glass meldete sich erneut zu Wort.

„Richard hat gehört, dass Harrys Haus bewohnt sei", sagte sie und wies auf das Zimmer, in dem wir uns befanden. Also hatte das Haus einst Mr. Glass' Vater gehört, nicht dem Rycroft-Erben. Das erklärte, warum Mr. Matthew Glass es geerbt hatte. „Ich weiß nicht, wer ihn davon in Kenntnis gesetzt hat. Vielleicht einer der Nachbarn."

„Das ist am wahrscheinlichsten. Ich habe gesehen, dass sie mich beobachten, aber keiner hat uns gegrüßt."

„Ich habe mitbekommen, wie Richard Beatrice erzählt hat, dass jemand dieses Haus besetze. Er hat es mir nicht direkt mitgeteilt."

„Beatrice?"

„Seine Frau."

Mr. Glass nickte langsam. „Wurde mein Name erwähnt?"

„Nein, nur dass das Haus besetzt sei und er nachschauen würde."

„Er war nicht hier", sagte Mr. Glass. „Niemand aus der Familie war hier, außer dir."

„Ich habe erst heute Morgen mitgehört, wie Richard und Beatrice darüber sprachen. Ich kam, sobald ich entwischen konnte. Ich hielt den Gedanken an Hausbesetzer im Haus meines Harrys nicht aus."

„Gut, dass du dich darum gekümmert hast." Sein Tonfall ließ mich nicht sicher wissen, ob er es ehrlich meinte oder nicht.

„Ich war sehr besorgt. Ich bezweifelte, dass Richard auch nur einen Finger rühren würde, um nachzusehen. Sobald ich entkommen konnte, kam ich her."

Wir beugten uns alle mit erhobenen Brauen vor. „Entkommen?", fragte Mr. Glass. „Onkel Richard entkommen?"

„Nein, Beatrice. Ich habe sie gebeten, mich zum Einkaufen mitzunehmen. Ich darf alleine nicht raus, versteht ihr."

„Warum nicht?"

„Ich kaufe Dinge, dann wird Richard wütend, dass ich zu viel Geld ausgegeben habe, auch wenn es *mein* Geld ist, das ich ausgebe. Ich habe ein Taschengeld. Oh, und ich rede mit Leuten." Sie grinste, als wäre es das Verwerflichste, was man anstellen konnte, und sie mache es nur, um ihren Bruder zu ärgern.

„Sie dürfen nicht mit Leuten reden?", fragte ich, als Mr. Glass nichts sagte. Er wirkte nachdenklich.

„Richard gestattet mir nur, Besuch zu empfangen, wenn er oder Beatrice anwesend sind. Er will nicht, dass ich ihnen sage, wie grausam er zu mir ist. Die Außenwirkung ist ihm wichtig. Wichtiger als ich."

„Tante Letitia, so schlimm kann er doch kaum sein", sagte Mr. Glass.

„Nennst du mich eine Lügnerin?"

Er holte scharf Luft. „Keineswegs. Ich weiß, dass mein Vater mit seinem Vater nicht gut auskam, und dass Richard sich üblicherweise auf die Seite ihres Vaters schlug, aber –"

„Üblicherweise?" Sie schniefte. „Immer. Richard wusste, auf welcher Seite seine Aktien lagen. Kein Rückgrat, das war schon immer sein Problem. Harry hatte jedoch mehr Mumm als irgendwer, dem ich je begegnet bin. Das war *sein* Problem, weißt du." Der Zorn und die Energie wichen aus ihr, während sie sprach, und der sehnsüchtige Blick kehrte in ihre Augen zurück.

Ich erwartete halb, dass sie wieder weiße Ritter und Drachen erwähnte. „Harry war selbstlos und mutig, mit einem freundlichen Herzen. Er sagte es unserem Vater, wenn dieser unfair zu unseren Pächtern und Bediensteten war, und dafür verabscheute Vater ihn. Er verabscheute ihn für seine Großzügigkeit, dafür, dass er in allem besser war, und er verabscheute ihn, weil er den Mund aufmachte. Er und Richard hassten Harry, weil er er selbst war."

Unter meinen Wimpern hervor beobachtete ich Mr. Glass. Er wurde völlig reglos und sagte kein Wort. Nach einem Augenblick schluckte er schwer und blinzelte. Ich war nicht ganz sicher, ob das ein Gefühl zum Ausdruck brachte oder nicht.

„Schlägt er Sie?", fragte Duke Miss Glass.

Wir schauten ihn alle an.

„Schlägt Ihr Bruder Sie, Ma'am?" Er sagte es geradeheraus, als würde man Fremden ständig solche Fragen stellen.

Widerwille zeigte sich auf Miss Glass' Zügen. „Wer sind Sie, dass Sie mir eine solche Frage stellen?"

„Ich bin Matts Freund."

„Ich dachte, Sie wären der Butler."

Duke kniff die Augen zusammen und schaute zu Mr. Glass. „Ich brauche einen Drink. Wollt ihr auch einen?"

Mr. Glass winkte ab, und Duke verließ den Salon. Seinem Abgang folgte ein weiteres unangenehmes Schweigen. Ich wartete darauf, dass Tante und Neffe in ein Gespräch über Familienmitglieder und alte Zeiten verfielen, aber das taten sie nicht. Es schien, als würden sie etwas Hilfe dabei brauchen, einander kennenzulernen.

„Warum hat Ihr Bruder Harry England verlassen, Miss Glass?", fragte ich.

Ihre Augen trübten sich wieder, und ich bedauerte, dass ich es angesprochen hatte, aber ich war enorm neugierig. Ich wusste, das war nicht angemessen. Die Familie ging mich nichts an. Doch ich wartete ungeduldig auf ihre Antwort.

Leider versteifte sie sich plötzlich. Ihr Blick wurde scharf und klar. „Wer *sind* Sie, Miss Steele? Warum sind Sie hier?"

„Ich bin ebenfalls mit Ihrem Neffen befreundet", sagte ich.

Er widersprach mir nicht, aber um seine Mundwinkel spielte

Erheiterung. Er beobachtete mich offen, forderte mich heraus, noch weitere Lügen aufzutischen. Zweifellos würde er sie mir später in Erinnerung rufen und dann beobachten, wie ich versuchte, mich herauszuwinden.

„Eher Bekannte, eigentlich." Ich wollte nicht sagen, dass ich für ihn arbeitete. Das würde meinen Status in ihren Augen sofort herabsetzen, und sie würde vielleicht aufhören, vor mir zu sprechen, der angeheuerten Gehilfin.

„Bekanntschaft?" Sie nickte langsam, beäugte mich wieder, und diesmal hatte ich das Gefühl, dass sie jedes Kleidungsstück an mir musterte, bis hin zum Baumwollfaden. „Ich verstehe. Eine Geliebte wäre besser angezogen und würde Schmuck tragen. Kein Glass wäre so knausrig, seine Frau in graue Baumwolle zu kleiden. Also wie genau sind Sie mit meinem Neffen bekannt?"

„Sie ist meine Assistentin", antwortete Mr. Glass, ehe ich mir etwas ausdenken konnte. „Sie hilft mir bei meiner Arbeit."

„Du arbeitest?" Sie sah aus, als hätte sie in etwas Saures gebissen.

„Natürlich arbeite ich", sagte er. „Tut das nicht jeder?"

Ich verdrehte die Augen. Der Mann hatte keine Ahnung. Die amerikanische Oberschicht mochte arbeiten und stolz darauf sein, aber hier machten sich die besten Familien nicht gern die Hände schmutzig. Die meisten lebten von ihren Ländereien oder heirateten gut. Natürlich gab es betuchte Gentlemen, die Kaufleute, Handwerker, Bankiers und so weiter waren, aber wenige aus dem Adel hatten in ihrem Leben auch nur einen Tag hart gearbeitet.

„Erzählen Sie ihr, was Sie arbeiten, Mr. Glass." Es war ziemlich lustig, zu sehen, wie er sich wand, während er sich etwas auszudenken versuchte, und es fiel mir schwer, ein Lächeln zu unterdrücken. Er hielt es eindeutig für nötig, sie anzulügen.

Dieser Gedanke ließ mein Lächeln schwinden. Wenn er lügen musste, dann betraf seine Arbeit etwas Geheimes, vielleicht ein Dasein als Bandit.

„Ich kümmere mich um die Familienangelegenheiten", sagte er. Selbstgefällig und schmallippig lächelte er mich an.

„In welchem Geschäft ist Ihre Familie tätig?", bohrte ich nach.

„Hören Sie sofort damit auf." Miss Glass erschauerte. „Deine Familie ist hier, Matthew, und *wir* reden nicht über so vulgäre Dinge."

„Bei allem Respekt, Tante, ich habe auf zwei Kontinenten Familie. Meine amerikanische Familie ist vielleicht nicht so ..." Er trommelte mit den Fingern an der Teetasse, während er nachdachte. „Sie ist vielleicht nicht so *hoch angesehen* wie die Glasses, aber sie ist trotzdem meine Familie."

Sie griff ebenfalls nach ihrer Tasse. „Ich bewundere deine Treue, aber versuch bitte, dich zu entsinnen, dass die Familie deines Vater von Adel ist, und die deiner Mutter Gesindel."

Ich hätte gedacht, er wäre beleidigt, aber er murmelte nur „So loyal bin ich nicht" in seine Tasse.

„Richtig", sagte sie mit trockenem Unterton. „Warum hast du mir nie geschrieben? Dein Vater hat es getan."

„Du hast gerade erzählt, dass dir seine Briefe vorenthalten wurden. Was hätte es also geändert, wenn ich es getan hätte?"

„Es hätte etwas geändert."

Ich nickte zustimmend.

Er sah mich finster an und wandte sich dann wieder an seine Tante. „Bei allem Respekt, ich kenne dich nicht. Jemandem zu schreiben, den ich nie getroffen habe, hätte sich merkwürdig angefühlt."

„Das ist keine Entschuldigung."

Er wirkte, als sei ihm unwohl, und er tat mir ein bisschen leid, obwohl ich mir nicht vorstellen konnte, warum er Mitgefühl verdient haben sollte. „Nun, da Sie sich begegnet sind, wird es Ihnen sicher leichter fallen, einander zu schreiben", sagte ich.

„Ich verspreche, ich schreibe, wenn ich wieder zu Hause bin", versicherte Mr. Glass seiner Tante.

Sie wirkte verletzt. „Wir sind uns gerade erst begegnet, und schon sprichst du davon, mich zu verlassen."

„Es war von Anfang an nur als kurzer Besuch gedacht."

„Ja, aber jetzt, da du hier bist, wieso bleibst du nicht länger? Ich kann dich all meinen Freunden und Bekannten vorstellen.

Der Königin! Du musst die Königin treffen, und auch den Prinz-gemahl. So ein glückliches Paar."

O je. Der Prinzgemahl war vor Jahren gestorben. Miss Glass' Wahnsinn war eine unbeständige Krankheit, manchmal ließ sie sie völlig normal wirken, bis sie etwas Ungeheuerliches von sich gab.

Mr. Glass wusste das auch. Seine Schultern sanken herab, als wäre die Last ihres Wahnsinns eine persönliche Bürde, die er zu tragen hätte. Und doch schien er nur sehr wenig mit ihr zu tun haben zu wollen. Er hatte ihr zum einen nicht geschrieben, und hatte sie auch nicht gebeten, zum Mittagessen zu bleiben. Es war schrecklich unhöflich von ihm, und ich beschloss, das sofort in Ordnung zu bringen.

„Miss Glass, würden Sie sich heute zum Mittagessen zu uns gesellen? Cyclops kann Sie danach zum Haus Ihres Bruders zurückbringen."

„Nein!" Sie stellte klirrend die Teetasse ab. Dann, als wäre sie von ihrem eigenen Nachdruck überrascht, drückte sie sich eine Hand auf den Magen und sagte: „Ich würde es vorziehen, nicht zu Richard zurückzukehren."

Mr. Glass und ich wechselten einen Blick. „Gar nicht?", fragte er.

„Gar nicht. Ich dachte, nun, da du hier bist, vielleicht ..."

„Nein."

Ihre Augen füllten sich mit Tränen, und sie neigte den Kopf, um sie zu verbergen. Ich warf Mr. Glass einen finsteren Blick zu, aber er wandte nur den Kopf ab. Herzloser Mann. Ich berührte Miss Glass' Hand. „Ihr Neffe würde Sie gern in seinem Haushalt willkommen heißen, aber er reist leider in einer knappen Woche ab", rief ich ihr in Erinnerung.

Sie machte ein missbilligendes Geräusch. „Wir werden sehen."

Ihre Überzeugung gefiel mir, aber es machte mich traurig, dass sie so sehr bei Mr. Glass bleiben wollte. Die Umstände bei ihrem Bruder konnten nicht glücklich sein, wenn sie erpicht darauf war, bei einem Neffen, den sie kaum kannte, und seinen rauen Freunden und Familienmitgliedern zu wohnen. Ich drückte ihr die Hand, und sie überraschte mich mit einem erwidernden Druck.

Lärm von draußen erregte unser aller Aufmerksamkeit. Mr. Glass war mit vier langen Schritten an der Tür, fiel aber zurück, als eine Frau majestätisch den Salon betrat. Ich hielt sie für jünger als Miss Glass, aber es war schwer, ihr genaues Alter zu bestimmen. Die Haut um ihre Augen und ihre Stirn wurde vom Arrangement ihrer Haare unter ihrem Turban gestrafft. Diese Glätte stand im Gegensatz zu den tiefen Falten, die sich vom Mund zum Kinn zogen. Ihre haselnussbraunen Augen funkelten Miss Glass an. Sie schien niemanden sonst wahrzunehmen, während sie zu der älteren Dame auf dem Sofa marschierte. Miss Glass wich zurück und lehnte sich zu mir.

„Was hat das zu bedeuten?", knurrte Mr. Glass. „Wer sind Sie?"

Die Frau drehte sich nicht um. Sie streckte Miss Glass die Hand hin. „Ich wusste, dass ich dich hier finden würde! Komm, Letitia! Verlass diesen Ort sofort."

„Ich ziehe es vor zu bleiben." Miss Glass nahm ihre Teetasse, woraufhin die neu angekommene Frau an ihrem Arm zerrte. Tee wurde verschüttet, und ich fing die Tasse auf, ehe sie zu Boden fiel. „Beatrice!", keuchte Miss Glass auf.

Das also war ihre Schwägerin, Lady Rycroft. Sie benahm sich gewiss nicht besonders damenhaft.

Lady Rycrofts Griff war offenbar fest, denn sie zerrte Miss Glass in Richtung Tür. „Richard wird wütend sein, wenn ich ihm sage, dass du vor mir weggelaufen bist", fauchte sie. „Ich wusste, dass die Einkaufstour eine Täuschung war. Ich habe es ihm gesagt, aber er wollte nicht auf mich hören."

Mr. Glass trat ihnen in den Weg und versperrte den Ausgang. Er konnte ziemlich herrschaftlich wirken, wenn er es darauf anlegte, und ich war erleichtert zu sehen, dass er endlich Interesse am Wohlergehen seiner Tante entwickelte. „Lassen Sie sie los", knurrte er.

„Wie bitte?" Lady Rycroft mochte ja für eine Frau groß sein, aber ihm reichte sie nur bis zum Kinn, selbst wenn sie sich hoch aufrichtete. „Ich bin Lady Rycroft und Ihre Tante. Sie werden mich mit dem Respekt behandeln, den ich verdiene."

Also wusste sie, wer er war. Ich versuchte, mir etwas Diplomatisches einfallen zu lassen, um die Spannungen zu lösen, aber es kam mir nichts in den Sinn. Hinter Mr. Glass traten Duke und Willie dicht heran, um die Diskussion zu hören.

„Seien Sie versichert, dass ich das tun werde", sagte er. „Wenn Sie mir gezeigt haben, dass Sie meinen Respekt verdienen. Sie kommen in mein Haus, ohne mich zu grüßen, und zerren einen meiner Gäste gegen ihren Willen hinaus. Ich glaube, ich habe jedes Recht, Ihnen zu sagen, Sie sollen sie loslassen."

„Das werde ich nicht! Sie wissen nicht, wie sie ist. Sie braucht ihre Ruhe zu Hause. Sie ist nicht ganz richtig im Kopf, wissen Sie –"

„Ich bin völlig richtig im Kopf, danke aber auch!", schniefte Miss Glass.

„Lassen Sie sie los, und sie wird aus freien Stücken nach Hause zurückkehren", sagte Mr. Glass. „Nach dem Mittagessen."

„Nein!", schrie Miss Glass. Ich schrie ihn ebenfalls fast an. Wie konnte er so grausam sein? Sie wollte eindeutig nicht ins Haus ihres Bruders zurückkehren.

„Kann sie nicht die paar Tage bleiben, während Sie in London sind?", wagte ich einen Vorschlag. „Danach kann sie zurückkehren." Oder er könnte in der Zwischenzeit eine andere Lösung für sie finden.

Ich erwartete, dass er mich für meine Dreistigkeit tadelte, aber er schaute nur zur Seite. Zuvor sah ich jedoch, wie sein Blick sich verdüsterte.

„Er wird England nicht verlassen." Ehrlich, Miss Glass' Entschlossenheit, dass er bleiben würde, unterstützte ihre Position nicht gerade.

„Ich habe meine Entscheidung getroffen", sagte er. „Du darfst zum Mittagessen bleiben, Tante Letitia, aber nicht länger. Ich bin vielbeschäftigt, und ich habe keine Zeit für Besuch." Er wirbelte auf dem Absatz herum und marschierte hinaus. „Duke, bring Lady Rycroft nach draußen."

„Sie müssen Sie selbst zurückbringen", sagte Lady Rycroft zu seinem Rücken. „Einem Ihrer Männer kann man sie nicht anvertrauen. Sie ist zu verschlagen."

„Na gut", sagte er mit leiser Stimme, die uns gerade so erreichte. „Es ist ohnehin an der Zeit, dass ich meinen Onkel treffe."

„Er freut sich darauf, Sie zu treffen."

„Das bezweifle ich."

Lady Rycroft ließ ihre Schwägerin los und glitt mit hoch erhobenem Kopf an den anderen vorbei, darauf bedacht, keinen von ihnen zu streifen. Ich erwartete, dass Miss Glass hysterisch zusammenbrechen oder ihrem Neffen nachlaufen würde, um ihn anzuflehen, aber sie raffte nur ihre Röcke und lächelte mich an.

„Werden Sie sich beim Mittagessen zu mir setzen, Miss Steele?", fragte sie, als wäre nichts passiert. „Ich hätte sehr gern Ihre Gesellschaft."

KAPITEL 8

$\mathcal{B}$eim Mittagessen fand ich heraus, dass Lord und Lady Rycroft drei Töchter hatten. Sie brauchten zwar derzeit keine Gouvernante, aber ich beschloss, mich ihnen vorzustellen und meine Dienste jedem ihrer Freunde anzubieten. Als ich Mr. Glass fragte, ob ich mit ihm kommen könnte, um seine Tante nach Hause zu bringen, fing er prompt an zu diskutieren.

„Gouvernante?", fragte er, als er mir an der Tür meinen Hut reichte. „Warum wollen Sie Gouvernante werden?"

„Weil mich keiner der Uhrmacher in London als Assistentin anstellen will." Nach unseren letzten Besuchen erschien mir die Lage allmählich noch hoffnungsloser, als ich sie anfangs gesehen hatte. „Eine Anstellung als Gouvernante könnte für mich passen. Ich bin gebildet, ich kann Klavier spielen und genauso gut nähen wie jede andere Frau."

„Das bezweifle ich nicht."

„Warum missfällt Ihnen dann der Gedanke?"

Er steckte sich seinen Hut unter den Arm, ohne sich Sorgen um dessen Form zu machen, und öffnete die Haustür. Cyclops wartete mit dem Pferd und der Kutsche. „Er missfällt mir nicht, ich glaube bloß nicht, dass jemand Sie einstellen wird", sagte Mr. Glass.

„O je", murmelte seine Tante.

„Warum nicht?", fragte ich hitzig.

Seine Tante machte ein missbilligendes Geräusch und schüttelte den Kopf, während sie vorbei ging. Er erwiderte ihren Blick finster. Er hatte ziemlich oft finster geblickt, seit sie hergekommen war. Beim Mittagessen hatte er sich nicht zu uns gesellt, sondern lieber allein in seinen Räumlichkeiten gespeist. Ich fragte mich, ob er geruht oder wieder seine besondere Uhr benutzt hatte.

„Tante Letitia, erklär du es ihr", sagte er.

„Guter Gott, nein", sagte sie über die Schulter. „Das hast du dir selbst eingebrockt, jetzt musst du es auch auslöffeln."

Er machte mit dem Kopf eine ruckartige Bewegung zur Kutsche, aber ich bewegte mich nicht von der Tür weg. „Dann sagen Sie es doch, Mr. Glass. Sagen Sie mir, warum ich eine schreckliche Gouvernante abgeben würde."

„Ich habe nicht gesagt, dass Sie schrecklich wären. Ich denke, Sie würden eine exzellente Gouvernante abgeben. Aber ich bezweifle, dass Sie jemand einstellen wird."

„Weil ich keine Erfahrung habe?" Ich stand nur wenige Zentimeter von ihm entfernt in der Tür und fühlte mich plötzlich klein, dumm und armselig. Meine Überzeugung verflog rasch. Ich war eine Närrin. Er hatte recht. Niemand würde mich ohne Referenzen als Gouvernante einstellen. Ich senkte den Kopf. „Ich werde hier bleiben", murmelte ich.

Ich trat wieder nach drinnen, aber er fasste mich am Kinn. Ich war so schockiert, dass ich den Blick zu ihm hob. Er schien gleichermaßen schockiert von seinem Handeln und ließ mich los. Er verschränkte die Hände hinter dem Rücken.

„Es tut mir leid", murmelte er. „Ich hätte nichts sagen sollen. Kommen Sie mit uns, Miss Steele. Hoffentlich beweisen Sie mir, dass ich falsch liege." Er bot mir ein Lächeln und seinen Ellbogen.

Ich nahm ihn und ging die Stufen hinab. Er half Miss Glass in die Kutsche, dann mir, und stieg hinter uns ein. Ich fühlte mich immer noch etwas verletzt von seinem mangelnden Vertrauen in meine Vermittelbarkeit, aber er hatte mir ein Friedensangebot unterbreitet, und es wäre unhöflich von mir gewesen, es nicht anzunehmen.

„Wie sammelt man Erfahrung als Gouvernante, wenn man noch keine hat?", fragte ich, an niemand bestimmten gewandt.

„Es ist nicht die mangelnde Erfahrung, die Sie hindern wird, Miss Steele", sagte Miss Glass. „Es ist Ihr hübsches Gesicht, Ihre liebreizende Figur und Ihr freimütiges Wesen."

Mr. Glass drehte sich, um aus dem Fenster zu schauen, als hätte er nichts von dem gehört, was seine Tante sagte, während sie direkt neben ihm saß. Ich war zu verblüfft, um etwas zu sagen.

„Es tut mir leid, Ihre Hoffnungen zu zerstören", fuhr Miss Glass fort, „aber man musste es Ihnen sagen. Wir Frauen sind manchmal ungerecht zueinander, und es würde eine sehr freundliche Frau brauchen, die sich ihrer eigenen Anziehungskraft und der Liebe ihres Mannes sehr gewiss ist, um Sie in einer so hochgestellten Position aufzunehmen. Vielleicht als Dienstmädchen, aber nicht als Gouvernante. Glauben Sie mir, in Beatrices Kreis passt niemand auf diese Beschreibung. Eine Schar herumstolzierender Gänse, das sind sie."

„Danke, Miss Glass", sagte ich, weil mir nichts anderes einfallen wollte. Sie hatte mir ein Kompliment gemacht, und meine Mutter hatte mir gesagt, ich solle dankbar sein, auch wenn das Kompliment keine Absicht war oder nur aus Höflichkeit gemacht wurde.

„Und Sie sollten mir auch danken", sagte sie mit selbstgefällig gekrümmten Lippen. „Die Töchter von Beatrices Freundinnen sind alle so schrecklich wie ihre Mütter. Der Versuch, sie zu erziehen, würde jede vernünftige Frau ins Irrenhaus bringen."

Ich lächelte, aber es lag keine Erheiterung darin. Meine Hoffnungen, als Gouvernante zu arbeiten, hatten sich beinahe vollständig verflüchtigt. Ich hätte nicht mitkommen sollen. Ich hätte zu Hause bleiben und Beweise suchen sollen, die Mr. Glass mit dem Banditen in der Zeitung verbanden. Das Belohnungsgeld wirkte immer verlockender.

Lord Rycrofts Haus befand sich am Belgrave Square. Es war Mr. Glass' Haus in Mayfair nicht unähnlich, da es hoch aufragte und zu einer Reihe von Stadthäusern gehörte, die sich von einem Ende der Straße zum anderen erstreckten. Miss Glass teilte uns auf der kurzen Fahrt mit, dass das Rycroft-Anwesen auf dem Land etwas vernachlässigt wurde, da Beatrice die Stadt und all die gesellschaftlichen Gelegenheiten bevorzugte, die London bot.

„Dein Vater wäre enttäuscht", sagte sie und beäugte ihren Neffen. „Er hat Rycroft geliebt. Ich habe immer bedauert, dass er nicht der älteste Sohn war. Er wusste es mehr zu schätzen."

„Doch die Verantwortung hätte er verabscheut", sagte Mr. Glass kühl. „Und es gehasst, lange am selben Ort zu bleiben."

Miss Glass seufzte. „Sehr richtig."

Diener in gerader Haltung begrüßten uns mit ausdruckslosen Blicken. Mit mechanischer Förmlichkeit öffneten sie uns pflichtgemäß die Tür und nahmen uns die Hüte ab. Ich wollte einen kneifen, um zu sehen, ob er reagierte.

„Endlich", sagte Lady Rycroft mit einem demonstrativen Blick auf die vergoldete schwarze Uhr auf dem Kaminsims im Salon. Sie ging fünfzehn Minuten vor. Ich fragte mich, ob sie das wusste. „Ich musste meine nachmittäglichen Verabredungen verschieben, um auf dich zu warten, Letitia."

„Du hättest nicht warten müssen", sagte Miss Glass, die sich hinsetzte und mir bedeutete, es ihr gleichzutun. Ich tat es und schaute auf die Taschenuhr, die in meiner Westentasche steckte. Die auf dem Sims ging definitiv fünfzehn Minuten vor.

„Richard wollte mir nicht gestatten zu gehen, ehe du zurückgekehrt bist", sagte Lady Rycroft. „Er bestraft *mich* für *deine* kleine vormittägliche Eskapade."

„Ist er hier?", ging Mr. Glass dazwischen und stellte sich an den Sims aus weißem Marmor, den Ellbogen in der Nähe der Uhr. Ich riss den Blick von der Uhr los, nur um festzustellen, dass er immer wieder dorthin zurückwanderte.

„Einer der Diener setzt ihn über Ihre Anwesenheit in Kenntnis."

Das Gespräch geriet ins Stocken, während wir alle auf Lord Rycrofts Auftritt warteten. Ich verschränkte die Hände im Schoß, schlang die Finger umeinander, aber es war unmöglich. Die Uhr rief laut wie eine Posaune nach mir.

„Vergeben Sie mir, Lady Rycroft, aber ist Ihnen aufgefallen, dass Ihre Uhr vorgeht?"

Mr. Glass und Miss Glass schauten auf die Uhr. Lady Rycroft schaute zu mir.

„Wer *sind* Sie, und warum sind Sie hier?", fragte sie, als sähe sie mich zum ersten Mal.

„Ich heiße India Steele."

Bevor ich fortfahren konnte, sprach Mr. Glass. „Miss Steele ist meine Assistentin."

Lady Rycrofts Augenbrauen verschwanden nahezu in ihrem Turban. Ihr Gesicht rötete sich, und sie nahm einen Fächer von einem Tisch und fächelte sich Luft zu.

„Ich helfe ihm, jemanden zu finden", sagte ich rasch mit einem finsteren Blick zu Mr. Glass. Er lächelte nicht, aber irgendwie schaffte er es, erheitert zu wirken. „Nach seiner Rückkehr nach Amerika werde ich eine andere Anstellung brauchen. Wenn Sie jemanden kennen, der eine Gouvernante benötigt, würde ich es zu schätzen wissen, wenn Sie meine persönlichen Angaben weiterleiten könnten. Ich habe ein exzellentes Verständnis der meisten Themen, besonders von Mathematik und Ingenieurskunst." Auf ihren entsetzten Blick hin fügte ich an: „Und natürlich auch der sanfteren Künste. Man findet mich noch ein paar Tage lang auf Mr. Glass' Anwesen in Mayfair."

Ihr Blick fiel auf meine Brust, dann hob er sich zu meinem Gesicht. Die Falten, die von ihrem Mund herabhingen, vertieften sich. „Niemand, den ich kenne, braucht gerade eine Gouvernante."

Meine Hoffnungen fielen in sich zusammen, aber sie waren nicht so zerstoben, wie es der Fall gewesen wäre, hätte mich Miss Glass in der Kutsche nicht vorgewarnt. Ich dankte Lady Rycroft und bemühte mich, nicht zu erröten, als ich spürte, wie Mr. und Miss Glass mich beobachteten.

Zum Glück trat auch Lord Rycroft in diesem Augenblick ein. Mr. Glass stellte sich gerader hin, und Miss Glass sank in das Sofa, als wolle sie sich unsichtbar machen. Er sah sie jedoch nicht. Er hatte nur Augen für seinen Neffen.

Lord Rycroft war eine weniger anziehende Version von Mr. Glass, und das lag nicht nur am Altersunterschied. Der ältere Mann hatte grauen Strähnen im dichten schwarzen Haar, aber das war sein einziges charakteristisches Merkmal. Er war kleiner, doch genauso breit in der Brust und den Schultern, so dass er untersetzt wirkte. Er hatte vielleicht einst die scharf geschnittenen Wangen von Mr. Glass gehabt, aber das konnte man unter den Schichten aus hängendem Fett nicht mehr erkennen. Trübe Augen musterten jeden Quadratzentimeter seines Neffen, langsam, als würde er ihn mit seinem verstorbenen Bruder und vielleicht mit sich selbst vergleichen. Lord Rycroft richtete sich mit jedem vergehenden Augenblick höher auf, und seine Brust weitete sich. Ich drückte die Lippen zusammen, um nicht über seine Versuche, eindrucksvoller zu wirken, zu grinsen. Er hätte sich nicht zu bemühen brauchen. Mr. Glass kam nicht so schnell jemand gleich, schon gar nicht ein kleiner, dicker Mann, der doppelt so alt war.

„Guten Nachmittag, Onkel", sagte Mr. Glass und streckte die Hand aus.

Lord Rycroft ignorierte sie. „Was führt Sie nach London?" Er hatte eine zähe Stimme, als würde es ihr schwer fallen, aus seinem dicken Hals zu entweichen.

Mr. Glass zog seine Hand zurück. „Ich suche jemanden. Es ist eine Privatangelegenheit."

„Wie lange bleiben Sie?"

„Bis Dienstag."

„Sehen Sie zu, dass es nicht länger wird."

Mr. Glass kniff die Augen zusammen. „Ich bleibe, solange ich will."

„Lassen Sie mich das klar ausdrücken, Sie sind hier nicht willkommen. Ihr Vater beschloss, die Familie, sein Heim und seine Pflichten hinter sich zu lassen und wegzulaufen. Dann brachte er Schande über uns alle, indem er ein fremdes Mädchen mit schlechtem Ruf heiratete." Er bohrte Mr. Glass den Finger in die Brust. „Und Sie sind die Verkörperung dieser Schande. Wir wollen nichts mit Ihnen zu tun haben."

Mr. Glass' Miene verdüsterte sich. Seine Augen nahmen die Farbe von Teer an. Mir gefror fast das Blut in den Adern, während er völlig reglos wurde. Plötzlich hatte ich Angst um Lord Rycroft.

„Ich weiß, wer die Familie Ihrer Mutter ist, und was sie getan haben", fuhr dieser fort, ohne die Zündschnur zu bemerkten, die er angesteckt hatte. „Meine Ermittler haben mir Zeitungsausschnitte und Berichte über ihre Verbrechen gesandt."

Verbrechen! Mein Aufkeuchen hallte in der darauf folgenden Stille wider. Ich war allerdings die Einzige, die überrascht war. Mr. Glass schluckte, ließ aber seinen Onkel nicht aus den Augen. Genauso wenig leugnete er den Vorwurf. Also stimmte es.

Ich drückte mir die Hand auf meinen grummelnden Magen. Bis zu diesem Augenblick war ich mir meiner Dummheit nicht bewusst gewesen. Ich lebte bei einem Verbrecher. Ich hatte nie ganz geglaubt, dass Mr. Glass der Dark Rider war – bis jetzt.

„Um es deutlich zu sagen", fuhr Lord Rycroft fort, „das Anwesen kann man einem wie Ihnen nicht überlassen. Es muss irgendwie gegen das Gesetz sein, oder was taugen sonst Gesetze überhaupt? Ich lasse meine Anwälte daran arbeiten."

Mr. Glass' harte Züge wurden weich. Er blinzelte. „Überlassen? *Ich* bin Ihr Erbe? Aber Sie haben drei Töchter."

„Natürlich sind Sie der Erbe. Und auch noch dumm, wie ich sehe."

„Es stimmt", ließ sich Miss Glass rasch vernehmen. „Es ist ein Erbgut, Matthew. Keine deiner Cousinen wird es in die gierigen kleinen Finger bekommen, da du der einzige männliche Erbe bist." Auf seinen immer noch verblüfften Ausdruck hin fügte sie hinzu: „Hat Harry dir das nicht erzählt?"

„Nein", murmelte er.

Lady Rycroft schniefte in ein Taschentuch. „Der Gedanke, dass meine lieben Mädchen aus ihrem Heim geworfen werden! Das bricht mir das Herz."

Ich wünschte mir, Mr. Glass möge etwas sagen, aber er tat es nicht. Er warf mir einen Blick zu, dann schaute er rasch zu Boden, zur Seite, überallhin, nur nicht in die Gesichter, die ihn beobachteten. Ich verkrampfte die Finger noch fester im Schoß.

Lord Rycrofts Knurren erfüllte den Raum. „Sie sind hier nicht willkommen. Guten Tag." Er wandte sich ab. „Letitia, auf dein Zimmer. Du darfst es eine Woche lang nicht verlassen. Geh!", rief er, als sie sich nicht bewegte.

Sowohl sie als auch Lady Rycroft zuckten zusammen. Dann hob sie das Kinn. „Ich will bei Matthew bleiben."

„Geh. Auf. Dein. Zimmer!", brüllte Lord Rycroft. Sein Gesicht wurde fleckig, sein Mund schäumte. „Ich werde deine Irrrungen und Wirrungen nicht mehr hinnehmen! Himmel, Frau, du bist die Geißel meines Daseins."

Miss Glass' Augen füllten sich mit Tränen, aber sie hielt das Kinn weiter hoch, obwohl es bebte. „Ich will bei Matthew wohnen."

„Ich bleibe nicht in London", sagte Mr. Glass mechanisch.

Aber seine Tante schien ihn nicht zu hören. „Ich weigere mich, hier noch eine Nacht lang zu schlafen."

„Ich lasse dich ins Irrenhaus bringen, wenn du dich mir weiterhin widersetzt!", rief Lord Rycroft. „Du irre alte Schrapnelle, es macht mich krank, dich anzusehen. Kein Wunder, dass Harry dich zurückgelassen hat. Er konnte deine Gesellschaft auch nicht ertragen!"

Schließlich fiel Miss Glass' Miene in sich zusammen, und sie brach in Tränen aus. Die stolze Dame schien um zehn Jahre zu altern, als ihre Schultern zusammensanken und vor lautlosen Tränen zitterten. Ich ging zur ihr und nahm ihre Hand. Sie riss sich etwas zusammen und hörte auf zu weinen.

Lord Rycroft sah mich an, als hätte er mich gerade erst bemerkt. Ich hob das Kinn, wie ich es bei Miss Glass gesehen hatte, als würde ich ihn auffordern, mich hinauszuwerfen. „Nehmen Sie Ihre Mätresse mit, Glass, und raus mit Ihnen."

„Ich bin keine Mätresse, und Sie sind ganz gewiss kein Gentleman." Ich wusste nicht recht, was ich da sagte. Vielleicht war auch ich von Wahnsinn geschlagen. Ich wusste nur, dass ich Miss Glass nicht bei diesem Grobian lassen konnte. „Ich gehe nicht ohne Miss Glass."

„Und ich auch nicht." Mr. Glass hielt seiner Tante die Hand hin.

Sie strahlte ihn durch ihre Tränen an. Ich hätte ihn vielleicht auch angestrahlt, aber er sah nicht in meine Richtung, obwohl er sehr nahe bei mir stand.

Lord Rycrofts Blick wanderte zwischen seiner Schwester und seinem Neffen hin und her. Er schüttelte den Kopf und knurrte: „Wenn du gehst, Letitia, komm nicht zurück. Niemals. Fahr mit ihm nach Amerika. Es ist mir gleich. Geh mir nur aus den Augen."

„Mit Vergnügen." Miss Glass nahm Mr. Glass' Hand und klemmte sich die meine unter den Arm. „Kommen Sie, Miss Steele. Wir haben ein Haus zu lüften." Sie wandte sich an ihre Schwägerin, die mit verblüfftem Gesichtsausdruck auf dem Sofa saß. „Lass bis heute Abend meine Sachen zu Matthews Haus schicken. Alle. Ich werde jedes Kinkerlitzchen zählen."

Sie marschierte hinaus und nahm mich mit.

Aber Mr. Glass folgte uns nicht. „Ich glaube, Sie haben etliche Briefe, die Tante Letitia gehören, geschrieben von meinem Vater", sagte er zu Lord Rycroft. „Packen Sie die zu ihren Sachen."

Lord Rycroft nahm eine drohende Haltung ein. „Sie geben mir in meinem Haus keine Befehle!"

Mr. Glass bleckte die Zähne. „Dann kommen Sie nach draußen, *Onkel*, und ich gebe Ihnen dort Befehle." Bevor irgendwer seine Worte ganz verdauen konnte, packte er Lord Rycrofts Arm, drehte ihm diesen auf den Rücken und stieß ihn zur Tür des Salons. Der Diener, der dort stand, regte sich plötzlich und bewies, dass er doch kein Automat war. Er keuchte und machte große Augen, aber er bewegte sich nicht, um seinem Herrn zur Hilfe zu eilen, als Mr. Glass seinen Onkel in die Eingangshalle führte, als würde er einen Betrunkenen aus einem Wirtshaus werfen.

Ich raffte meine Röcke und lief ihnen nach, weil ich nicht eine Sekunde verpassen wollte. Hinter mir befahl Lady Rycroft Miss Glass, zurückzubleiben, trotzdem folgten mir leichte Schritte.

„Was machen Sie? Lassen Sie mich los!" Lord Rycroft wehrte sich, um sich aus Mr. Glass' Griff zu befreien.

„Erst wenn Sie versprechen, die Briefe mitzuschicken. Jeden einzelnen." Mr. Glass schubste ihn weiter, und Lord Rycroft stolperte. Er wäre gestürzt, hätte Mr. Glass ihn nicht noch am Arm gehalten.

„Also gut", brummte Rycroft. „Mir bedeuten seine verdammten Briefe nichts. Harry ist tot. Seine Briefe haben jetzt keine Bedeutung mehr."

Ich dachte, Mr. Glass würde ihm einen Hieb verpassen, aber stattdessen ließ er seinen Onkel los. Er richtete seinen Kragen und seine Ärmel, dann hielt er Miss Glass den Ellbogen hin. Sie nahm ihn lächelnd an. Mir bot er seinen anderen Arm, doch ich schüttelte den Kopf. Eine kleine dreieckige Falte trat zwischen seine Augenbrauen.

„Sie haben sich als sogar noch größere Enttäuschung als Ihr Vater erwiesen", sagte Lord Rycroft, als wir hinausgingen. „Es ist kaum überraschend, wenn man bedenkt, was für Blut in Ihren Adern fließt."

„Achte nicht auf ihn", sagte Miss Glass und tätschelte ihrem Neffen den Arm. „Er ist bloß neidisch auf Harry. War er schon immer und wird er immer sein."

Die Tür knallte hinter uns zu.

Mr. Glass half seiner Tante in die Kutsche. Ich stand auf dem Bürgersteig und warf Cyclops einen Blick zu. Dessen eines Auge beobachtete mich genau. Wie viel von dem Austausch hatte er gesehen oder gehört?

„Alles in Ordnung, Miss?", fragte er.

Ich nickte und lächelte, stieg aber nicht in die Kutsche. Mr. Glass hielt mir die Hand hin. „Miss Steele?"

Ich starrte seine ausgestreckte Hand an. Sie krümmte und schloss sich unter meinem Blick. Er ließ sie sinken.

„Wollen Sie etwas sagen?", fragte er mich.

Meine Sachen waren in seinem Haus. All meine weltlichen Besitztümer waren in einem seiner Zimmer. Ich konnte auf die Kleider verzichten, aber nicht auf meine Werkzeuge oder die Daguerreotypie meiner Eltern. Gewiss würde er mir nichts antun. Ich war keine Bedrohung für ihn. Stattdessen half ich ihm. Wenn er mich hätte angreifen wollen, hätte er es letzte Nacht in der Küche tun können. Ich entschied mich dafür, mit ihm zu gehen, und mein Bestes zu tun, um einfach die Aufgabe zu erfüllen, um die er mich gebeten hatte. Ich verabschiedete mich von dem Gedanken, die Polizei zu informieren und die Belohnung zu bekommen. Mein Leben war mir mehr wert als Geld.

„Nein." Ich hielt ihm die Hand hin, und er nahm sie. „Ich habe nichts zu sagen."

Seine Finger drückten kurz meine, dann ließ er los. Als er die Trittleiter hinter mir hochklappte, hätte ich schwören können, dass ich ihn seufzen hörte.

* * *

WILLIE WAR NICHT ERFREUT, eine weitere Engländerin im Haus zu haben. „Du bist ein verdammter Narr, Matt!" Sie ging in der gefliesten Eingangshalle auf und ab, um ihrem Cousin mit dem Finger zu drohen. Ihr Haar hatte sich zum Teil aus dem Knoten gelöst, und sie wirkte wie eine Wahnsinnige. Ich war entschlossen, mich von ihr fernzuhalten. Von ihnen allen.

Miss Glass hatte keine solchen Vorbehalte. Sie tätschelte ihrem Neffen die Wange. „Aber ein süßer Narr. Ich wusste, dass es so sein würde. Du bist der Sohn deines Vaters, und auch meiner lieben Mutter ganz ähnlich."

Willie schnaubte. Duke stieß ihr einen Ellbogen in die Rippen und zischte ihr zu, sie solle still sein. Sie stieß zurück.

„Sie hat immer arme, hilflose Kreaturen gerettet", fuhr Miss Glass fort.

„Hilflos?", wiederholte Willie. „Ha!"

Miss Glass achtete nicht auf sie. „Sie ist immer durch die Wälder auf den Ländereien gestreift, hat gesungen und mit den Vögeln geredet."

„Sie klingt mehr nach *Ihnen*", grollte Willie, gefolgt von einem „Au", als Duke sie wieder mit dem Ellbogen anstieß.

Ich musste ihr zustimmen. Die verstorbene Witwe Rycroft klang so verrückt wie ihre Tochter. Aber an Miss Glass war nichts Böses. Als ich sie jetzt ansah, diese verträumte Leere in ihrem Blick, war es unmöglich, sie mit der Frau in Einklang zu bringen, die wir auf der Schwelle getroffen hatten und die Mr. Glass Hausdiebstahl vorgeworfen hatte. In manchen Fällen war der erste Eindruck wirklich täuschend. Da hatte ihr Neffe etwas mit ihr gemeinsam, wenn auch sonst nicht viel.

„Willie, kümmere dich darum, dass es meiner Tante gut geht, während Duke ein Zimmer für sie vorbereitet", sagte er.

„Ich?" Willie stemmte die Hände in die Hüften. „Warum ich? Warum kann sie nicht?" Sie nickte in meine Richtung.

„Miss Steele kommt mit mir. Wir haben eine Spur von Chronos."

Willies Zorn verrauchte sofort. „Worauf wartest du dann noch? Los!" Sie scheuchte uns beide weg, aber ich blieb stehen.

„Sie brauchen mich nicht", erklärte ich Mr. Glass. „Cyclops kann die Aged Christian Society auf eigene Faust finden, und Sie brauchen mich auch nicht, um mit Mr. Mirth zu reden."

Er musterte mein Gesicht, und diese kleine, dreieckige Vertiefung an seinem Nasenrücken zeigte sich erneut. „Ich hätte Sie gern dabei."

„Ich bin mir sicher, für jemanden wie Sie ist meine Gesellschaft viel zu langweilig." Ich wandte mich an Duke. „Ich helfe dir mit Miss Glass' Zimmer."

Duke und ich gingen die Treppe hinauf. Die Vordertür schloss sich erst, als wir den ersten Treppenabsatz erreichten.

Miss Glass' Zimmer war neben meinem. Ich öffnete das Fenster, um etwas von der frischen Nachmittagsluft hereinzulassen und den muffigen Dunst zu vertreiben. Duke öffnete zum selben Zweck Schranktüren, dann suchten wir beide überall nach Bettwäsche.

„Ist wohl unten", sagte er und gab auf.

„Ich hole sie. Ich muss mir die Beine vertreten."

„Die Personaltür ist in der Flurwand gegenüber."

Ich fand die versteckte Tür mühelos und begab mich rasch nach unten. Der Personalbereich erstreckte sich über die ganze Länge des Hauses unterhalb der Straße. Die Küche war der größte Raum, mit einer Speisekammer und Spülküche daneben. Auf dem Tisch in der Mitte hatte jemand damit begonnen, das Abendessen vorzubereiten, aber der kleine Ess- und Wohnbereich wirkte unberührt, genauso die Stuben des Butlers und der Haushälterin. Ich fand den Wäscheschrank, aber die Betttücher waren ganz oben verstaut. Ich stieg auf eins der unteren Regale, doch mein Gewicht ließ den ganzen Schrank nach vorne kippen.

Ich sprang herab und konnte verhindern, dass der Schrank auf mich stürzte, aber eine flache Kiste fiel von ganz oben herunter und krachte auf den Boden. Sie verfehlte mich um nur wenige Zentimeter.

Ich stellte den Schrank wieder auf und bückte mich, um die Kiste aufzuheben. Nein, keine Kiste, sondern ein Etui mit Messingklammern, das aufgesprungen war. Der Inhalt des Etuis hatte sich auf dem Boden verteilt. Ich beugte mich hinab, um die Papiere einzusammeln, erstarrte jedoch.

Das Bild eines Mannes mit buschigen Augenbrauen starrte mich an, sein Gesicht eine Landkarte aus Narben. Er wirkte um die dreißig, aber auf dem Bild war es schwer zu erkennen. Das Wort GESUCHT in auffallenden, kantigen Lettern kennzeichnete den Kerl als amerikanischen Banditen. Er war fünfhundert Dollar wert, tot oder lebendig. Aber es war nicht die Summe oder das Gesicht, das mein Herz zum Stillstand brachte. Es war der Name.

Bill Johnson. Johnson war Willies Name. Dieser Mann war ein Mitglied von Mr. Glass' Familie. Dem Poster zufolge wurde Bill Johnson wegen eines Überfalls auf einen Gemischtwarenladen gesucht.

Jedes der zwölf Blätter war ein Plakat, und alle zeigten verschiedenen Gesetzlose, die für Verbrechen in diversen amerikanischen Staaten und Territorien gesucht wurden. Drei trugen den Namen Johnson. Einer war der Dark Rider, der Mann aus dem Zeitungsartikel, den ich gelesen hatte. Die Skizze war dieselbe. Sein Gesicht war durch den Bart und den Hut nicht klar erkennbar. Dem Plakat zufolge galt er als äußerst gefährlich.

Meine Hände zitterten, als ich die Papiere wieder in die Kiste räumte. Ich stellte mich auf einen Stuhl, um sie oben in den Schrank zu schieben, dann eilte ich mit den Armen voll sauberer Bettwäsche zurück nach oben.

Duke und ich richteten das Schlafzimmer fertig her, und ich gesellte mich zu Miss Glass im Salon, während er in die Küche verschwand, um das Abendessen vorzubereiten. Miss Glass schlummerte am Fenster, darum setzte ich mich hin und las still. Oder versuchte es. Es war nicht leicht, während meine Gedanken zurück zu diesen Plakaten der Gesetzlosen mit ihren grässlichen Gesichtern und kalten Augen huschten. Und dann gab es noch den Dark Rider, einen Mann, den niemand richtig gesehen hatte. Sein Wert war von der ganzen Schar am höchsten.

Mr. Glass kehrte früher zurück, als ich erwartet hatte. Als ich die Eingangstür hörte, rutschte ich auf dem Sessel nach vorne, das Herz schlug mir bis zum Hals; nicht weil ich Angst davor hatte, ihn wieder zu sehen, sondern weil ich unbedingt erfahren wollte, was er bei Mr. Mirth herausbekommen hatte. Das überraschte mich. Ich hätte mich mehr vor ihm fürchten sollen.

Niemand holte ihn an der Tür ab, und er kam direkt in den Salon. Er warf einen Blick auf die schlafende Gestalt seiner Tante, und dann einen auf mich. Ich zog die Augenbrauen hoch, und er schüttelte den Kopf. Als ich die Stirn runzelte, bedeutete er mir, ihm zurück in die Eingangshalle zu folgen. Ich zögerte, dann ging ich ihm nach.

Duke und Willie kamen von weiter hinten im Haus, darum blieb ich an der Treppe zurück. „Und?" fragte Willie. „Was hat Mirth gesagt?"

„Er war nicht dort", sagte Mr. Glass bedrückt.

„Nicht dort?", fragte Duke. „Wo ist er?"

„Er ging vor ein paar Tagen weg. Ist einfach aus der Einrichtung marschiert, und niemand weiß, wohin er ging."

„Er ist weg!", rief Willie.

Mr. Glass bedeutete ihr mit einem Blick zum Salon zu schweigen.

Willie machte eine unfeine Geste in dieselbe Richtung. „Er kann nicht einfach gehen. Geht's darum nicht bei so einem Ort? Die Insassen sind zu alt, um sich um sich selbst zu kümmern?"

„Sie sind keine Insassen", sagte Mr. Glass. „Es ist eine Wohlfahrtseinrichtung für alte Menschen, und niemand ist verpflichtet, dort zu bleiben. Wenn sich ein Patient gut genug zum Gehen fühlt oder ihn Familienmitglieder abholen, kann er gehen."

„Gottverdammt", murmelte Willie. „Ich hasse dieses Land."

„Das ist wohl kaum die Schuld von England", erklärte Mr. Glass.

Willie verschränkte die Arme und wandte sich ab. Ihre Wirbelsäule krümmte sich, und sie senkte den Kopf.

„Jetzt werd mir hier nicht weinerlich." Mr. Glass legte ihr eine Hand auf die Schulter.

Sie schüttelte sie ab, dann drehte sie sich plötzlich um und fiel ihm um den Hals. Zum Glück war er stark genug, sie zu fangen. Wäre ich es gewesen, wäre ich unter ihr auf dem Hintern gelandet.

Er hielt sie einen Augenblick fest, bis sie sich wieder gefasst hatte und zurücktrat. „Genug von diesem gefühlsduseligen Unfug", erklärte sie. „Wir werden diesen Mirth finden." Sie schaute plötzlich zu mir. Trotz ihrer feuchten Augen war ihr

Blick messerscharf. „Sie wird ihn finden." Sie marschierte zu mir und bohrte mir einen Finger in die Schulter. „Das sollten Sie lieber, Miss Steele. Wenn nicht, werde ich ... dafür sorgen, dass Sie es bedauern."

Es waren nur Worte. Das sagte sich leicht, war aber schwer zu glauben. Aber Willies Zorn war das letzte, was ich heraufbe-schwören wollte.

„Willie", tadelte Mr. Glass sie.

„Gottverdammt, Weib!" Duke kam herüber und nahm Willie am Ellbogen. „Du bist eine verdammte Närrin. Wenn du sie bedrohst, bringt das gar nichts."

„Sie zu bezahlen führt nirgendwohin!" Willie machte sich los und lief die Treppe hinauf, wobei sie zwei Stufen auf einmal nahm.

Duke schüttelte den Kopf und ging ebenfalls. Mr. Glass lächelte mich ausdruckslos an. „Ich entschuldige mich für das Verhalten meiner Cousine. Sie wird manchmal emotional."

„Wegen nichts geringerem als einem Uhrmacher."

„Es ist eine besondere Uhr."

„Das sagen Sie ständig." Ich wartete darauf, dass er mir von seiner besonderen verjüngenden Uhr erzählte, aber das tat er nicht. „Werden wir unsere Suche heute Nachmittag also wieder aufnehmen?"

Er lehnte sich an den Treppenpfosten. „Es ist spät. Wir nehmen sie morgen wieder auf." Sein Blick wanderte über meine Schulter.

„Harry, mein Lieber, du bist wieder da", sagte Miss Glass. „Wie war deine Reise?"

Mr. Glass seufzte. „Ich bin Matthew, nicht Harry. Hast du dich eingewöhnt, Tante?"

„Ich bin durchaus eingewöhnt, danke. Ich glaube, mir wird es hier gefallen, trotz deiner seltsamen Cousine und diesem anderen groben Kerl. Zumindest habe ich Miss Steele als Gefährtin."

„Gut", sagte er und schaute wieder zu mir. „Aber es ist nur für ein paar Tage. Ich kehre am Dienstag nach Amerika zurück."

Sie winkte ab und begab sich die Treppe hinauf. „Kommen

Sie, Miss Steele, spielen Sie für mich Klavier. Dieses Haus braucht Musik."

Ich wollte ihr folgen, aber Mr. Glass hielt mich mit einer Hand am Arm zurück. „Sie mag Sie, Miss Steele", murmelte er, das Gesicht dicht an meinem. „Versuchen Sie ihr klarzumachen, dass dies nur ein vorübergehendes Arrangement ist."

„Ich werde mein Bestes tun. Vielleicht würde es helfen, wenn sie wüsste, was aus ihr werden soll, sobald Sie gehen. Ihr Bruder hat ihr verboten, in sein Haus zurückzukehren."

„Dorthin geht sie nicht zurück", knurrte er leise. „Nicht, solange ich lebe."

Ich nickte zustimmend. „Aber irgendwo muss sie hin."

* * *

EIN LAUTER KNALL WECKTE MICH. Es war sehr finster, und ich erkannte nur die Umrisse der Möbel in meinem Zimmer. Jemand rief von tief im Haus, zu weit weg, als dass ich die Worte verstanden hätte. Ich sprang aus dem Bett, stieß mir das Knie am Nachtkästchen und tastete nach der Kerze und Zündhölzern.

Ein weiterer Knall hallte durchs Haus, ließ die Wände beben und mein Herz hämmern. Es war nicht irgendein Knall, es war ein Schuss.

Dann kreischte Miss Glass.

KAPITEL 9

*I*ch gab es auf, die Kerze anzünden zu wollen, und lief aus dem Zimmer. Mit der Schulter knallte ich gegen den Türrahmen, aber ich achtete nicht auf den Schmerz und raste in Miss Glass' Zimmer. Das Haus war voller Schreie und Schritte, und das Geräusch meines eigenen Herzschlags hallte in meinen Ohren.

„Miss Glass!" Ich wartete nicht auf eine Antwort, sondern stieß einfach ihre Schlafzimmertür auf.

Sie kreischte wieder, wurde aber still, als ich ihr versicherte, dass es nur ich war. Ich konnte gerade eben ihre Silhouette erkennen, die auf dem Bett saß, die Decke bis ans Kinn gezogen. „Miss Steele! Gott sei Dank! Was war das für ein Lärm?"

„Ein Schuss, glaube ich." Ich setzte mich aufs Bett und packte sie an den Schultern. Sie bebte heftig. „Geht es Ihnen gut?"

„Ich ... ich glaube schon?"

„Tante Letitia!" Mr. Glass platzte ins Zimmer. Sogar im Dunkeln füllte er den Raum mit seiner Anwesenheit aus. „Miss Steele? Ich habe Schreie gehört."

„Das war ich", sagte Miss Glass spröde. „Matthew, jemand schießt im Inneren des Hauses!"

Er ging am Bett in die Hocke, etwa dort, wo ich saß. Er trug nur eine Hose und war von der Taille aufwärts komplett nackt. Ich schluckte und versuchte ihn nicht anzustarren, aber ich

134

versagte erbärmlich. Selbst in der Dunkelheit konnte ich die Muskelpakete an seinen Schultern und Armen sehen. Solche Muskeln bildeten sich nicht bei untätigen Gentlemen. Sie kamen von harter Arbeit. Oder vom Kämpfen. Ich versuchte mich vorzubeugen, um seine Brust zu sehen.

Er fing mich ab und richtete mich auf. „Miss Steele? Was ist los?" Seine Hände erkundeten meine Arme, meine Schultern, und strichen meinen Hals hinauf. Sie waren warm und stark. „Sind Sie verletzt?"

Ich holte Luft, um meine Nerven zu beruhigen. „Ich, äh, also, wir sind nicht verletzt. Was geht vor?"

„Ich weiß es noch nicht." Er ließ mich los, stand auf und marschierte zur Tür hinaus, ließ mich mit lauter denn je hämmerndem Herzen und Nerven zurück, die bis an ihre Grenzen strapaziert waren. Meine Haut fühlte sich warm an, wo er mich berührt hatte.

Ich stand ebenfalls auf.

„Gehen Sie nicht hinaus." Miss Glass hielt mich an der Hand. „Warten Sie, bis Matthew zurückkehrt."

Die Rufe hatten ein Ende, und ruhige Stimmen drangen durch das stille Haus zu uns herauf. „Die Gefahr, falls eine bestand, scheint vorüber zu sein. Ich bin gleich zurück."

Ich zündete eine Kerze an und machte mich auf den Weg hinab. Aus dem Personalbereich kamen Stimmen, also begab ich mich zur Küche. Willies Stimme erreichte mich, bevor ich sie sah. „*Du* hast nicht abgeschlossen. Es ist nicht meine Schuld."

„Ich habe dir die Tür offengelassen!", ereiferte sich Duke. „Hast du einen Schlüssel mitgenommen? Nein, hast du nicht", antwortete er für sie. „Wenn du nicht ausgegangen wärst, Willie, wäre das nicht passiert."

„Wenn ich nicht auf ihn geschossen hätte, wären wir jetzt alle tot in unseren Betten! Ich habe ihn verscheucht, nach Strich und Faden."

„Du hast beinahe einen Mord auf englischem Boden begangen", knurrte Mr. Glass.

„Was hätte ich denn tun sollen? Abwarten, dass er zuerst auf mich schießt?"

„War er bewaffnet?", fragte Cyclops.

„Woher soll ich das wissen?", sagte Willie mit trotzigem Unterton. „Es war dunkel."

Niemand hatte darauf eine Antwort, und ich wertete das als guten Zeitpunkt, um meine Anwesenheit kundzutun. „Ist jemand verletzt?", fragte ich und betrat die Küche. Eine zischende Gaslampe auf dem Tisch beleuchtete ihre Gesichter und die Pistole in Willies Hand. Sie beleuchtete auch Mr. Glass' Brust. Ich hielt den Blick mit einiger Mühe abgewandt.

„Wir sind alle unverletzt", sagte er.

„Wie lange haben Sie schon da gestanden?", fragte Willie.

„Lang genug, um zu hören, dass es einen Eindringling gab", sagte ich. „Was wollte er?"

Ich zählte drei ganze Sekunden, ehe jemand antwortete. „Vielleicht Geld", sagte Mr. Glass. „Silber."

„Ich habe nicht angehalten, um mit ihm zu plaudern." Willie schob sich die Pistole in den Hosenbund. Die Seite ihrer Jacke verbarg sie. Ging sie jede Nacht mit einer Waffe aus? Trug sie sie tagsüber im Haus?

Ich schluckte schwer. „Haben Sie ihn getroffen?"

„Hätte ich, wenn es nicht so dunkel gewesen wäre."

„Und wenn er nicht so schnell gewesen wäre", höhnte Duke. „Oder wenn es kein Donnerstag in London gewesen wäre und du kein Rindfleisch zum Abendessen gehabt hättest. Du hast ihn verfehlt, One Shot Willie. Du hast dein Fingerspitzengefühl verloren."

„Halt den Mund", fuhr ihn Willie an. „Ihr hattet Glück, dass ich genau zum richtigen Zeitpunkt heimgekommen bin."

Ich zitterte, und mir wurde plötzlich bewusst, dass ich mit nichts als einem Nachthemd in der Küche stand. „Sicher nicht. Einbruch ist eine Sache, aber Mord etwas völlig anderes. Er hätte niemandem von uns etwas angetan."

Eine schwere Stille senkte sich auf uns, bis Cyclops sie beendete, indem er herzhaft verkündete: „Ich gehe wieder ins Bett." Wie Mr. Glass trug er kein Hemd. Erst als er wegging, sah ich die Narben, die kreuz und quer über seinen Rücken verliefen. Es waren mindestens ein Dutzend, alle alt. „Gute Nacht, Miss Steele. Ich hoffe, Sie können nach dem Tohuwabohu schlafen."

„Gute Nacht, Cyclops."

„Wir sollten alle ins Bett zurückkehren", sagte Mr. Glass und fuhr sich mit der Hand durchs Haar und den Nacken hinab. „Duke, sorg dafür, dass jetzt *alle* Türen gesichert sind."

Duke erwiderte nichts. Er war zu sehr damit beschäftigt, mir auf die Brust zu starren. Anscheinend war ich nicht die einzige, der klar geworden war, dass ich nur ein Nachthemd trug. Zum Glück warf die Lampe nicht genug Licht, um mein heißes Gesicht zu beleuchten oder meine Figur durch die dünne Baumwolle zu zeigen. Zumindest hoffte ich das.

Willie schlug Duke auf den Arm. Er räusperte sich. „Richtig. Türen sichern. Mache ich gleich."

Er eilte weg und nahm die Lampe mit, so dass nur noch meine Kerze als Beleuchtung blieb.

„Gute Nacht, Willie", sagte Mr. Glass.

„Ich lass dich nicht hier mit ihr allein", sagte Willie und verschränkte die Arme.

„Miss Steele ist bei mir vollkommen sicher."

„Ich mach mir nicht um sie Sorgen."

Er gab ihr einen leichten Schubs und sagte streng: „Gute Nacht, Willie."

Sie brummte und stürmte hinaus.

„Ich sollte auch zurück ins Bett", sagte ich und glitt weg. „Ich schaue unterwegs bei Ihrer Tante vorbei."

„Bringen Sie ihr eine Tasse Schokolade." Er schnappte sich einen Kupfertopf vom Haken und verschwand in der Speisekammer. Augenblicke später kam er mit dem Topf halbvoll mit Milch und einem Honigglas in der Hand zurück. Er stellte beides ab und holte eine Tüte Zucker, Schokolade und Arbeitsgeräte.

„Sie wissen, wie man das macht?", fragte ich.

Er lachte. Es war so seltsam, das Geräusch nach einem derart anstrengenden Tag und Abend zu hören. „Natürlich. Ich mache Ihnen eine."

Ich setzte mich auf den Hocker am Tisch und versuchte, ihn nicht zu beobachten, während er das Feuer im Ofen anschürte, aber ich gab es auf. Es war unmöglich. Er war direkt vor meiner Nase. Keine Frau konnte wegschauen, wenn sie es mit so einem Prachtexemplar von Mann zu tun hatte. Ich hatte noch nie so viele Muskeln gesehen. Noch nie einen halbnackten Mann. Es war eine, äh, ziemliche Fortbildung. Ihn schien nicht im Geringsten zu kümmern, was für einen Schaden seine mangelnde Garderobe meiner Tugend zufügen könnte. Vielleicht waren Amerikaner nicht so sehr um Anstand bemüht wie Briten. Falls dem so war, musste ich mich nicht dafür schuldig fühlen, dass ich ihn anstarrte.

„Ich wollte mich für das Benehmen meiner Cousine entschuldigen", sagte er, während er einen Klecks Honig in die Milch laufen ließ. „Schon wieder."

„Sie ist Ihnen sehr treu ergeben."

Er löffelte etwas Zucker hinein und rührte um. „Willie hat ein Herz aus Gold. Unter all den Borsten ist es schwer zu finden, aber es ist da. Wir haben zusammen eine Menge durchgemacht, und sie macht sich ebenso viele Sorgen um mich wie ich mir um sie."

„Warum muss sie sich um Sie sorgen? Sie scheinen bestens in der Lage, sich um sich selbst zu kümmern." All diese Muskeln erklärten auch, wie er die drei Schlägertypen abgewehrt hatte. Er wusste eindeutig, wie man sie wirksam einsetzte. „Abgesehen von Ihren Anflügen einer Krankheit hin und wieder natürlich."

Sein Rühren wurde langsamer, seine Aufmerksamkeit galt der Aufgabe. Als die Milch zu köcheln begann, schabte er mit einem Messer Schokoladenraspel in den Topf und rührte sie schaumig auf.

Ich holte Tassen und einen Schokoladenkessel aus dem Regal. Er goss die Schokolade in zwei Tassen und den Kessel. Den Kessel und eine weitere Tasse stellte er zur Seite und reichte mir eine der vollen Tassen. Er bedeutete mir, mich ihm gegenüber auf den Hocker zu setzen. Das tat ich und schaute auf. Er errötete, und sein Blick senkte sich rasch auf seine Tasse.

Ich verschränkte die Arme vor der Brust und hoffte, dass ich meinen Busen nicht noch weiter nach oben schob. „Ich weiß, warum Sie mich gebeten haben zu bleiben."

„Das bezweifle ich sehr, Miss Steele." Er schluckte hörbar und rieb sich mit der Hand übers Gesicht. Ich nahm an, dass er müde war, aber zumindest wirkte er nicht so erschöpft, als sei er krank.

„Warum dann?"

Er stellte seine Tasse auf den Tisch und legte die Handflächen zu beiden Seiten flach daneben. Er holte tief Luft und stieß sie langsam wieder aus. „Ich habe Sie gebeten zu bleiben, weil ich mit Ihnen reden muss." Endlich würde er mir seine rätselhafte Krankheit und die Uhr erklären! „Ich glaube, es ist am besten, wenn Sie morgen gehen."

„Pardon?"

„Ich löse unsere Übereinkunft."

Nein. Das würde er nicht. Er wusste doch gewiss, wie sehr ich die Anstellung brauchte, und ein paar Tage lang eine Unterkunft. Gewiss sah er, dass ich nichts hatte und nirgendwohin konnte. „Aber ... das können Sie nicht! Sie haben mich im Voraus bezahlt."

„Behalten Sie das Geld. Aber Sie können nicht hier bleiben. Es ist zu gefährlich."

Mir wurde schwer ums Herz. „Wegen eines Eindringlings?"

Er vermied es weiterhin, mich anzusehen.

„Es war kein bloßer Einbrecher, oder?", drängte ich.

„Sie können zurück zu den Masons", sagte er rasch. „Oder sich morgen eine neue Unterkunft suchen. Sie werden schon bald eine andere Anstellung finden, dessen bin ich mir sicher. Sie sind eine erstaunliche Frau, und –"

Ich stand abrupt auf. Die Füße des Hockers schabten über den Steinboden. Er begegnete schließlich meinem Blick, aber ich stellte fest, dass ich ihm nicht mehr in die Augen schauen konnte. Ich schaffte es lediglich, mich zusammenzureißen und nicht in Tränen auszubrechen, weil alles so hoffnungslos war, weil sich das schwere Gewicht wieder auf meine Schultern senkte und mich zu Boden drücken wollte.

Er erhob sich ebenfalls. „Sagen Sie etwas, Miss Steele. Sie können schreien, wenn Sie wollen. Tatsächlich würde ich mir das wünschen."

„Was ist mit Ihrer Tante?"

Er blinzelte. „Sie haben kein Zuhause, in das Sie zurückkehren können, doch Sie sorgen sich um Tante Letitia?"

„Ich bin arbeitsfähig, Mr. Glass. Ich hatte noch kein Glück, aber das ändert sich sicher bald. Es muss einen Ladenbesitzer in

London geben, der eine Gehilfin braucht. Aber Ihre Tante ist verletzlich. Ich bezweifle, dass sie richtig auf sich aufpassen kann. Ich würde nicht wollen, dass sie ins Haus ihres Bruders zurückkehrt, wenn Sie gehen."

„Das wird sie nicht."

„Hat sie andere Verwandte? Freunde?"

„Keine, von denen ich wüsste." Er drückte seine Knöchel auf den Tisch und senkte den Kopf zwischen die Schultern. Ich wartete, aber ich war nicht ganz sicher, worauf. Ich wusste, dass ich Miss Glass ihre Schokolade hätte bringen sollen, aber etwas hielt mich angewurzelt. „Verdammt!", knurrte er schließlich. „Sie können nicht hierbleiben, Miss Steele. Verstehen Sie nicht? Es reicht, dass ich mich um das Wohlergehen von Cyclops, Willie und Duke kümmern muss. Die können sich zumindest verteidigen."

„Erzählen Sie mir von dem Eindringling."

„Es ist besser, wenn Sie nicht zu viel wissen."

„Jetzt entscheiden Sie, was am besten für mich ist?"

„Ich entscheide, was am sichersten für Sie ist, ja."

„Ich wünschte, Sie würden mich nicht wie ein Kind oder einen Einfaltspinsel behandeln. Ich bin keins von beidem."

„Das ist mir absolut bewusst." Seine dunklen Wimpern hoben sich und warfen Schatten über seine Augen, während er mich sehr lange ansah.

Ich hielt es mit, wie ich hoffte, Trotz aus, während alles in mir sich zusammenziehen wollte. Ich würde auf mich allein gestellt sein – schon wieder –, ohne Anstellung oder Unterkunft. Das Leben mit Banditen erschien mir plötzlich wie das geringere zweier Übel. Ich wollte bleiben, wollte es unbedingt. „Bitte machen Sie das nicht", sagte ich einfach.

„Verdammt", sagte er mit einem Seufzen. „Sie sind äußerst überzeugend."

War ich das?

„Schlafen Sie noch mit diesem Messer?", fragte er.

„Ja."

„Machen Sie das weiterhin. Sie können bis Dienstag bleiben. Meine Tante auch. Ich werde in der Zwischenzeit überlegen, was mit ihr zu tun ist." Er nahm unsere leeren Tassen und ging in die Spülküche. „Gute Nacht, Miss Steele."

„Gute Nacht, Mr. Glass." Ich verließ die Küche mit dem Schokoladenkessel und der Tasse. Mein Herz hämmerte noch immer, als ich in Miss Glass' Zimmer ankam.

* * *

* * *

Mr. Glass, Duke, Willie und Cyclops verließen das Haus nach dem Frühstück, und es ging dabei, wie man mir mitteilte, nicht um die Suche nach Mr. Mirth. Sie sagten mir nicht, wohin sie gingen, aber ich vermutete, dass es den Eindringling betraf, auf den Willie geschossen hatte.

Ich verbrachte den Vormittag damit, Miss Glass besser kennenzulernen, während zwei Scheuermägde in den anderen Räumen arbeiteten. Ich stellte fest, dass sie sogar begierig darauf war, über ihre Familie zu sprechen, und es bedurfte nur wenig Aufforderung meinerseits, um herauszufinden, dass ihr Vater genauso schrecklich gewesen war wie ihr älterer Bruder. Der freigeistige und liebenswerte Harry, das jüngste der drei Geschwister, hatte das Land verlassen, sobald er erwachsen geworden war.

„Er bat mich, mit ihm zu gehen", sagte sie mit einem traurigen Lächeln. „Er flehte mich sogar an. Mama war zu dieser Zeit bereits verstorben, und Harry bedeutete mir alles. Ich dachte ernsthaft darüber nach, beschloss aber, hier zu bleiben. Seine unverheiratete Schwester im Schlepptau zu haben hätte ihn erdrückt. Er musste frei sein, noch mehr, als er Luft zum Atmen brauchte. Vater und Richard waren so grausam gewesen, hatten ihm immer gesagt, wie wertlos er sei. Als jüngerer Bruder erbte er nichts und musste im Leben seinen eigenen Weg finden. Vater wollte, dass er Anwalt wurde, aber die Arbeit in einem Bureau hätte Harrys Geist nach und nach abgetötet. Also floh er und kehrte niemals zurück."

„War Ihr Vater zornig?"

„Furchtbar. Er bekam einen Wutanfall, als er herausfand,

dass Harry gegangen war. Ich war nämlich die Einzige, der er es gesagt hatte, und ich habe das Geheimnis für mich behalten, bis das Schiff ausgelaufen war."

„Wohin ging Harry?"

„Überallhin. Er bereiste exotische Länder – Ägypten, Türkei, Russland, den ganzen Orient, Kanada und Amerika. Er hatte eine kleine Rente von unserer Mutter, die seine Reisen finanzierte. Sie überließ ihm auch dieses Haus, aber er vermietete es nie. Vielleicht hat er gearbeitet, doch in seinen Briefen war von solchen Dingen niemals die Rede."

Vielleicht weil er wusste, dass seine Schwester „solche Dinge" vulgär fand. „Er ist seiner Frau in Amerika begegnet?"

„Charlotte." Sie faltete die Hände im Schoß, wo einer von Harrys Briefen geöffnet lag. Man hatte sie am vorigen Abend hier ins Haus zugestellt, zusammen mit ihren Besitztümern. „Er hat sie vergöttert. An der Art, wie er schrieb, konnte ich erkennen, dass er große Stücke auf sie hielt. Aber er schrieb nie von ihrer Familie und ihren Freunden. Es scheint, als hätte Richard einen dieser Pinkerton-Detektive mehr herausfinden lassen, aber er hat mir nicht mitgeteilt, was er in Erfahrung gebracht hat. Ich wusste nur, dass er sie als unser unwürdig erachtete."

Ich rief ihr nicht in Erinnerung, dass Lord Rycroft Charlottes Familie als Verbrecher bezeichnet hatte, noch erwähnte ich, dass meine Nachforschungen das bestätigt hatten. Genauso wenig erzählte ich ihr, dass sowohl Harry als auch Matthew sich vermutlich den kriminellen Machenschaften der Johnsons angeschlossen hatten. Wie sonst hätten Harry und Charlotte ihre Reisen finanzieren können? Wie sonst hätten sie sich eine so gute Bildung für Matthew leisten können? Denn er war gewiss ein wohlerzogener, kluger Mann.

„Matthew kam neun Monate, nachdem sie geheiratet hatten, zur Welt." Sie nahm den Brief aus ihrem Schoß und lächelte, während sie die Seite überflog. „Der hier kam aus Zürich." Sie deutete auf einen weiteren, der gefaltet auf dem Tisch lag. „Der da aus Venedig. Sie reisten überallhin. Matthew war ein kleiner Junge von Welt."

„Bis er nach Amerika zurückkehrte, als er fünfzehn war."

Ihr Gesicht wurde düster. Ihre Wimpern senkten sich. „Ich

wünschte, ich hätte Harry vor seinem Tod noch ein letztes Mal gesehen. Ich wünschte, ich hätte Charlotte kennengelernt und Matthew getroffen, als er ein Junge war. Er ist ein guter Mann, oder nicht, Miss Steele? Ein gutaussehender, starker Mann."

„Das ist er gewiss."

„Auch freundlich. Ganz wie sein Vater." Sie seufzte und schloss die Augen. Ich dachte, sie wäre eingeschlafen, aber plötzlich öffnete sie sie wieder. „Bitte lass Tee kommen, Beatrice."

„Ich bin India", sagte ich sanft. „Nicht Beatrice."

„Ja, natürlich sind Sie das. Beatrice hat ein Gesicht wie ein trübseliger Jagdhund, aber Sie sind so hübsch, Miss Steele."

„Bitte nennen Sie mich India. Ich hole Tee."

„Matthew sollte Personal einstellen", sagte sie und faltete einen weiteren Brief auf.

„Er sagt, er bleibt nicht lang, darum sind keine Bediensteten nötig. Er hat Scheuermägde. Sie sind gerade hier."

„Ich wünschte, Sie würden nicht mehr sagen, dass er geht, wenn er doch bleibt."

Ich presste die Lippen zusammen. Sie würde sich nur aufregen, wenn ich widersprach, und es war an ihrem Neffen, sie in dieser Angelegenheit zu enttäuschen, nicht an mir.

„Das ist etwas, was ich an Richards Haus vermissen werde", sagte sie und öffnete den Brief auf ihrem Schoß.

„Was?"

„Mein Dienstmädchen. Ich muss ihr hier eine Stelle anbieten."

Ich ging Tee machen. Dienstmädchen waren nicht mein Fachgebiet.

Der Briefschlitz in der Eingangstür quietschte, und der Briefträger warf einen Brief ein. Es war eine amerikanische Briefmarke darauf, aber es gab hinten keine Rückadresse. Ich legte ihn auf den Tisch im Eingangsbereich, doch seine Anwesenheit quälte mich den ganzen Vormittag über. Ich reichte ihn Mr. Glass, als dieser am späten Nachmittag zurückkehrte.

Ich erwartete, dass er müde und geplagt wirkte, weil er nicht zum Mittagessen zu Hause gewesen war, aber er schien in robuster Verfassung zu sein. Er hatte diesmal wohl die glühende Uhr mitgenommen, wie er es am ersten Tag getan hatte, an dem ich ihn in meinem – Eddies – Geschäft getroffen hatte. Vielleicht hatte er befürchtet, ich würde sie bei ihm entdecken, und hatte sie zu Hause gelassen, als wir gemeinsam nach Chronos gesucht hatten. Ich war froh, ihn bei guter Gesundheit zu sehen. Krankheit passte überhaupt nicht zu ihm.

„Das ist für Sie gekommen", sagte ich. „Hatten Sie Erfolg?"

„Womit, Miss Steele?", fragte er und besah sich den Umschlag.

„Damit, den Eindringling zu finden."

Er schaute auf. „Warum glauben Sie, dass wir nach ihm gesucht haben?"

Ich zog die Augenbrauen hoch.

Er knurrte. „Alles ist gut. Bitte machen Sie sich keine Sorgen. Ich lasse Ihnen oder meiner Tante nichts geschehen, während Sie unter meinem Schutz stehen."

Es war eine ganz noble kleine Ansprache, und einen Augenblick lang machte sie mich völlig besinnungslos. Es war schon lange her, dass mein Vater in der Lage gewesen war, mich zu beschützen, und in den letzten paar Jahren hatte ich mich um ihn gekümmert. Ich wusste nicht recht, wie ich auf Mr. Glass' Versicherung reagieren sollte.

„Geht es meiner Tante gut?", fragte er.

„Jawohl." Ich räusperte mich. „Sie werden auch feststellen, dass es weiteren Zuwachs im Haushalt gibt."

„Wen?"

„Ihr Dienstmädchen. Miss Glass hat sie heute Nachmittag wieder eingestellt. Sie versicherte mir, dass ihr Lohn aus ihrem eigenen Vermögen bezahlt wird."

„Geld ist kein Problem", sagte er geistesabwesend und riss den Umschlag auf. Sein Gesicht verhärtete sich, während er den Brief las und dann noch einmal las. „Entschuldigen Sie mich." Er ging, bevor ich ihn wegen der Suche nach Mirth fragen konnte.

Miss Glass hatte sich zu einem nachmittäglichen Nickerchen zurückgezogen, und ich wusste nichts mit mir anzufangen. Ich hatte bereits die Uhr im Esszimmer repariert, daher entschied ich mich, die übrigen im Haus zu inspizieren. Die große Bodenstanduhr funktionierte tadellos, darum staubte ich nur das Gehäuse ab und zog zu den anderen Uhren weiter, die ich in den restlichen Räumen entdeckt hatte. Die Messing-Rokoko im Musikzimmer musste nur aufgezogen werden, und die hübsche Jahresuhr im Salon lief wie am Schnürchen. Ich holte ihren Mechanismus trotzdem heraus, um ihn zu reinigen, schlicht, damit ich etwas zu tun hatte und die gute Handwerksarbeit bewundern konnte. Mir kamen die Tränen, als ich alle Teile wieder zusammensetzte. Ich würde vielleicht niemals wieder mit Uhren arbeiten, niemals mehr die Kunstfertigkeit bewundern dürfen, die darin steckte, oder die präzise Zusammenarbeit vieler Teile, um etwas sowohl Schönes als auch Praktisches zu schaffen. Ich gestattete es mir, mit den Gedanken von der Arbeit abzuschweifen und einfach zu *spüren*.

Ich wusste nicht, wie viel Zeit ich mit der Uhr verbracht hatte, aber ich wurde aus meinem meditativen Zustand gerissen, als Willie und Duke hinter der Tür laut zu flüstern begannen.

„Warum kannst du nicht einmal tun, was man dir aufträgt?", zischte Duke.

„Du solltest mich inzwischen besser kennen." Willie klang eingeschnappt, aber nicht wütend. „Ich mache, was ich will, und ich will heute Abend ausgehen."

„Bleib daheim."

„Nein."

„Willie …", knurrte Duke. „Es ist gefährlich. Er ist da draußen."

„Mit mir liegt er nicht im Clinch, und du kannst aufhören, mir Befehle zu geben. Du bedeutest mir nichts." Sie stürmte in den Salon, nur um abrupt stehenzubleiben, als sie mich sah. „Wie viel haben Sie gehört?"

Ich warf einen Blick an ihr vorbei, aber Duke war ihr nicht gefolgt. „Das Meiste. Machen Sie sich keine Sorgen. Mir sind Ihre Streitereien mit Duke egal, oder mit sonst jemandem, was das angeht."

Sie stellte sich neben mich und inspizierte die Uhr, obwohl ich vermutete, dass sie nicht wirklich viel aufnahm. „Ich mag mir von ihm nichts sagen lassen. Oder von sonst einem Mann."

„Wollen Sie damit sagen, dass wir uns tatsächlich bei etwas einig sind?"

Sie lächelte schief. „Ich weiß, weshalb ich so denke, aber warum Sie? Ich dachte, Sie mochten Ihren Pa."

„Tat ich auch. Mein ehemaliger Verlobter ist jedoch etwas ganz anderes. Wenn ich durch meine Zeit mit Eddie eines gelernt habe, dann, dass ich den Menschen nicht leiden konnte, der ich in seinem Beisein wurde."

Sie setzte sich und stützte die Ellbogen auf die Knie. „Reden Sie weiter."

„Ich weiß, dass ich nicht ich selbst war, während ich mit Eddie verlobt war. Ich versuchte, eine perfekte Version der Weiblichkeit zu sein, damit er mich mochte. Ich hatte nicht sonderlich viel Glück mit Männern, verstehen Sie, und Eddie sorgte dafür, dass ich mir besonders vorkam. Ich wollte ihn nicht verlieren, nur weil ich eine Meinung aussprach, die er nicht teilte." Ich wusste nicht, warum ich wollte, dass Willie etwas so Persönliches über mich verstand, das mir gerade erst klar wurde. Vielleicht weil wir beide Frauen etwa im selben Alter waren, oder vielleicht weil ich wusste, dass sie mir eher applaudieren als mich verurteilen würde. Man mochte mich ja direkt nennen, aber sie war es zehnmal mehr. Außerdem war es läuternd, die Worte auszusprechen.

„Sie haben aufgehört, Sie selbst zu sein, meinen Sie", sagte sie leise.

Ich nickte. „Ich dachte, das würde helfen, Eddie zu halten. Ich lag falsch. Nicht nur habe ich ihn sowieso verloren, ich habe auch mich selbst verloren. *Das* war viel schlimmer."

Sie lehnte sich zurück und überschlug die Beine. Sie betrachtet mich mit gerunzelter Stirn, aber einem Lächeln auf den Lippen. „Ich hasse Männer auch."

„Ich hasse Männer nicht. Nur Eddie. Meine Haltung ihnen gegenüber ist inzwischen aber anders. Ich werde mich nicht mehr dem nächstbesten Mann an den Hals werfen, der mir gegenüber etwas Interesse aufbringt." Nicht, dass ich inzwischen noch mit Interesse rechnete.

„Sie kennen Männer nicht wie ich, Miss Steele."

„Nennen Sie mich India."

„Du kennst die Männer nicht, India." Ihr Lächeln verschwand ganz, und die finstere Miene nahm ihr ganzes

Gesicht ein, zerrte an ihrem Mund, verdüsterte ihren Blick. „Ich bete, dass du sie nie kennenlernst."

Ich wollte mitfühlend ihre Hand berühren, aber ich argwöhnte, dass ihr das nicht gefallen würde, also nickte ich einfach.

„Außer Matt, natürlich. Er ist ein guter Mann, trotz ..." Sie machte eine Geste, als ob ich wissen sollte, was sie meinte.

Ich wartete, aber sie führte es nicht weiter aus. „Und Duke und Cyclops?"

Sie hob bloß eine Schulter. „Ich kenne sie nicht so wie Matt."

Es wäre der perfekte Zeitpunkt gewesen, um sie über ihn auszufragen, aber ich befürchtete, dass es zu früh war und sie mich wieder wegstoßen würde. Mir gefiel, dass sie mich nicht mehr verabscheute.

„Komm heute Abend mit mir, India", sagte sie plötzlich. „Lass mich dir zeigen, was eine Frau erreichen kann, wenn sie es sich in den Kopf setzt."

„Wohin?"

„Über einem Laden in der Jermyn Street treffen sich ein paar Kartenspieler."

„Eine Spielhölle?"

„Ich bringe dir bei, wie ein Mann zu spielen, und nicht eines dieser dummen, albernen Weibchen zu sein."

„Ich glaube, ich bin weder dumm noch albern, vielen Dank auch."

Sie verdrehte die Augen. „Du wirst sehen, wie anders dich Männer behandeln, wenn sie wissen, dass du nicht hilflos bist. Komm mit mir. Ich hätte gern Gesellschaft."

„Warum nimmst du nicht Duke mit?"

Sie verzog das Gesicht. „Gute Gesellschaft. Also? Hast du den Mumm?"

Ich lachte. „Ich falle nicht auf Lockspiele herein. Lass mich darüber nachdenken. Ich antworte dir später."

Sie ging, und ich setzte die Uhr fertig zusammen, mit den Gedanken bei Willies Angebot. Bis jetzt hätte ich nie in Erwägung gezogen, in eine Spielhölle zu gehen. Aber ich könnte es tun. Was sollte mich aufhalten? Sicher würde sie nicht hingehen, wenn dort die Gefahr bestand, dass es brenzlig wurde. Es klang nach einer spannenden Idee, und überhaupt nicht nach etwas, das mein altes Ich getan hätte. Ich hatte immer das Angemessene getan, aber nun fühlte ich mich, als wäre ich aus einem Nebel hervorgetreten. Ich wollte Neues ausprobieren.

Doch Jahre des vorsichtigen Verhaltens und eine bürgerliche Erziehung ließen mich zögern. Ich zankte den restlichen Nachmittag über mit mir selbst. Erst das tiefe Grollen von Mr. Glass' Stimme lenkte mich ab, während ich die Uhr auf dem Anstelltischchen neben der Tür zu seinen Räumlichkeiten musterte.

„Laut Jems Brief", sagte er zu jemandem, der bei ihm war, „weiß Sheriff Payne, dass wir hier sind."

Duke und Willie fluchten beide. „Wie hat er es herausgefunden?", fragte Duke.

„Wenn mein kleiner Bruder es ihm verraten hat, reiße ich ihm die Eingeweide heraus", fauchte Willie.

„Jem erwähnt nicht, wie der Sheriff es herausgefunden hat", sagte Mr. Glass, „nur dass er zum Haus kam und wissen wollte, wann wir aufgebrochen sind."

„Es ist bestimmt nicht Jems Schuld", ertönte Cyclops' dröhnende Stimme. „Das war schon eher jemand, der Matt aus dem Weg räumen will."

„Das engt es aber ein." Willies Stimme troff vor Sarkasmus.

„Jemand, der auch weiß, dass der Sheriff mich sucht, tot oder lebendig", sagte Matt.

Gesucht, tot oder lebendig. Das waren die Worte auf dem Plakat mit dem Dark Rider. Ich drückte mir die Hände auf den Magen und versuchte tief einzuatmen, aber mein Korsett war zu eng. Mir wurde übel. Ein *Sheriff* war hinter Matt her. Dann *musste* er der Dark Rider sein.

„Er sucht dich nicht lebendig, Matt", erwiderte Duke bedrückt. „In einem Sarg, anders wird Sheriff Payne dich nicht nach Hause bringen."

Sie wurden alle still, und ich schlich mich von der Tür weg, verzichtete auf die Uhr. Ich lief in meine Räume und verriegelte die Tür hinter mir.

KAPITEL 10

*I*ch kam nicht aus meinem Zimmer, bis der Gong zum Abendmahl erklang. Wenn ich mich den anderen nicht angeschlossen hätte, hätte das verdächtig gewirkt, daher beschloss ich, mich so normal wie möglich zu benehmen, fand es aber schwer, jemandem in die Augen zu schauen.

Zum Glück waren Willie und Cyclops durch Miss Glass' großen Auftritt neben mir abgelenkt. Sie hatte sich entschieden, ein Abendkleid anzuziehen, das eher zu einem Abendmahl mit Königen passte. Der Silberfaden in der dunkelgrauen Seide leuchtete im Kerzenlicht, und die Perlen an ihrem Hals und in ihren Haaren riefen mir nachdrücklich ins Gedächtnis, dass ich im Beisein einer Aristokratin war. Ich, eine einfache Uhrmachertochter.

„Miss Steele?" Mr. Glass' feste Hand an meinem Ellbogen überraschte mich. „Darf ich Sie zu ihrem Platz geleiten?"

„Danke."

Er legte meine Finger um seinen Arm und hielt sie unter seiner Hand fest. „Geht es Ihnen nicht gut?"

„Doch."

Er neigte den Kopf zu mir. Er roch nach Gewürzen und Lavendel, eine faszinierende Mischung, die mein Herz schneller schlagen ließ. „Sie wirken etwas blass und haben den Großteil des Nachmittags in Ihrem Zimmer verbracht."

„Manchmal bin ich gern allein."

„Also gehen Sie mir nicht aus dem Weg?"

Das Herz schlug mir bis zum Hals. „Warum sollte ich Ihnen aus dem Weg gehen?"

Er zog einen Stuhl für mich heran. „Weil Sie mich für unaufrichtig halten. Ich würde sogar die Vermutung wagen, dass Sie mich nicht einmal für einen Gentleman halten."

Seine Hand fühlte sich schwer auf meiner an, aber nicht unangenehm. „Sie *sind* ein Gentleman, Mr. Glass. Ihr Großvater war kein geringerer als ein Baron."

„Ich hoffe, mehr Gentleman zu sein, als er es war." Sein Mundwinkel zuckte nach oben. „Und bitte machen Sie mir meine Verbindungen nicht zum Vorwurf. Meine Familie kann ich mir nicht aussuchen, aber ich suche mir meine Freunde sehr sorgsam aus." Sein Atem kitzelte in den Haaren an meinem Ohr. „Ich hoffe, Sie werden dazugehören."

Hitze kroch meine Kehle hinauf und überzog meine Wangen. Sein Lächeln wurde breiter. Er *wusste*, was für eine Wirkung sein Charme auf mich hatte, und das beunruhigte mich noch mehr. „Mr. Glass, in aller Aufrichtigkeit, ich weiß nicht, was ich von Ihnen halten soll. Meine Gedanken eilen zu jeder Stunde des Tages von einer Richtung in die andere, selbst wenn Sie nicht da sind."

Plötzlich grinste er. „Es freut mich zu hören, dass Sie so oft an mich denken."

Ich schnappte nach beruhigender Luft. Trotz meiner Entschlossenheit, ruhig zu bleiben, klang es abgehackt. „Mr. Glass, flirten Sie mit mir?"

„Ist das ein Verbrechen?"

„Manche würden es so auslegen, da Sie planen, England in ein paar Tagen zu verlassen. Außerdem, haben wir nicht bereits erörtert, dass Sie unaufrichtig sind?"

Die Muskeln seines Arms spannten sich an. Er ließ mich los. „Es tut mir leid, Miss Steele. Ich weiß nicht, was ich mir gedacht habe." Er ging zur anderen Seite des Tisches und schaute mich nicht mehr an.

Am Ende des Abendessens war mir heiß, meine Nerven waren angegriffen, und ich wusste nicht, weshalb. Er hatte genau das getan, was ich gewollt hatte, und seine Flirtversuche beendet, wie ein anständiger Mann – ein *Gentleman* – es auch getan hätte. Warum wünschte sich dann ein Teil von mir, er hätte es nicht getan?

Anschließend in der Bibliothek konnte ich nicht still sitzen, während ich versuchte, bei Lampenlicht zu lesen, und als mich Willie aufspürte und fragte, ob ich mit ihr zum Kartenspielen gehen würde, stimmte ich ohne Zögern zu. Ich musste etwas *tun*. Eine leise Stimme stellte fest, dass ich waghalsig war, aber ich achtete nicht auf sie. Ich wollte heute Nacht waghalsig sein. Hoffentlich würde ein kleines Abenteuer meiner Rastlosigkeit ein Ende machen.

„India geht mit mir aus", erklärte Willie Mr. Glass, nachdem seine Tante sich in ihr Zimmer zurückgezogen hatte.

Er stellte sein Kognakglas sehr langsam und betont ab. „India? Was ist aus Miss Steele geworden?"

„Sie sagte, ich soll sie India nennen, also tue ich das." Willie verschränkte die Arme vor der Brust.

„Habe ich", sagte ich, obwohl sie anscheinend vergessen hatten, dass ich da war. Wir drei waren allein im Salon, in dem Willie und ich Mr. Glass beim Lesen der Zeitung angetroffen hatten. Duke und Cyclops waren nirgends zu sehen.

„Miss Steele, würde es Ihnen etwas ausmachen, einen Augenblick hinauszugehen? Ich muss allein mit Willie sprechen."

Ich stimmte zu, da ich sowieso vorhatte zu lauschen. Er zeigte mir ein hartes Lächeln und schloss dann hinter mir die Tür. Ich legte mein Ohr daran und hörte, wie Mr. Glass seiner Cousine einen Vortrag hielt.

„Du nimmst sie *nicht* mit", knurrte er.

„Sie kann das allein entscheiden", gab Willie zurück. „Wir sind beide erwachsene Frauen."

„Erwachsene Frauen können sich genauso in Schwierigkeiten bringen wie Mädchen."

„Keine von uns ist dumm, Matt. Wenn wir Gefahr spüren, gehen wir."

Ein Augenblick des Schweigens folgte, in dem ich dachte, dass sie den Streit bereits für sich entschieden hatte. Dann sagte er: „Ich verbiete es. Sie ist nicht wie du. Sie ist nicht ... weltläufig."

„Das ist sie verdammt nochmal schon, und wenn du das nicht sehen kannst, schaust du nicht genau genug hin."

„Weltläufig ist nicht das richtige Wort." Eine Diele quietschte und Schritte erklangen, ehe der Boden erneut quietschte. Er ging im Raum auf und ab. „Ihr geht in dieses Zimmer voller Männer. Männer, die trinken und die Taschen voller Geld haben."

„Nicht, nachdem ich sie ausgenommen habe."

„Willie! Hör auf mich. Miss Steele ist unschuldig."

„Nein, Matt, ist sie nicht."

„Ist sie doch, verdammt nochmal!" Seine Vehemenz überraschte und verwirrte mich. Warum war er an dieser Stelle so streng zu Willie? „Sie zeigt sich zuversichtlich und zäh, aber das ist sie nicht. Sie ist verletzlich und zu vertrauensselig. Sowohl du als auch ich wissen, dass sie das zu leichter Beute macht."

Ich stolperte von der Tür weg, Tränen brannten in meinen Augen. Ich war nicht sicher, was mir mehr wehtat, dass er dachte, ich wäre schwach und armselig, oder dass er Mitleid mit mir hatte.

Vielleicht hatte er recht, und ich *war* die Frau, die er beschrieb. Immerhin hatte ich ihm anfangs vertraut. Aber ich wollte diese Person nicht mehr sein. Ich wollte niemals wieder benutzt werden. Eddie hatte mir gezeigt, wie falsch blindes Vertrauen war. Und ich wollte auch nicht, dass man so über mich sprach. Mr. Glass kannte mich nicht.

Ich platzte durch die Tür und stürmte zu ihm. „Sie haben völlig unrecht, Mr. Glass. Ich bin weder leicht, noch bin ich Beute, wie Sie es bezeichnet haben."

Er packte mich am Arm, als ich mich abwandte, und hielt mich neben sich fest. Wir waren uns so nahe, dass er bestimmt mein Herz schlagen spürte. Seine dunklen Augen wirbelten wie ein Sturmhimmel, während sie mich ebenso fest hielten wie seine Hand. „Sie sollten nicht an Türen lauschen, Miss Steele. Das ist unhöflich."

„Ich glaube, wir sind darüber hinaus, höflich miteinander umzugehen, oder nicht?"

„Ja", murmelte er. Er senkte sein Gesicht, bis es nur noch

wenige Zentimeter von meinem entfernt war. Mir sprang fast das Herz aus der Brust. „Soll doch die Höflichkeit verdammt sein."

Willie räusperte sich. Bevor ich's mich versah, hatte sie mich an der Hand gepackt, und ich wurde aus dem Salon gezerrt. „Warte nicht", rief sie ihrem Cousin zu. „Du brauchst deine Ruhe."

Ich drehte mich zu ihm um. Er stand steif wie eine Statue, sein fester Blick auf mir, als könne er mich mit nichts als seinem Blick zwingen, zurückzubleiben. Ich lächelte und winkte ihm zu.

„Seid um Eins zurück", bellte er.

„Zwei", sagte Willie, schon halb auf dem Weg nach draußen.

„Eins."

„Ja, Pa", spottete Willie. Zu mir sagte sie: „Wir bleiben bis Drei, was?"

* * *

„SIEH ZU UND LAUSCHE, sag aber nichts", erklärte Willie, als wir am Laden eines Stiefelmachers in der Jermyn Street eintrafen. „Gib keinen Laut von dir, runzle nicht die Stirn, lächle nicht oder versuch mir auf andere Art etwas zu signalisieren, selbst wenn du glaubst, dass ich ein Blatt zum Gewinnen oder Verlieren habe."

„Woher weiß ich, was ein Blatt zum Gewinnen oder Verlieren ist?"

„Verdreh nicht die Augen, heb nicht die Brauen, kau nicht auf den Lippen oder auf deiner Wange."

„Darf ich atmen?"

„Wenn es sein muss, aber nicht schnauben."

Mein Blick schweifte zu ihr, aber im Glühen der Straßenlaternen war schwer zu erkennen, ob sie es ernst meinte. Obwohl die Beleuchtung hier besser war als auf den meisten Straßen, reichte sie nicht, um den dichter werdenden Nebel zu durchdringen. Ich zog meinen Mantel am Hals zu, aber ich war bereits völlig durchfroren.

Es war kein langer Fußweg von der Park Street, und es war die beste Gegend von London, doch ich zuckte bei jedem

Geräusch zusammen. Das Rumpeln einer vorüberkommenden Kutsche und das Tappen von Passanten klangen in der dichten Luft schaurig körperlos, als würden Geister vorüberziehen. Willie schien ganz gefasst, während sie zu den Läden auf der Jermyn Street vorausging.

„Brauchst du neue Stiefel?", fragte ich, als sie an der Tür des Stiefelmachers klopfte.

„Hier ist es", verkündete sie.

„Das sieht nicht aus wie eine Spielhölle. Es wirkt wie ein normaler Laden."

„Das liegt daran, dass es tagsüber einer ist. Nachts betreibt der Besitzer im oberen Stock Spieltische."

Ein Mann mit dickem Hals und kleinem Mund öffnete die Tür, nickte Willie zu und starrte mich an. Ich lächelte und machte einen raschen Knicks. Er starrte weiter.

Mit einem Zungenschnalzen sagte Willie: „Man könnte meinen, du hast noch nie 'ne Frau gesehen, Pinch."

„Nicht hier, noch nie", sagte er.

„He!"

„Du zählst nicht."

Sie schlängelte sich an den ausgestellten Schuhen und Stiefeln vorbei zu einer Tür hinten im Laden, wo der Ledergeruch stärker wurde. Sie zog an einer glänzenden Messingglocke, und von irgendwo oben ertönte ein Klirren, ehe ein weiterer Kerl öffnete. Ich drehte mich um und sah, dass der erste Türsteher uns immer noch anstarrte. Ich wagte ein Lächeln, und zu meiner Überraschung erwiderte er es.

Der zweite Türsteher nahm uns überhaupt nicht zur Kenntnis. Er war noch untersetzter als der davor. Seine Jacke spannte sich über Schultern, so groß wie Felsbrocken, und sogar seine Augenlider waren muskulös. Er registrierte meine Anwesenheit, ohne mit der Wimper zu zucken, und trat zur Seite, damit wir vorbeikamen und die Treppe hinaufsteigen konnten, die oben an einer weiteren, mit Eisenplatten verstärkten Tür endete. An einem Haken daneben hing eine kleine Lampe, die kaum auch nur die oberste Stufe erhellte. Ich musste mich hinauftasten und aufpassen, um nicht zu stolpern. Männerstimmen drangen aus dem Raum dahinter, die meisten ruhig, aber zweimal von wildem Gelächter durchbrochen. Ich drückte mir eine Hand auf den grummelnden Magen. Jetzt war es zu spät zum Umkehren. Es war unwahrscheinlich, dass Willie mit mir nach Hause gehen würde, und beim Gedanken, allein durch die dunklen Straßen zu tappen, hatte ich sogar ein noch schlechteres Gefühl.

„Wo hast du von diesem Ort erfahren?", flüsterte ich, als Willie klopfte.

„Wenn man in den Hotels in der Nähe des Bahnhofs mit Geld um sich wirft, tritt ein protziger Kerl an einen heran und erzählt von einem netten, freundlichen Ort, an dem man mit Freunden trinken und in Ruhe ein Karten- oder Würfelspiel genießen kann."

„Du meinst, sie suchen nach Leuten, die vermutlich spielen."

„Genau. Ich sorgte dafür, dass ich die fand, in denen Poker gespielt wurde. Das war nicht einfach. Poker ist in England nicht so bekannt."

„Was ist Poker?"

„Ein Kartenspiel."

„Bist du gut darin?"

Ihre weißen Zähne blitzten in der Düsternis.

Ein kleiner, rechteckiger Schlitz in der Tür glitt auf, und zwei Augen spähten zu uns heraus. Sie wurden ein wenig größer, als sie mich erblickten, ehe der Schlitz zugeknallt wurde. Die Tür öffnete sich, und ein hochgewachsener, schlanker Kerl, der gekleidet war wie ein Gentleman, begrüßte uns. Er nickte Willie zu, und sie nickte zurück. Wir reichten ihm unsere Mäntel und Hüte.

„Stellen Sie mich Ihrer Freundin vor, Miss Johnson?", wollte er wissen.

„Miss Steele, das ist Mr. Unger", sagte sie, während sie an ihm vorbeischaute.

Er verbeugte sich vor mir. „Willkommen, Miss Steele. Sind Sie zum Spielen gekommen?"

„Nur zum Zusehen", sagte ich. „Sind Sie der Besitzer dieses Etablissements?"

„Nein." Er führte es nicht weiter aus und trat nur zur Seite, um uns vorbeizulassen.

Rauch stieg in schlanken Säulen von einem Dutzend Zigarren

auf. Er klebte an den Balken, wurde nur hin und wieder durch Luftzüge aufgewirbelt. An den Tischen saßen Gentlemen, konzentriert auf die rollenden Würfel oder Karten in ihren Händen. Um einige der Tische in dem fensterlosen Raum drängten sich Stühle, und eine Tür auf der gegenüberliegenden Seite führte in einen zweiten Raum. Im Kamin brannte kein Feuer, aber die Luft fühlte sich widerlich an. Männer in scharlachroten Westen und mit gestärkten weißen Hemden standen an jedem Tisch und schienen die Aufsicht über die Spiele zu haben. Der am Hasard-Tisch hatte einen Stab mit einem Haken.

Willie begab sich nach links zu einem Tisch mit Kartenspielern und setzte sich auf einen freien Platz, aber es dauerte in paar Sekunden, bis das Gemurmel verstummte. Einer nach dem anderen wandten sich alle Männer mir zu, bis sich achtzehn Augenpaare ganz auf mich konzentrierten. Frauen, die sich wie Frauen anzogen, waren in ihrer Höhle eindeutig eine Seltenheit. Ich knickste ungelenk und eilte Willie nach. Sie kicherte und schüttelte den Kopf. Der Kerl, der für ihren Tisch verantwortlich war, suchte mir einen Stuhl, und der beleibte, mittelalte Mann neben ihr machte Platz, damit ich mich hineinquetschen konnte.

„Guten Abend, Miss", sagte er mit einem Lächeln voller Zahnlücken. „Wir kriegen nicht oft die Ehre so zarter Gesellschaft."

Willie murmelte etwas Unhörbares, das ich nicht ganz verstand.

„Ich bin hier nur in beobachtender Funktion", versicherte ich ihm.

„Wie unser anderer neuer Freund heute Abend." Er deutete mit der Zigarre auf den Gentleman, der mir direkt gegenüber saß. „Es scheint, dass Poker in London gerade der letzte Schrei wird. Ich verstehe, warum. Ein mächtig gutes Spiel." Sein dröhnendes Lachen erfüllte den Raum. Es war wohl auch sein Lachen gewesen, das ich von draußen gehört hatte. Niemand sonst schien in so fröhlicher Stimmung zu sein, ziemlich sicher, weil er den größten Stapel Geld vor sich hatte.

Der andere Beobachter nickte mir mit einem freundlichen Lächeln zu, und ich erwiderte das Nicken, dann konzentrierten wir uns beide auf das Spiel.

„Five Card Cowboy Stud", sagte der Dealer zu Willie, während er Karten gab.

Der Mann neben mir beugte sich dichter heran. „Was wissen Sie über dieses wunderbare amerikanische Spiel, Miss …?"

„Steele", sagte ich. „Ich weiß nichts darüber."

„Ich bin Travers." Er platzierte ein Monokel in seiner Augenhöhle und musterte seine Karten, dann wandte er seine Aufmerksamkeit mir zu. Er studierte mich von Kopf bis Fuß, danach rückte er seinen Stuhl noch näher. Er roch nach Zigarren und Kognak. „Sie klingen nicht amerikanisch."

„Ich bin Engländerin."

„Aha. Eine hübsche junge englische Rose. Perfekt."

Es gab hier eindeutig kein gutes Licht, wenn er mich für hübsch und jung hielt. „Danke", sagte ich trotzdem.

„Hat Ihre Freundin Ihnen beigebracht, wie man spielt?", fragte er und nickte zu Willie hin.

„Nein. Wir haben uns gerade erst kennengelernt."

Er sah mich durch sein Monokel mit zusammengekniffenen Augen an. „Sie sind keine Falschspielerin?"

„Eine was?"

„Eine Betrügerin, die vorgibt, die Regeln nicht zu kennen und dann jeden am Tisch ausnimmt."

„Ich versichere Ihnen, dass ich nicht weiß, wie man Poker spielt. Mein Spiel ist eher Whist."

Er kicherte, und das Monokel fiel auf den Tisch. Er holte es zurück und musterte erneut seine Karten, ehe er eine einzelne Münze von seinem Stapel nahm und neben die anderen legte. „Sie hat mich gestern Abend abgezockt", sagte er mit einem Nicken in Willies Richtung. „Aber ich glaube, ich kenne ihre Spielweise nun."

Willie lächelte schief. „Dann wünsche ich Ihnen Glück, mein Lord."

Lord? Ich starrte Travers an, aber er war ins Spiel vertieft und beachtete mich nicht. Ich fing den Blick des Neuankömmlings gegenüber auf, und er zuckte mit den Schultern. In seinen leuchtend blauen Augen funkelte Intelligenz.

Ich beobachtete einige Runden und glaubte ermittelt zu haben, welche Kartenkombinationen ein siegreiches Blatt verhießen. Dann wurde alles, was ich gelernt hatte, auf den Kopf gestellt, als der Lord neben mir mit nichts als einem Paar Achten gewann. Willie sah mit finsterem Gesicht zu, wie er seine Gewinne einstrich.

„Warum hat er gewonnen?", flüsterte ich. „Du hattest ein Paar Dreier und Sechser."

„Er hat geblufft. Ich bin zu früh ausgestiegen." Sie nahm eine ihrer Münzen und rieb mit dem Daumen über die Oberfläche, als wolle sie das Gesicht der Königin wegrubbeln. Sie schien nicht in der Stimmung zu sein, weitere Fragen zu beantworten.

Lord Travers legte einen Arm auf die Rückenlehne meines Stuhls und beugte sich so dicht zu mir, dass ich sein feuchtes Lächeln hören konnte. „Meine lieben Mädchen, warum beendet ihr den Abend nicht? Das ist kein Ort für liebliche Rosen. Da stechen euch nur wir Dornen." Sein schallendes Lachen sorgte dafür, dass man sich an anderen Tischen nach uns umschaute.

„Wenn man von Stechern spricht", murmelte ein Gentleman laut genug, dass es alle hören konnten.

Leichtes Gelächter erfüllte den Raum, am lautesten von Travers selbst.

Er gewann, sehr zu Willies Ärger, die nächsten beiden Runden. Sie warf ihre Karten in die Mitte des Tisches und lehnte sich im Stuhl zurück, die Arme über der Brust verschränkt. Sie hatte nur noch fünf Schilling übrig.

„Ihre Freundin verliert nicht gern", sagte Travers mir ins Ohr.

Ich neigte mich von ihm weg. „Ich bin sicher, niemand verliert gern."

Willies funkelnder Blick glitt zu ihm. Sie beugte sich über den Tisch und raffte ihre Münzen an sich wie eine achtsame Katzenmutter. Lord Travers kicherte. Seine Finger streiften meine Schulter hinauf zur bloßen Haut über meinem Kragen. Ich erschauerte und zog mich zurück.

„Möchten die Damen einen Drink?", fragte der blauäugige Gentleman, der plötzlich zwischen Willie und mir auftauchte. Er richtete seine Worte an mich, aber sein harter Blick fiel auf Travers auf meiner anderen Seite. „Warum gesellen Sie sich nicht im Erfrischungsraum zu mir, Miss? Dieses Gepoker macht mich noch ganz wirr im Kopf."

„Danke." Ich streckte eine Hand aus. „Ich denke, das mache ich."

Er führte mich vom Tisch weg. Willie schien nicht zu bemerken, dass ich weg war, und selbst Travers schien es nicht viel auszumachen. Er steckte sich einfach wieder das Monokel aufs Auge und musterte das neue Blatt, das man ihm gegeben hatte.

Der Gentleman geleitete mich in einen Nebenraum, in dem Sandwiches und kleine Kuchen auf einem Tisch standen. Eine lange, weiße Tischdecke mit Spitzenrand fiel bis auf den dicken Teppichboden. Karaffen und Gläser standen auf einer Anrichte bereit, ihr Kristallschliff glitzerte im Kerzenlicht eines Leuchters über uns.

„Kognak?", fragte er. „Wein? Sherry?"

„Kognak. Danke für ihre galante Rettung, Sir. Ich weiß das zu schätzen."

Er lächelte mich über die Schulter an. Obwohl er kein außergewöhnlich gutaussehender Mann war, hatte er ein freundliches Lächeln und klare, blaue Augen. Ich schätzte ihn wegen der Fältchen, die von seinen Augenwinkeln ausstrahlten und sich über seine Stirn erstreckten, auf Mitte dreißig. „Ich bin gern zu Diensten. Miss Steele, richtig?"

Ich nickte und trat zu ihm an die Anrichte.

„Ich heiße Dorchester." Er goss zwei Kognaks aus einer Karaffe ein und reichte mir eins der Gläser. „Auf Ihre Gesundheit, Miss Steele."

Ich nippte und beäugte ihn über den Rand des Glases hinweg. „Haben Sie heute Abend etwas gelernt, Mr. Dorchester?"

„Ich habe gelernt, dass man mit Lord Travers nicht Poker spielt."

„Er scheint häufig zu gewinnen." Und seine Hände gingen auf Wanderschaft.

„Ihre Freundin ist eine interessante Persönlichkeit. Habe ich da einen Akzent gehört?"

„Willie ist Amerikanerin."

Er verzog das Gesicht.

„Sie mögen Amerikaner nicht?", fragte ich.

„Ich bin lediglich zweien begegnet, und sie waren sozusagen

forsche, überhebliche Typen. Ihnen fehlten Schliff und Kultiviert-heit, wenn Sie wissen, was ich meine."

Ich lächelte einfach. Obwohl Willie und Duke dieser Beschreibung entsprachen, traf sie auf Mr. Glass nicht zu, und bei Cyclops war ich mir noch nicht sicher. „Was bringt Sie in dieses Spielhaus?"

„Spiele." Er grinste. „Ich habe von diesem neuen Spiel Poker gehört und beschlossen, dass ich sehen wollte, worum es dabei geht. Ich gebe zu, dass mir der Nervenkitzel des Gewinnens Spaß macht, aber ich bin auch vorsichtig. Ich setze nie mehr ein, als ich mir leisten kann zu verlieren."

„Darum der Abend, den Sie nur mit Beobachtung verbrin-gen, anstatt teilzunehmen?"

„In der Tat. Und Sie, Miss Steele? Haben Sie vor, an einem anderen Abend wiederzukommen und sich im Pokern zu versuchen?"

„Ich spiele nicht." Ich hatte nichts, das ich hätte einsetzen können, aber selbst dann sah ich den Reiz darin nicht.

„Vielleicht begleiten Sie einfach wieder Ihre amerikanische Freundin. Es würde den Abend interessanter machen, wenn Sie hier wären." Er lächelte wieder.

Wärme kroch mein Gesicht hinauf. Ich nippte, um sie zu verbergen. „Sind Sie aus London, Mr. Dorchester?"

Er schüttelte den Kopf. „Ich habe hier in jungen Jahren studiert, lebe aber in Manchester. Ich bin in der Fabrikation tätig."

„Oh? Ihr Akzent klingt für mich völlig nach London." Und nach Oberschicht.

„Das hat man mir schon öfter gesagt. Ich muss ihn mir vor Jahren angeeignet haben." Er nippte. „Also verraten Sie mir, wie ein nettes englisches Mädchen mit einer Amerikanerin, die sich wie ein Mann kleidet, in einer Spielhölle landet?"

Ich lachte. „Das ist eine lange Geschichte."

„Ich habe die ganze Nacht Zeit."

„Wollen Sie nicht an den Pokertisch zurückkehren?"

„Nicht, wenn es Interessanteres gibt." Diese hübschen blauen Augen richteten sich auf mich, und mein Gesicht wurde flam-mend heiß.

Ich suchte nach etwas, das ich sagen könnte, konnte aber nur armselig lächeln und an meinem Kognak nippen. Zwei Männer, die zu uns an die Anrichte kamen, retteten mich vorm Antworten. Sie legten die großspurige Art von Jugendlichen an den Tag, die mit Privilegien und Geld überhäuft waren. Einer schenkte Drinks ein, und der andere, etwas beleibtere Kerl genehmigte sich Kuchen. Der mit den Drinks lehnte sich an die Anrichte und leerte eines der Gläser in einem Zug.

„Wie heißen Sie?", fragte er mich.

„Miss Steele", sagte ich.

Sein blasser Blick glitt über mich, hielt an meiner Brust, meiner Kehle und meinem Mund inne. Seine Oberlippe krümmte sich zu einem trägen Lächeln. „Ich verdopple, was immer er zahlt", sagte er, und wies mit dem Kopf auf Mr. Dorchester.

Ich blinzelte. „Wie bitte?"

Er verdrehte die Augen. „Geben Sie doch keine Unschuld vor, Miss Steele. Damit werden Sie bei uns auch nicht mehr verdienen."

Uns? Ich warf einen Blick auf seinen Begleiter. Er grinste, aber durch den Zucker auf seinen Lippen wirkte es nicht ganz so finster wie bei seinem Freund. Trotzdem wusste ich, was diese Männer wollten und wovon sie dachten, ich würde es verkaufen. Ich ging rückwärts.

„Sie irren sich, Sir", sagte ich mit allem Mut, den ich aufbringen konnte. „Ich bin nicht, wofür Sie mich halten."

„Sicher sind Sie das. Warum sollten Sie sonst hier sein?"

Gute Frage.

Mr. Dorchester trat zwischen die Herren und mich. Er war um einen ganzen Kopf kleiner, aber kräftig gebaut, wohingegen die anderen Männer schlank und drahtig waren. „Lassen Sie bitte Miss Steele in Frieden."

„Ich zahle keinen Penny mehr", fauchte der Gentleman. „Ihre Nutte ist nicht das Doppelte wert."

Ehe das Keuchen meinen Lippen entwich, hatte Mr. Dorchester den anderen Mann schon am Mantel gepackt und hochgehoben. Der Kerl schlug mit der Faust zu, doch es ging daneben. Mr. Dorchester schleuderte ihn gegen die Wand. Einen

Augenblick später stürmte Unger herein, und mindestens ein halbes Dutzend Spieler versammelten sich in der Tür hinter ihm. Mehr als einer kicherte über den benommenen Kerl auf dem Boden.

„India?" Ich hörte Willie, bevor ich sie sehen konnte. Sie schaffte es, sich durch die kleine Menge zu schieben, und rannte zu mir. Sie packte mich an den Unterarmen und musterte mein Gesicht. „Was ist passiert? Geht es dir gut?"

„Bestens, danke." Meine Hände bebten und mein Herz hämmerte, aber das würde ich vor Willie nicht zugeben. Mir war immerhin nichts passiert, und die Gefahr war nun gebannt.

Sie stieß einen tiefen Seufzer aus und musterte mich noch einmal. „Gott sei Dank. Matt würde mir die Leviten lesen, wenn dir etwas zustieße."

Mr. Dorchester blickte ruckartig auf und dann weg. Er kratzte sich am Kinn, hielt aber plötzlich inne und ließ die Hand sinken. Es war, als wisse er nicht, was er mit sich anfangen sollte, nun, da sich alle Blicke auf uns richteten.

Willie beäugte den Kerl, der benommen am Boden zusammengesunken war. „Was ist passiert?"

„Mr. Dorchester hat meine Ehre vor diesem Mann verteidigt", sagte ich.

Willie knurrte. „Deine Ehre?"

Mr. Dorchester richtete sich die Krawatte. „Es ist unhöflich, eine Dame als Nutte zu bezeichnen."

„Eine Nutte!" Willie brüllte vor Lachen und trat gegen den Schuh des Kerls auf dem Boden. „Sind Sie blind, Sir? Sie ist fester zugeknöpft als der Geldbeutel eines Geizkragens. Wartet, bis ich das Duke und Cyclops erzähle. Sie werden lachen, bis ihnen der Bauch platzt."

Ich stemmte eine Hand in die Hüfte. „Und Mr. Glass? Wirst du es *ihm* erzählen?"

Ihr Grinsen verflog. „Am besten erzählen wir es ihm nicht, außer du willst nicht wieder hierherkommen."

In diesem Augenblick war es mir egal, ob ich je wieder einen Fuß in dieses Spielhaus oder irgendein anderes setzen würde. Ich hatte kühn sein und etwas erleben wollen, das ich noch nie zuvor erlebt hatte, aber inzwischen erschien es mir reizvoller, mit einem guten Buch zu Hause zu bleiben.

„Darum sollte man Frauen nicht zulassen", sagte einer der Spieler zu Mr. Unger. „Sie machen Ärger."

„Ich muss Sie bitten zu gehen, Sir", sagte Mr. Unger zu Mr. Dorchester. „Keine Prügeleien. Hausregeln."

Mr. Dorchester hob die Hände. „Ich verstehe."

„Es war zu meinem Schutz", widersprach ich. „Sie sollten diesen Kerl bitten zu gehen. *Er* hat den Ärger angefangen."

„Lord Dennison und Mr. Fryer-Smythe sind hier Stammgäste." Er nickte dem Freund zu, der seinen Kuchen abgestellt hatte, um seinem Gefährten aufzuhelfen. „Sie haben bisher keine Probleme verursacht."

„Schon gut, Miss Steele", sagte Mr. Dorchester. „Ich glaube nicht, dass Poker etwas für mich ist, und es gibt andere Spielhöllen in der Stadt, die mein Geld gern nehmen."

„Aber das ist ungerecht!", sagte ich. „Diese Behandlung haben Sie nicht verdient."

Er nahm meine Hand zwischen seine. „Ich bin ohnehin müde. Darf ich so frei sein und vorschlagen, dass auch Sie jetzt aufbrechen, zu Ihrer eigenen Sicherheit?"

„Noch nicht", sagte Willie, ehe ich etwas erwidern konnte. Ihr Mund spannte sich entschlossen an. „Ich muss erst zurückgewinnen, was ich verloren habe."

„Oder mehr verlieren!", rief Lord Travers aus dem anderen Raum.

„Mr. Dorchester hat recht", sagte ich. „Wir sollten gehen."

Willie schien mich nicht zu hören. Sie marschierte zurück ins Spielzimmer und nahm ihren Platz am Pokertisch wieder ein. Sie tippte mit dem Finger auf die Tischplatte. „Geben."

„Möchten Sie, dass ich Sie nach Hause begleite?", fragte Mr. Dorchester, während die anderen auf ihre Plätze zurückkehrten.

Obwohl das Angebot verlockend war, lehnte ich ab. Ich kannte ihn nicht gut genug, um allein mit ihm durch die Dunkelheit zu laufen. „Ich warte auf Willie."

„Also gut. Aber passen Sie auf, Miss Steele. Ich stelle mir nur ungern vor, dass Ihnen etwas zustößt." Er verbeugte sich. „Es war mir ein Vergnügen, Sie kennenzulernen. Ich hoffe, wir begegnen uns wieder." Er nahm Hut, Mantel und Handschuhe und redete leise mit Mr. Unger, vielleicht um die Versicherung zu bekommen, dass mir nichts geschehen würde. Mr. Unger warf einen Blick auf mich und nickte dann, und Mr. Dorchester ging.

Ich bedauerte, ihn gehen zu sehen. Nicht, weil ich seine Gesellschaft vermisste, sondern weil es bedeutete, dass ich im Spielzimmer bleiben sollte und mich nicht in den Erfrischungsraum zurückziehen konnte. Der Kerl, der mich beleidigt hatte – Lord Dennison –, hatte sich wieder vollständig erholt. Er schlenderte ebenfalls heraus, ein Glas in der Hand, und lehnte sich mit der Hüfte an den Roulettetisch. Seine kalten Augen beobachteten mich, und seine Lippen krümmten sich. Ich erschauerte wieder.

Lord Travers tätschelte den leeren Stuhl neben sich. „Kommen Sie, setzen Sie sich neben mich, Miss Steele. Ich halte Sie warm."

„Ich stehe lieber", sagte ich und ging zum Kamin hinter Willies Stuhl.

Sie spielten ein paar Runden, in denen entweder Lord Travers oder Willie gewannen, auch wenn ihnen gute Karten fehlten. Ich konnte es nicht erkennen, wenn einer von ihnen bluffte, aber Lord Travers schien zu wissen, wie man mit Willie umging. Er hatte auch häufiger Kartenkombinationen, die den Sieg brachten.

Mir wurde schnell langweilig, darum hob ich die Kutschuhr auf dem Kaminsims hoch. Sie ging tadellos, trotzdem nahm ich das Gehäuse ab und inspizierte den Mechanismus. Ich strich mit dem Daumen über die Rädchen, fand Trost in den vertrauten Teilen und ihren kleinen, doch präzisen Bewegungen. Das Metall erwärmte sich unter meiner Berührung. Ich hätte sie auseinandergenommen und wieder zusammengesetzt, um etwas zu tun zu haben, aber ich hatte meine Werkzeuge nicht bei mir. Ich brachte das Gehäuse wieder an und stellte die Uhr zurück auf den Sims.

Nach einer halben Stunde hatten sich die anderen beiden Spieler vom Pokertisch zurückgezogen, da sie alles verloren hatten, und Lord Travers besaß den Großteil des Geldes. Willie hatte nur noch ihre letzten Münzen, und ich stellte fest, dass ich hoffte, sie würde verlieren, damit wir nach Hause gehen konnten. Die Uhr zeigte Halbzwei. Ich wollte ins Bett. Mir wurde schwer ums Herz, als ich die drei Zehner in ihrer Hand sah. Ein siegreiches Blatt würde sie nur noch länger hier halten.

Sie betrachtete ihre Karten eine Weile, dann schob sie alle ihre Münzen nach vorne.

Lord Travers stieg ohne Zögern darauf ein und gab einen ganzen Stapel mehr dazu. Da konnte Willie auf keinen Fall mitgehen.

Sie hob die Augenbrauen zu Mr. Unger, der zum Zuschauen gekommen war.

Er schüttelte den Kopf. „Es tut mir leid, Miss Johnson, aber die Bank leiht nur Gästen Geld, die uns wohlbekannt sind. Wenn Sie nach Amerika zurückkehren, habe ich keine Möglichkeit, das Geld zurückzuerhalten."

Sie fluchte tonlos.

Lord Travers kicherte. „Sicher haben Sie etwas Wertvolles, das sie einsetzen können, Miss Johnson." Er leckte sich über die fleischigen Lippen, die dadurch noch feuchter wurden. „Oder Ihre Freundin vielleicht."

Er meinte doch sicherlich nicht *mich*? „Willie, es ist Zeit zum Gehen."

Aber ich hätte auch gar nicht da sein können. Sie schien mich nicht zu hören. Sie strich sich mit der Hand übers Kinn, ihren Hals hinab, und ließ sie auf ihrem Dekolleté ruhen.

Lord Travers sah mich lüstern an. Die Spieler an den anderen Tischen hatten alle aufgehört und beobachteten uns interessiert. Der Kerl, der mich Nutte genannt hatte, kam herübermarschiert und beugte sich zu Travers, um ihm ins Ohr zu flüstern. Travers kicherte und leckte sich wieder die Lippen.

„Kommen Sie, Miss Johnson", sagte er, „wo ist diese amerikanische Courage, die Sie an den letzten Abenden zur Schau gestellt haben? Sie sind kein Feigling, oder?"

Willie plusterte sich auf. „Natürlich nicht."

Ich drückte Willie die Schulter. „Du hast kein Geld mehr", zischte ich. „Gehen wir."

„Ich habe das." Sie zog eine Kette unter ihrem Hemd hervor, an deren Ende ein Goldmedaillon in der Größe eines Viertelpenny baumelte. „Meine Großmutter schenkte es mir vor ihrem Tod. Es war ihr Hochzeitsgeschenk von meinem Großvater. Es ist alles, was ich von ihnen habe."

Travers wirkte enttäuscht. „Sicher, dass Sie das einsetzen wollen?"

Willie zögerte, dann nickte sie. Sie hielt es Travers zur Inspektion hin.

Er wog es auf der Handfläche, ehe er es öffnete und die Miniaturen darin musterte. „Ein hübsches Paar. Ich nehme an."

„Willie, ist das klug?", flüsterte ich. „Was, wenn du es verlierst?"

„Ich werde nicht verlieren."

Lord Travers legte das Medaillon zu Willies Münzen und eine Hand neben seinen Oberschenkel auf den Stuhl. „Wir werden sehen, ja?" Nun hatte er wieder beide Hände an seinen Karten, die er auf dem Tisch auffächerte. „Full House."

Diese Kartenkombination hatte ich den ganzen Abend lang nicht gesehen, aber ich ahnte, dass sie gut war.

Willies bleiches Gesicht bestätigte das. Sie wirkte, als würde sie ohnmächtig werden, während sie ihre eigenen Karten anstarrte, vielleicht erzwingen wollte, dass sie besser wurden.

Mit einem Zungenschnalzen warf sie die Karten auf den Tisch. Sie stand auf, ihren Stuhl schubste sie nach hinten. „Sie haben gemogelt!"

Lord Travers lachte, während er seine Gewinne an sich raffte. Willies Medaillon glitzerte im Licht. „Kommen Sie, Miss Johnson. Seien Sie keine schlechte Verliererin."

„Sie haben gemogelt!", rief sie erneut. „Sie hatten eine Karte unter dem Bein. Ich habe gesehen, wie Sie sie genommen und zu Ihrem Blatt gegeben haben."

Travers ließ das Medaillon in die Tasche seines Smokings gleiten. „Was für ein Unsinn. Habe ich gemogelt, Gentlemen?"

Die anderen Spieler schüttelten den Kopf.

„Stehen Sie auf!", knurrte Willie. „Sie müssen die Karte, die Sie aus Ihrem ursprünglichen Blatt entfernt haben, irgendwohin gesteckt haben. Sehen wir doch unter Ihrem Fettarsch nach."

„Willie!" Ich zerrte an ihrem Arm, aber sie schüttelte mich ab. „Bitte, lass uns gehen."

„Hören Sie auf Ihre Freundin, Miss Johnson." Travers sammelte die Karten auf dem Tisch ein und mischte sie. „Seien Sie ein gutes Mädchen und gehen Sie nach Hause, ehe Sie etwas sagen, das Sie bedauern." Er hörte auf zu mischen und beäugte mich. „Außer, Sie wollen etwas anderes einsetzen."

Ich richtete mich auf. „Genug davon. Sie mögen ja ein Lord sein, aber Ihr Benehmen ist beklagenswert. Genauso wie Ihres, Sir", fuhr ich Lord Dennison an.

Travers lachte mit der Zigarre im Mund, so dass ihm Asche in den Schoß fiel. „Hören Sie das, Dennison? Das junge Ding glaubt, sie kann *uns* Vorträge halten. Sie hat es verdient, dass man ihr den Hintern versohlt, um sie etwas zurechtzustutzen."

Ich keuchte und schaute hilfesuchend zu Mr. Unger, aber der zuckte nur mit den Schultern. Von ihm würde ich keine Unterstützung erhalten. Travers war für sein Geschäft zu wertvoll, als dass er riskiert hätte, ihn zu brüskieren. Und Mr. Dorchester, mein einziger Fürsprecher, war weg.

Ich packte Willie am Arm. „Gehen wir. Jetzt!"

Aber sie regte sich nicht. Sie fletschte die Zähne und deutete auf Travers. „Sie sind ein abgefeimter, dreckiger Falschspieler, und ich werde es beweisen. Stehen Sie auf!"

Travers machte sich auf seinem Stuhl breit und grinste. „Zwing mich doch, kleines Mädchen."

„Oh, das werde ich, mit der Hilfe meines Freundes Mr. Colt." Willie schlug ihren Mantel zur Seite und zog die Pistole aus dem Hosenbund.

Etliche Männer wichen zurück, stolperten übereinander in ihrer Eile, sich aus der direkten Umgebung zu entfernen, aber niemand verließ den Raum. Alle wollten mitbekommen, was passierte.

„Willie, nein!", rief ich. „Nicht!"

Aber ich hätte ebenso gut nichts sagen können. „Aufstehen, Travers", sagte sie.

Er legte die Hände wieder auf den Stuhl neben seinem Oberschenkel. „Für Sie heißt das ‚mein Lord', Miss, und nein, das tue ich nicht."

„Um Himmels willen, bewegen Sie sich!", rief ich ihm zu. „Sie *wird* schießen."

„Ich habe keine Angst vor einem Mädchen", sagte Travers schmunzelnd.

Willie drückte ab.

Nichts geschah. Mit gerunzelter Stirn musterte sie den Zylinder. Sie drehte ihn immer weiter. Er war leer. „Verdammt soll er sein!"

Mein Herz setzte einen Schlag aus. Mr. Glass hatte wohl nach der Schussepisode letzte Nacht die Kugeln entfernt. Ich wollte so laut fluchen wie Willie. Obwohl ich mir nicht wünschte, dass sie jemanden erschoss, hatten wir nun keine Waffen, um uns zu verteidigen. Und die Männer wussten es. Sie kamen näher.

Lord Dennison und sein Freund Smythe-irgendwas grinsten wie Wahnsinnige, während sie sich mit langsamen, raubtierhaften Schritten näherten. Dennison rieb sich über den Schritt. Travers lehnte sich zurück und sah zu, lächelnd mit jenen fischigen, nassen Lippen.

„So ist es recht, Gentlemen", sagte er und kaute auf seiner Zigarre. „Lehren Sie sie Respekt vor uns."

„Auf die Knie", befahl Dennison und deutete auf mich. Er fummelte an der Vorderseite seiner Hose herum, und seine Zunge schoss hervor, um seine Oberlippe zu befeuchten.

Sein Begleiter wischte sich Schweißperlen von der Stirn. Sein Atem ging abgehackt. Ich warf einen Blick zu den Männern hinter ihnen, aber keiner kam uns zur Hilfe. Alle sahen fasziniert zu. Dieser Albtraum konnte nicht wirklich sein. Sicher würde ich bald aufwachen. Meine schwachen Knie waren jedoch sehr wirklich, genauso wie die Männer, die uns mit lüsternen Augen anstierten.

Ich berührte Willie an der Hand. Ihre Finger schlossen sich um meine und packten fest zu. Mein Herz hämmerte bis in meine Zehen. Ich hatte gehofft, sie hätte noch ein Ass im Ärmel, aber es schien, dass die Pistole ihre einzige Sicherheitsmaßnahme gewesen war. Ohne war sie so verletzlich wie ich. Wir waren zwei Frauen gegen mehr als ein Dutzend Männer, und sie war genauso in Panik wie ich. Wir hatten keine Chance.

KAPITEL 11

„Wie gut zielst du?", flüsterte ich Willie zu.

„Warum?", flüsterte sie mit zittriger Stimme zurück.

Dennison wischte sich mit dem Handrücken über den Mund, wobei er sich Speichel auf die Wange schmierte. Er grinste, die schmalen Lippen schief verzogen.

„Mach schon, Mann", drängte ihn Travers. „Ich will weiterspielen."

„Wirf die Pistole", flüsterte ich Willie zu.

Ich dachte, sie würde protestieren, aber sie schleuderte unverzüglich ihre Waffe auf Dennison.

Er duckte sich, verlor das Gleichgewicht und stolperte zur Seite. Die Pistole klapperte auf dem Boden, wo sie unter den Tisch schlitterte. Willie fluchte. Travers brüllte vor Lachen.

„Du dumme Hure!", rief Dennison. „Du hast mich verfehlt."

Er kam taumelnd auf die Beine. Es galt, keinen Augenblick zu verlieren. Ich griff hinter mich und schnappte mir die Kutschuhr vom Kaminsims. Sie fühlte sich fest an, beruhigend. Die Goldplattierung wärmte meine Haut und leuchtete im Kerzenlicht. Ich warf sie Dennison an den Kopf. Er sah sie kommen und duckte sich wieder, aber auch die Uhr fiel plötzlich herab. Sie traf ihn mitten auf die Stirn. Er stürzte nach hinten und wurde bewusstlos.

„Verdammt guter Wurf", sagte Travers mit Bewunderung, während er Dennisons ausgestreckte Gestalt musterte.

„Lauf!", rief ich.

Willie und ich rannten zur unbewachten Tür. Mr. Unger versuchte nicht, uns aufzuhalten. Zum Glück tat das niemand. Willie zog die Tür auf. Ich warf einen Blick zurück und sah eine Traube von Gentlemen, die um Dennison versammelt waren und ihm halfen, sich aufzusetzen. Blut tröpfelte aus seiner Kopfverletzung, aber er lebte, Gott sei's gedankt.

Eine Glocke erklang, und der Türsteher am Fuß der Treppe öffnete die untere Tür. Mr. Glass marschierte herein, eine Laterne in der Hand.

„Matt!", rief Willie.

Er hob die Laterne. Sie beleuchtete die harten Züge seines Gesichts und seine Augen, die wie schwarze Teiche wirkten. „Endlich", stieß er knurrend aus. „Ich habe schon –"

„Ja, ja." Willie stürmte die Treppe hinab und traf ihn auf halbem Weg. „Mach dich nützlich und hol mir meinen Revolver. Er ist da oben, unter einem Tisch."

Mr. Glass blickte zu mir und dann zurück zu seiner Cousine. Sein Gesicht verdüsterte sich. „Warum ist dein Revolver nicht bei dir?"

„Es ist keine Zeit für eine Erklärung." Sie schob ihn weiter. „Geh!"

„Nein", sagte ich, als Mr. Glass die Treppe zu mir heraufkam. „Lassen Sie die Waffe zurück." Ich warf einen Blick hinter mich, aber der Eingang wurde nicht bewacht. Niemand verfolgte uns.

Ich versuchte mich an Mr. Glass vorbeizuschieben, aber er nahm mich am Arm. „Was geht da vor?" Seine Stimme klang angestrengt, angespannt und etwas müde.

„Matt kriegt das hin", versicherte mir Willie. „Niemand wird bei ihm irgendwas versuchen, und wenn doch, wird er einfach ein paarmal zuschlagen. Oder nicht, Matt?"

Mr. Glass erstarrte. Er stand zwei Stufen unter mir, so dass unsere Gesichter auf gleicher Höhe waren. Seine Brust hob und senkte sich unter schweren Atemzügen, und sein Blick vertiefte sich in meinen, als könnte er Antworten ausgraben. Ich schluckte und zog in Erwägung, ins Spielzimmer zurückzukehren. Vielleicht war das sicherer.

„Bleibt hier", knurrte er. „Wenn ich zurück bin, will ich eine Erklärung."

Er ließ mich los und schob sich an mir vorbei. Er kam jedoch nur bis zur Tür. Mr. Unger stand mit Willies Pistole dort. Er reichte sie Mr. Glass.

„Kommen Sie nicht wieder, Miss Johnson", sagte er zu Willie. „Dieses Etablissement kann es sich nicht leisten, ungewollte Aufmerksamkeit zu erregen." Zu mir sagte er: „Sie hätten zu Hause bleiben sollen, Miss. Orte wie dieser sind nichts für Frauen von sanfter Natur." Er schlug Mr. Glass die Tür vor der Nase zu.

Matt wirbelte herum. Das Laternenlicht schwang in einem Bogen, und der Griff quietschte wegen der wilden Bewegung. „Raus. Jetzt. Alle beide."

Der Türsteher hielt uns die Tür auf. Wir eilten durch den Laden des Stiefelmachers, wo uns der andere Türsteher auf die Straße entließ. Cyclops lehnte an der Kutsche, richtete sich aber auf, als er uns sah.

„Das ging schnell", sagte er.

„Wir waren auf dem Weg nach draußen, als Mr. Glass eintraf", erklärte ich.

Cyclops klappte die Trittleiter aus und hielt mir die Tür auf, zog sich allerdings auf den Kutschbock zurück, als Mr. Glass ihm befahl, sich sofort zum Aufbruch bereitzumachen. Willie folgte mir nach drinnen, und Mr. Glass stieg hinter ihr ein und hängte die Laterne an einen Haken neben der Tür.

Er klopfte an die Decke, und Cyclops fuhr los. Mr. Glass setzte sich auf einen Platz gegenüber von Willie und mir, während die Kutsche vom Bordstein abfuhr. „Erklärung."

Willie machte ein verstimmtes Geräusch und streckte die Hand aus. „Gib mir meinen Colt."

„Nicht, bis ich eine zufriedenstellende Erklärung bekomme."

„Erklär du mir was", fuhr ihn Willie an. „Warum hast du die Kugeln rausgenommen?"

„Um zu vermeiden, dass dir am Ende ein Mord zu Lasten gelegt wird."

„Du hast mich waffenlos gemacht!"

„Wenn du nachts zu Hause bleiben würdest, müsstest du dich nicht bewaffnen."

Sie verschränkte die Arme und wandte sich von ihm ab. „Du hättest mir das mit den Kugeln sagen sollen", murmelte sie zur Wand.

Mr. Glass legte seinen Hut auf den Platz neben sich und fuhr sich mit der Hand durchs Haar. „Du hast recht. Ich hätte dich nicht so verletzlich machen sollen. Trotzdem – wenn du dich von den Spielhöllen fernhalten würdest, bräuchtest du keine Pistole." Er reichte ihr die Waffe.

„Und meine Kugeln?"

„Sind im Haus. Ich gebe sie dir nur zurück, wenn du mir versprichst, nie wieder zu spielen."

„Für immer?"

„Für immer."

„Matt! Das kann ich nicht! Ich muss mein Medaillon zurückgewinnen."

Er riss den Mund auf. „Du hast dein Medaillon verloren? Himmel, Willie, das tut mir leid." Er schloss kurz die Augen. „Aber ich kann dir nicht gestatten, zu versuchen, es zurückzugewinnen. Versprich mir, dass du nicht wieder spielst."

„Versprochen", murmelte sie.

Er seufzte, und seine Züge wurden weicher. „Dein Gegner muss herausragend gewesen sein, dass er dich geschlagen hat."

Ihre Unterlippe bebte. „Er hat gemogelt."

„Das sehe ich auch so", sagte ich.

Mr. Glass kniff sich in den Nasenrücken. „Jetzt weiß ich, warum du deinen Colt benutzen wolltest."

„Oh, das ist nicht der Grund", sagte ich.

„Psst", zischte Willie im selben Moment, wie Mr. Glass knurrte: „Warum dann?"

Er funkelte sie an. Sie schaute aus dem Fenster und schniefte. Ich legte ihr eine Hand auf den Arm, aber sie schüttelte sie ab. „Lass mich zufrieden."

Ich ertrug ihr Schweigen und Mr. Glass' Starren während der restlichen kurzen Fahrt zu seinem Haus.

Sobald wir eintraten, begrüßte uns Duke mit einem ebenso

formidabel finsteren Gesicht. Willie wollte sich an ihm vorbei-
schieben, aber er stellte sich ihr in den Weg.

„Weg da", fuhr sie ihn an. „Ich bin nicht in der Stimmung für
deine Belehrungen."

„Das ist mir egal! Ihr hättet vor Stunden zurück sein sollen."

„Ich bin schon länger ausgeblieben."

„Nicht mit ihr, das nicht."

Willie wandte ihren funkelnden Blick mir zu. Ich fand es
nicht sonderlich fair, mir Vorwürfe zu machen, wo sie mich doch
eingeladen hatte, mitzukommen. Ich hielt es aber für klug, mich
in dieser Sache bedeckt zu halten. Ihre Laune war schon schlecht
genug, und es ließ sich nicht sagen, ob sie einen weiteren Kugel-
vorrat für diese Pistole hatte.

„Selbstsüchtig, das bist du", fuhr Duke fort.

Willie kniff die Lippen zusammen, aber Duke gab ihr keine
Gelegenheit, etwas zu sagen.

„Doch, bist du. Du bist eine selbstsüchtige Frau, und es ist an
der Zeit, dass man es dir sagt. Matt tut alles für dich –"

„Es reicht, Duke", tadelte Mr. Glass. „Willie, geh ins Bett. Wir
sprechen morgen Vormittag."

„Siehst du!" Duke wies auf Mr. Glass. „Sieh dir an, was du
angerichtet hast."

Willie und ich drehten uns beide um, um ihn anzuschauen.
Er warf Duke einen finsteren Blick zu, aber im besseren Licht des
Leuchters über uns konnte ich nun die gräuliche Blässe um seine
Mundpartie erkennen, die dunklen Ringe unter seinen Augen.

„Du hast nicht geruht, oder?", fragte Willie leise.

Er antwortete nicht.

Sie blinzelte rasch und verschränkte die Arme vor dem
Körper, als würde sie einen Frosthauch abhalten. „Aber du hast
doch zumindest einmal die –" Er schnitt ihr mit einem Kopfschütteln und einem Blick auf mich das Wort ab.

Ihr Kinn bebte, und ihr Gesicht verzerrte sich. Sie warf sich
auf ihn, und er fing sie, leicht wankend unter ihrem Gewicht.
„Es tut mir leid, Matt. Es tut mir so leid. Ich nehme India nie
wieder zum Pokerspielen mit."

Ich stemmte eine Hand in die Hüfte.

„Sie war nicht mal eine so gute Ablenkung", fuhr sie fort.

„Hast du mich darum eingeladen?", fragte ich, während Mr. Glass sie auf einer Armeslänge Abstand hielt.

„Eine gute Frage", knurrte er.

Sie wischte sich die Nase am Ärmel ab. „Ich dachte, Lord Travers würde sie ... interessant finden. Leider war er zu vertieft ins Spiel, um ihr mehr als oberflächliche Aufmerksamkeit zu widmen."

„Du hast mich *benutzt!*"

Willie zuckte nur mit den Schultern. „Ich glaube, ich gehe jetzt ins Bett. Matt, das musst du auch. Es ist sinnlos, noch länger aufzubleiben. Verstanden?" Ihr Blick huschte zu mir und dann wieder zu ihm. Sie wollte eindeutig nicht, dass ich ihm die Einzelheiten des Abends berichtete.

Er gab ihr einen Kuss auf die Wange. „Gute Nacht, Willie", sagte er mit einem entnervten Seufzen.

„Warum bist du so nett zu ihr?", fragte Duke, nachdem sie weg war. „So, wie du in der letzten Stunde gewettert hast, hätte ich gedacht, du würdest ihr eine Woche Zimmerarrest verpassen."

„Ich habe nicht das Recht, ihr einen Arrest zu verpassen", sagte Mr. Glass. „Sie kann machen, was sie will. Außerdem hat sie heute Abend genug mitgemacht. Sie hat ihr Medaillon verspielt."

„Teufel auch." Duke legte den Kopf in den Nacken und schüttelte ihn. „Sie wird es zurückgewinnen wollen."

„Ich habe sie versprechen lassen, dass sie das nicht versucht."

„Glaubst du, das wird sie abhalten?"

„Sie hat noch nie ein Versprechen mir gegenüber gebrochen."

Duke seufzte. „Du vertraust ihr mehr als ich."

„Das ist dein Problem, Duke."

Duke knurrte. „Ich wette, Sie hatten einen ziemlich langweiligen Abend, Miss Steele. Willie ist keine gute Gesellschaft, wenn sie im Spielfieber ist."

„Langweilig ist ganz gewiss nicht das Wort, mit dem ich unseren Abend beschreiben würde. Es war alles andere als das."

„Möchten Sie vielleicht erklären, warum Willies Colt unter dem Tisch lag?", fragte Mr. Glass. „Und warum Sie beide geflohen sind, als ich Sie abgeholt habe?"

„Geflohen?", wiederholte Duke.

„Ich habe auch einen dumpfen Schlag gehört", sagte Mr. Glass.

„Das war das Geräusch, mit dem Lord Dennison zu Boden ging", erwiderte ich.

Mr. Glass hob die Augenbrauen. „Warum ist er zu Boden gegangen?", fragte Duke.

„Eine Uhr hatte ihn am Kopf getroffen."

Mr. Glass und Duke wechselten rätselhafte Blicke. „Wie?", drängte Mr. Glass.

„Ich habe sie geworfen."

„Warum?"

„Er schenkte mir unerwünschte Aufmerksamkeit. Ich vermute, er war auch betrunken."

„Verflucht noch eins." Mr. Glass musterte mein Gesicht, sein Blick schärfer als in der ganzen Zeit, seit wir das Haus betreten hatten. „Miss Steele, sagen Sie es mir ehrlich. Fehlt Ihnen nichts?"

„Nichts."

Er stieß den angehaltenen Atem aus und warf dann einen bösen Blick in die Richtung, in der Willie verschwunden war.

„Machen Sie ihr keinen Vorwurf", sagte ich. „Es ist nicht ihre Schuld. Das kann man komplett Lord Dennison und seinem Freund anlasten. Sie sind alles andere als Gentlemen. Ich habe schon Landstreicher mit besseren Manieren getroffen."

Mr. Glass senkte den Kopf, aber nicht, ohne vorher die Augen zu schließen. Er hätte wirklich zu Bett gehen oder seine besondere Uhr benutzen sollen. Vielleicht beides.

„Kehren wir nochmal zu der Uhr zurück", sagte Duke ernst. „Also haben Sie sie geworfen, und sie hat diesen Kerl getroffen?"

„Ja."

„Hat sich das für Sie … seltsam angefühlt?"

„Inwiefern?"

„Ist sie irgendwie … aus eigenem Antrieb geflogen?"

„Nein." Ich lachte. „Ich habe sie geworfen."

„Hat sie sich warm angefühlt, als Sie sie berührt haben? Hat sie geleuchtet?"

„Das reicht, Duke", sagte Mr. Glass. „Miss Steele ist müde, und deine Fragen verwirren sie."

„Aber –"

Mr. Glass legte Duke eine Hand auf den Arm. Sie wechselten kein Wort, aber sie schienen zu einer Übereinkunft zu kommen.

Duke seufzte. „Gute Nacht, Miss Steele."

Ich sah ihm nach, versuchte zu ergründen, was er mit seinen Fragen bezweckt hatte, und woher er gewusst hatte, dass die Uhr sich warm angefühlt hatte. War sie besonders, so wie Mr. Glass' Uhr? Wenn ja, wie und warum? Was für ein Metall hatte der Uhrmacher benutzt? So eines hatte ich noch nie gesehen.

Mr. Glass schien entschlossen, dass ich keine Antworten auf meine Fragen erhalten sollte. Das machte mich nur noch neugieriger. Sie verbargen alle ein Geheimnis. Hätte es nichts mit Uhren zu tun gehabt, hätte es mich vermutlich nicht so sehr interessiert, aber da es um eine Taschenuhr ging, und nun eine Kaminuhr, wollte ich es unbedingt wissen. Aber von ihm würde ich nichts erfahren.

„Brauchen Sie eine heiße Schokolade?" Mr. Glass' sonore, melodische Stimme grollte durch die Luft zwischen uns.

„Nein, danke. Mir geht es gut."

Sein beobachtender Blick musterte jeden Quadratzentimeter meines Gesichts. „Sind Sie sicher?"

Ich nickte. Etwas an dem, was Duke gesagt hatte, kam mir in den Sinn. „Warum haben Sie vorhin so gewettert?"

Etliche Herzschläge vergingen, ehe er antwortete. „Weil ihr nicht heimgekommen seid."

„Aber Willie sagt, dass sie schon länger ausgeblieben ist und Sie sich nie solche Sorgen gemacht haben."

„Willie zieht sich an wie ein Mann und benimmt sich wie ein Mann. Das gewährleistet ihre Sicherheit. Sie jedoch können Ihre Weiblichkeit nicht verbergen. Oder Ihre Verletzlichkeit. Ist es so furchtbar, dass ich mich um Sie gesorgt habe?"

Mein Herz sprang in einem wilden Rhythmus in meiner Brust. Es war zutiefst befriedigend zu wissen, dass er sich um mein Wohlergehen gesorgt hatte, und doch ergab es nicht gerade einen Sinn. Wir kannten einander kaum. Vielleicht zeigte er wieder eine Fassade, aber wozu, konnte ich nicht ergründen.

Ich begann meinen Mantel aufzuknöpfen, nur um zu erstarren, als Mr. Glass hinter mich glitt. Seine Finger streiften meinen Nacken über dem Kragen und verharrten auf meinen Schultern. Er nahm mir den Mantel nicht ab, sondern neigte den Kopf zu meinem.

„Sie haben mir nicht geantwortet", murmelte er.

„Ich … ich …" Was war nochmal seine Frage gewesen?

„Hat es Ihnen die Sprache verschlagen, Miss Steele?" Sein Atem spielte mit den Haaren in meinem Nacken. Wenn ich mich zurücklehnte, nur ein kleines Stück weit, würde er sich wegbewegen? Oder würde er mir gestatten, mich an seine Brust zu lehnen?

„Ich kann Ihnen versichern, dass ich nicht mehr spielen werde", sagte ich heiser.

Er zog den Mantel von meinen Schultern und meine Arme hinab, ganz langsam. „Gut." Seine Stimme vibrierte durch meinen Körper. „Das höre ich gern."

„Warum?" Ich *musste* es einfach wissen, oder meine Neugier würde mich verzehren. Wenn er nur vorgab, mit mir zu flirten, wollte ich ihn dabei erwischen. Ich würde mich nicht wieder zum Narren halten lassen. „Warum ist Ihnen das wichtig?"

Er schob mir den Mantel über die Hände, nahm ihn aber nicht ganz ab. Ich saß in meiner eigenen Kleidung fest, doch ich spürte keine Panik oder Verletzlichkeit. Dieser Mann würde mir nichts antun. Warum ich mir dessen so sicher war, wusste ich nicht. Obwohl mir mein Verstand auftrug, aus dem Zimmer zu rennen, wollte jeder andere Teil von mir bleiben.

„Sie wohnen derzeit unter meinem Dach", murmelte er. „Es ist meine Pflicht, jedes Mitglied dieses Haushalts zu beschützen. Dazu gehören Sie, Miss Steele."

„Das ist nicht nötig." Ich wusste kaum mehr, was ich von mir gab. Meine Gedanken waren in einen Nebel gehüllt, der es schwer machte, über diesen gegenwärtigen, berauschenden Augenblick hinauszudenken. „Kümmert es einen Vermieter, wo sein Mieter seine Abende verbringt?"

„Sie sind nicht meine Mieterin."

„Angestellte also. Bis Dienstag zumindest."

Er holte scharf Luft. Dann trat er beiseite und nahm meinen

Mantel mit. Er legte ihn sich über den Arm und glättete ihn mit der Hand. „Danke für die Erinnerung."

„Erinnerung?" Ich schüttelte den Kopf. „Hatten Sie das schon vergessen?"

Er stieß ein Lachen hervor. „Gewissermaßen."

„Mr. Glass, geht es Ihnen gut? Kann ich Ihnen etwas aus der Küche holen? Oder vielleicht sollten Sie gleich ins Bett gehen. Geben Sie mir den Mantel. Ich werde ihn aufhängen." Ich war mir meines Redeflusses sehr bewusst, aber ich konnte nicht aufhören. „Sie wirken sehr müde."

Sein Kinn spannte sich an. „Danke für Ihre Sorge, aber mir geht es gut. Ich kann den Mantel bestens selbst aufhängen. Gute Nacht, Miss Steele."

Ich seufzte. Ich war mir nicht sicher, ob das, was zwischen uns vorgefallen war, echt war oder nicht, aber ich vermisste es, jetzt, da es weg war. „Gute Nacht, Mr. Glass."

* * *

„ICH SOLLTE ETWAS TUN", erklärte ich Mr. Glass beim Frühstück, als er verkündete, dass ich heute nicht benötigt wurde. „Sie bezahlen mich, um Ihnen zu helfen, Chronos zu finden, aber dass ich hiersitze, während Sie unterwegs sind, ist Zeitverschwendung. Bestimmt gibt es etwas, das ich tun kann."

„Ich suche heute nicht nach Chronos", wiederholte er, während er seinen Toast mit Butter bestrich. „Und Sie können ohne mich nicht nach ihm suchen. Nur ich weiß, wie er aussieht."

Cyclops und Duke machten sich an der Anrichte nützlich, stapelten Toast, Speck und Eier auf ihre Teller, aber ich hatte den starken Eindruck, dass sie unserem Austausch intensiv zuhörten. Weder Willie noch Miss Glass waren bis jetzt aus ihren Räumen gekommen.

„Ich kann mich nach Mirth erkundigen", sagte ich. „Jemand könnte wissen, wo er hingegangen ist, wer seine Freunde sind, *et cetera.*"

Er biss eine Ecke seines Toasts ab und antwortete mir nicht, bis er geschluckt hatte. Das gab mir Zeit, ihn zu mustern.

Obwohl er weniger müde wirkte, hing der Schatten der Krankheit noch an ihm. Er brauchte mehr Schlaf. „Jemand könnte es wissen", sagte er, „aber es ist unwahrscheinlich, dass Sie Ihnen die Informationen geben. Wir haben gesehen, wie die Uhrmacher von London auf Sie reagieren. Ich will keine Wiederholung Ihrer Begegnung mit Abercrombie."

Diese Begegnung bereitete mir auch immer noch Sorgen, genauso wie Mr. Glass' Reaktion darauf. Was immer er am nächsten Tag zu Abercrombie gesagt hatte, schien bewirkt zu haben, dass dieser die Anschuldigung fallen ließ. Die Polizei war nicht gekommen, um nach mir zu suchen. Ich würde es jedoch nicht riskieren, bei Abercrombie aufzukreuzen und ihn zu fragen, warum er so bösartig gewesen war. Nicht, bis ich nicht sicher wusste, dass er nicht die Schutzmänner rufen würde, sobald er mich zu Gesicht bekam.

„Ich denke, ich werde die Masons besuchen", sagte ich. „Mr. Mason könnte etwas über diesen Mirth wissen."

„Gut. Genießen Sie Ihren freien Tag."

„Danke." Ich nippte an meinem Tee. „Ich dachte, die Suche nach Chronos wäre lebenswichtig."

„Ist sie."

„Warum verbringen Sie den heutigen Tag dann nicht damit, nach ihm zu suchen? Ihnen läuft die Zeit davon."

„Eine verdammt gute Frage", knurrte Duke, der sich neben mich setzte. „Vergiss doch den … Eindringling, Matt. Deine andere Angelegenheit drängt mehr."

„Ich sehe das anders", sagte Mr. Glass.

„Cyclops, sag du es ihm."

Cyclops setzte sich hin. Sein Speck-Stapel fiel um, so dass das oberste Stück auf dem Tisch landete. Er spießte es mit der Gabel auf und stopfte es sich in den Mund, als hätte er jahrelang keinen Speck zu essen bekommen. Nachdem er geschluckt hatte, tupfte er sich den Mund elegant mit einer Serviette ab. „Matt hat recht", sagte er. „Wir müssen den … Eindringling finden."

„Aber –"

„Aber du hast auch recht", fuhr Cyclops fort. „Wir müssen Chronos finden."

„Danke für Eure kluge Beobachtung", sagte Mr. Glass trocken.

„Mit heute und ohne Dienstag, da wir am Vormittag aufbrechen, haben wir drei Tage. Die Frage ist, können wir beide Männer rechtzeitig finden?" Er nahm seine Teetasse und trank den Inhalt in einem großen Schluck.

„Nein, können wir nicht", sagte Duke. „Wir haben mit der Jagd auf Chronos fast keine Fortschritte gemacht. Das muss unsere Priorität sein. Das andere kann warten, bis ..." Sein Blick huschte zu mir. „Bis deine Uhr repariert ist."

„Es kann nicht warten", knurrte Mr. Glass. „Der Eindringling muss aufgehalten werden, bevor er zurückkehrt."

„Warum sollte er hierher zurückkehren?" Ich griff nach dem Messer und beugte mich vor. „Sie kennen ihn, nicht wahr?"

Er nickte. „Es ist jemand, dem ich in Amerika schon über den Weg gelaufen bin."

„Wer?"

„Das ist eine Privatangelegenheit."

Ich kappte mein gekochtes Ei mit einem einzelnen Hieb des Messers. Die Kraft dahinter sorgte dafür, dass es an meinem Teller vorbeiflog und auf dem Tisch landete. Mr. Glass griff über den Tisch und legte es auf meinen Teller. Er lächelte. Ich erwiderte es finster.

„Mr. Glass", sagte ich. „Wer *sind* Sie?"

„Ich verstehe die Frage nicht."

„Lassen Sie es mich anders formulieren." Ich griff zum Löffel und schob ihn in mein Ei, aß aber nichts. „Was machen Sie in Amerika? Was ist Ihr Beruf?"

Er nippte langsam am Tee. Duke und Cyclops hörten auf zu essen, um ihren Freund zu beobachten. Sie schienen ebenso neugierig auf die Antwort zu sein wie ich. „Besprechen wir doch keine so vulgären Dinge, wie meine Tante es formulieren würde", sagte er schließlich. „Ich will Sie nicht langweilen, Miss Steele."

„Ich würde die Gelegenheit, Sie besser kennenzulernen, nicht langweilig finden", sagte ich, weil ich hoffte, in dazu zu verleiten, mir zumindest *etwas* zu erzählen.

Seine Lippen öffneten sich. Dann zuckte sein Mundwinkel nach oben.

„Wenn du darauf bestehst, erst den Eindringling und nicht den Uhrmacher zu finden, dann sei es eben so", sagte Duke schnell, ehe Mr. Glass sich äußern konnte. „Aber ich möchte zu Protokoll geben, dass ich mit den Prioritäten nicht einverstanden bin."

„Zur Kenntnis genommen." Mr. Glass holte den Teekessel von der Anrichte. Er füllte meine leere Tasse auf. Es gab keine weiteren Gespräche mehr über seine Geschäftsangelegenheiten oder den Eindringling. Wenn er ein Bandit war, würde er mir das natürlich nicht direkt sagen, doch war ich überrascht, dass er auch nicht log. „Miss Steele, darf ich Ihnen ein paar Fragen über letzte Nacht stellen?"

„Natürlich", sagte ich und hoffte, er würde nicht nach Details zu meinem Angriff auf Lord Dennison fragen. Ich wollte die Augenblicke, die zu dem Zusammenprall geführt hatten, nicht noch einmal nacherleben. Der Gedanke an das, was hätte passieren können, sorgte dafür, dass ich mich heute sogar noch schlechter fühlte. Ich stellte mein Ei ab, weil ich keinen Hunger mehr hatte, und legte mir eine Hand auf den Magen.

„Miss Steele, ist alles -?"

„Mr. Glass! Der Tee!"

Er hatte seine Tasse gefüllt, den Blick aber auf mich gerichtet. Tee schwappte über den Rand auf die Untertasse. Er stellte den Teekessel zurück auf die Anrichte und nahm eine leere Tasse, kippte den vergossenen Tee von der Untertasse und etwas Überschuss aus seiner Tasse hinein.

„Ihre Fragen, Mr. Glass?", drängte ich.

„Ja. Letzte Nacht." Er räusperte sich und setzte sich. „Der Mann, der Willies Medaillon gewonnen hat, Lord Travers. Wie war er?"

„Beleibt, mittleren Alters. Er mochte Zigarren und lachte viel, aber es lag ein arroganter Unterton darin. Ich glaube auch, dass er falsch gespielt hat."

„Wenn wir in Amerika wären, würde ich ihn herausfordern", knurrte Duke. „Falls ihn nicht erst ein wütender Mob aufmischen würde. Wir dulden keine Falschspieler, Miss Steele."

C.J. ARCHER

„Wir Engländer auch nicht." Nur dass Mr. Unger, die Dealer und anderen Spieler Lord Travers nicht herausgefordert hatten. Hatten sie Angst vor ihm? War er zu wertvoll fürs Haus? Oder war es ein Fall von Britannien gegen Amerika? „Üblicherweise zumindest."

„Wie war sein Akzent?", fragte Mr. Glass.

Ich zuckte mit den Schultern. „Gepflegt, mit aristokratischem Einschlag. Warum?"

„Schienen ihn die anderen zu kennen?"

„Ja. Warum, Mr. Glass?"

„Er spielt extrem gut Poker, wenn er Willie geschlagen hat. Das ist ein amerikanisches Spiel, und er hat die vorigen Nächte gegen sie verloren, nur um dann letzte Nacht zu gewinnen."

„Sie glauben, dass er eigentlich ein erfahrener amerikanischer Pokerspieler ist, der sich als Engländer verkleidet, um Leute dazu zu verleiten, gegen ihn zu wetten? Das ist eine ziemliche Anschuldigung."

„Jawohl", murmelte Cyclops.

„Vielleicht lernt er schnell", sagte Duke.

„Vielleicht", pflichtete Mr. Glass nachdenklich bei. „Aber ich glaube, es lohnt sich, es in Erwägung zu ziehen."

Ich schüttelte den Kopf. „Ich sehe das anders."

„Ja?", fragte er gedehnt.

„Ja", erwiderte ich steif. „Wenn er ein Amerikaner ist, der sich als Engländer ausgibt, um vertrauensselige Spieler auszunehmen, warum würde er sich dann als Lord ausgeben? Das zieht nur mehr Aufmerksamkeit auf ihn, wo er doch genau das vermeiden will. Außerdem ist es wahrscheinlich, dass er in Spielhöllen anderen Lords begegnet, und sie kennen einander gewiss alle, zumindest dem Namen nach."

„Ein gutes Argument", sagte Cyclops und hob herausfordernd seine heile Augenbraue.

„Es scheint, als wäre meine Theorie ziemlich löchrig", sagte Mr. Glass seufzend.

„Was für eine Theorie ist das?", fragte ich. „Warum glauben Sie, dass Lord Travers Amerikaner sein könnte?"

„Das ist meine Sache."

„Oh? Glauben Sie, die Erklärung würde mich langweilen?",

schleuderte ich ihm seine eigenen Worte ins Gesicht. „Oder verbergen Sie etwas?"

Ich begegnete seinem düsteren Funkeln mit einem, wie ich hoffte, entschlossenen Blick.

„Sag es ihr", schlug Cyclops plötzlich vor. „Sag ihr, was du tust, was du getan hast. Ich sehe keinen Grund, warum nicht."

Mr. Glass' Blick glitt zu seinem Freund und verdüsterte sich. Seine Nasenflügel blähten sich. „Meine Angelegenheiten gehen nur mich etwas an. Wenn sie für mich behalten will, ist das meine Sache."

„Aber –"

„Nicht, Cyclops." Mr. Glass' Hand hatte sich auf dem Tisch zur Faust geballt. Er hielt sich stocksteif, während er seinen Freund weiterhin anfunkelte.

Cyclops schaute als erster zur Seite. „Du machst einen Fehler."

Mr. Glass erhob sich und marschierte hinaus. Ich wartete in der Hoffnung, Cyclops würde sich den Wünschen seines Freundes widersetzen und es mir trotzdem sagen, aber das tat er nicht. Er und Duke beendeten ihr Frühstück schweigend. Ich stellte einen Teller mit Eiern und Speck zusammen und brachte ihn hinauf in die Räume von Miss Glass.

Ich las die Morgenzeitung, während sie aß, danach trug ich das Tablett mit dem Geschirr nach unten. Ich nahm die Personaltreppe und begegnete Miss Glass' Dienstmädchen, Polly Picket, die auf dem Weg nach oben war, einen Schal über dem Arm. Sie machte Platz, damit ich vorbei konnte, und knickste.

„Darf ich Ihnen das Tablett abnehmen, Miss?", fragte sie.

„Nein, danke. Und bitte, Polly, du musst nicht immer einen Knicks machen, wenn du mich siehst." Obwohl ich ihr als Mr. Glass' Angestellte vorgestellt worden war, behandelte sie mich seither wie ein Familienmitglied. Ich nahm an, die Regeln dieses Haushalts waren verwirrend, für sie und für mich, und sie fand es sicherer, sich uns allen unterzuordnen.

Sie ging weiter nach oben, und ich nach unten. Mr. Glass' tiefe Stimme grollte aus der Küche heran, aber ich verstand die Worte nicht ganz. Als ich näherkam, hörte ich Cyclops' noch tiefere Stimme glasklar antworten.

„Es ist besser für sie, wenn sie nicht weiß, wer du bist? Oder besser für dich?", fragte er.

Ich wurde reglos, wagte kaum zu atmen. Es klang, als würde Cyclops Mr. Glass einen Vorwurf machen, weil er beim Frühstück meine Fragen zu seinen Geschäftsangelegenheiten nicht beantwortet hatte. Ich sollte nicht lauschen –

Unsinn. Doch, ich sollte. Wenn ich mehr über die Leute erfahren wollte, bei denen ich wohnte, musste ich auf hinterlistige Methoden verfallen. Ich schlich näher.

„Es ist nicht das, *was* ich bin", sagte Mr. Glass, „sondern was ich getan habe. Ich will nicht, dass sie es weiß." Das letzte ergänzte er leise. Ich musste mich anstrengen, um es zu hören. „Hätte ich ihre Frage beantwortet, hätte mich das unvermeidlich … dorthin geführt."

„Warum willst du nicht, dass sie es weiß?"

„Was meinst du denn?", fauchte er. „Auch Tante Letitia. Sag es keiner von ihnen."

„Es ist vor Jahren passiert. Es ist vergangen, vergraben und vergessen."

„Warum verfolgt es mich dann überallhin, selbst hier und jetzt?"

Ihr Schweigen wurde nur vom Geräusch eingeschenkter Flüssigkeit durchbrochen. Ich wollte gerade in die Küche gehen, als Mr. Glass wieder etwas sagte.

„Sie hat auch ein Geheimnis. Die Uhrmacher sind ihr gegenüber misstrauisch. Bestimmt weiß sie, warum."

Dieser letzte Teil brachte mich nun in Rage. Ich hatte keine Ahnung, warum sie einen Bogen um mich machten.

Aber es war an der Zeit, dass ich es herausfand.

KAPITEL 12

*J*ch brach zur selben Zeit wie Mr. Glass auf und stimmte zu, in seiner Kutsche zum Laden und Haus der Masons in der St. Martin's Lane zu fahren. Mr. Glass achtete nicht groß auf mich. Seine Nase klebte am Fenster, um, wie ich argwöhnte, auf Anzeichen zu achten, dass uns jemand folgte. Wenn er jemanden bemerkte, erwähnte er es nicht vor mir oder Duke, der mit uns fuhr. Willie war zum Zeitpunkt unseres Aufbruchs noch nicht aufgestanden, darum hatten wir sie zu Hause gelassen.

„Genießen Sie Ihren Tag, Miss Steele", rief Cyclops herab, als ich aus der Kutsche stieg.

Ich legte mir eine Hand an den Hut, damit er nicht herunterfiel, während ich zu ihm aufsah. „Du auch, Cyclops."

Mr. Glass zupfte an seiner Hutkrempe. „Wir sehen uns zum Abendessen."

Die Kutsche fuhr rumpelnd ab. Ich war noch nicht einmal an der Ecke angekommen, als Catherine wie ein aufgeregter Welpe aus dem Haus stürmte. Sie fiel mir um den Hals und ließ mich beinahe zu Boden gehen.

„India! Es ist so schön, dich zu sehen." Sie nahm meine Hand und zerrte mich zur Tür. „Ich muss dir unbedingt etwas erzählen."

„Was?"

Sie schob die Tür zu und nahm meine beiden Hände in ihre. Ihr Grinsen erfüllte ihr ganzes gerötetes Gesicht. „Du wirst es nicht glauben, aber John Wilcox war auf Besuch hier."

„Wer?"

„John Wilcox! Der Direktor der Stahlfabrik."

„Jetzt erinnere ich mich an ihn." Ich hatte manchmal Botengänge zur Stahlfabrik gemacht, wenn ich Nachschub gebraucht hatte, der über unsere regelmäßige Lieferung hinausging. „Meinst du, er ist hergekommen, weil er um dich werben will?"

„Ja! Ist das nicht aufregend?"

Sie hielt es eindeutig für aufregend, da sie nicht stillstehen konnte. Ihre Finger kneteten meine, und sie hüpfte auf den Zehenspitzen. Ich war nicht so aufgeregt wie sie. John Wilcox war Mitte dreißig und hatte ein ziemlich mürrisches Gemüt. Ich konnte mir nicht vorstellen, dass er mit einer so energetischen Person wie Catherine mithalten konnte. Ich hoffte, er nahm ihr nicht Luft zum Atmen. Natürlich konnte es so weit auch gar nicht kommen. Sicher würde sie seiner vorher müde werden.

„India?" Mrs. Mason kam aus der Küche und krampfte die Hände in ihre Schürze. „Ich wusste gar nicht, dass du heute vorbeikommst."

„Mein Besuch ist ungeplant", sagte ich lächelnd.

„Nun. Du bist natürlich willkommen. Ich habe gerade frische Butterplätzchen gebacken." Sie kehrte in die Küche zurück, und ich konnte nur noch ihren Rücken anstarren. Sie war nie eine enthusiastische Persönlichkeit wie Catherine gewesen, aber sie hatte mich immer freundlich aufgenommen. Obwohl sie nicht unhöflich gewesen war, war sie auch nicht begeistert, mich zu sehen. Etwas hatte sich geändert. Vielleicht hatte ihr Mann ihr endlich verraten, was ihm Sorgen bereitete – was allen Uhrmachern Sorgen bereitete.

„Er ist recht distinguiert, meinst du nicht?", sagte Catherine, die wieder meine Hand nahm und mich hinter sich her zerrte. Wir waren aber nicht zur Küche unterwegs, sondern zum Wohnzimmer.

„Ja", sagte ich langsam. „Ich nehme an, er wirkt distinguiert." Wenn auch etwas voll um die Mitte. Und am Hals. Und nicht gerade der Klügste.

„Und er sagt, ich bin die verträglichste junge Frau, der er je begegnet ist. Er hat gelächelt, als er das gesagt hat. Sehr kokett."

„Verträglich? Das war sein Grund, um dich zu werben?"

„Ich weiß! Das ist ein richtiges Kompliment, oder? Und er wirbt *noch* nicht um mich, India. Immer mit der Ruhe. Er hat nur gesagt, dass er mich besuchen kommt."

„Catherine, versprich mir, dass du aufpasst. Stürz dich nicht auf den ersten Antrag, den du erhältst." So wie ich. „Ich bin sicher, es werden mehr kommen."

„Sei nicht dumm. Warum sollte ich aufpassen müssen? India, er ist *Direktor*. Sie verdienen mehr als gewöhnliche Ladenbesitzer, sagt Gareth."

„Ich hoffe, das ist nicht dein erster Gedanke, wenn du ihm positive Signale gibst", sagte ich. „Dein Bruder kennt keine Einzelheiten über Mr. Wilcox' Lage. Außerdem verdienen manche Ladenbesitzer sehr gut."

Catherine plumpste auf einen Sessel am dunklen Kamin. „Warum freust du dich nicht für mich?"

Ich ging vor ihr in die Hocke und nahm ihre Hand. „Catherine, du bist ein lebhaftes, freundliches, schönes Mädchen, und ich bin mir sicher, Mr. Wilcox ist für dich nur der erste Beau von vielen. Ich will nicht, dass du dich in etwas verrennst, so wie ich es getan habe."

„Mr. Wilcox ist nicht wie Eddie, India. Er ist aufrichtig und solide. Er ist ein guter Mann."

„Und Eddie ist ein festgetrockneter Kötel an einem Schafshintern."

Sie kicherte. „Ja, aber lass das Mama nicht hören."

Ich grinste und erhob mich. „Wo du gerade deine Mutter erwähnst", flüsterte ich, „sie scheint verärgert über mich zu sein. Deine beiden Eltern. Habe ich etwas falsch gemacht?"

„Ich bin mir nicht sicher", flüsterte sie zurück und warf einen Blick zur Tür. „Sie hat erwähnt, dass sie enttäuscht von deiner Entscheidung ist, bei Mr. Glass zu wohnen."

„Ich bin bei ihm Mieterin."

„Sie glaubt, dass du seit dem Tod deines Vaters deinen moralischen Kompass verloren hast." Sie runzelte die Stirn. „Oder dass er nicht mehr nach Norden zeigt. Irgendwie so." Sie gestikulierte. „Ich habe mitgehört, wie Papa zu ihr sagte, dass ihn dein Einfluss auf mich bekümmere."

Das hatte ich auch gehört. Die Masons waren nie bekümmert gewesen, bevor Vater gestorben war. Warum hatte sich plötzlich alles verändert? Es war gelinde gesagt beunruhigend. Die Masons waren gute Menschen und Freunde. Ohne sie ... ich wollte nicht über die Einsamkeit nachdenken, die der Verlust ihrer Freundschaft mit sich bringen würde. „Glauben deine Eltern, ich würde dich verderben?"

„Ich weiß nicht."

„Würdest du gern kommen und mit mir in Mr. Glass' Harem leben?", neckte ich sie und versuchte es nonchalant wirken zu lassen, obwohl ich sehr betrübt war.

Sie kicherte wieder. „Du bist so verrucht, India. Wenn dich nur jeder kennen würde so wie ich, würden an deine Tür Dutzende Beaus klopfen. Du solltest Männern gestatten, dich zu sehen, wie du bist, und nicht so streng mit ihnen sein."

Ich blinzelte sie an, der Wind war mir völlig aus den Segeln genommen. „Streng? So sehen mich andere?"

Sie biss sich auf die Lippe und hob eine Schulter. „Wenn meine Brüder als gute Repräsentanten des männlichen Geschlechts gelten dürfen, ja. Tut mir leid", quietschte sie. „Ich habe dich verärgert."

„Nein." Ich lachte, während ich mich auf den Sessel setzte. „Überhaupt nicht. Fühl dich nicht anstelle deiner Brüder angegriffen, aber sie haben für mich auch keinen Reiz. Vielleicht ist meine Strenge ein Mittel, um Männer wie sie auf Abstand zu halten." Ich lachte wieder, aber ihre Worte hatten eine Saite in mir angeschlagen. Es war nicht das erste Mal, dass sie mich kratzbürstig nannte, und sie war auch nicht die einzige Person, die es tat. Vielleicht war etwas Wahres dran. Vielleicht hatte ich allein mir selbst vorzuwerfen, dass ich eine alte Jungfer war.

Wenn sie mich für kratzbürstig hielten, was würden sie dann von Willie halten? Neben ihr war ich ein süßer Engel. Dieser Gedanke hob meine Laune etwas.

Mrs. Mason kam mit einem Teekessel, Tassen und warmen Butterplätzchen herein. „Ich dachte, du wärst zu beschäftigt, um Besuche zu machen", sagte sie und stellte das Tablett ab.

„Nicht zu beschäftigt, um alte Freunde zu treffen", sagte ich. „Gute Freunde."

Sie glättete ihre Schürze, die Lippen verkniffen. „Ja. Nun gut."

„Ich schenke ein", sagte ich. „Bitte setzen Sie sich, Mrs. Mason. Trinken Sie Tee mit uns."

„Also gut. Hat Catherine dir von Mr. Wilcox erzählt?"

Ich nickte. „Ich freue mich für sie."

„India hat mich davor gewarnt, mich in irgendwas hineinzustürzen", sagte Catherine. „Genau wie du, Mama."

„Du warst immer ein vorsichtiges, bedachtes Mädchen, India. Ein ruhiger Einfluss auf unsere Catherine, das warst du."

Warst? Ich wollte ihre Aufmerksamkeit auf mich ziehen, aber sie schaute mich nicht an. Sie blickte mir nicht in die Augen, während wir unseren Tee nippten und Plätzchen aßen wie drei sorglose Damen. Aber die angespannte Stimmung entging mir nicht – und Catherine auch nicht, wie ich vermutete. Sie wurde besonders lebhaft, füllte die Gesprächspausen mit Geschwätz, das sie von anderen Uhrmacherfamilien gehört hatte. Ich ließ sie gewähren, weil ich hoffte, dass sie erwähnen würde, warum ich bei Leuten nicht mehr willkommen war, die mich seit Jahren kannten. Schließlich wurde meine Geduld belohnt, als sie Mr. Lawson erwähnte, den Uhrmacher, den ich dazu gezwungen hatte, uns von Mirth zu erzählen. Catherines hübsches Gesicht verzog sich finster, als sie von seinem neuen Lehrling sprach.

„Was ist mit ihm?", fragte ich. „Stimmt mit dem Lehrling irgendwas nicht?"

„Es geht nicht um ihn." Sie warf einen Blick auf ihre Mutter. „Es ist nichts."

„Es kann doch nicht nichts sein", sagte ich und wünschte mir, ich hätte Mrs. Mason nicht eingeladen, mit uns Tee zu trinken. „Stimmt etwas nicht mit Mr. Lawson? Ist er krank?"

„Oh, India, er ist garstig zu dir." Catherine war nie gut darin gewesen, Geheimnisse vor mir zu bewahren.

„Catherine", sagte ihre Mutter steif, „du sollst nicht tratschen."

„Aber India sollte wissen, was die Leute über sie sagen. Das hast du auch zu Papa gesagt."

Mrs. Mason wurde rot. „Du sollst nicht an Türen lauschen."

„Habe ich nicht", murmelte Catherine. „Ich habe es durch die Wand gehört."

„Was sagen die Leute über mich? Komm schon", drängte ich, als sie zögerte. „Ich kann ein wenig Kritik einstecken."

Sie holte tief Luft und stieß sie langsam aus. „Mr. Lawson sagt, du wärst verrucht geworden, seit dein Vater verstorben ist."

„Verrucht? Weil ich in Mr. Glass' Haus wohne?"

Mrs. Mason nippte geräuschvoll an ihrem Tee. Sie schien mir nicht widersprechen zu wollen. Vielleicht, weil sie nicht bereit gewesen war, mir hier einen Schlafplatz anzubieten.

Catherine zuckte zusammen. „Ich nehme es an. Eddie hat sich entschieden, deine Ehre nicht zu verteidigen. Kannst du dir das vorstellen? Was für ein schrecklicher Mann er doch letzten Endes ist, und das, wo er anfangs so nett war. Also, dein Mr. Glass, ist er so wunderbar, wie er wirkt?"

„Er ... hat sehr gute Manieren." Außer, wenn er die Unterseite meiner entblößten Brust streichelte, nachdem er mein Korsett geöffnet hatte. Und wenn er mit mir aus Gründen, die ich mir nicht erschließen konnte, flirtete. „Er ist nett zu mir. Seine Tante auch, und seine Cousine Willemina." Es lohnte sich, ihnen die Frauen in Erinnerung zu rufen, die in Mr. Glass' Haushalt lebten. Ich konnte das Geschwätz vielleicht nicht unterdrücken, aber meinen Freunden konnte ich Sicherheit geben. „Weder Eddies noch Mr. Lawsons Meinung spielen für mich nun eine Rolle. Hat Mr. Lawson euch erzählt, dass ich ihn neulich im Rahmen der Suche nach Mr. Glass' mysteriösem Uhrmacher gesprochen habe?"

„Nein, aber vielleicht hat er es Papa erzählt. Sie waren gestern Abend einige Zeit allein in der Werkstatt." Catherines Blick glitt zu ihrer Mutter. Sie biss sich auf die Lippen und nippte am Tee.

Ich drängte weiter. „Offenbar kannte Mr. Lawson den Aufenthaltsort eines gewissen Mr. Mirth, eines Uhrmachers, der seinen Laden vor ein paar Jahren schloss und nach Übersee reiste. Kennen Sie Mirth, Mrs. Mason?"

Sie schaute nachdenklich in ihre Teetasse. „Bei dem Namen

klingelt es, aber ich kann ihn nicht beschreiben. Er kann nicht zu unserem engen Kreis gehört haben, sonst wüsste ich es."

Ich glaubte ihr. Sie war keine Lügnerin. „Hoffentlich lässt er sich finden", sagte ich. „Mr. Glass will ihn unbedingt aufspüren."

„Dein Mr. Glass ist ein sehr entschlossener Mann", sagte Catherine mit einem listigen Lächeln. „Was macht er, wenn er Mirth nicht finden kann?"

„Weiterhin die anderen Uhrmacher in London befragen, nehme ich an, obwohl er allein mit ihnen sprechen muss, während ich in der Kutsche bleibe." Ich sah Catherine zwar an, beobachtete aus den Augenwinkeln aber ihre Mutter. Sie hielt sich ganz reglos. „Viele scheinen mir gegenüber misstrauisch."

„Misstrauisch?", wiederholte Catherine. „Wie das?"

„Fast, als hätten sie Angst vor mir. Es ist recht seltsam."

„Warum sollten sie vor dir Angst haben? Glaubst du, weil Mr. Abercrombie dich des Diebstahls beschuldigt hat?"

„Ich glaube nicht. Mr. Abercrombies Anschuldigung schien eine Folge seines Misstrauens zu sein, nicht andersherum. Wo ich schon dabei bin, sind er oder die Polizei hergekommen, um sich nach mir zu erkundigen?"

„Nein", sagte Catherine. „Ich hoffe, das heißt, er hat den Vorwurf zurückgenommen. Ein schrecklicher Mann. Ich konnte ihn noch nie leiden."

„Er hat ihn zurückgezogen", sagte Mrs. Mason. „Das hat mir dein Vater gestern Abend erzählt."

„Das hat er?" Mir war ganz schwindlig vor Erleichterung. „Gottseidank." Also *hatte* sich Mr. Glass darum gekümmert, wie er es versprochen hatte. Es blieb nur noch im Unklaren, *wie* er es geschafft hatte, Mr. Abercrombie zu einer Kehrtwende zu bewegen. „Wissen Sie, warum er es sich anders überlegt hat, Mrs. Mason?"

„Nein."

Ihre kühle Art mir gegenüber zerrte langsam an meinen Nerven, statt mich nur zu bekümmern. Ich beschloss, sie damit zu konfrontieren. „Ich hoffe, Sie schenken den Gerüchten, die Mr. Lawson, Eddie und die anderen über Mr. Glass und mich erzählen, keinen Glauben. Ich kann Ihnen versichern, unsere

Übereinkunft ist anständig und korrekt." Da fiel mir etwas ein, das ihre Denkweise ändern könnte. „Er ist der Neffe von Lord Rycroft."

„Er ist ein Lord!" Catherine sprang vor Aufregung halb aus ihrem Sessel.

„Nein, nur ein Mister. Sein Onkel ist der derzeitige Baron."

Sowohl Mrs. Mason als auch Catherine drückten sich die Hände an die Brust, als wollten sie ihre raschen Herzschläge beruhigen. „Er ist also ein Gentleman von Qualität", sagte Mrs. Mason, und ihr Gesicht hellte sich auf. „Wie freundlich, dass er dich aufgenommen hat, India."

Mein Lächeln wurde angespannt. „Sehr freundlich."

„Lass dir aber nicht den Kopf verdrehen", warnte sie. „Adel ist schön und gut, aber darunter verbirgt sich ein Mann. Denk an meine Worte, India, hochgeborene Männer unterscheiden sich letzten Endes nicht groß von denen von niedriger Geburt."

„Mama! Du machst ihr Angst."

Ich lachte. „Ganz und gar nicht. Danke für Ihre Sorge, Mrs. Mason, aber von Mr. Glass droht mir keine Gefahr." Es war Zeit, das Thema zu wechseln. Dass man mir Vorträge hielt, daran war ich weder gewöhnt, noch gefiel es mir. Vater hatte das nach dem Tod meiner Mutter nie gemacht. „Mr. Glass hat heute andere Besorgungen zu machen, aber wir hoffen, morgen unsere Suche nach Mirth und dem Uhrmacher wiederaufnehmen zu können und herauszufinden, dass sie ein- und dieselbe Person sind."

„An einem Sonntag?", fragte Mrs. Mason. „Die Läden werden geschlossen haben, und ich empfehle nicht, dass ihr jemanden zu Hause aufsucht."

„Warum nicht?" Die meisten Uhrmacher wohnten über ihren Läden oder in der Nähe. Ich wusste, wo man viele ihrer Wohnungen fand.

„Ich halte das für keine gute Idee."

„Mr. Glass reist am Dienstag ab, also müssen wir alle Zeit nutzen, die uns bleibt."

„Am Dienstag? Gut."

„Warum?", kam es sowohl von Catherine als auch von mir.

Mrs. Mason zuckte mit den Schultern und warf einen Blick auf die Tür. Sie wirkte, als wolle sie flüchten, uns aber auch nicht zurücklassen. Vielleicht wollte sie Catherine nicht mit mir allein lassen. Auch sie hatte vor mir Angst.

Der Gedanke ließ Schmerz in mir aufsteigen. „Mrs. Mason", stieß ich vor, „warum sind Sie so anders zu mir? Was habe ich getan, um diese ... kühle Art zu verdienen, mit der ich es an jeder Ecke zu tun bekomme?" Es gelang mir, das Beben bis zum Schluss aus meiner Stimme fernzuhalten.

„Nichts", sagte Catherine fröhlich. „Niemand ist kühl dir gegenüber. Oder, Mama?"

Aber Mrs. Mason antwortete nicht. Sie stellte ihre Tasse ab und vergrub die Hände in ihrer Schürze.

„Mama?" Catherine schob sich auf ihrem Sessel vor und warf einen nervösen Blick auf mich.

„Mrs. Mason?", drängte ich. „Bitte."

„Ich weiß nichts", sagte sie und klang elend. Sie war eine aufrichtige, gute Frau mit freundlichem Herzen. Was hielt sie also davon ab, offen zu mir zu sein? „Mr. Mason wurde angehalten, nicht bei der Suche nach dem Uhrmacher zu helfen, das ist alles. Nicht, dass er es könnte! Er kennt niemanden, auf den die Beschreibung des Burschen passt, genauso wenig wie ich."

„Aber Sie wurden trotzdem gewarnt", sagte ich und lehnte mich schwer zurück. „Von wem?"

Catherine keuchte auf. „Darum hatte Papa in letzter Zeit so viele Besucher. Etliche Gildenmitglieder sind in den letzten zwei Tagen vorbeigekommen", erklärte sie mir. „Wir treffen sie sonst nie, und Papa pflegt keinen außergewöhnlich freundschaftlichen Umgang mit ihnen, darum war es ziemlich auffällig."

„Einige der erfahreneren Mitglieder waren auf Besuch hier", erklärte Mrs. Mason.

„Angeführt von Abercrombie", murmelte ich.

„Er war nicht persönlich hier", sagte sie.

Aber er steckte sehr wahrscheinlich hinter den Besuchen. „Warum verabscheut er mich so?"

Catherine stellte ihre Tasse ab und ging vor mir in die Hocke. Ihr reizendes Gesicht war ganz ernst. „Ich konnte ihn nie leiden. Er ist ein Emporkömmling und eine ... eine Kröte, und er glaubt, Frauen wären ihm untergeordnet. Er fürchtet dein Talent als Uhrmacherin, das ist meine Theorie. Hat Angst, dass eine Frau ihn aussticht." Sie sah zu ihrer Mutter auf. „Siehst du das auch so, Mama?"

„Jawohl", sagte sie mit einem betonten Nicken und einem erleichterten Seufzen. Warum sollte eine solche Erklärung sie erleichtern?

Außer, es war nicht die ganze Erklärung, was aber bedeutete, dass sie mir nicht die andere, besorgniserregendere geben musste.

Ein Teil von mir wollte sie unter Druck setzen, es mir zu verraten, aber ich unterdrückte den Drang. Ich wollte sie nicht in eine unangenehme Lage bringen.

„Meine Anwesenheit hier macht für Sie alles schwierig", sagte ich und erhob mich. „Ich werde gehen."

„Nein, bitte bleib noch", drängte Catherine.

Aber ihre Mutter erhob sich auch. „Es war wunderbar, dich wiederzusehen, India. Pass auf dich auf." Sie machte sich daran, das Geschirr einzusammeln, ohne auf das Funkeln aus den zusammengekniffenen Augen ihrer Tochter zu achten.

Ich nahm Catherine an der Hand und brachte sie zur Haustür. „Du warst sehr freundlich, Catherine, aber ich werde eine Zeitlang nicht vorbeikommen. Ich will deinen Eltern nicht noch mehr Schwierigkeiten machen, als ich es bereits getan habe."

„Kümmere dich nicht um Mama." Sie senkte die Stimme. „Mr. Abercrombie und die Gilde machen ihr Angst. Sie ist nicht stark wie du oder ich."

„Und dein Vater? Machen sie ihm auch Angst?"

„Er muss tun, was sie sagen, oder er läuft Gefahr, zensiert zu werden."

„Ja, natürlich. Du hast recht." Es war selbstsüchtig, nicht an die Zwangslage zu denken, in der die Masons sich befanden. Was für einen Grund sie auch hatten, mir gegenüber misstrauisch zu sein, sich zu erklären, könnte ihnen weitere Schwierigkeiten mit der Gilde bringen. Schwierigkeiten, die sie sich mit einer Organisation, die solche Macht über ihren Lebensunterhalt besaß, kaum leisten konnten. Ich musste eine andere Möglichkeit finden, um Antworten zu erhalten. „Ich wünschte, ich könnte Mr. Abercrombie und den anderen Mitgliedern der Kammer meine Meinung sagen. Weißt du, wann sie sich das nächste Mal treffen?"

Sie riss die Augen auf. „Du überlegst doch nicht, ob du hingehst?"

„Warum nicht?"

„Weil … es Wahnsinn ist! Sie sind alle gegen dich, und … und es wäre schrecklich."

„Ganz im Gegenteil. Ich könnte endlich ein paar Antworten bekommen. Außerdem, was können sie mir jetzt noch antun? Sie haben mich davon abgehalten, Mitglied zu werden, haben ihre Mitglieder gewarnt, mich nicht einzustellen und ließen mich beinahe für ein Verbrechen verhaften, das ich nicht begangen habe. Sie haben ihre Macht eingesetzt, um mir mein Heim und meinen Lebensunterhalt zu nehmen. So, wie ich es sehe, habe ich nichts mehr zu verlieren. Sie können mir wohl nichts mehr wegnehmen, weil ich nichts zum Wegnehmen habe."

Ihre Unterlippe bebte, und sie warf sich in meine Arme. „Oh, India, du bist die Allermutigste." Ihre Stimme zitterte, und ich spürte, wie mir eine nasse Träne auf den Hals tropfte. „Ich wünschte, ich könnte mehr tun, um dir zu helfen, aber ich fühle mich so nutzlos."

Ich umarmte sie und tätschelte ihr den Rücken. „Du tust mehr als genug, indem du einfach eine echte Freundin bleibst. Außerdem kannst du mir helfen. Du kannst mir sagen, wann sich die Gilde das nächste Mal trifft."

Sie zog sich zurück und wischte sich die Wangen mit dem Daumen ab. Einen langen Augenblick dachte ich, sie würde mir nicht antworten, aber dann sagte sie: „Ich habe mitgehört, wie Papa Mama sagte, dass es morgen um sieben ist."

* * *

ICH VERBRACHTE DEN NACHMITTAG DAMIT, nach einer Anstellung und einer passenden Unterkunft zu suchen, aber ich war mit den Gedanken bei dem, was ich mir für den morgigen Abend vorgenommen hatte. Ich würde die Gildenmitglieder wegen ihrer veränderten Haltung mir gegenüber zur Rede stellen und sehen, ob der

Grund dahinter nur ihre Abneigung gegen mein Geschlecht oder noch etwas anderes war. Ich würde sie auch wegen Mr. Mirth befragen. So konnte Mr. Glass mitkommen. Obwohl ich nicht glaubte, dass sie mich mit Gewalt hinauswerfen würden, würde es mir trotzdem mehr Zuversicht geben, ihn an meiner Seite zu wissen.

Meine Geistesabwesenheit war wohl der Grund, warum ich keinen Erfolg damit hatte, mir eine neue Anstellung zu sichern. Ich fand jedoch saubere und gemütliche Räume, die man im zweiten Stock eines bescheidenen Hauses in Bloomsbury mieten konnte. Die Vermieterin war die Witwe des verstorbenen Kurators der Mittelaltersammlung des British Museum, und sie wirkte erleichtert über eine weibliche Bewerberin. Ich versprach ihr, bis Dienstag Referenzen zu bringen. Ich verriet ihr nicht, dass mein Arbeitgeber London an diesem Tag verlassen würde und ich noch nichts Neues hatte.

Zu Fuß waren es nur vierzig Minuten zurück zur Park Street, aber ein plötzlicher Regenguss zwang mich dazu, einen ungeplanten Halt unter dem Vordach eines Metzgers am Circus-Ende der Oxford Street zu machen. Ich wartete mit einigen Kauflustigen, die es ebenfalls ohne Regenschirm erwischt hatte, sehr zum Ärger des Metzgers. Er baute sich im Eingang auf, zwang aber zum Glück niemanden zum Weitergehen.

„Miss Steele?" Die Stimme hinter mir war vertraut, doch ich konnte sie nicht ganz einordnen.

Ich drehte mich um und holte scharf Luft. „Mr. Dorchester! Was für ein Zufall." Bei Tageslicht wirkte der Kerl aus der Spielhölle blonder; seine Augen waren blauer. Sie verwandelten sein recht gewöhnliches Gesicht in etwas Erstaunliches. Ich konnte nicht wegschauen.

Er lächelte und lüftete den Hut. „Das ist es gewiss. Ich sehe, Sie sind ohne Regenschirm unterwegs."

„So ist es. Es wirkt, als hätte es sich für heute eingeregnet."

„Dann gestatten Sie mir bitte." Er reichte mir seinen geschlossenen Schirm.

„Nein, den kann ich unmöglich annehmen."

„Darf ich Sie dann nach Hause bringen, damit wir ihn teilen können? Er ist groß genug."

Es war nicht weit bis zur Park Street. Außerdem war Mr.

Dorchester ein liebenswürdiger Kerl, und etwas Gesellschaft könnte mich vom Gildentreffen ablenken.

„Danke, ich nehme an, solange die Park Street nicht völlig ab von Ihrem Weg ist."

„Überhaupt nicht. Ich war sowieso auf dem Weg nach Hause."

„Ist das in der Nähe?"

„Auf dieser Seite der Piccadilly Street, also nicht weit."

Wir traten aus dem Gewimmel, und er spannte seinen Regenschirm auf. Unsere Arme berührten sich beim Gehen, damit keiner von uns zu nass wurde.

„Ich muss sagen, dass ich froh bin, Sie zu sehen", erklärte er, während wir an Einkaufenden vorbeikamen, die es eilig hatten, aus dem Regen zu kommen. „Ich habe mir Sorgen um Sie gemacht."

„Oh, danke, aber uns ging es gut." Vor allem dank meiner Treffsicherheit.

„Trotzdem hat es mir nicht gefallen, Sie dort zu lassen, aber Mr. Unger hat mir versichert, Ihnen würde nichts passieren. Hätte er das nicht versprochen, hätte ich darauf bestanden zu bleiben."

Ich verriet ihm nicht, dass Mr. Unger und die anderen Spieler keinerlei Hilfe gewesen waren, als man uns angegriffen hat. Der Vorfall war Vergangenheit, und ich sah keinen Grund, dass Mr. Dorchester sich schrecklich fühlen sollte, weil er uns dort gelassen hatte.

„Hat Ihre Freundin gewonnen, nachdem ich gegangen war?"

„Sie hat ziemlich heftig verloren."

„Das ist schade. Es wirkt nicht wie ein Spiel für Zartbesaitete. Das ganze Bluffen … ich bin mir nicht sicher, ob ich das rechte Gemüt dafür habe."

„Und was für eine Art Gemüt braucht man Ihrer Meinung nach als guter Pokerspieler?"

„Die Fähigkeit zu lügen, ohne das Gesicht zu verziehen."

Ich lachte. „Ich bin ganz Ihrer Meinung. Es ist kein Spiel für mich. Mein Vater hat mir immer gesagt, dass meine Gedanken mir direkt ins Gesicht geschrieben stehen."

„Ihr Vater ist ein sehr kluger Mann."

Ich verriet ihm nicht, dass man von meinem Vater in der Vergangenheit sprechen sollte. Ich war mir immer noch sehr bewusst, dass Mr. Dorchester ein Mann war, und ich eine alleinstehende Frau ohne Anschluss. Wenn ich ihn denken ließ, es gäbe keinen Mann, der sich um mich kümmerte, kämen ihm vielleicht ähnliche Ideen wie jenen schrecklichen Lords in der Spielhölle. Obwohl ich mir nicht vorstellen konnte, dass Mr. Dorchester war wie sie, schadete es nie, vorsichtig zu sein.

Wir umrundeten eine große Pfütze, als wir die New Bond Street überquerten, dann gingen wir wieder im Gleichschritt. Unsere Schritte und unser Tempo passten zusammen, aber ich konnte nicht erkennen, ob das daran lag, dass er sich darum bemühte.

„Erzählen Sie mir von Ihrer Fabrik, Mr. Dorchester."

Er runzelte die Stirn. „Daran sind Sie doch bestimmt nicht interessiert."

„Ich bin sicher, dass sie sehr interessant ist."

„Danke, aber ich werde Sie nicht mit Einzelheiten langweilen. Erzählen Sie mir von sich."

Ich gab ihm eine möglichst kurze Zusammenfassung, wobei ich es wieder vermied, den Tod meines Vaters zu erwähnen. „Ich wohne bei Willie und ihren Freunden, die gerade aus Amerika eingetroffen sind", erklärte ich ihm. „Aber nur, bis sie am Dienstag aufbrechen."

„Wie freundet sich eine Uhrmachertochter mit Leuten von so weit weg an?"

„Wir sind uns durch einen Bekannten begegnet." Eddie konnte man als Bekannten sowohl von Mr. Glass als auch von mir sehen, darum war es keine Lüge.

Wir unterhielten uns den ganzen Weg bis in die Park Street, zum Großteil über die Sehenswürdigkeiten, die er sich angeschaut hatte, seit er vor ein paar Tagen in London eingetroffen war. Er hatte eine Vergnügungsreise mit einem Besuch im Bureau seines Anwalts verbunden, war aber nur noch ein paar weitere Tage in der Stadt. Ich erzählte ihm, in welchen Cafés es den besten Kaffee gab, und wo er die beste Seide als Geschenk für seine Mutter und Schwester finden konnte. Das brachte uns zum Thema Familie. Anders als ich war er sehr versessen darauf, über sie zu reden. Seine Augen leuchteten dabei noch mehr. Als wir in der Park Street anhielten, bedauerte ich, dass ich mich von ihm trennen musste.

„Hier ist es", sagte ich und hielt an den Stufen von Nr. 16 an. Ich lächelte zu ihm auf. „Danke, dass Sie mich begleitet haben. Es war sehr freundlich, mir Zuflucht unter Ihrem Schirm zu gewähren."

Er lachte leise. „Das Vergnügen war ganz meinerseits." Er schaute an mir vorbei zur Tür. „Ich bin froh, dass Sie aus dem Tohuwabohu letzte Nacht sicher herausgekommen sind, Miss Steele. Ich habe mir schreckliche Sorgen um Sie gemacht, nachdem ich gegangen war, und mich gefragt, ob ich das Richtige getan hatte, indem ich Sie dort ließ."

Etwas an dem, was er gesagt hatte, ließ eine Erinnerung aufkommen, aber ich konnte sie nicht ganz einordnen. Vielleicht war es einfach nur die schreckliche Erinnerung an gestern Abend.

„Darf ich so frei sein, Sie etwas zu fragen?", sagte er.

„Natürlich." Mein Herz setzte einen Schlag lang aus, aber ich wusste nicht ganz, warum. Wenn Mr. Dorchester bat, mich wiedersehen zu dürfen, war ich nicht sicher, was ich tun sollte. Wollte ich ihn sehen? Wollte ich ihn näher kennenlernen? Ich nahm an, es würde nicht schaden.

„Werden Sie morgen in der Kirche sein?", fragte er.

„Ja, natürlich. Warum?"

„Weil ich gern wüsste, welche ich aufsuchen muss, um Sie wiederzutreffen."

Ich lachte und senkte den Kopf, um meine Röte zu verbergen. „Ich glaube, am nächsten ist die Grosvenor Chapel."

„Dann hoffe ich, Sie morgen Vormittag zu sehen." Er brachte mich die Stufen empor und ließ mich an der Tür zurück. „Ich bin froh, Ihnen zufällig begegnet zu sein, Miss Steele."

„Und ich ebenso", sagte ich. „Ich wäre sonst durch und durch nass."

Er lachte, aber ich zuckte innerlich zusammen. Das ließ es klingen, als hätte ich ihn nur wegen seines Regenschirms benutzt. Ich hatte unseren gemeinsamen Spaziergang genossen, aber nicht auf *diese* Weise, wie mir klar wurde. Nicht auf die Art,

C.J. ARCHER

wie ich Mr. Glass' Gesellschaft genoss. Es war, als würde man Schokolade mit Äpfeln vergleichen. Beide schmeckten gut, aber eines war ein dekadentes Vergnügen, das man richtig genoss, und das andere etwas, das man an jedem Obststand fand. Ich mochte beide, aber ich würde mich immer für Schokolade entscheiden.

„Ich hoffe, ich habe Ihnen keine Schwierigkeiten bereitet", sagte er.

„Überhaupt nicht."

„Es ist nur, dass Sie einen Beobachter haben." Er nickte zum Fenster hin. Der Vorhang flatterte, aber ich sah Miss Glass' Gesicht verschwinden.

Ich lächelte. „Auf Wiedersehen, Mr. Dorchester. Und danke noch einmal."

Ich glitt nach drinnen und schloss die Tür. Ich hatte kaum einen Arm aus dem Mantel gezogen, da kam Miss Glass schon aus dem Wohnzimmer.

„Wer war das, meine Liebe?", fragte sie.

„Ein Bekannter namens Dorchester."

„Ich kenne keine Dorchesters."

„Er ist aus Manchester."

„Manchester!" Sie zog die Nase kraus. „Was macht er in London?"

„Er ist auf Besuch."

„Aus Manchester?", fragte sie ungläubig.

„Es ist doch nicht am Ende der Welt."

„Könnte es aber sein. Dieser Akzent." Sie erschauerte. „Das ist, als würde man zuhören, wie Glas bricht."

„Sein Akzent ist ganz vornehm. Ich habe keine Spur von Manchester darin gehört."

Sie schniefte, und ich glaubte, damit wäre alles gesagt, aber sie folgte mir den ganzen Weg in die Küche. Ich holte Brot, Käse und Pflaumenmus aus der Speisekammer und stellte sie auf den Tisch.

„Haben Sie schon gegessen?", fragte ich.

„Picket hat mir vorhin etwas gemacht." Sie setzte sich auf den Hocker und sah zu, wie ich Mus auf einer Brotscheibe verteilte. „Er ist nicht sonderlich gutaussehend."

„Reden wir noch über Mr. Dorchester?"

„Er ist auch recht klein, und die Art, wie er ging, hat mir nicht gefallen."

Ich drückte die Lippen zusammen, um ein Lächeln zu unterdrücken. „Vielleicht gehen die Leute in Manchester anders."

„Ich schätze, er hat ein Gewerbe."

„Er hat eine Fabrik."

Sie schnalzte mit der Zunge und nahm sich vom Käse, den ich abgeschnitten hatte, aß ihn aber nicht. „Sie können es besser treffen als mit einem hässlichen Fabrikarbeiter aus Manchester."

„Sie haben seinen seltsamen Gang vergessen."

„Das ist kein Scherz, India."

Seufzend legte ich das Messer ab. „Ich weiß Ihre Sorge zu schätzen, aber sie ist unnötig. Ich ziehe Mr. Dorchester nicht als Verehrer in Erwägung."

„Sie vielleicht nicht, aber *er* könnte *Sie* in Erwägung ziehen. Manchmal kann es schwer sein, Männer – ich werde ihn nicht als Gentleman bezeichnen, da ich seine Verbindungen nicht kenne – loszuwerden, wenn Sie sich auf einen eingeschossen haben. Ich habe sehr anerkannte Mädchen gesehen, die von einer romantischen Geste eines Mannes mitgerissen wurden, der überhaupt nicht für sie geeignet war."

Ich wollte gerade widersprechen, dass ich nicht anfällig für romantische Gesten war, aber die Erfahrung der Vergangenheit zeigte, dass das nicht stimmte. Obwohl Eddie seine Liebe zu mir nicht an die große Glocke gehängt hatte, hatte er mir immer wieder Blumen und Krimskrams geschenkt und war von Anfang an aufmerksam gewesen.

Ich stopfte mir den Mund voll Brot und Mus, um nicht antworten zu müssen, und hoffte, Miss Glass würde die Sache mir Mr. Dorchester auf sich beruhen lassen. Leider legte sie gerade erst los und fuhr fort, mich vor den Gefahren als Frau allein auf der Welt zu warnen, und vor Männern mit unbekannten Verbindungen. Mir wollte keine andere Möglichkeit einfallen, ihr Einhalt zu gebieten, als ihr zu sagen, dass ich meine Lektion von Eddie gelernt hatte. Zum Glück kam Willie herein, die Miss Glass ablenkte. Ich war noch nie so erfreut gewesen, sie zu sehen, obwohl sie ein bedrohlich finsteres Gesicht zog.

„Brot?", bot ich ihr an. „Käse?"

„Gott, ja." Willie stürzte sich auf den Tisch wie ein Falke auf eine Feldmaus. „Ich bin halb verhungert."

Ich reichte ihr eine Scheibe Brot mit Mus und hoffte, das würde reichen, um ihre finstere Laune zu vertreiben. Sie biss hinein und riss ein Stück mit den Zähnen ab wie ein Löwe, der ein armes Wesen zerfetzt, das er gerade gefangen hat.

„Ich sehe Sie nicht oft hier unten", sagte sie mit vollem Mund zu Miss Glass. Miss Glass wirkte entsetzt, was, wie ich annahm, Willies Absicht war. „Gibt diese Polly Ihnen nichts zu essen?"

„Picket kümmert sich gut um mich, danke."

„Warum nennen Sie sie bei ihrem Nachnamen?"

„Das ist hier üblich. Ich erwarte nicht, dass jemand aus dem amerikanischen Hinterland das versteht."

„Miss Glass wollte mit mir über Mr. Dorchester sprechen", sagte ich rasch, ehe Willies Temperament mit ihr durchgehen konnte. „Er hat mich gerade nach Hause begleitet."

„Wer?"

„Der Mann vom Pokerspiel gestern Abend. Der, der Lord Dennison einen Hieb verpasst hat."

„Einen Hieb!" Miss Glass' Hand flatterte zu ihrem Spitzen-kragen. „Ich wusste, dass er nichts taugt."

„Er hat mich verteidigt", sagte ich.

„Unsinn. Er ist ein Dorchester aus Manchester. Das klingt sogar lächerlich."

Willie schnaubte. „Das ist wahr."

Ich konnte nicht verhindern, dass ich lächelte, obwohl ich ihn verteidigen wollte. „Darum geht es doch gar nicht. Er war nett zu mir, und ich mag ihn, aber nicht *so*", versicherte ich Miss Glass. „Und ich werde mich auch nicht von romantischen Gesten verführen lassen, falls er welche auffährt. Es braucht inzwischen mehr als Kinkerlitzchen und Versprechen, um mich einzu-wickeln."

„Gut", sagte Miss Glass mit einem zufriedenen Nicken. „Es freut mich, das zu hören. Ihre Mutter wird froh sein, dass ich Sie aus einer ungünstigen Verbindung gerettet habe."

Meine Mutter? Willie und ich wechselten einen Blick. Sie

zeichnete einen kleinen Kreis um ihre Schläfe und verdrehte die Augen, dann stopfte sie sich noch mehr Brot in den Mund.

„Vielleicht sollten Sie etwas ruhen", sagte ich zu Miss Glass.

„Ich fühle mich ein wenig müde." Sie tappte aus der Küche, und ich hoffte, dass sie nicht ganz aus dem Haus tappte. Als ich die Stimme ihres Dienstmädchens hörte, ließ meine Sorge nach. Polly würde sich um sie kümmern.

Willie zog einen Hocker heran und sank darauf. Sie warf ihr Brot hin, so dass Mus über den Tisch geschmiert wurde. Es schien, als hätte unsere Diskussion ihre Laune nicht verbessert.

„Du bist immer noch wütend wegen deines Medaillons", sagte ich und setzte mich auch. Ich griff nach ihrer Hand, aber sie zog sie weg.

„Ich bin zu Travers gegangen."

O je. Ich brauchte keine Kristallkugel, um zu sehen, worauf das hinauslief. „Hat er mit dir gesprochen?"

Sie nickte. „Ich habe ihm angeboten, das Medaillon zurückzukaufen, aber er hat abgelehnt."

Ich bezweifelte, dass sie nach letzter Nacht noch Geld übrig hatte, fragte aber nicht, wie sie vorhatte, das zu finanzieren.

„Er sagte, ich könnte versuchen, es zurückzugewinnen", fuhr sie fort.

„Du hast abgelehnt, oder?"

„Ich musste. Ich habe nichts mehr, und Matt, Duke und Cyclops leihen mir nichts. Sie hassen es, wenn ich Poker spiele. Sie haben mich gewarnt, dass das passieren würde." Sie legte die Stirn in ihre Armbeuge auf dem Tisch. „Bestimmt beglückwünschen sie sich jetzt alle."

„Das klingt nicht nach ihnen." Ich berührte sie an der Schulter, doch sie schüttelte meine Hand ab. „Was, wenn du Lord Travers den doppelten Wert anbietest und dann Mr. Glass um eine Leihgabe bittest? Ich bin überzeugt, er wird helfen, wenn er weiß, dass du das Medaillon sicher zurückbekommst."

„Travers wird nicht annehmen. Er will Poker spielen, und was der hohe, mächtige Lord will, das bekommt der hohe, mächtige Lord." Sie nannte ihn bei einem ungehörigen Namen, der mich erröten ließ.

Ich versuchte, mir eine andere Lösung einfallen zu lassen,

aber mir kam nichts in den Sinn. Sie hatte es selbst so weit kommen lassen, und sie hätte mir nicht leidtun sollen, aber das tat sie. Obwohl ich ihr Gesicht nicht sehen konnte, merkte ich an ihrem Schniefen, dass sie weinte.

„Glaubst du, du kannst ihn schlagen?", fragte ich.

„Ja. Wenn ich gute Karten bekomme und er nicht wieder schummelt."

Ich seufzte. Es war hoffnungslos. „Du solltest mit Matt reden. Mr. Glass, meine ich. Vielleicht kann er mit Lord Travers sprechen, von Mann zu Mann. Es ist ungerecht, aber Travers scheint mir ein Kerl zu sein, der Männer respektiert, und nicht Frauen. Mr. Glass kann mit Worten umgehen und ihn vielleicht überzeugen, dir das Medaillon zurück zu verkaufen."

Sie setzte sich gerade hin und wischte sich über Augen und Wangen. „Sag es ihm nicht, India. Es klingt sinnvoll, was du sagst, und wenn jemand Travers überzeugen kann, dann Matt. Aber er hat gerade so viel zu tun, er braucht keine zusätzliche Belastung. Und er hat auch keine Zeit."

Es war die am wenigsten selbstsüchtige Handlung, die ich je von ihr gesehen hatte, und sie stellte meine Meinung ziemlich auf den Kopf. „Er ist schwer krank, oder?", fragte ich leise. Ich atmete kaum, während ich auf ihre Antwort wartete.

Es kam ein kleines Nicken, nicht mehr.

„Was sagt der Arzt?", drängte ich.

Sie sprang vom Hocker. „Matt würde nicht wollen, dass ich darüber spreche, also frag nicht."

„Aber –"

„Seine Gesundheit geht dich nichts an." Sie packte mich an den Schultern und schüttelte sie. „Deine Aufgabe ist es, den Uhrmacher zu finden. Selbst wenn Matt mit anderen Dingen beschäftigt ist, musst du deine Suche allein weiterführen." Sie schüttelte mich wieder, diesmal härter. „Versprich, dass du das machst."

„Das werde ich", sagte ich. „Ich verspreche es. Heute Nacht ist ein wichtiges Gildentreffen. Etliche Uhrmacher werden dort sein. Wenn ich hingehe, anstatt sie einzeln aufzusuchen, wird das eine Menge Zeit sparen."

Sie ließ mich los. Erleichterung trat auf ihr Gesicht. Sie

lächelte sogar ein wenig. Es war zittrig und unsicher, aber es war eine Verbesserung gegenüber der finsteren Miene. „Gut."

Leider gelang es mir nicht, Mr. Glass mitzunehmen. Bis sieben war er noch nicht zurück. Wenn ich länger wartete, verpasste ich das Treffen vielleicht ganz. Ich hätte Cyclops oder Duke mitgenommen, doch die waren ebenfalls noch unterwegs. Willie wäre wahrscheinlich mitgenommen, aber sie war eine explosive Waffe, die zur falschen Zeit losgehen könnte. Ich würde mich der Gilde allein stellen müssen.

Ich freute mich nicht darauf.

KAPITEL 13

ie Hochwohlgeborene Gesellschaft der Uhrmacher traf
sich in ihrem modernen Saal in der Warwick Lane,
nicht weit von St. Paul's. Das Gebäude war erst vor zwei Jahren
fertiggestellt worden, und ich war noch nie drinnen gewesen.
Die roten Backsteine und der mit Schnitzereien verzierte
Eingangsbogen waren im Vergleich zu ihren verrußten Nachbarn
sauber, und die Farben des Wappens leuchteten noch. Väterchen
Zeit im Lendenschurz und der Kaiser in seiner Robe funkelten
mich von ihrem Platz über der Tür an, sie wirkten streng mit
jeweils Sanduhr und Zepter in den Händen. *Tempvs Rervm Impe-
rator*, rief mir das Motto in Erinnerung. *Die Zeit ist Herrscher aller
Dinge.*

In der Tat. Die Zeit hatte kürzlich auf jeden Fall mich
beherrscht, und genauso Mr. Glass. Seine Sanduhr lief aus.

Ich klopfte, und ein Mann mittleren Alters mit buschigen
Augenbrauen öffnete die Tür. Ich kannte ihn nicht.

„Ja?", sprach er.

Ich schob mich an ihm vorbei, womit ich ihn überraschte.

„Halt! Das ist ein privater Saal."

„Ich muss mit der Kammer sprechen", rief ich über die Schulter. „Das dauert nur einen Augenblick."

Ich stürmte an den Buntglasfenstern und Holzpaneelen
vorbei und fragte mich, ob eine der dargestellten Uhren meinen

Vorfahren gehört hatte. Es war keine Zeit, die Plaketten zu betrachten. Der Türsteher holte rasch auf. Ich schob die nächstbeste Tür auf und wurde damit belohnt, dass sich zwanzig Köpfe in meine Richtung drehten. Ich hatte den Kammersaal gefunden, in dem sich die Mitglieder trafen. Die Treffen waren nur für die zehn gewählten Mitglieder der Assistentenkammer verpflichtend, jene Männer, die für die Alltagsgeschäfte der Gilde verantwortlich waren, aber sie standen allen Mitgliedern offen. Zwanzig war eine gute Teilnehmerzahl.

„India!" Eddie sprang auf, in seinem Gesicht stand völlige Verblüffung. „Was tust du? Du solltest nicht hier sein."

„Das versuchte ich ihr zu sagen", erklärte der Türsteher, der neben mir herankeuchte. Er wollte mich am Ellbogen fassen, aber ich wich ihm aus.

„Lassen Sie sie, Mr. Carter", sagte Mr. Abercrombie. Er saß am Kopfende des Tisches, die Meisterrobe aus scharlachrotem Samt und weißem Pelz um die Schultern gelegt, das zeremonielle Zepter lag vor einem geöffneten Kassenbuch auf dem Tisch. Es fehlte nur noch eine Krone, und er hätte dem Kaiser auf dem Wappen geähnelt, das hinter ihm hing. „Wir wollen doch nicht, dass das zu einer Farce wird."

„Also wollen Sie nicht, dass ich die Schutzmänner rufe?", fragte Carter.

Mr. Abercrombie seufzte. „Ich glaube nicht, dass sie uns helfen würden."

Gottseidank. Meine größte Angst war gewesen, dass er mich für den sogenannten Diebstahl in seinem Laden festnehmen ließ. Es schien, als hätte er diesen Vorwurf ganz und gar aufgegeben.

„Miss Steele, ich werde nicht so tun, als würde ich mich freuen, Sie zu sehen." Er machte eine Handbewegung, und der Türsteher ging mit einer Verbeugung ab.

Ich musterte die Gesichter der Männer am Tisch, während Eddie seinen Platz wieder einnahm. Ich kannte sie alle. Eddie war bei Weitem der Jüngste. Alle anderen hatten weiße, graue oder auf eine Glatze zustrebende Köpfe. Mr. Mason war nicht anwesend.

Mr. Abercrombie winkte mich mit einem gekrümmten Finger heran. „Kommen Sie näher, Miss Steele."

Ich trat langsam vor, fühlte mich ganz wie ein niederer Höfling, der sich einen missbilligenden Blick des Königs eingefangen hatte. Ich hielt ein gutes Stück vom Tisch entfernt an, aber die Kerle an meinem Tischende rückten ihre Stühle weiter weg. Ich wollte mir die Rede ins Gedächtnis rufen, die ich auf dem Weg hierher einstudiert hatte, aber der Anfang entzog sich mir.

„India", sagte Eddie mit tieferer Stimme als üblich. Sie klang so lächerlich falsch, dass ich beinahe kicherte. Er drückte seine Brust heraus und saß ganz steif auf dem Stuhl, wollte zweifellos unter so wichtigen Männern größer und herrschaftlicher wirken. „Was hat das zu bedeuten?"

„Ruhe bitte, Mr. Hardacre", sagte Abercrombie mit erhobener Hand. Er nahm seinen Zwicker ab und legte ihn auf das Buch. „Gestatten Sie mir, sie zu befragen."

Befragen? O nein, nein, nein. Ich war nicht gekommen, damit er *mir* Fragen stellen konnte. „Mr. Abercrombie, ich hätte gern ein paar Antworten."

„Dann sollen Sie sie bekommen."

Alle Köpfe fuhren zu ihm herum. „Was?" brauste mehr als einer der Uhrmacher auf. „Nicht", sagten andere. Abercrombie gebot mit erhobener Hand Stille. Ich vertraute seinem verschlagenen Lächeln nicht, seiner scheinbaren Offenheit.

Dennoch beharrte ich: „Warum haben Sie alle Angst vor mir?"

„Angst vor Ihnen?" Er lachte. „Seien Sie nicht absurd. Sie sind nur ein kleines Fräulein. Keiner von uns hat *Angst* vor Ihnen." Seinem Lachen schlossen sich allmählich ein paar andere an, alle nur halbherzig, vorsichtig.

Ich gab diesen Ansatz auf und wählte einen neuen. „Wie die meisten von Ihnen wissen, sucht mein Arbeitgeber, Mr. Glass, nach einem bestimmten Uhrmacher, der womöglich unter dem Namen Mirth verkehrt. Kennt von Ihnen jemand Mr. Mirth?"

Etliche Mitglieder schauten zu Abercrombie. „Ich kenne ihn", sagte Abercrombie.

Ich war so überrascht, dass ich vortrat, ehe mir einfiel, dass ich nicht zu nahe kommen wollte.

„Mirth ist nicht der Kerl, den Ihr Arbeitgeber sucht", fuhr er fort.

„Woher wissen Sie das?"

„Die Verwechslung entstand, weil Mirth zur selben Zeit nach Übersee reiste, von der Mr. Glass sagt, dass sein mysteriöser Uhrmacher in Amerika war. Mirth ist allerdings nicht nach Amerika gereist, sondern nach Preußen."

„Wie können Sie da sicher sein?"

„Weil er sich zu jener Zeit mir anvertraut hat. Er suchte nach seiner Tochter. Sie war mit einem Ausländer weggelaufen. Leider hat er sie nie gefunden, was auch ein Stück weit erklärt, warum er sein Geschäft nie wieder eröffnete. Er war nicht mehr mit dem Herzen bei der Sache. Ich fürchte, er ist seither eine Art Verlorener."

Es klang plausibel, aber ich konnte nicht darauf vertrauen, dass er die Wahrheit sagte. Er verabscheute mich und würde versuchen, sich mir an jeder Ecke in den Weg zu stellen. Wozu, das konnte ich nicht ergründen. „Warum ist er dann plötzlich aus dem Haus der Aged Christian Society verschwunden?"

Abercrombie breitete die Hände aus. „Das weiß ich ebenso wenig wie Sie. Ich habe ihn in letzter Zeit nicht oft getroffen." Er nahm seinen Zwicker und tippte damit auf das Buch vor ihm. „Ich weiß nur, dass die kleine Pension, die er von der Gilde erhält, auf ein Konto bei der Bank of England eingezahlt wird, und das wird so weitergehen, bis wir von seinem Tod hören. Wir tun alles für unsere Mitglieder in Not, die derzeitigen und ehemaligen."

„Sehr richtig", sagte ein Mann, und ein weiterer schlug zustimmend auf den Tisch.

„Wissen Sie von jemandem, der vor etwa fünf Jahren nach Übersee reiste?", fragte ich und musterte beim Sprechen die Gesichter, weil ich hoffte, einen Hinweis in einem davon zu erspähen. Jene, die meinem Blick begegneten, waren ausdruckslos. Jene, bei denen das nicht der Fall war, schauten zu Abercrombie.

„Nein", sagte er.

Etliche Uhren, sowohl im Versammlungsraum als auch

außerhalb, schlugen in einem orchestrierten Rhythmus Halbsieben.

Ich stählte mich. „Ich glaube Ihnen nicht."

Ein kollektives Luftholen ging durch den Raum. „Miss Steele, haben Sie bedacht, dass der Uhrmacher nicht gefunden werden will?", fragte Abercrombie.

„Wir haben bedacht, dass er verstorben sein könnte, aber warum sollte er nicht gefunden werden wollen?"

Er legte seinen Zwicker noch einmal ab. „Ihr Arbeitgeber, Mr. Glass ..."

„Ja?"

„Was wissen Sie über ihn?"

„Worauf wollen Sie hinaus, Mr. Abercrombie?"

Eddie schüttelte den Kopf und verdrehte die Augen. Zweifellos beglückwünschte er sich dazu, die Verlobung zu einer so schwierigen Frau gelöst zu haben.

„Ich will darauf hinaus", sagte Abercrombie, „dass Mr. Glass mich bedroht hat."

Also hatte er es getan, ja? Es fiel mir schwer, das Lächeln von meinen Lippen und aus meiner Stimme fernzuhalten. „Ich kann nicht so tun, als würde ich das bedauern. Sie haben mir Diebstahl vorgeworfen, und was auch immer Sie alle von mir halten, ich bin keine Diebin."

Einige von ihnen rutschten unbehaglich auf ihren Stühlen herum. Eddie sah mir nicht mehr in die Augen. Abercrombie hob lediglich wegwerfend die Hand, als wäre meine Sorge wegen seiner Anschuldigung unwichtig.

„Dieser Vorfall steht nicht zur Diskussion", sagte er.

„Da möchte ich widersprechen. Ich würde sehr gern erfahren, warum Sie das getan haben. Ich hätte ins Gefängnis kommen können, hätte Mr. Glass sich nicht für mich eingesetzt. Es tut mir nicht leid, dass er Sie bedroht hat. Nicht im Geringsten."

„Es waren nicht nur seine Drohungen." Wieder winkte er ab. „Aber das nur nebenbei bemerkt. Das ist Schnee von gestern. Wir sollten uns alle anderen Dingen widmen."

Guter Gott, halte mich zurück, damit ich nicht über den Tisch springe und ihn erwürge. „Mr. Glass sah eine Ungerechtigkeit, und er nahm es auf sich, mich zu retten. Ich denke, das war edel. Deuten Sie etwas anderes über seinen Charakter an?"

„Ich schlage nur vor, dass Sie aufpassen sollten, mit wem Sie Umgang pflegen, Miss Steele. Nachdem er mich unter Druck gesetzt hatte, die Anschuldigung fallen zu lassen, entschloss ich mich zu einigen Nachforschungen. Was ich herausfand, war, dass Ihr *Arbeitgeber*", sagte er mit höhnisch verzogener Oberlippe, „sich mit Verbrechern gemein macht."

Ich wusste schon von der Familie seiner Mutter, dennoch kam die Erinnerung zur rechten Zeit.

„Und zwar bestenfalls", fuhr Abercrombie fort.

„Bestenfalls?", wiederholte ich.

„Schlimmstenfalls ist er selbst ein Verbrecher."

Etliche Mitglieder keuchten auf, darunter Eddie. Ich nicht. Abercrombies selbstgefällige Miene legte nahe, dass er von meiner Vermutung wusste, dass Mr. Glass der Dark Rider war.

„Jeder, der Zeitung liest, wird wissen, dass ein amerikanischer Bandit namens Dark Rider hier in England ist", sagte er. „Es ist nicht weit hergeholt, ihn mit Mr. Glass zu verbinden. Tatsächlich ist es nicht weit hergeholt, zu sagen, dass der eine auch der andere ist."

„Das können Sie nicht mit Sicherheit sagen."

Abercrombie schüttelte den Kopf. „Für Ihr Alter sind Sie naiv. Aus Respekt vor Ihrem Vater muss ich Sie vor Männern wie Mr. Glass warnen."

„Ziehen Sie meinen Vater nicht mit hinein", knurrte ich.

„Beruhige dich, India", sagte Eddie. „Dein Vater hatte als Mitglied einen guten Stand. Niemand verspottet ihn."

„Halt den Mund, Eddie."

Ein paar Mitglieder grinsten, aber der Mann, der neben Eddie saß, drehte sich zu ihm und fragte: „War sie immer so eigensinnig?"

Eddie schüttelte den Kopf. „Hätte ich das eher gewusst, hätte ich sie nie um ihre Hand gebeten."

„Und es versäumt, mein Geschäft zu erben?", fauchte ich.

„Es war zu keinem Zeitpunkt *dein* Geschäft." Auf Eddies Erwiderung hin nickten einige Mitglieder.

„Vielleicht ist der Uhrmacher, den Mr. Glass finden will, auch ein Verbrecher", sagte Abercrombie und strich sich über den geölten Bart. „Das könnte erklären, warum er nicht gefunden werden will und warum ihn niemand identifizieren kann. Die Hochwohlgeborene Gesellschaft der Uhrmacher hat die allerhöchsten Prinzipien. Unsere Mitglieder sind ehrenhafte, anständige Männer, die sich nicht mit Banditen einlassen. Bedenken Sie das, Miss Steele", sagte er und unterband meinen Einspruch. „Bedenken Sie, dass der Grund, warum es so schwer ist, den Uhrmacher zu finden, darin liegt, dass er polizeilich gesucht wird. Gesuchte lassen sich mit anderen Gesuchten ein, und Mr. Glass' Besuch fällt genau mit dem des Dark Riders zusammen. Zu genau, wie ein unabhängiger Beobachter sagen würde."

Ein Frosthauch zog mein Rückgrat hinab und sorgte dafür, dass sich mir die Nackenhaare sträubten. Ich wollte ihm widersprechen, konnte es aber nicht. Ich hatte keinen Beweis für Mr. Glass' Unschuld und dafür jede Menge Indizien, die seine Schuld nahelegten, von seinem Eintreffen zeitgleich mit dem Dark Rider über sein Kampftalent bis hin zu seiner Verbindung zu den Johnsons und nun seinen Drohungen gegenüber Abercrombie. Ich schluckte laut.

„In Erinnerung an die lange Mitgliedschaft Ihres Vaters in der Gilde", fuhr Abercrombie fort, „gebe ich Ihnen einen Rat, Miss Steele. Kappen Sie die Verbindung zu Mr. Glass. Sagen Sie ihm, dass Sie seine Suche nicht mehr unterstützen können. Ihr Vater wäre enttäuscht zu sehen, dass Sie sich mit verrufenen Leuten einlassen."

„Aber ... er ist mit Lord Rycroft verwandt." Meine Stimme klang schwach, armselig. Ich glaubte nicht, dass seine Verbindung zu den Rycrofts eine Rolle spielte, wenn man bedachte, dass er ihnen gerade erst begegnet war.

Abercrombie breitete nur die Hände aus, als wolle er sagen: „Und?"

Eddie verlagerte das Gewicht auf seinem Stuhl und beugte sich vor. Er strahlte. Einen Augenblick wandte er sich an Abercrombie, dann an mich. „In der Tat, es ist Mr. Glass' Ruf als Dark Rider, der uns alle dir gegenüber misstrauisch macht, India." Er schaute zu seinen Kollegen und zog hoffnungsvoll die blasse Augenbraue hoch. Abercrombie ließ ihn mit einem leichten

Nicken weitersprechen. „Wir haben dir schon vorhin gesagt, dass nicht *du* uns Sorgen bereitest, India. Es liegt an Mr. Glass."

Ich glaubte ihm nicht ganz. Warum hatte das bisher noch niemand erwähnt? Doch es klang logisch. Zu logisch. Ich konnte keinen Fehler finden.

Eddie schaute erneut zu Abercrombie. Der Gildenmeister beachtete ihn nicht. „Wenn Sie noch Vernunft besitzen, Miss Steele", sagte Abercrombie, „setzen Sie die Polizei in Kenntnis und lassen ihn festnehmen. Wir würden es tun, aber nach seinen Drohungen mir gegenüber könnte das rachsüchtig erscheinen. Sollten aber *Sie* mit der Polizei über Ihren Verdacht sprechen, würde man Sie sicher ernst nehmen."

Er lächelte mich ausdruckslos an, und einige andere Mitglieder taten es ihm gleich, darunter Eddie. Das Lächeln war falsch, aber das schien den Eindruck von Abercrombies Worten nicht zu mindern.

Weil ich wusste, dass er recht hatte. Mr. Glass musste der Dark Rider sein.

* * *

Iᴄʜ ʙᴇɢᴇɢɴᴇᴛᴇ Mr. Glass erst am nächsten Morgen wieder. Er war wohl sehr spät nach Hause gekommen, und das zeigte sich in den tiefen Ringen unter seinen Augen, der Blässe seiner Wangen und der Verspätung, mit der er sich beim Frühstück zu uns gesellte. Er war rasiert, aber nicht sauber, und hatte ein paar dunkle Stoppel nahe den Ohren und unter seinem Kinn übersehen. Er hatte sich auch nicht die Mühe gemacht, eine Krawatte oder Weste anzuziehen. Seine besondere Uhr reichte eindeutig nicht aus, und er brauchte mehr Schlaf, um seine rätselhafte Krankheit zu bekämpfen.

„Iss rasch, Matthew", sagte Miss Glass mit einem Lächeln zu ihrem Neffen. „Wir haben nicht viel Zeit."

„Wofür?", fragte er und brachte seinen Teller und seine Tasse zum Tisch. Er lächelte mich leicht an, was ich zu erwidern versuchte, ohne preiszugeben, dass meine Gedanken in Aufruhr waren. Ich hatte mich die halbe Nacht lang im Bett herumge-worfen und über all die schrecklichen Dinge nachgedacht, die der Dark Rider getan hatte, und darüber, ob ich meinen Verdacht an die Polizei weiterleiten sollte.

„Für die Kirche natürlich", sagte Miss Glass. Sie hatte sich heute beim Frühstück zu uns gesellt, wohingegen sie gewöhnlich allein ihrem Zimmer aß. Sie wirkte besonders lebhaft und aufmerksam. Vielleicht ging sie gern in die Kirche – oder einfach aus dem Haus. Ich sollte später mit ihr Spazieren gehen, falls Mr. Glass mich nicht brauchte.

„Kirche? Ist schon Sonntag?" Mr. Glass kniff sich in den Nasenrücken und schloss fest die Augen.

„Du kommst doch, oder, Matthew?"

„Nein, er kommt nicht", sagte Willie. „Er hat keine Zeit."

„Entschuldigen Sie, junge Dame." Miss Glass' Lippen schürzten sich so fest, dass sie weiß wurden. „Sind Sie eine Heidin?"

„Ich bin so gottesfürchtig wie Sie, und ich bete so oft wie jeder. *Ich* werde gehen, aber Matt ist zu beschäftigt."

„Niemand ist zu beschäftigt für den Gottesdienst."

„Es reicht." Mr. Glass seufzte ausgiebig. „Wollen Sie heute Vormittag die Messe hören, Miss Steele?"

„Ich?"

„Ich brauche Sie heute, um unsere Suche weiterzuführen, aber wenn Sie lieber in die Kirche gehen …"

Mr. Dorchester hatte angedeutet, dass er zur Kirche gehen würde, um mich zu treffen, aber ich war mir nicht sicher, ob ich ihn treffen wollte. Miss Glass hatte vielleicht recht, und er war womöglich daran interessiert, mehr zu sein als ein Freund. Ich war nicht bereit, diesen Weg einzuschlagen. „Doch", sagte eine leise Stimme in meinem Kopf.

„Die meisten Uhrmacher werden auch in der Kirche sein, darum glaube ich nicht, dass wir viel Glück haben werden, wenn wir heute Vormittag Besuche machen."

Willie schnalzte mit der Zunge und schnaubte laut. „Uns läuft die Zeit davon", murmelte sie zu den Spiegeleiern auf ihrem Teller.

Mr. Glass legte eine Hand auf ihre. „Es dauert höchstens eineinhalb Stunden. Und Miss Steele hat recht. Heute Vormittag wird niemand zu Hause sein."

„Ich habe Neuigkeiten", sagte ich. „Ich bin gestern Abend zum Treffen der Uhrmachergilde gegangen, und –"

„Sie haben *was* getan?" Mr. Glass' Brüllen ließ seine Tante zusammenzucken, und alle anderen im Raum betrachteten ihn wachsam. „Warum sind Sie ohne mich hingegangen?"

„Sie waren nicht da. Ich hatte vor –"

„Dann hätten Sie gar nicht gehen sollen. Allein zu gehen war gefährlich, wenn man bedenkt, was Abercrombie versucht hat."

Ich schluckte. „Ich bin mir dessen bewusst, aber nach reichlicher Überlegung entschied ich, dass er seine Anschuldigung nicht weiter verfolgen würde. Wegen dem, was auch immer Sie zu ihm gesagt – oder ihm angetan – haben."

Er knurrte. „Trotzdem, es war ein Risiko, das Sie nicht hätten eingehen sollen."

„Es war ein Risiko, das sich gelohnt hat. Ich habe erfahren, dass die anwesenden Mitglieder nichts von Uhrmachern wissen, die vor fünf Jahren nach Übersee gereist sind. Das sind zwanzig, die wir nicht mehr aufsuchen müssen. Ich habe sie alle erkannt und ihre Namen notiert, sobald ich wieder zu Hause war."

„Verdammt gute Arbeit, India", sagte Willie mit mehr Bewunderung in der Stimme, als ich je zuvor gehört hatte, wenn sie mit mir sprach.

Auch Duke und Cyclops lobten mich. Miss Glass schien in einen ihrer umwölkten Momente gefallen zu sein, und Mr. Glass schaute mich weiterhin finster an, aber etwas weicher.

„Nicht nur das", fuhr ich fort, „sondern Mr. Abercrombie hat mir auch mitgeteilt, dass er Mirth kennt und glaubt, dass er nicht der Mann ist, den Sie suchen."

„Wie das?"

„Mirth ist nach Preußen gereist, nicht nach Amerika, auf der Suche nach einer verlorenen Tochter. Er kehrte als gebrochener Mann ohne sie zurück und hatte kein Interesse mehr an seinem Laden."

„Er könnte lügen."

„Warum sollte er lügen?"

Sein Blick glitt zur Seite.

„Weil er Sie nicht leiden kann", sagte Duke mit einem Schulterzucken.

Cyclops verlagerte sein Gewicht auf dem Stuhl, und Duke zuckte zusammen, dann funkelte er ihn an. Ich vermutete, dass sein Freund ihn gerade unter dem Tisch getreten hatte.

„Ja", sagte ich, und beschloss, die Sache direkt anzugehen. „Aber *warum* mag er mich nicht?"

„Weil du eine Frau bist", sagte Willie rasch. „Du bist klüger als er, und du stellst die Regeln in Frage, nach denen er lebt. Du bedrohst die Grundlagen des patriarchalischen Systems, von dem er profitiert."

„Patri-was?", fragte Duke und verzog das Gesicht. „Willie, wirst du mir jetzt ganz gebildet, oder was?"

Cyclops grinste. „Sie hat ihr Licht unter den Scheffel gestellt, Duke."

„Sie hat was geheim gehalten. Bin mir aber nicht sicher, ob es ein Licht ist."

„Und ich bin mir nicht sicher, dass das erklärt, warum Mr. Abercrombie mich so heftig verabscheut", sagte ich. „Aber ich erkenne, dass es mir niemand verraten möchte." Ich schob meinen Stuhl zurück und begab mich hinaus. Ich drehte mich nicht um, obwohl ich ihre Blicke im Rücken spürte.

* * *

Ich nickte im Vorbeigehen Mr. Dorchester zu, als ich ihn hinten in der Grosvenor Chapel sitzen sah. Er lächelte.

„Wer ist das?", flüsterte Mr. Glass.

„Ein Bekannter, den wir in der Spielhölle getroffen haben", sagte ich, während wir unsere Plätze drei Reihen vor Mr. Dorchester einnahmen.

Mr. Glass blickte über die Schulter und nickte grüßend, dann drehte er sich zu mir um. „War er in den Vorfall verstrickt, der Willie dazu brachte, ihren Colt zu ziehen?"

„Er war zu diesem Zeitpunkt bereits gegangen."

Ich sprach nicht mehr mit Mr. Glass, bis der Gottesdienst vorbei war und wir nach draußen gingen. Als wir die Vorhalle verließen, nahm er mich plötzlich am Ellbogen und steuerte mich nach rechts. Erst, als wir den Trubel der Gemeinde hinter uns ließen, sah ich Mr. Dorchester links warten.

Er sah mich und winkte. Ich winkte zurück. „Einen Augenblick", sagte ich zu Mr. Glass. Mr. Dorchester war in die Grosvenor Chapel gekommen, nur um mich zu sehen. Da konnte ich zumindest ein paar Nettigkeiten auszutauschen. Alles andere wäre unhöflich gewesen.

Ich machte mich von Mr. Glass los und ging Mr. Dorchester entgegen, der näherkam. „Guten Morgen", sagte ich lächelnd.

„Guten Morgen, Miss Steele." Er zupfte an seinem Hut. „Es ist wunderbar, Sie wiederzusehen." Sein Blick hob sich. Er nickte grüßend.

Ich drehte mich um und sah Mr. Glass hinter mir stehen, mit finsterem Blick und verhärteten Zügen. Ich stellte sie einander vor.

„Spielen Sie Poker?", fragte Mr. Glass.

„Überhaupt nicht", sagte Mr. Dorchester lachend. „Ich ging hin, um zu erfahren, worum es dabei ging, beschloss aber, dass das Spiel nichts für mich ist. Es war jedoch eine, äh, interessante Nacht. Oder nicht, Miss Steele?" Seine fröhliche Art ließ in mir die Frage aufkommen, ob er sich auf etwas bezog, von dem ich keine Ahnung hatte. Soweit es mich betraf, war an diesem Abend nichts Fröhliches geschehen.

Mr. Dorchesters Blick huschte von meinem Gesicht zu dem von Mr. Glass hinter mir. Er räusperte sich mehr als einmal, und dann breitete sich Schweigen aus. Es schien unhöflich, gleich zu gehen, darum suchte ich nach etwas, das ich sagen konnte.

„Es scheint ein angenehmer Nachmittag zu werden", fing ich an.

Mr. Dorchester lächelte. „So ist es. Perfekt für einen Spaziergang im Hyde Park. Miss Steele, darf ich so frei sein, Sie einzuladen, sich mir anzuschließen?"

Ich öffnete den Mund und schloss ihn wieder, ohne dass Worte herauskamen. Dann war plötzlich Mr. Glass direkt hinter mir, so nah, dass ich seine Wärme spüren konnte. Zum Glück antwortete er nicht an meiner Stelle. Hätte er das getan, wäre ich ziemlich wütend gewesen.

„Leider bin ich den ganzen Nachmittag beschäftigt", sagte ich zu Mr. Dorchester. „Aber danke für die Einladung. Das weiß ich zu schätzen."

Er hob die Augenbrauen, aber nicht zu mir, sondern zu Mr. Glass. Sein Gesicht verhärtete sich. „Ich verstehe." Er berührte seine Hutkrempe. „Guten Tag, Miss Steele. Mr. Glass." Er entfernte sich.

Mr. Glass trat neben mich und bot mir seinen Ellbogen. „Bereit?"

Ich zögerte. Nun, da es so weit war, war ich mir nicht sicher, ob es klug war, mit ihm aufzubrechen. Wir würden den ganzen Nachmittag lang allein in der Kutsche sein. Es würde keine Gelegenheit geben, zur Polizei zu gehen und dort von meinem Verdacht zu erzählen, dass er der Dark Rider war.

Und es würde keine Möglichkeit zur Flucht geben.

Duke, Willie und Miss Glass beschlossen, zum Haus zurück zu laufen, während Cyclops auf den Kutschbock stieg. Er zog seinen verknitterten Stadtplan heraus, und ich deutete auf die Gegenden, die wir abgrasen würden. Mr. Glass hielt mir die Tür auf und schloss sie dann, ehe er sich mir gegenüber niederließ. Während die Kutsche losruckelte, musterte er die Straße vor dem Fenster.

„Jedes Mal, wenn wir losfahren, klebt Ihre Nase am Fenster", sagte ich. „Erwarten Sie, dass der Eindringling uns folgt?"

Ich dachte, er würde nicht antworten oder mich mit einer Geschichte abspeisen, aber er lehnte sich mit einem resignierten Seufzen zurück. „Ich habe Nachricht erhalten, dass jemand, den ich kenne, nach mir sucht."

Der Sheriff. Ich nickte rasch, konnte ihm aber nicht mehr in die Augen schauen. Warum war ich nicht schon früher zur Polizei gegangen, insbesondere, nachdem ich von dem Gesetzeshüter erfahren hatte, der Matt hierher gefolgt war? Ich war eine verdammte Närrin, deswegen.

„Dieser Kerl, Dorchester", sagte er steif. „Was für ein Interesse hat er an Ihnen?"

Die Frage erwischte mich eiskalt, aber nicht so sehr wie sein ernstes, durchdringendes Starren. Es lag kein Hauch von Müdigkeit darin, als er sich nun auf mich konzentrierte. „Ich weiß, dass Amerikaner dreister sind als wir Engländer, aber ich glaube, selbst Sie wissen, dass Ihre Frage die Grenzen unserer Beziehung überschreitet." Ich klang wie eine prüde Lehrerin, und doch konnte ich nichts gegen meinen brüsken Tonfall tun. „Sein Interesse an mir geht Sie nichts an."

Mein Tadel zeigte bei ihm keine Wirkung. Sein Blick flackerte nicht, sein Kinn wurde nicht weicher. „Es *geht* mich etwas an."

„Warum?"

Schließlich blinzelte er. Er schaute weg und rieb sich übers Kinn. „Was, wenn er der Eindringling ist?"

Ich lachte, aber es klang nicht amüsiert. „Sie brauchen eindeutig mehr Schlaf, wenn das die Richtung ist, die Ihre Gedanken einschlagen."

„Ich mache mir einfach Sorgen um Ihr Wohlergehen."

„Tun Sie das nicht. Ich kann mich um mich selbst kümmern, was Leute wie Mr. Dorchester angeht. Er ist recht harmlos."

Sein Blick richtete sich wieder auf meinen. „Wie können Sie da sicher sein?"

„Er war sehr nett zu mir. Er hat mich in jener Nacht vor einem Grobian gerettet, wenn Sie es wissen wollen. Das ist nicht die Tat eines Menschen, der mir schaden will. Ganz im Gegenteil."

„Was meinen Sie damit, er hat sie gerettet?"

Bei der Frage winkte ich ab. „Es spielt keine Rolle mehr. Mr. Dorchester ist ein guter Mann, und ich glaube, er mag mich. Das ist alles. Oder wollen Sie mir sagen, dass ich nicht die Art Frau bin, die einen Gentleman interessieren würde?"

„Das ist ganz und gar nicht, was ich meine", stieß er durch zusammengebissene Zähne hervor.

„Was meinen Sie dann?"

Er stützte die Hände auf die Knie und beugte sich vor. „Ich sage, dass nicht jeder ist, was er vorgibt zu sein. Sie kennen ihn kaum."

Mir gefror das Blut in den Adern. Taubheit senkte sich auf mich herab, und ich fühlte mich körperlos, als hätte ich keine Kontrolle mehr über meinen Verstand. „Ich kenne auch *Sie* kaum." Meine Stimme klang hart, scharf. „Und die Fakten, die ich über Sie weiß, machen mir Angst. Dennoch wagen Sie es, *ihn* als jemand nicht Vertrauenswürdigen zu bezeichnen."

Er richtete sich auf. „Was für Fakten?"

„Die Tatsache, dass die Familie Ihrer Mutter Banditen sind.

Die Tatsache, dass ein Sheriff Sie verfolgt. Die Tatsache, dass Sie zur selben Zeit in England ankamen wie der Dark Rider." Jeder Satz war wie ein Fausthieb, der ihn ein wenig weiter in seinen Sitz zurückstieß. „Die Tatsache, dass Ihre besondere Uhr Sie vorübergehend verjüngt, indem sie eine … Substanz in Ihre Adern injiziert, die diese zum Glühen bringt."

Seine Hände packten den Rand des Sitzes. Die Knöchel wurden weiß. „Sie sind eine aufmerksame Frau."

Ich drückte mir eine Hand auf den Magen und wartete darauf, dass er meine Tatsachen entkräftete. Das tat er nicht. Nicht eine einzige. Er drehte sich um, um aus dem Fenster zu sehen, und weigerte sich während der restlichen Fahrt mit mir zu sprechen.

Wir beendeten unsere Suche lange vor Sonnenuntergang. Mr. Glass war zu müde, um weiterzumachen, obwohl er seine Uhr nutzte, um sich Energie zu holen, kurz nachdem wir zum Mittagessen in einem Gasthaus in Hampstead hielten. Er tat so, als müsse er im Hof mit Cyclops sprechen, aber ich wusste, dass er hinausgegangen war, um insgeheim die Uhr zu nutzen. Warum sonst sollte er die Kutschvorhänge zuziehen.

Wir hatten keinen Erfolg. Einige Uhrmacher, die wir besuchten, waren nicht zu Hause, und jene, die da waren, behandelten uns zurückhaltend. Man bot uns keinen Tee an, und Kindern und Ehefrauen wurde aufgetragen, sich aus unserer Gegenwart zu entfernen. Ein Uhrmacher schloss die Tür, als er mich erspähte. Danach blieb ich in der Kutsche und überließ Mr. Glass sämtliches Reden.

Wir kehrten zum Haus zurück, und er ging direkt in seine Räume. Willie und Duke hatten wohl gemerkt, dass die Kutsche heranfuhr. Sie begrüßten uns mit hoffnungsvollen Gesichtern an der Tür. Ihre Züge verdüsterten sich, sobald sie Mr. Glass' zusammengesunkene Schultern und schwere Lider sahen. Er wechselte nicht ein Wort mit ihnen und begab sich direkt zur Treppe. Jeder Schritt schien ihm enorme Mühe zu bereiten, als könne er kaum einen Fuß vor den anderen setzen. Wir sahen ihm nach, bis er weg war.

„Es ist hoffnungslos, oder?" Willie schaute zu Duke, Tränen in den Augen.

„Es gibt immer Hoffnung." Er drehte sich zu mir und runzelte die Stirn. Ich wartete, aber er sagte nichts, schaute einfach nur.

„Glaubst du …?", fragte Willie.

„Ich weiß nicht", sagte er.

„Frag sie."

„Mich was fragen?" Ich schaute von einem zum anderen, aber es war, als wäre ich nicht mehr da. Sie schienen unausgesprochene Worte zu wechseln, und ich hatte keine Ahnung, worum es dabei ging. Ich räusperte mich.

„Er wird wütend sein", warnte Duke.

„Nur, wenn sie es nicht weiß", sagte Willie. „Wenn sie es weiß, ist nichts Schlimmes passiert. Wenn sie es weiß, könnte es tatsächlich alles verändern. Sie könnte ihn heilen."

„Was?", platzte ich heraus, halb lachend.

„Aber wenn sie es weiß, hätte sie nicht schon etwas gesagt?", fragte Duke. „Das meinte er doch."

Ich stemmte die Hände in die Hüften. „Sagt ihr mir jetzt bald, worüber ihr redet!"

„Ich frage sie", erklärte Willie.

Duke schnalzte mit der Zunge und schüttelte den Kopf. „Ich glaube nicht –"

„India, bist du magisch?"

KAPITEL 14

Magisch? Hatte Willie den Verstand verloren? Und Duke auch?

„Ich weiß nicht, was für Geschichten eure Regierung euch in Amerika auftischt, aber es gibt keine Magie", sagte ich. „Weder hier noch dort." Ich lachte und wartete darauf, dass sie mitlachten. Das taten sie nicht. „Das gibt es nur in Kindergeschichten", fügte ich ernüchtert dazu.

Die Hoffnung, die in ihren Augen glitzerte, verflüchtigte sich. Willie wirkte, als würde sie versuchen, nicht zu weinen. „Besitzt du Magie oder besitzt du keine?", fragte sie erneut mit dünner, gepresster Stimme.

„Wenn man ihr schockiertes Gesicht betrachtet, wohl nicht." Duke seufzte. „Vergessen Sie die Frage, Miss Steele. Und verraten Sie Mr. Glass nichts von unserem Gespräch. Er würde uns den Kopf abreißen."

„Aber Matt sagte, sie ist wärmer, wenn sie in der Nähe ist, und sie reagiert auf sie."

Sie glaubte sogar, dass seine Uhr auf meine Gegenwart reagierte? Und ich hatte Miss Glass für die Wahnsinnige gehalten.

„Nicht", warnte Duke. „Es reicht. Er hat sich geirrt."

„Er irrt sich nie." Willies Stirn legte sich in Falten. „Niemals."

Sie drehte sich um und lief die Treppe hinauf, immer zwei Stufen auf einmal nehmend.

Ich starrte ihr nach. Ich wusste nicht, wie lange. Die Zeit verstrich langsamer. Die Luft wurde dicker. Meine Atemzüge klangen gequält, und mein Blut fühlte sich zäh an.

Magie.

Das Wort ratterte durch meinen Verstand. Ich kämpfte um ein paar klare Gedanken, aber sie waren wie Bänder, die von einer Brise herumgeweht wurden. Ich schnappte mir ein Ende, nur um es aus den Fingern gerissen zu bekommen, ehe ich es ganz zu mir ziehen konnte.

Eine Hand auf meinem Arm holte mich aus meiner Trance. „Miss Steele?", fragte Duke sanft. „Geht es Ihnen gut?"

Ich nickte benommen. „Duke … was meinte Willie, als sie gefragt hat, ob Mr. Glass' Uhr auf mich reagiert?"

„Also haben Sie es gespürt?" Seine Finger spannten sich an. „Spricht sie zu Ihnen?"

„Nein. Also … was ist sie? Wie funktioniert sie? Warum glüht sie so und lässt auch seine Adern glühen?"

Wenn er Magie sagte, dann würde ich … was tun? Meine Sachen packen und gehen?

„Also haben Sie sie gesehen", sagte er. „Sie haben gesehen, wie sie bei ihm wirkt."

Ich nickte. „Aber warum hilft die Uhr, dass Mr. Glass sich besser fühlt? Ich verstehe das nicht."

„Das tut sie nicht", sagte er bedrückt. „Das ist das Problem. Das tat sie, aber nun ist sie kaputt."

„Kaputt?"

„Sie sorgte dafür, dass er sich länger besser fühlte. Er konnte tagelang leben, ohne sie wieder nutzen zu müssen. Inzwischen sind es nur noch ein paar Stunden."

„Ich verstehe."

„Wirklich?"

Ich schüttelte den Kopf.

Er seufzte. „Habe ich mir gedacht." Er warf einen Blick die Treppe hinauf. „Am besten vergessen Sie, dass diese Unterhaltung je stattgefunden hat, Miss Steele. Erwähnen Sie sie nicht vor

Matt. Ihm wird es nicht gefallen, dass wir Ihnen von der Magie erzählt haben."

„Warum nicht?" Weil er nicht wollte, dass ich wusste, dass er so wahnsinnig war wie sie. So wahnsinnig wie seine Tante?

„Weil sie ein Geheimnis ist."

„Vor mir?"

„Vor allen."

* * *

AN DEN GESICHTERN beim Frühstück war abzulesen, dass sie wenig Hoffnung hatten, den Uhrmacher am letzten Tag der Suche zu finden. Sogar Miss Glass wirkte verzweifelt, und sie hatte keine Ahnung, worum es ging. Vielleicht war sie einfach nervös, weil sie wusste, dass ihr Neffe am Folgetag aufbrechen würde, obwohl sie es weiterhin leugnete. Als sie Duke und Cyclops dabei erwischte, wie sie Abreisepläne besprachen, tadelte sie sie dafür, Zeit mit solchem „Unsinn" zu verschwenden.

Als wir aufbrechen wollten, gab mir Willie ein Zeichen, dass sie unter vier Augen mit mir sprechen wollte. Wenn sie wieder anfing, von Magie zu faseln, würde ich mich umdrehen und gehen. Ich weigerte mich, mich zum Narren halten zu lassen. Nachdem ich viele Stunden damit verbracht hatte, im Bett zu liegen und über Dukes Worte nachzudenken, war es mir gelungen, durch die Schleier zu sehen, die sie mir über die Augen hatten legen wollen. Was ich sah, war jedoch genauso beunruhigend wie die Tatsache, dass Mr. Glass der Dark Rider war.

Er war wohl opiumsüchtig. Oder wenn nicht Opium, dann eine andere wirksame Substanz, die seine Adern glühen ließ. Die Uhr war ein pfiffiges Gerät, das die Substanz in flüssiger Form verbarg. Sie verbarg wahrscheinlich auch eine winzige Spritze, mit der er sich die Flüssigkeit injizierte, während er sich die Uhr an die Handfläche hielt. Ob sie auch eine funktionierende Uhr enthielt, blieb herauszufinden.

Eindeutig funktionierte das Gerät nicht mehr richtig, und darum brauchte er den ursprünglichen Hersteller, um es zu reparieren. Ich hatte so eine Uhr noch nie gesehen, daher erforderte sie wohl eine Spezialbehandlung. Ich hatte noch nicht herausgebracht, warum er sich die Substanz nicht verabreichen konnte, ohne die Uhr zu nutzen, aber es gab bestimmt einen Grund.

Ich hatte nicht vor, einem von ihnen zu verraten, dass ich ihr Geheimnis kannte.

Ich hatte vor, der Polizei zu verraten, dass ich den Dark Rider gefunden hatte. Sobald ich entwischen konnte.

„Du musst dein absolut Bestes geben, um heute den Uhrmacher zu finden", erklärte Willie. Sie nahm meine Hände und drückte so fest zu, dass ich sie bitten musste loszulassen. „Du weißt, wie wichtig es ist. Du *weißt* es."

Ich sagte ihr nicht, dass es fast hoffnungslos war. Oder dass die Polizei ihren morgigen Aufbruch verhindern würde.

Vielleicht.

Oh, ich wusste nicht, was ich machen sollte! Vielleicht sollte ich weiter schweigen. Niemand hatte mir etwas angetan. Tatsächlich hatte Mr. Glass mich vor Abercrombie und den Schlägern gerettet und sich darum gekümmert, dass es mir gut ging. Ihn zu verraten, wäre grausam. Außerdem, wenn sie morgen aufbrachen, waren sie kein englisches Problem mehr. Soweit ich erkennen konnte, hatten sie hier nichts Illegales getan.

Er versuchte sich in der Kutsche mit mir zu unterhalten, aber mir war nicht nach Reden. Ich war in Aufruhr. Nicht nur wegen des Gesprächs mit der Polizei, sondern auch wegen seiner Sucht. Sollte ich versuchen, ihm zu helfen? Könnte sie seine Banditennatur erklären? Wenn er verzweifelt Opium wollte, es sich aber nicht leisten konnte, würde er stehlen müssen, um dafür zu bezahlen. Wenn seine Sucht verschwand, würde er vielleicht keiner verbrecherischen Aktivitäten mehr bedürfen.

„Sie sind heute sehr still", sagte er.

„Bin ich das?"

Er lächelte schief. „Denken Sie darüber nach, wie sehr Sie mich vermissen werden, wenn ich weg bin?"

Ich verdrehte die Augen. „Ich denke darüber nach, wo ich wohnen und was ich tun werde." Was mir nur in Erinnerung rief, dass ich ihn noch nicht um eine Referenz gebeten hatte.

Ich wollte es gerade tun, als er sagte: „Vielleicht müssen wir unsere Reise verschieben. Selbst wenn wir den Uhrmacher finden, eilt unsere Rückkehr nicht. Mir gefällt es hier. London fasziniert mich. Und, um ehrlich zu sein, in Amerika hält mich nicht viel."

„Ihre Freunde und Willie werden enttäuscht sein."

„Sie müssen nicht bleiben."

„Enttäuscht, Sie zurückzulassen, meine ich. Sie mögen Sie sehr."

„Und ich sie."

„Wenn Sie bleiben, werden Sie meine Unterstützung benötigen." Es war keine Frage, denn ich kannte die Antwort, ehe er etwas sagte.

Er nickte. „Ich würde mir wünschen, dass Sie mir helfen. Würden Sie das, zu denselben Bedingungen?"

Mein Blick glitt zum Fenster. „Ich weiß nicht. Ich … ich weiß nicht mehr, was ich denken soll. Über alles."

Er beugte sich vor und legte eine Hand auf meine. Es war vermutlich als beruhigende Geste gemeint, aber sie ließ mein Herz in einem unruhigeren Takt schlagen. „Es tut mir leid, dass ich manchmal nicht der einfachste Mann bin."

Ich blinzelte ihn an. Er nahm seine Hand nicht weg, und ich wollte das auch nicht. „Sie müssen sich für nichts entschuldigen." Nicht vor mir. Er war zu jedem Zeitpunkt ein perfekter Gentleman gewesen. Heiße Tränen traten mir in die Augen, und ich musste wieder aus dem Fenster schauen, damit er sie nicht sah.

Sein Daumen strich über meinen, sanft und beharrlich. Mir stockte der Atem ob der Vertraulichkeit dieser Berührung. Ich sollte mir nicht wünschen, dass er mich so berührte. Nicht dieser … Bandit, dieser Süchtige. Aber ich brachte es nicht über mich, ihm zu sagen, er solle aufhören. Ich saß einfach nur da und ließ es zu.

„India", sagte er, die Stimme tief und rau. „Darf ich dich so nennen?"

Ich nickte.

Er ließ mich los, aber nur, um mich am Kinn zu nehmen und mich sanft zu zwingen, ihn anzusehen. „Dann musst du mich von jetzt an Matt oder Matthew nennen."

Ich nickte wieder.

„Ich weiß, dass wir keine Freunde sind", sagte er. „Nicht wirklich. Aber … ich spüre eine Verbindung zu dir, und ich hoffe, du fühlst dasselbe für mich."

Ich sog an der Innenseite meiner Wangen. Ich nickte wieder, konnte nicht sprechen und wagte es nicht zu widersprechen. Wollte es nicht.

„Gut. Dann … muss ich etwas zu dir sagen." Er ließ mein Kinn los und legte eine Hand auf sein Knie. Er senkte den Kopf und schüttelte ihn leicht. Einen Augenblick später sah er auf. „Warum ist eine erstaunliche Frau wie du nicht verheiratet?"

Das war nicht das, was er hatte sagen wollen. Zum einen war es eine Frage, und er hatte doch gesagt, er wolle mir etwas *sagen*. Was war ihm also in den Sinn gekommen? Hatte er mir sagen wollen, dass ihn eine magische Uhr am Leben hielt? Dass er opiumsüchtig war? Oder dass er ein Bandit war?

Die Kutsche wurde langsamer, und er lehnte sich zurück. Er war nicht einmal an meiner Antwort interessiert.

Der erste Uhrmacher auf der Liste war Mr. Ingham, ein kleiner, rundlicher Mann mit Glatze und einer Brille, die auf dem unteren Ende seiner Nase saß. Er warf einen Blick auf mich und rückte vom Tresen ab. Ich stellte mich an die Seite, während Mr. Glass – Matt – mit ihm über Chronos sprach.

Als Mr. Ingham ihm erzählte, dass er niemanden kannte, auf den diese Beschreibung passte, fiel mein Blick auf die Zeitung, die nahebei auf dem Tresen lag. Der Leitartikel handelte wieder vom Dark Rider; die Polizei glaubte, dass er hier in London war, basierend auf Daten, die sie von den amerikanischen Kollegen erhalten hatte.

Als Matt sich umdrehte, warf Mr. Ingham einen Blick auf mich, dann auf die Zeitung und wieder auf zu mir. Er schnappte sie sich. „Guten Tag, Miss Steele."

„Guten Tag, Mr. Ingham", sagte ich und folgte Matt aus dem Laden.

Wir schafften viel, suchten etliche Läden auf und hielten nur für einen raschen Imbiss an, und damit Matt seine Uhr nutzen konnte, während ich mir in einem Gasthaus in Wandsworth die Nase puderte. Wir hatten aber kein Glück und begaben uns in nachdenklicher und düsterer Laune zurück nach Mayfair.

„Das sind alle Uhrmacher, die ich in der Stadt kenne", sagte ich. „Es gibt natürlich mehr, aber die habe ich nie getroffen. Selbst wenn du in London bleibst und deine Suche weiterführst, bedarfst du meiner Dienste nicht mehr. Ich kann dir nicht helfen."

Nachdem er sich in die Kutsche gesetzt hatte, hatte er die Augen geschlossen, und nun öffnete er langsam halb die Lider. Das verlieh ihm eine träge, liederliche Aura. „Ich sehe das anders. Du bist mit London vertraut. Ich werde einen Führer brauchen."

„Cyclops weiß, wo wir noch nicht waren. Er kann dich ohne meine Weisung fahren."

Er schloss wieder die Augen, und ich dachte, er wäre einge-schlafen, als sich seine Augen plötzlich öffneten. Er grinste. Es kam so unerwartet, dass ich nicht anders konnte, als das Lächeln zu erwidern, sobald ich diese Veränderung in ihm sah. „Ich hab's! Du kannst die Gesellschafterin meiner Tante sein."

„Ich? Die Gesellschafterin einer Lady?" Ich schnaubte. „Sei nicht lächerlich."

„Warum nicht? Du bist aufrichtig." Er hob einen Finger. „Man kommt mühelos mit dir aus." Ein weiterer Finger ging hoch. „Freundlich." Er hob einen dritten. „Und meine Tante mag dich. Da. Es ist abgemacht. Du wirst bei ihr wohnen."

„Wo? In deinem Haus, oder zieht sie zurück zu Lord Rycroft, nachdem du weg bist?"

Er rieb sich die Stirn. „Es sieht so aus, als würde ich bleiben. Ich möchte, dass ihr beide bei mir wohnt."

Ich sagte nichts, und er schien keine Antwort zu brauchen. Er schloss wieder die Augen und legte den Kopf zurück. Nach einem Augenblick neigte sich sein Kopf zur Seite, und seine Atmung wurde regelmäßig. Er war eingeschlafen.

Ich musste ihn wachrütteln, als wir wieder am Haus anka-men. Er wirkte überhaupt nicht erholt; er sah erschöpfter aus denn je.

„Warum hast du deine Uhr nicht noch einmal benutzt?",

fragte ich, ehe ich merkte, dass ich ihm soeben verraten hatte, dass ich wusste, wofür er sie nutzte.

Er musterte mich genau, und mein Herz setzte aus. Ich schluckte. Würde er mich verabscheuen, weil ich von seiner Sucht wusste?

Er antwortete mir nicht, aber er stieg aus und klappte die Trittleiter für mich herunter. Ich nahm seine dargebotene Hand und stieg hinab. Er ließ mich nicht los, als meine Füße auf den Bürgersteig trafen, sondern verstärkte seinen Griff.

„Matthew." Ich wusste nicht, warum ich seinen Namen sagte. Falls ich vorgehabt hatte, ihn etwas zu fragen oder etwas zu sagen, entwich es sofort wieder aus meinen Gedanken, als er mich zu sich zog.

„Ja?", murmelte er.

Sein kleiner Finger hakte sich in meinen. Wir standen so dicht beieinander, wie es meine Röcke gestatteten, sein Gesicht war nur wenige Zentimeter über mir. Er wirkte erschöpft, und doch war er immer noch so gutaussehend. Seine Krankheit minderte das nicht.

„Du solltest hineingehen, um dich auszuruhen", sagte ich und trat zurück.

Er ließ meinen Finger nicht los. „India –"

„Sie hat recht", rief Cyclops vom Kutschbock herab. „Geh rein, Matt. Ruh dich aus."

Matt funkelte seinen Freund an, ließ mich aber los. Als Cyclops die Kutsche wegfuhr, begab ich mich die Stufen hinauf. Willie öffnete die Tür, aber die Hoffnung in ihren Augen verflüchtigte sich schnell.

„Du siehst schrecklich aus", sagte sie. „Du solltest dich ausruhen."

„Ich weiß", fuhr er sie an.

Willies Kinn zitterte.

Matt seufzte und zog sie in eine Umarmung. Er küsste sie auf die Stirn. „Tut mir leid. Ich gehe jetzt rauf."

„Ich werde dir ein Abendessen auf den Schreibtisch stellen", sagte sie, während er mit schwerfälligen Schritten zur Treppe ging.

Duke und Miss Glass kamen aus dem Esszimmer. Duke hatte

Stickgarn um die Hände gewickelt, das zu einer Garnspule führte, die Miss Glass hielt. Auf meine hochgezogenen Augenbrauen hin sagte er mit einem Schulterzucken: „Verheddert."

Jemand klopfte an der Tür, und Willie öffnete. Ein angegrauter Mann in braunem Mantel und mit schief sitzender senfgelber Krawatte stand auf der Veranda. Ganze fünf Polizisten mit der charakteristischen blauen Uniform und den Helmen drängten sich hinter ihm.

„Ist Mr. Matthew Glass hier?", wollte der vorderste Mann wissen.

„Wer will das wissen?", fragte Willie mit den Händen auf den Hüften.

„Kriminalinspektor Nunce, Scotland Yard."

„Hier ist niemand namens –"

„Ich bin Matthew Glass", sagte Matt und legte Willie eine Hand auf die Schulter.

Sie schob ihn weg. „Matt! Du *weißt*, warum sie hier sind."

„Willie, es ist in Ordnung."

Nunce trat ein, ohne hereingebeten worden zu sein. Seine Schutzmänner folgten ihm wie ein Rattenschwanz. „Mr. Glass, Sie sind verhaftet."

„Nein!", rief Willie.

Einer der Polizisten packte Matt am Handgelenk, aber der riss sich los.

„Was hat das zu bedeuten?", wollte er wissen.

„Sie sind verhaftet, weil man Sie verdächtigt, der amerikanische Bandit zu sein, den man Dark Rider nennt." Nunce machte eine Kopfbewegung, und zwei Schutzmänner packten Matt, einer an jedem Arm.

„Es gab eine Verwechslung", sagte Matt mit ruhiger Stimme. „Ich bin kein Bandit."

„Lassen Sie ihn los!" Willie stürzte sich auf einen der Schutzmänner, die Matt hielten, nur um von einem weiteren gepackt zu werden. „Weg von mir!" Sie trat und schlug um sich, konnte den Mann hinter sich aber nicht erreichen. Sein Arm schlang sich um ihre Taille, und er zog sie aus dem Geschehen. Ihr Kreischen wurde lauter.

„Sie sind auch verhaftet", erklärte Nunce.

„Wofür?", rief sie.

„Weil Sie Mitglied in der Bande des Dark Rider sind."

„Sie sind ein verdammter, törichter Narr!"

„Lassen Sie sie los", sagte Duke und trat vor. Er wollte seine Hände losmachen, verstrickte sich aber nur weiter in dem Garn. „Gottverdammt!", rief er und versuchte es mit roher Gewalt, scheiterte aber trotzdem.

Miss Glass ließ die Spule fallen und stellte sich neben mich. „Hören Sie sofort damit auf", sagte sie mit herrschaftlicher Schärfe. „Es gab eine Verwechslung. Dieser Gentleman ist mein Neffe, und der Neffe von Lord Rycroft. Lassen Sie ihn sofort los."

Nunce berührte seine Hutkrempe. „Das kann ich nicht, Ma'am. Er ist der Dark Rider."

„Wer oder was ist der Dark Rider?"

„Ein amerikanischer Bandit. Lesen Sie keine Zeitung?"

Sie plusterte sich auf. „Natürlich nicht. Ich habe kein Interesse an nutzlosem Geschwätz."

Nunce signalisierte einem weiteren Mann, Duke zu packen. „Nehmen Sie ihn auch mit. Er klingt amerikanisch." Er taxierte mich.

„Sie ist Engländerin", sagte Matt. „Eine Freundin meiner Tante. Ich kenne sie kaum."

Nunce knurrte, befahl aber niemandem, mich festzunehmen. Einer der Schutzmänner packte Duke am Arm, doch dieser riss sich los. Der Polizist stürzte sich auf ihn, und da seine Hände noch verheddert waren, konnte Duke sich nicht verteidigen. Sie gingen beide zu Boden.

„Das war ungerechtfertigt", knurrte Matt.

Nunce zuckte nur mit den Schultern.

„Duke!", schrie Willie. „Bist du verletzt?"

Miss Glass' Finger packten mich am Arm. Ich legte meine Hand auf ihre, in der Hoffnung, sie etwas zu beruhigen. Ich glaubte nicht, dass es half. Sie spürte vermutlich durch die Verbindung, wie mein Körper bebte.

„Kontaktieren Sie Commissioner Munro", wies Matt Nunce an und wehrte sich gegen die beiden Schutzmänner, die ihn hielten. „Er wird Sie aufklären."

Nunce schnaubte. „Das sagen sie alle."

Willie stampfte auf die Zehen des Bobbys, der sie hielt, und schaffte es, sich zu befreien. Sie lief zu Duke, der sich abmühte, um sich auf dem Boden hinzusetzen, und wurde erneut von dem langgliedrigen uniformierten Jüngling gepackt. Sie stieß ihm ihre Faust in die Wange, so dass die Haut aufplatzte, ehe er ihre Hände packte und sie hinter ihr verdrehte.

„Sie tun mir weh!", schrie sie.

Matt torkelte nach links, nutzte sein Gewicht und seine Größe, um den Schutzmann auf dieser Seite ins Stolpern zu bringen. Der auf der anderen Seite verlor ebenfalls das Gleichgewicht, und Matt konnte sich von beiden befreien.

Aber seine Freiheit war von kurzer Dauer. Der letzte der Polizisten versetzte ihm einen Fausthieb ans Kinn. Obwohl Matt ihm ausweichen konnte, verschaffte die Unterbrechung den anderen Bobbys wertvolle Sekunden zur Erholung, und um ebenfalls zuzuschlagen. Einer erwischte ihn am Mund, der andere im Magen. Er musste sich hustend vornüberbeugen.

Miss Glass wimmerte und legte sich eine Hand an die Kehle. Ich drehte mich zu ihr, damit sie die Szene nicht sehen musste, und tätschelte ihr den Rücken. Doch ich fühlte mich alles andere als ruhig. Mein Herz hämmerte, und ich zitterte am ganzen Körper.

„Hören Sie sofort auf!", rief ich. „Inspektor Nunce, halten Sie Ihre Männer in Schach. Sie versetzen mit dieser unnötigen Darbietung eine alte Dame in Aufruhr."

Aber es war Matt, der antwortete, nicht Nunce. Er hörte auf zu kämpfen. „Ich gehe mit Ihnen", sagte er. „Willie und Duke auch."

„Nein!", rief Willie. „Warum solltest du gehen, Matt? Du hast nichts falschgemacht."

„Wir werden das auf der Wache klären. Vine Street?"

Nunce nickte. „Prüfen Sie, dass sie keine Waffen am Leib versteckt haben", sagte er zu seinen Männern.

Seine Polizisten prüften alle Taschen und nahmen jeden Gegenstand heraus, den sie fanden, um ihn auf den Tisch in der Eingangshalle zu legen. Zwischen den Taschentüchern und Münzen lag Matts besondere silberne Taschenuhr.

„Führen Sie sie ab", sagte Nunce.

Willie und Duke keuchten. „Deine Uhr!", rief Willie. „Matt!" Sie wehrte sich gegen den Schutzmann, der sie durch die Tür drängen wollte.

„Darf ich meine Taschenuhr mitnehmen?", fragte Matt Nunce.

Nunce schürzte die Lippen, schaute Matt an, dann sagte er: „Nein. Sie müssen in der Zelle nicht wissen, wie spät es ist."

Eine Schweißperle lief über Matts Schläfe. Sein Atem wurde abgehackt. Sein Gesicht bekam die Farbe kalter Asche. Die beiden Schutzmänner zu seinen Seiten schoben ihn vorwärts.

„Er muss seine Taschenuhr mitnehmen", sagte Duke zu Nunce. „Bitte. Sie ist wichtig. Ohne sie wird er sterben."

Sterben!

Miss Glass schluchzte an meiner Schulter. Ich versuchte, ihren Rücken fester zu tätscheln, aber es nutzte nichts. Ich konnte keine Stütze sein, wenn ich unbedingt selbst eine gebraucht hätte. Mein Blick begegnete über ihren Kopf hinweg dem von Matt. Was ich in seinen Augen sah, trieb brennende Tränen in meine. Seine Krankheit verzehrte ihn, doch das ließ mir nicht das Herz schwer werden. Es waren der Gram und die Enttäuschung, die ich in seinem Gesicht erkannte.

Er dachte, ich hätte ihn verraten. Er dachte, ich hätte der Polizei gesagt, er sei der Dark Rider.

Er war nicht der einzige. „Du warst das!", zischte Willie mich an.

„Nein", sagte ich. „War ich nicht."

Aber sie überschrie mich und hatte es bestimmt nicht gehört. „Du herzlose Hexe! Wenn er stirbt, werde ich dich finden. Ich hacke dich kurz und klein –"

„Willie!" Matts schneidende Stimme war bei ihrem Zetern kaum zu hören.

Nunce und seine Schutzmänner brachten auch Duke und Matt hinaus, und mein Herz wurde noch schwerer, als ich sah, dass Cyclops zu ihnen stieß, festgehalten von zwei weiteren Bobbys. Alle schienen zu schreien. Ich hörte, wie sie Nunce anflehten, Matt zu erlauben, seine Uhr mitzunehmen. Der Inspektor lehnte weiterhin ab.

„Es ist *ihre* Schuld!", schrie Willie. „Du hast ihn zum Tode verurteilt, India!"

Ich schüttelte den Kopf, doch sie schauten mich nicht an und konnten es nicht sehen.

„Wenn er seine Uhr nicht bekommt", fuhr sie fort, „hast *du* ihn auf dem Gewissen."

KAPITEL 15

*M*iss Glass und ich standen da und umklammerten einander in stillem Entsetzen. Willies Worte schrillten durch meinen Kopf, durchdringend wie eine Glocke. Sie glaubte, ich wäre der Grund für die Festnahme. Das taten sie alle, auch Matt. Doch das war es nicht, weshalb ich mich ganz krank fühlte. Es waren Willies verzweifelte Bitten, ihre wilden, abstrusen Behauptungen, dass er ohne diese Uhr sterben würde. Es musste Medizin darin sein, nicht Opium, wie ich zunächst gedacht hatte.

Ich übergab Miss Glass an Polly, die mit nackter Angst in den Augen von weiter hinten im Haus kam. „Alles wird in Ordnung kommen", versicherte ich den beiden. Meine gefasste und zuversichtliche Haltung schien zumindest Polly zu erreichen. „Bringen Sie Miss Glass nach oben", erklärte ich dem Dienstmädchen. „Sorgen Sie dafür, dass sie alles hat, was sie braucht."

Ich fühlte mich alles andere als gefasst und zuversichtlich. Ich konnte nicht aufhören zu beben. *Er brauchte die Uhr, oder er würde sterben.* Ich hob sie an der Kette auf. Eine Hitzewelle ging über mich hinweg, lief von meiner Hand ausgehend meinen Arm hinauf.

Ich ließ die Uhr fallen und sprang zurück. Sie pochte einmal, dann wurde sie still.

Pochte.

Leblose Gegenstände pochten nicht. Sie wurden nicht warm. Sie lebten nicht.

Ich hatte mich wohl geirrt. Ich nahm die Uhr noch einmal auf. Wieder wurde ich von Hitze erfasst, die ausgehend von meiner Hand mit so großer Geschwindigkeit und Kraft meinen Arm hinaufwogte, dass mir die Luft entwich.

Aber ich ließ nicht los. Ich legte die Uhr in meine Handfläche, die Kette baumelte zwischen meinen Fingern. Das Gehäuse pulsierte wie ein Herz, das nach einem Aussetzer wieder schlug, aber es wiederholte sich nicht. Es blieb warm, doch nicht heiß wie bei der ersten Berührung, und ich konnte die Wärme in meinem ganzen Körper spüren, als würden meine Adern sie zusammen mit meinem Blut transportieren. Wenn Matt die Uhr hielt, glühten seine Adern, aber meine taten nichts dergleichen.

Es war ein unglaublicher Apparat. Ich konnte nicht spüren, dass irgendeine Medizin in mich einsickerte, doch irgendwie musste es eine Substanz abgeben. Ich drehte es um und musterte die Rückseite. Es gab keine charakteristischen Details, keine Löcher oder Schlitze, aus denen Medizin sickern konnte.

Ich öffnete das Gehäuse. Mir stockte der Atem. Nicht, weil es voller Medizin war, sondern weil eben das nicht der Fall war. Die Uhr wirkte wie jede andere Taschenuhr, mit der ich bereits gearbeitet hatte. Das Ziffernblatt und die Zeiger waren einfach, simpel, die römischen Zahlen deutlich in Bronze dargestellt.

Ich nahm sie mit hinauf in mein Zimmer und nutzte meine Werkzeuge, um das Gehäuse am Toilettentisch zu öffnen. Der Mechanismus bestand aus Rädchen und Schrauben, winzigen Federn, Trieben und einer Hemmung, wie bei jeder normalen Uhr. Ich hatte schon an hunderten davon gearbeitet. Jeder Uhrmacher hätte so eine bauen können. Laut der Ätzung im Metall war sie von A.W. Waltham, NY, hergestellt worden.

New York. Es war eine amerikanische Uhr. Warum durchkämmte Matt dann London nach seinem Uhrmacher? Sicherlich hatte er in das Gehäuse geschaut und den Namen des Herstellers gesehen.

Ich schloss das Uhrengehäuse und starrte es lange an. Irgendwie wurde die Uhr warm, wenn ich sie berührte, und genauso, wenn Matt es tat. Irgendwie wurde sie lebendig. Und irgendwie war sie dafür verantwortlich, Matt am Leben zu halten.

Magie.

Das Wort flatterte durch meine Gedanken wie ein Schmetterling, zart und vorsichtig erst, aber es wurde mit jeder Sekunde lauter, stärker. Ich wollte es abwehren, konnte es aber nicht.

Ich ließ die Taschenuhr in meine Westentasche gleiten, wo sie rasch die Haut über meinen unteren Rippen erwärmte. Ich rannte hinab und zur Tür hinaus.

* * *

DIE POLIZEIWACHE an der Vine Street warf am späten Nachmittag einen langen Schatten und präsentierte der Welt eine strenge Fassade. Die Fenster im Erdgeschoss waren vergittert, und an der Tür stand ein Bobby, steif und hochgewachsen. Mehr Besucher, als ich erwartet hätte, kamen und gingen, doch nur wenige waren Schutzmänner. Die meisten nutzten wohl den Hintereingang im Hof, nahm ich an, nachdem sie Verbrecher geschnappt hatten. Hinter welchem vergitterten Fenster würden Matt und die anderen sitzen? Oder hatte die Zelle kein Fenster?

Ich brachte etwas Mut auf und ging an dem Schutzmann an der Tür vorbei. „Tag, Miss", sagte er.

Drinnen war es ganz wie in jedem Bureau, nur voller uniformierter Polizisten. Hinter einem langen Tresen erstreckten sich etliche Schreibtische, und ich erspähte ganze vier Türen, die in die Flügel des weitläufigen Gebäudes führten. Ich fragte am Tresen nach Matt, und der Polizist mit den buschigen Brauen erwiderte meinen Blick finster.

„Er darf keine Besucher empfangen", sagte er und kehrte zu seiner Schreibarbeit zurück.

Die Uhr in meiner Westentasche pochte. „Können Sie ihm etwas von mir überbringen?"

„Nein", sagte er, ohne aufzuschauen.

Ich stieß einen Atemzug aus. „Ich muss ihn nur einen Augenblick lang sehen. Sie können mich von jemandem begleiten lassen, um sicherzugehen, dass ich ihm nicht bei der Flucht helfe."

Auf meinen Versuch zu scherzen folgte ein Stirnrunzeln. Er nahm seine Feder und tauchte sie ins Tintenfass. Das Kratzen im Notizbuch zerrte an meinen bereits strapazierten Nerven.

„Kann ich mit Inspektor Nunce sprechen?", fragte ich.

„Betreffend?"

„Betreffend Mr. Matthew Glass."

„Nein."

„Warum nicht?"

„Weil Sie seine wertvolle Zeit verschwenden würden, indem Sie fragen, ob Sie Glass in den Zellen besuchen dürfen, und er wird Ihnen nur dasselbe sagen wie ich – nein."

„Sie könnten mich zumindest ansehen, wenn Sie mit mir reden."

Er hob den Blick, aber nicht den Kopf. „Nein." Er kehrte zu seiner Akte zurück.

Die Uhr in meiner Tasche pulsierte wieder, diesmal stärker. Was erwartete sie von mir? „Bitte sagen Sie Inspektor Nunce, dass ich ihn gern sehen würde."

Der Schutzmann seufzte. „Miss, ich habe Ihnen doch gesagt, er ist beschäftigt."

„Es geht um Leben und Tod!" Ich betonte den Satz, indem ich mit der Hand auf den Tresen schlug. Ein Dutzend Köpfe sahen von ihrer Schreibarbeit auf.

Der Schutzmann verdrehte die Augen und murmelte etwas Tonloses, das nach „verdammte Weibsbilder" klang.

Die Tür, die mir am nächsten war, sprang auf, und Nunce persönlich stürmte herein. „Holen Sie einen Arzt!"

„Sir?", fragte der Bobby.

„Einen Arzt!" Nunce zog ein Taschentuch aus der Tasche und tupfte sich die schwitzende Stirn.

Mir wurde eiskalt. „Ist der Arzt für Mr. Glass?"

Nunce schaute mich mit zusammengekniffenen Augen an. „Sie sind aus Glass' Haus."

„Ich bin die Gesellschafterin seiner Tante. Sie ist Lord Rycrofts Schwester."

„Das muss man mir nicht noch einmal sagen. Seine Freunde sagen es auch die ganze Zeit, und es ist mir verdammt egal, und wenn er der Prince of Wales wäre. Er geht nirgendwohin, bis er vor Gericht steht. Außer er stirbt natürlich. Sieht nicht gut für ihn aus."

O Gott. Ich fasste mir an die Kehle und raffte meine verstreuten Gedanken zusammen. „Bitte, Inspektor, ich muss ihn sehen. Um seiner Tante willen." Ich hatte eine Idee, und bevor er mir den Einlass verwehren sollte, sagte ich: „Ich habe seine Medizin."

„Was für eine Medizin?"

„Sie ist in diesem Gefäß." Ich zog die Uhr heraus. „Ich weiß, dass es nicht medizinisch aussieht, aber amerikanische Hersteller gestalten ihre Arzneifläschchen gern als Krimskrams. Das sagte mir Mr. Glass." *Bitte verlangen Sie nicht, dass ich sie öffne.*

„Ich bin mir nicht sicher, ob sie ihm helfen wird", sagte Nunce. „Er ist nicht bei Bewusstsein."

Ich keuchte mit der Hand vor dem Mund. Tränen traten mir in die Augen. „Es ist noch nicht zu spät. Bitte lassen Sie ihn nicht sterben, Sir, wenn Hilfe so nahe ist."

Er hob die Absperrung. „Kommen Sie."

Er ließ mich von dem Polizisten nach Waffen absuchen. Als dieser mich freigab, eilte ich Nunce nach, durch gekalkte Gänge und an Holztüren vorbei, die alle geschlossen waren. In jede Tür war ein rechteckiger Schlitz eingelassen, den man aufschieben konnte, um Kommunikation zwischen drinnen und draußen zuzulassen.

Jemand klopfte an eine Tür, als wir vorbeigingen, und andere riefen, die Stimmen gedämpft durch die dicken Wände. Weiter oben hatten drei Schutzmänner eine Tür umstellt. Einer schaute durch den Schlitz und rief der Person im Inneren etwas zu. Es kam keine Antwort.

„Immer noch weg", sagte der Bobby, als Nunce nach Matts Zustand fragte.

„Darf ich die Medizin verabreichen?", fragte ich. „Ich bin ausgebildete Krankenschwester", fügte ich an, als mir die Inspiration kam. „Darum bin ich die Gesellschafterin seiner Tante. Sie braucht von Zeit zu Zeit Pflege."

Er zögerte.

„Kommen Sie, Sir. Was, meinen Sie, wird passieren? Ihr

Schutzmann hat mich nach Waffen abgesucht, Mr. Glass kann nicht aufstehen, geschweige denn kämpfen, und ich bin nur eine Frau, umringt von Polizisten."

„Sir, es sieht aus, als hätte er zu atmen aufgehört", sagte der Schutzmann an der Tür.

Mir wich das Blut aus dem Gesicht. Ich biss mir auf die Unterlippe, konnte aber nicht verhindern, dass sie zitterte.

„Öffnen Sie die Tür", sagte Nunce. „Lassen Sie sie rein."

Der Schutzmann schien eine Ewigkeit zu brauchen, um den richtigen Schlüssel zu finden, der von einem Ring an seinem Gürtel hing. Schließlich steckte er ihn ins Schlüsselloch und sperrte die Tür auf. Ich stieß sie selbst auf und lief zu Matt, der auf der Seite ausgestreckt auf dem Boden lag. Der rote Schnitt auf seiner Lippe und der Bluterguss darum herum hoben sich stark auf seinem totenbleichen Gesicht ab. Er war so reglos, dass ich fürchtete, zu spät zu kommen. Dann atmete er aus, wenn auch schwach.

Ich hörte, wie die Polizisten hinter mir eintraten, aber niemand sagte etwas, während ich die Uhr in Matts Hand drückte. Ich wiegte seinen Kopf und seine Schultern in meinem Schoß. Da ich mit dem Rücken zu den Polizisten saß und meine Röcke seine Hände bedeckten, war seine bloße Haut vor ihren Blicken verborgen.

Zentimeter um Zentimeter erwärmte sich sein Körper, ausgehend von der Hand, die die Taschenuhr hielt. Ich hielt seine Finger darum geschlossen, damit er sie nicht fallen ließ, und beobachtete, wie das Glühen die kränkliche Blässe bis hinauf zu seinem Haaransatz vertrieb.

Seine Brust weitete sich. Er holte tief Luft und hustete. Ich spürte seinen Atem an meiner Kehle und lächelte durch meine Tränen.

„Gottseidank", flüsterte ich. Ich hielt ihn fest, nicht sicher, ob ich ihn schon loslassen sollte. Falls er noch glühte, würde Nunce es sonst sehen. Außerdem fühlte es sich gut an, ihn zu halten. Ich hatte noch nie einen Mann so gehalten.

Sein Körper fühlte sich inzwischen warm an, lebendig mit steten Atemzügen, und nicht mehr schlaff. Seine freie Hand schloss sich um meine, so fest und wunderbar. Keiner von uns trug Handschuhe.

Nunce räusperte sich. „Das ist ziemlich starke Medizin."

Matt zog seine Hände aus meinen zurück und ließ die Uhr in seine Tasche gleiten, während die Sicht auf seinen Körper noch verstellt war. Seine Adern hörten sofort auf zu glühen. Er schaute zu mir auf und lächelte auf die umwerfendste Weise, was etwas tief in mir berührte. Ich erwiderte es. Er war am Leben. Das war alles, worauf es ankam.

„Geben Sie mir einen Augenblick", sagte er zu Nunce. „Mich hat gerade ein wunderschöner Engel vom Tod zurückgeholt. Vergeben Sie mir, wenn ich das solange wie möglich auskosten will."

Einer der Polizisten kicherte.

„Hoch mit Ihnen, Glass", sagte Nunce in seiner monotonen Art. „Miss? Darf ich bitten?"

Matt erhob sich und hielt mir eine Hand hin. Ich nahm sie und gestattete ihm, mir aufzuhelfen. Er strich mit der Daumenkuppe über meine nassen Wangen. „Ich wusste, dass du mich eines Tages retten würdest", murmelte er. „Ich dachte nur nicht, dass es heute sein würde."

„Ich war es nicht", sagte ich. „Ich habe ihnen nicht erzählt, dass du der Dark Rider wärst." Er sollte es wissen. *Musste* es wissen.

Er berührte mich am Kinn. „Ich glaube dir."

„Gut, dann raus mit Ihnen, Miss", sagte Nunce, der sich neben uns stellte. „Wachtmeister Stanley wird Sie begleiten."

Ich schüttelte den Kopf. Das war alles falsch. Matt konnte nicht der Dark Rider sein. Ich hatte keinen Beweis, außer mein Bauchgefühl. Ich drehte mich zu Nunce um. „Er ist unschuldig", sagte ich. „Sie haben keinen Beweis gegen ihn, nur einige böse Gerüchte."

„Das ist jetzt genug von Ihnen, Miss." Er scheuchte mich mit den Händen weiter.

„Ich gehe nicht! Das ist empörend! Sie halten einen Unschuldigen fest –"

„India." Matt packte mich an den Schultern und drehte mich zu sich um. Er wirkte gesund, seine Gesichtsfarbe normal, aber immer noch lag der Schatten der Erschöpfung auf ihm. Er musste nach Hause, um sich ordentlich auszuruhen. „Es gibt keinen Anlass, jetzt ein Tohuwabohu zu machen. Sobald Commissioner Munro weiß, dass ich hier bin, wird er meine Freilassung erwirken." Er warf einen Blick auf Nunce. „Solange man es dem Commissioner mitteilt, natürlich."

„Der Commissioner ist zu beschäftigt, um sich Märchen anzuhören", sagte Nunce. „Wenn ich jedes Mal nach ihm schicken würde, wenn ein Täter darum bittet, würde er nie irgendwas fertig bekommen."

Tohuwabohu. Ich hatte das Wort in den letzten drei Tagen dreimal gehört, wohingegen ich es vorher nur ein einziges Mal gehört hatte, und zwar im Bezug auf einen Aufstand in Amerika, über den in einer englischen Zeitung berichtet worden war. Der Reporter war jedoch ein Amerikaner vor Ort gewesen.

Ich starrte Matt an. Er starrte zurück und runzelte die Stirn. „Ich weiß, wer er ist", flüsterte ich und fühlte mich angewidert, aber auch erleichtert. „Tohuwabohu."

Auf ein Nicken von Nunce hin nahm mich einer der Schutzmänner am Ellbogen und drängte mich zur Tür. Der mit dem Schlüssel hielt sie auf.

„India?"

Ich warf einen Blick über die Schulter auf Matt. Er runzelte immer noch die Stirn, Sorge stand in jeder erschöpften Falte seines Gesichts. „Du wirst bald frei sein", erklärte ich. „Ich weiß, wer der Dark Rider wirklich ist."

„Wer?"

„Dorchester."

Matts Gesicht verdüsterte sich. „Woher weißt du das?"

„Das reicht", sagte Nunce. „Schaffen Sie sie hier raus, Stanley."

Ich stellte die Füße fest auf den Boden und verschränkte die Arme. „Es gibt einen Burschen, der auf den Namen Dorchester hört", erklärte ich Nunce. „*Er* ist der Dark Rider." Er *musste* der Dark Rider sein, und nicht dieser Sheriff. Der Sheriff brauchte seinen Akzent nicht vor der Welt zu verstecken und durch die Stadt zu schleichen.

Nunce kratzte sich den zottigen Bart. „Wo kann ich ihn finden?"

„In der Nähe der Piccadilly, aber ich weiß nicht genau, wo. Und selbst das könnte eine Lüge gewesen sein."

„Warum sollte ich Ihnen glauben, Miss? Vielleicht versuchen Sie mich hereinzulegen, damit ich Mr. Glass freilasse. Welchen Beweis haben Sie für die Schuld dieses Dorchester?"

„Er hat das Wort Tohuwabohu benutzt."

Er schaute mich ausdruckslos an. „Und?"

„Tohuwabohu ist amerikanisches Wort, und Mr. Dorchester behauptete, Engländer zu sein. Aus Manchester sogar, obwohl sein Akzent ganz falsch war. Ich hätte es von Anfang an ahnen sollen, aber ich … ich wollte ihm glauben."

Ich konnte Matt nicht in die Augen schauen. Ich wollte nicht, dass er meine Scham sah. Ich hatte glauben wollen, dass Mr. Dorchester mich um meinetwillen mochte, und nicht, weil ich ihm etwas geben konnte. Ich war so eine verdammte Närrin. Wieder einmal war ich durch Charme und mein armseliges Bedürfnis, gemocht zu werden, geblendet worden. Die Wahrheit schmerzte, ließ mich aber nicht in Tränen ausbrechen; ich spürte Wut und die Entschlossenheit, Dorchester für seine Verbrechen zahlen zu lassen.

„Ein Wort?", knurrte Nunce. „Das ist kein Beweis, Miss. Weiter jetzt. Raus mit Ihnen."

„India?" Die Sorge in Matts leiser Stimme ließ mich aufschauen, als Wachtmeister Stanley mich am Ellbogen nahm. „Geht es dir gut?"

Ich straffte mich. „Natürlich. Wenn mich die Gentlemen jetzt entschuldigen würden, ich muss einen Commissioner aufsuchen, ehe er für heute Feierabend macht."

Matt lächelte.

Wachtmeister Stanley brachte mich zum Eingang der Wache, aber in der Zugangstür hielt ich abrupt inne. Mr. Dorchester stand am Tresen und sprach mit dem diensthabenden Bobby. „Das ist er", flüsterte ich und packte Wachtmeister Stanley am Ärmel. „Das ist der echte Dark Rider."

Der picklige Jüngling beäugte Dorchester. „Sind Sie sicher, Miss?"

„Natürlich. Nehmen Sie ihn fest."

Er warf einen Blick zurück zur Tür, die sich inzwischen hinter uns geschlossen hatte. „Sie haben den Inspektor gehört. Ein Wort reicht nicht, um jemanden zu verhaften. Außerdem sieht er für mich ganz anständig aus."

„Können Sie ihn befragen? Fragen Sie ihn, was für ein Fluss durch Manchester fließt, oder eine andere Einzelheit, die ein Einwohner der Stadt wissen sollte."

„Was für ein Fluss fließt durch Manchester?"

Ich seufzte. „Der Irwell. Gehen Sie. Reden Sie mit ihm."

Er regte sich nicht, obwohl ich ihn weiterschob. „Ich muss mich an die Befehle des Inspektors halten, aber ich werde eine aktuelle Adresse von ihm einfordern, falls Sie das beruhigt."

Ich wollte ihm gerade sagen, dass das nicht der Fall war, als Dorchester plötzlich in unsere Richtung sah. Das Herz schlug mir bis zum Hals. Ich versuchte, nicht zu reagieren, aber er hatte wohl etwas in meinem Gesicht bemerkt, denn er lächelte nicht grüßend, wie es der freundliche Mr. Dorchester getan hätte. Er warf einen finsteren Blick auf den Schutzmann an meiner Seite.

„Gehen Sie", sagte ich zu dem jungen Bobby. „Reden Sie jetzt mit ihm."

Ich ging weiter und nickte Dorchester grüßend zu, als ich an ihm vorbei kam. Er berührte seine Hutkrempe. Der Austausch war so aufgesetzt und förmlich, dass ich den Verdacht hegte, er wisse genau, warum ich hier war und was ich von ihm hielt.

Ich eilte hinaus, entschlossen, so weit wie möglich von ihm wegzukommen. Die Sonne war hinter die Gebäude gesunken, so dass sich unheimliche grau-grüne Schatten über die Straße senkten. Ich warf einen Blick über die Schulter, doch Dorchester war nicht aus der Polizeiwache gekommen.

Ich wandte mich zur emsigen Piccadilly Street, wo ich mit den anderen Fußgängern verschmolz, die nach der Arbeit zu den Bahn- oder Omnibushaltestellen unterwegs waren. Von der Vine Street führten viele Wege zum Victoria Embankment, von denen mich einige schneller zum New Scotland Yard gebracht hätten, aber ich blieb zur Sicherheit auf den belebteren Straßen. Obwohl etliche Blicke über die Schulter bewiesen, dass Dorchester mir nicht folgte, wollte ich das Risiko nicht eingehen.

Es lag etwas Tröstliches in dem aufragenden Bauwerk des Uhrturms, in dem Big Ben untergebracht war. Er war jenseits des neuen Standorts der Metropolitan Police sichtbar und stand souverän mitten im Andrang der Kutschen, Karren und Fußgänger, wie schon mein ganzes Leben lang. Mein Vater hatte mich hergebracht, um ihn zu sehen und mir zu erklären, dass die riesige Uhr nach denselben Prinzipien lief wie meine Taschenuhr.

Eine Taschenuhr, die plötzlich in meinem Pompadour läutete. Eine Taschenuhr, die noch niemals geläutet hatte und gar nicht dafür gebaut war.

Ich öffnete meinen Pompadour, aber etwas prallte von hinten gegen mich und stieß mich nach vorne. Es ging so schnell, dass ich lediglich aufkeuchen konnte, ehe eine behandschuhte Hand sich über meinen Mund legte. In den tintenschwarzen Schatten eines tiefen, zurückgesetzten Eingangs drückte er meinen Rücken an den kalten Backstein. Ich konnte zwar sein Gesicht nicht sehen, aber der Mann hatte dieselbe Größe, den Körperbau und den Geruch von Dorchester. Er hatte wohl gewusst, dass ich hierherkommen würde, und einen schnelleren Weg gewählt.

„Sie törichte Närrin", knurrte er mit tiefer Stimme, ganz anders als die, mit der ich vertraut war. Sie war hart und grausam mit amerikanischem Akzent. „Sie hätten sich aus Glass' Angelegenheiten raushalten sollen. Aus *meinen* Angelegenheiten."

Wie hatte ich diesen Mann je mögen können? Ich war gewiss eine Närrin, dass ich ihm seine Geschichte geglaubt hatte. Ich wehrte mich, aber er war zu stark, drückte sein Gewicht auf mich, schob meine Schulterblätter gegen die Steine. Seine Hand dämpfte meine Schreie, und nach einem kurzzeitig hohen Verkehrsaufkommen war der Bürgersteig nun frei von Fußgängern.

Panik stieg in meiner Kehle auf. Ich trat um mich, aber die verdammten Röcke waren im Weg. Er drückte sich noch fester an mich, blockierte meine Beine, so dass ich gar nicht mehr treten konnte. Ich war an die Wand genagelt und konnte keinen Mucks von mir geben.

„Hätten Sie sich rausgehalten, hätte ich meine volle Rache an

C.J. ARCHER

diesem Abschaum nehmen können. Ja, ich war es, der der Polizei sagte, er wäre der Dark Rider. Es war der perfekte Plan. Er wird hier festgenommen und verurteilt, weit weg von seinen Freunden, die ihm helfen könnten. Aber dann muss ich erfahren, dass er auch den Commissioner in der Tasche hat, darum weiß ich, dass ich schnell handeln muss, ehe er freigelassen wird. Ich ging zur Polizeiwache, um ihm mein Abschiedsgeschenk zu geben." Ein Klicken hallte in dem Steinbogen wider, gefolgt vom Kreischen von Metall auf Metall. Etwas Spitzes bohrte sich über meinem Schlüsselbein in meinen Hals. Er hatte ein Messer – sein „Geschenk" an Matt, das zweifellos dafür bestimmt gewesen war, ihm direkt durchs Herz zu gehen.

Ich schluckte, schloss die Augen und wünschte mir, dass jemand vorbeikam und mich der Gnade dieses bösen Mannes ausgeliefert sah. Aber unsere Kleidung war dunkel, die Straßenlaternen waren noch nicht entzündet, und es kam ohnehin niemand vorbei.

„Aber sie wollten mich ihm keinen Besuch abstatten lassen, das habe ich Ihnen zu verdanken, Sie kleines Biest. Ich weiß, dass Sie ihnen von mir erzählt haben. Ich konnte es in den Augen des Kleinen erkennen – und in denen von seinem Boss, als er rauskam. Ich bin nur dank meiner schnellen Zunge weggekommen."

Ich wollte ihn beißen, stieß aber nur auf den Lederhandschuh.

Er kicherte. Seine Zähne leuchteten in der Dunkelheit weiß auf, und ein Glitzern glomm in seinen Augen. „Wissen Sie, dass der Mann, dem Sie helfen, ein Verräter ist? Er war auch ein Bandit. An den Händen von diesem Glass klebt Blut. Viel Blut."

Mir stockte der Atem. Mein Körper wurde reglos.

Er kicherte erneut. „Das hat er wohl vergessen, seiner kleinen Freundin zu sagen, hm? Er verabscheut es, wenn normale Leute es wissen. Verabscheut, dass er mit den Johnsons verwandt ist. Aber das ist nicht das Schlimmste an ihm, Ma'am. Sie halten mich für schlimm, aber er ist schlimmer. Wir haben beide schon getötet, aber zumindest habe ich nicht meine Familie umgebracht."

Galle stieg in meiner Kehle auf. Ich musste davon würgen, so dass mir Wasser in die Augen schoss und in die Nase lief. Tränen sammelten sich, liefen aber nicht über. Er *musste* einfach lügen.

„Hat eiskalt seinen eigenen Großvater ermordet", fuhr Dorchester fort. „Glass hätte ihn festnehmen lassen können, wie die anderen aus der Bande des Alten, entschied sich aber stattdessen, ihn zu erschießen. Mein kleiner Bruder war bei Johnsons Bande. Nur ein Kind war er, als sie ihn hängten." Er schniefte und wischte sich die Nase an der Schulter ab. „Also, was halten Sie davon, Miss Prüde? Was halten Sie jetzt von Ihrem großen, gutaussehenden Helden?"

Sein heißer Atem brannte auf meiner Stirn. Die Spitze seiner Klinge drang durch meine Haut. Blut tröpfelte mir in den Kragen. Ich wimmerte und schloss die Augen. Meine Taschenuhr läutete wieder, diesmal lauter. Ich betete, dass jemand es hörte und neugierig wurde.

Aber niemand kam vorbei.

„Jetzt wird er Sie nicht retten", sagte Dorchester leise lachend. „Er ist weggesperrt, kostet ein Schlückchen seiner eigenen Medizin. Leider wird er früher oder später rauskommen. Aber wenn es dazu kommt, wird er herausfinden, dass seine hübsche kleine Freundin einem weiteren Londoner Mörder zum Opfer gefallen ist, gleich hier vor der Nase von Scotland Yard. Er hat mir jemanden genommen, also werde auch ich ihm jemanden nehmen."

Ich wollte ihn anbrüllen, dass ich Matt kaum kannte, dass ich ihm nicht wichtig war. Aber ich war nicht sicher, ob es eine Rolle gespielt hätte. Dorchester hasste mich dafür, dass ich auf Matts Seite stand, dass ich jetzt die Aufmerksamkeit auf ihn gelenkt hatte. Er wollte mich tot sehen, und kein Betteln, egal wie sehr, würde daran rütteln. Mit der Hand über meinem Mund konnte ich es nicht einmal versuchen.

Er drückte die Klinge noch fester an mich. Frisches Blut wallte auf und lief mir den Hals hinab. Ich schloss die Augen und betete für meine Seele. Mehr konnte ich nicht tun.

KAPITEL 16

*D*orchester fletschte die Zähne und beugte sich dann vor, um mir das Blut vom Hals zu lecken. Ich würgte. Er lachte und tat es dann noch einmal, kostete mein Entsetzen aus. Kostete es aus, mit dem Kaninchen in der Schlinge zu spielen.

Mein Pompadour bewegte sich in meiner Hand. Mein Herz machte einen Satz, und ich schrie gedämpft auf, aber ich hielt ihn fest. Hätte ich vorher nicht gehört, wie die Uhr läutete, hätte ich nicht gehört, wie mit dem Wort Magie um sich geworfen wurde, hätte ich gedacht, eine Maus hätte sich darin verirrt. Aber ein kleiner, irrer Teil von mir wusste, dass meine Taschenuhr herauszukommen versuchte.

Meine Arme waren festgenagelt, aber meine Hände hatten etwas Luft. Ich schaffte es, meinen Pompadour zu bewegen und meine Finger in die mit einem Zugband verschlossene Öffnung zu bekommen, die ich aufschob. Meine Taschenuhr fand ihren Weg in meine Hand. Das Silbergehäuse, das sonst kühl wirkte, fühlte sich so warm an, dass ich es durch den Handschuh spürte.

Mein Verstand zuckte zurück zum Abend des Pokerspiels, als ich diese Kutschuhr geworfen hatte, um meinen Angreifer auszuschalten. Ein seltsamer Gedanke nistete sich ein, einer, den ich nicht abschütteln konnte – es war nicht gutes Zielen oder die Kraft hinter meinem Wurf gewesen, die die Uhr zu Dennisons

Stirn befördert hatten. Es war die Uhr selbst gewesen, die den Kurs geändert hatte, um ihn zu treffen. Sie war magisch gewesen.

Dorchester lachte wieder. Er leckte über mein Ohr und drückte mir die Klinge dann fester in den Hals. Ich schrie auf, nicht wegen des scharfen Schmerzes, sondern weil mir die Uhr aus der Hand fiel. Ich hatte sie verloren! Nein, nein, NEIN!

Dorchester erstarrte. Der Druck seiner Klinge ließ nach. Dann begann sein Körper wild zu beben. Er ließ mich los und stolperte zurück, geschüttelt von Krämpfen. Er wirkte, als würde er einen irren Tanz aufführen. Er wollte sprechen, doch keine Worte kamen heraus. Seine Augen bettelten mich um Hilfe an, aber ich half nicht, obwohl ich wusste, dass es meine Uhr war, die ihn zu diesem Verhalten trieb. Die Kette hatte sich um sein Handgelenk gelegt, und die Uhr selbst drückte sich in seinen Handteller.

Er stürzte auf die Knie, als hätte ihn jemand Stärkeres zu Boden geworfen. Dann fiel er nach vorne aufs Gesicht, krachte mit der Nase aufs Pflaster.

Ich floh. „Hilfe! Helfen Sie mir!"

Drei Männer rannten auf mich zu, zwei davon uniformierte Bobbys, der andere erklärte, dass er ein Inspektor vom Yard war.

Ich deutete auf den Eingang. Meine Hand zitterte und meine Stimme bebte, aber es gelang mir, ihnen zu sagen, dass dort drin ein Mann namens Dorchester war. „Er ist der amerikanische Bandit namens Dark Rider, und er hat mich angegriffen. Er – er wollte mich zum Schweigen bringen."

Ich konnte im trüben Licht gerade noch ihre ungläubigen Gesichter erkennen. Sie hatten bestimmt ein Dutzend Fragen an mich, aber sie wussten alle, dass es am meisten drängte, meinen Angreifer zu erwischen. Sie näherten sich dem Eingang vorsichtig mit erhobenen Schlagstöcken. Ich folgte ihnen, nicht sicher, was sie vorfinden würden.

Der Schutzmann ganz vorne senkte seinen Schlagstock. „Ist er tot?"

Ich taumelte, mir war übel. *Bitte sei nicht tot.* Ich wusste, dass man ihn für seine Verbrechen hängen würde, entweder hier oder in Amerika, aber ich wollte nicht diejenige sein, die am Hebel zog, um es so auszudrücken. Ich wollte nicht, dass sein Tod von meiner ... Magie rührte.

Die Bobbys zerrten Dorchester aus dem Eingang. Er stöhnte und regte sich. Ich stieß einen erleichterten Seufzer aus und kam näher, machte einen großen Bogen um ihn, bis ich vor dem Eingang stand. Meine Taschenuhr glänzte in den Schatten. Ich bückte mich und hob sie auf. Sie fühlte sich nicht mehr warm an, sondern wie eine normale Silberuhr.

„Was haben Sie da, Miss?", fragte der Inspektor.

„Meine Taschenuhr." Ich zeigte sie ihm. „Ich habe sie im Handgemenge fallenlassen."

Er nickte zufrieden. „Wie haben Sie ihn überwältigt?", fragte er, während die beiden Schutzmänner den benommenen Dorchester zwischen sich nahmen.

„Ich ... ich schätze, es war eine Kombination aus Glück und dem richtigem Zeitpunkt." Ich ließ meine Taschenuhr wieder in meinen Pompadour fallen. „Genau dem richtigen Zeitpunkt."

„Und was hat es damit auf sich, dass er der Dark Rider sein soll?"

„Es ist eine lange Geschichte, und ich muss sofort mit Ihrem Commissioner darüber sprechen. Ist er in seinem Bureau?"

„Der Commissioner ist beschäftigt, Miss."

„Das ist mir egal!" Guter Gott, dieser Mann war noch weniger erreichbar als die Königin. „Ich habe entscheidende Informationen über den Dark Rider für ihn, und nur für ihn. Bringen Sie mich jetzt zu ihm. Bitte", fügte ich etwas bescheidener hinzu.

Er beäugte mich, dann die sich entfernenden Rücken seiner Polizisten, die Dorchester trugen. „Sie können mir alles darüber berichten, woher Sie wussten, dass dieser Mann der Dark Rider ist, während wir zum Bureau des Commissioners gehen."

Ich war so dankbar, dass ich ihn an der Hand nahm. „Dann kommen Sie!"

Ich gab ihm meinen Namen und Matts Adresse, während wir losgingen, sagte ihm aber, dass ich die Einzelheiten über den Dark Rider für die Ohren des Commissioners reservieren wollte.

Im Inneren des Gebäudes war es dunkel, und der Inspektor befahl einem der Polizisten im Dienst, ihm eine Laterne auszuhändigen. Sie gab genug Licht ab, dass wir unseren Weg durch die Korridore von New Scotland Yard finden konnten. Der Geruch nach frischer Farbe folgte uns. Die Türknäufe und Kleiderhaken aus Messing glitzerten im Lampenlicht. Anders als in der Polizeiwache in der Vine Street waren die Fenster nicht vergittert. Ich fragte mich, wohin sie Dorchester gebracht hatten und ob er sich erholt hatte.

Wir betraten ein Bureau im zweiten Stock, in dem die Möbel auf Glanz poliert waren und ein Portrait der Königin an der Wand hing. Der Inspektor klopfte, und ich war erleichtert, eine mürrische Stimme zu hören, die uns hereinbat. Der Commissioner war noch nicht nach Hause gegangen.

Commissioner Munro war ein elegant wirkender Gentleman mit weißem Haar an den Schläfen. Sein weißer Schnurrbart war an den Enden gezwirbelt. Er trug eine Uniform mit beeindruckend verzierten Epauletten, und an einem Haken hing eine Kappe neben einem weiteren Portrait der Königin. Listige Augen beobachteten mich, aber mit Neugier, nicht Abweisung.

Er stand auf, und wir schüttelten uns die Hände. Der Inspektor stellte uns vor und berichtete kurz von unserem Treffen. Der Commissioner lud mich ein, mich zu setzen, und wies den Inspektor an, uns Tee zu machen.

„Nein, danke", sagte ich. „Das ist nicht nötig." Alles, was den Commissioner davon abhielt, Matt aus dem Gefängnis zu holen, war nicht nötig.

„Miss Steele, warum sind Sie sicher, dass der Kerl, der Sie angegriffen hat, der Dark Rider ist?", fragte der Commissioner. „Vielleicht war er nur ein Gelegenheitstäter, der eine junge Frau allein in der Dämmerung sah."

„Direkt vor New Scotland Yard? Das würde einen abgebrühten Angreifer brauchen. Nein, Commissioner, er ist der Dark Rider und hat das auch vor mir eingestanden."

Er lehnte sich zurück. Das Leder seines Sessels knarzte. Er stützte die Ellbogen auf die Armlehnen und legte die Finger aneinander. „Der Dark Rider wurde bereits gefasst. Er sitzt derzeit in der –"

„Polizeiwache in der Vine Street ein. Ja, ja, darüber weiß ich Bescheid. Aber jener Mann ist nicht der Dark Rider."

C.J. ARCHER

Ergraute Augenbrauen hoben sich langsam zur Stirn. „Sie zweifeln an meinem äußerst erfahrenen Inspektor?"

„Inspektor Nunce mag ja erfahren sein, aber er ist ein Narr. Er hat den Falschen festgenommen. Ich glaube, Sie kennen ihn, Sir, und Sie können für seine Unschuld bürgen." Ich hoffte, dass ich damit richtig lag, und dass Matts Fragen nach dem Commissioner ein Hinweis darauf waren, dass man diesem Mann vertrauen konnte. Basierend auf dem, was Dorchester mir gesagt hatte, war ich mir nicht mehr sicher, wer oder was Matt war, aber ich wusste, dass er nicht der Dark Rider war. Ich wusste auch, dass er hoffte, der Commissioner könne ihm helfen. Das reichte mir vorerst.

„Ich bin fasziniert", sagte er. „Wer ist es?"

„Mr. Matthew Glass."

Der Commissioner senkte die Hände. „Danke, Toohey, das ist dann alles."

Der Inspektor, der sich hinter mich gestellt hatte, ging und schloss auf dem Weg nach draußen die Tür.

„Ich möchte die ganze Geschichte", sagte der Commissioner ruhig, mit stählernem Unterton. „Sofort."

Ich erklärte alles, wozu ich eine Erklärung hatte. Ich ging über den Einsatz meiner Taschenuhr, um vor Dorchester zu flüchten, großzügig hinweg, und spekulierte nicht darüber, wie Matt den Commissioner kennen mochte, wo er doch erst eine Woche in London war.

Der Commissioner erhob sich aus seinem Sessel, bevor ich fertig war. Er schnappte sich seine Kappe vom Haken und steckte sie sich unter den Arm. „Es scheint, als müsse ich in der Vine Street vorbeischauen, ehe ich heute nach Hause gehe. Ich hoffe, Mrs. Munro ist nicht zu aufgebracht über meine Verspätung."

Er hielt in einem Bureau unten an, um mit Inspektor Toohey zu besprechen, dass Dorchester gut weggeschlossen blieb, dann befahl er einem seiner Schutzmänner, seine Kutsche vorzuholen. Während wir warteten, kam das Stundenläuten von Big Ben. Sein tiefer, hallender Gong dröhnte durch mich hindurch. Ich atmete tief ein, sog Luft in meine Lungen, die sich wie der erste ordentliche Atemzug seit dem Angriff von Dorchester anfühlte.

Es war eine kurze Fahrt zurück zur Vine Street, während der sich der Commissioner nach meinen Verbindungen und meinen Hintergrund erkundigte und mich schließlich nach den Details darüber befragte, wie ich Dorchester entwischt war.

„Ich weiß es nicht", sagte ich ehrlich. „Ich weiß es wirklich nicht. Einen Augenblick lang war sein Messer hier", ich berührte den kleinen Schnitt über meinem Schlüsselbein, „und dann lag er auf dem Boden und zuckte."

„Epilepsie", sagte er mit Überzeugung.

Ich zog meinen Pompadour dichter an mich und drückte auf sein weiches Inneres, bis ich die vertraute Form meiner Taschenuhr spürte. Die vertraute, tröstliche Form. Jene Uhr hatte mich gerettet; dessen war ich mir sicher. Sie hatte versucht, mich mit ihrem seltsamen Läuten zu warnen, dass Dorchester in der Nähe war, aber ich hatte nicht auf sie gehört. Dann war sie von meiner Hand in seine gesprungen und hatte irgendeine Art Elektrizität auf ihn übertragen.

Aber was konnte das sein? Was für eine logische Erklärung gab es, dass eine Uhr eigenständig agierte und *dachte*? Es war abstrus. Ich hatte wohl den Verstand verloren, dass ich es überhaupt in Erwägung zog. Doch hier war ich und zog es sehr ernsthaft in Erwägung. Wenn es nur meine Taschenuhr gewesen wäre, und nur der eine Vorfall, wäre ich etwas skeptischer gewesen, aber es war nicht das erste Mal. Die Uhr auf dem Kamin in der Spielhölle hatte mir auch das Leben gerettet. *So* gut zielte ich nicht.

Vielleicht waren alle Uhren magisch, und ich war noch nie in einer gefährlichen Lage gewesen, um ihre Macht zu bezeugen. Aber das erklärte nicht, warum immer wieder Leute ermordet wurden, die Taschenuhren dabei hatten, oder im Beisein von Uhren getötet wurden. Die Uhr im Glockenturm von Big Ben hatte sich auch nicht auf meinen Angreifer geworfen. Ich lächelte darüber, wie absurd das war, aber meine Erheiterung verflog rasch. Ich hatte sowohl die Uhr in der Spielhölle als auch die Taschenuhr in meinem Pompadour in der Hand gehalten. Ich hatte sie geöffnet und ihre Mechanik berührt.

Ich war der Schlüssel, um ihre Magie in Gang zu bringen.

Meine Finger schlossen sich um meinen Pompadour. Der

Commissioner sagte etwas, und ich musste ihn bitten, es zu wiederholen. Erst als ein Schutzmann die Tür der Kutsche öffnete, erkannte ich, dass wir an der Polizeiwache in der Vine Street angekommen waren.

Polizisten keuchten auf, als sie den Commissioner erkannten, dann salutierten sie mit klickenden Absätzen. Die Polizeiwache war ruhiger, und am Eingangstresen stand Wachtmeister Stanley und nicht sein mürrischerer Kollege. Als er mich sah, lächelte er, nur um dann überrascht den Mund zu öffnen, als er merkte, wer mich begleitete.

„Hier entlang, Sir", sagte er, als Munro darum bat, Matt zu sehen. Nicht Inspektor Nunce, sondern Matt selbst.

Ich folgte ihm, nur um vom Commissioner den Befehl zu erhalten, zurückzubleiben. Ich erwog, Widerspruch einzulegen, beschloss dann aber, mich hinzusetzen und zu warten. Es gab vermutlich Dinge, die er und Matt allein besprechen mussten, ehe Munro dessen Freilassung befahl.

Falls er dessen Freilassung befahl.

Wenn er es nicht tat, waren meine Anstrengungen umsonst gewesen. Es gab nichts mehr, was ich tun konnte.

Es fühlte sich an wie eine Ewigkeit, bis sich die Tür wieder öffnete, aber laut der Uhr an der Wand waren nur zehn Minuten vergangen. Willie kam heraus. Sie sah mich und lächelte. Ich grinste zurück, Erleichterung überkam mich. Ich fühlte mich ganz benommen davon.

Duke folgte ihr, dann Cyclops, und schließlich Matt und der Commissioner. Unsere Blicke trafen sich kurz, ehe Willie mich überschwänglich umarmte und beinahe von den Füßen riss. Sie hielt mich fest und lachte.

„Ich wusste, dass du uns retten würdest!", rief sie und versetzte mir einen sanften Hieb auf den Arm, ehe sie mich losließ.

„Lügnerin", sagte Duke, bevor er sie mit dem Ellbogen zur Seite drängte, damit auch er mich umarmen konnte. „*Ich* wusste, dass du uns retten würdest. Habe nie daran gezweifelt."

„Ich auch nicht", sagte Cyclops, der mich an seine Seite drückte und mich auf den Scheitel küsste. „Ich sehe, dass du ihm auch die Uhr gebracht hast", flüsterte er mit einem Nicken zu Matt. „Scheint, als hätten wir dir doppelt zu danken."

Sie mussten noch Papiere unterschreiben, ehe man sie ganz gehen ließ, aber es dauerte nicht lang, bis Willie, Matt, Munro und ich in die wartende Kutsche des Commissioners stiegen, während Cyclops sich zum Fahrer gesellte und Duke sich auf den Dienertritt hinten stellte.

Willie, die neben mir saß, nahm meine Hand. Sie lächelte mich abwechselnd an und blickte düster drein. Ich schätzte, dass es Dinge gab, die sie mir sagen wollte. Dinge, die auszusprechen ihr unangenehm waren. Ich drückte ihr die Hand, um sie wissen zu lassen, dass ich ihr verzieh.

Ich schaute zu Matt, sog seine Anwesenheit in mich auf, prüfte jeden Quadratzentimeter seines Gesichts. Er wirkte immer noch müde, aber zum Glück nicht erschöpft oder krank. Er lächelte, und seine Hand huschte zu der Tasche, in die er seine Uhr geschoben hatte.

„Commissioner", begann er, „ich muss Ihnen widersprechen."

Ich zog die Augenbrauen hoch. Eindeutig setzte das ein früheres Gespräch fort, bei dem ich nicht anwesend gewesen war.

„Es ist unklug", sagte der Commissioner mit einem Blick auf mich. „Je weniger Leute es wissen, umso sicherer sind Sie."

„Miss Steele ist ein Ausbund an Verschwiegenheit. Sie wird es niemandem sagen. Ich denke, sie hat sich als würdig erwiesen, oder nicht?"

Der Commissioner kniff die Lippen zusammen. Ich beschloss, es ihm etwas leichter zu machen. „Geht es darum, dass du für die amerikanischen Vollzugsbehörden arbeitest, um Banditen zu fangen?"

Sie starrten mich alle drei an. „Dorchester hat mir ein wenig erzählt", gab ich zu.

Matt schnappte nach Luft. Er starrte mich an, sein Körper versteifte sich. „Was hat er gesagt?"

Dass du deinen eigenen Großvater ermordet hast. Ich schaute weg, konnte ihn nicht mehr ansehen. Zum Töten war eine spezielle Art Mensch nötig, und noch einmal eine ganz andere, um die eigene Familie zu töten.

„Glauben Sie nicht alles, was Ihnen jener Mann erzählt hat, Miss Steele", sagte Munro. „Auch nicht seinen Namen. Scotland Yard wird nach Amerika telegrafieren, um weitere Informationen zu erhalten und eine Skizze dieses Kerls senden, den wir wegen des Angriffs auf Sie festgenommen haben."

„Angriffs!", brüllte Matt.

Munro winkte ab. „Ihr geht es vollkommen gut, wie Sie sehen können."

Matt konnte die restliche Fahrt zur Park Street nicht mehr stillsitzen. Seine Finger trommelten auf seinem Knie, der Wand, dem Türgriff, dem Sitz. Niemanden schien es aufzufallen, nur mir.

„Ich glaube, ich kann Ihnen mit seinem Namen helfen", sagte ich. „Er hat mir erzählt, dass Mr. Glass mit dem Tod seines jüngeren Bruders zu tun hatte."

„Könnte jeder sein", murmelte Willie.

Matt funkelte sie an, und sie zuckte mit den Schultern, ehe sie zu mir blickte und zusammenzuckte.

„Sein Bruder gehörte zur Bande deines Großvaters", sagte ich.

„Also weißt du von ihm", sagte Matt ausdruckslos.

„Ja."

Er senkte den Blick und rieb sich über die Stirn. Einen Augenblick später wandte er sich an den Commissioner. „Mit dieser Information vermute ich, dass Dorchester ein gewisser Patrick McTierney ist. Lassen Sie Ihre Männer die Skizze an den Sheriff von Lake Valley senden. Er ist ein guter Mann, und Patrick McTierneys Familie wohnt in seinem Gerichtsbezirk."

„Gottverdammt", sagte Willie schnaubend. Sie beugte sich vor, stützte die Ellbogen auf die Knie und schüttelte den Kopf. „Wir hatten immer befürchtet, dass er dich holen kommen könnte, früher oder später. Hätte nie gedacht, dass es hier passieren würde."

„Sie sind dem Kerl nie begegnet?", fragte Munro.

„Patrick nicht", sagte Matt. „Es stimmt, dass sein jüngerer Bruder zur Bande unseres Großvaters gehörte." Er sprach zu mir, nicht Munro. „Meine Beweise sorgten für seine Festnahme, und er wurde für seine Verbrechen gehängt."

„Sie hätten ihn wegen seines Alters schonen sollen", sagte Willie bedrückt. „Haben sie nicht."

Es musste mehr an der Geschichte sein, aber ich stellte keine Fragen, und Matt bot mir keine Antworten. Vielleicht würde ich sie nie erhalten. Nie herausfinden, warum er seinen Großvater eiskalt ermordet hatte, oder wie er dazu stand. Ich war nicht sicher, ob ich es wissen wollte.

Wir drei stiegen aus der Kutsche, aber Munro hielt Matt zurück: „Sie dürfen ihr so viel erzählen, wie Sie für nötig halten, dass sie weiß. Ich stimme Ihrer Einschätzung zu – sie hat ihren Wert bewiesen."

Matt nickte. „Danke, Sir. Ich werde mich melden."

„Wenn Sie in London bleiben, habe ich Arbeit für Sie." Der Commissioner berührte seine Hutkrempe. „Genießen Sie vorerst Ihre Freiheit."

Die Eingangstür öffnete sich, und Miss Glass stand dort, den Rücken gerade, den Kopf hoch erhoben. „Endlich! Du bist zu Hause! Also, was hast du mir mitgebracht, du kühner Mann?"

Matt stieg von der Leiter und umarmte sie. Sie tätschelte ihm sanft den Rücken. „Was meinst du damit?", fragte er.

„Von deinen Reisen", sagte sie. „Harry, willst du etwa sagen, du warst auf der ganzen Welt und hast mir nicht einmal eine lausige Haarnadel mitgebracht?"

Er umarmte sie wieder. „Es ist in meinem Gepäck, das morgen eintrifft."

Sie klatschte in die Hände und grinste. „Ooh, ich kann es nicht erwarten, zu sehen, was es ist."

Wir zogen uns alle in unsere Räume zurück, um uns zu erfrischen und für das Abendessen umzuziehen, das Polly zubereitete. Ich erwartete gar nicht, Matt zu sehen, weil ich dachte, er würde gleich zu Bett gehen, aber er war vor mir unten, wartete am Essensgong, allein.

„Ich hatte noch nicht die Gelegenheit, dir zu danken", sagte er leise.

„Das ist nicht nötig."

„Das ist absolut nötig." Er nahm meine Hände, und mein

Herz kam schlitternd zum Stillstand. Er beugte sich vor. Er roch nach Lavendel und Gewürzen, ein Geruch, der unverkennbar zu ihm gehörte. „Danke, India. Du hast mir heute das Leben gerettet, und das werde ich nie vergessen." Seine Lippen drückten sich auf meine Stirn und blieben dort viel länger, als der Anstand gebot.

Ich regte mich nicht. Ich stand wie angewurzelt. Ich umklammerte seine Hände und spürte, wie seine Finger meine drückten. Mir wurde leicht ums Herz, aber ich dämpfte es rasch wieder. Das war das echte Leben, kein Märchen. Er war dankbar, ja, aber das war es auch schon.

„Ich schulde dir eine Erklärung", sagte er und machte sich los.

Ich nickte, noch immer mit einem Kloß im Hals. „Arbeitest du für diese berühmte amerikanische Detektei? Irgendwas mit Pink? Von denen habe ich gehört."

„Pinkertons. Nein, ich bin selbständig, aber man könnte sagen, meine Rolle ähnelt dem, was Pinkertons macht. Ich bin darauf spezialisiert, Banditen der westlichen Bundesstaaten und Territorien zu fassen. Wegen meiner Familienverbindungen besitze ich ein Wissen, das Gesetzeshütern fehlt. Die Familie meiner Mutter ist gewissermaßen berüchtigt, und ich bin in dieses Leben verstrickt worden, als ich nach dem Tod meiner Eltern zu ihnen zurückkehrte. Ich kam schließlich raus, genauso wie Willie."

Und nun zog er sie zur Rechenschaft. Das war edel, und trotzdem auch finster. Sie waren immerhin seine Familie.

„Das macht Familientreffen unangenehm." Er lächelte zögerlich, als wollte er meine Reaktion auf seinen düsteren Scherz abschätzen. Ich erwiderte das Lächeln, aber es fehlte die Wärme. Ich war mir noch nicht sicher, wie ich seine Arbeit fand. „Ich habe Kontakte zu den örtlichen Gesetzeshütern, und als ich ihnen mitteilte, dass ich nach London reisen würde, gab einer von ihnen meine Kontaktdaten an Commissioner Munro weiter, mit dem Hintergedanken, dass er meine Dienste interessant finden könnte. Es ist nämlich meine Spezialität, Verbrecherbanden zu infiltrieren, und er dachte, ich könnte mich nützlich machen, während ich hier bin. Munro hat das Angebot jedoch nicht angenommen."

„Also ist der Dark Rider dir nach England gefolgt, nicht andersherum."

Er nickte.

„War er auch der Eindringling?"

„Ich glaube das inzwischen, obwohl ich es damals nicht vermutet habe. Ich habe aber keinen Beweis. Ich weiß nicht, woher er wusste, wo er mich suchen sollte. Vielleicht hat er die Spielhöllen abgegrast, in denen Poker gespielt wird, und ist Willie eines Abends nach Hause gefolgt. Ich habe ein paar Tage lang gespürt, dass wir verfolgt wurden."

„Darum dein ständiges Spähen aus dem Fenster." Genau, wie ich es mir gedacht hatte. Dorchester – McTierney – war wohl auch mir gefolgt, nachdem ich die Arbeit für Matt aufgenommen hatte. Das erklärte, warum er genau zur selben Zeit wie ich mit einem Regenschirm vor der Metzgerei gestanden hatte. Es lief mir eiskalt durch die Adern, und ich zitterte. „Warum hat er dich nicht einfach auf offener Straße erschossen?", fragte ich.

„Weil er nicht für seine Verbrechen hängen will. Sie mir anzulasten war für ihn das perfekte Szenario. Bis dahin hatte niemand sein Gesicht gesehen. Ich vermute, dass er auch hinter einigen Angriffen auf mich in den letzten Jahren steckte, aber ich hatte keinen Beweis. Seine Methoden waren listig, feige, niemals hat er offen gezeigt, dass er hinter ihnen stand."

„Wie schrecklich. Er macht dich wirklich für den Tod seines jüngeren Bruders verantwortlich."

„Gewissermaßen bin ich das. Ich bin für viele Tode verantwortlich."

„Darunter den deines Großvaters", sagte ich leise.

Seine Augen schlossen sich flatternd. Winzige blaue Adern zogen sich über die Lider. Er nickte. „Ich habe ihn aus Notwehr erschossen, nachdem er auf mich geschossen hatte. Vielleicht zeige ich dir eines Tages die Narbe, die seine Kugel hinterließ."

Sein eigener Großvater hatte auf ihn geschossen! Ich musterte sein Gesicht. Es zeigte keine Spuren.

Seine Augenbrauen zuckten schalkhaft. „Sie ist an einer Stelle, die man eher bedeckt hält."

Mein Gesicht wurde flammend heiß. Er lachte, und ich warf ihm einen finsteren Blick zu.

Er nahm wieder meine Hände. Sein Daumen strich über meine, während seine Züge zur Ruhe kamen, wieder ernst wurden. „Ich weiß, dass du Fragen zu meiner Taschenuhr hast." Er tätschelte seine Tasche. „Und ich erkenne jetzt, dass du es wissen musst. Können wir morgen reden? Das erfordert ein längeres Gespräch, und ich will nicht, dass Tante Letitia es erfährt."

Ich argwöhnte auch, dass er für ein solches Gespräch zu erschöpft war. Ich nickte.

„Gut." Er lächelte wieder. „Ich bin froh, dass du beschlossen hast, als ihre Gesellschafterin zu bleiben."

„Aber –"

„Ich glaube, ich höre sie gerade. Sagen wir es ihr, oder?" Er hielt mir seinen Ellbogen hin.

Ich zögerte, dann nahm ich mit einem Kopfschütteln an. „Du solltest Politiker werden. Du hast ein Talent dafür, Leute von deiner Sicht der Dinge zu überzeugen."

„Du bist zu freundlich, vor allem, wenn man bedenkt, dass du mir kaum je glaubst, wenn ich aufrichtig bin."

Ich wollte schon wieder widersprechen, aber er schenkte mir ein schiefes, jungenhaftes Grinsen, und ich schmolz ein wenig dahin. Außerdem kam Miss Glass dazu.

Matt setzte sie davon in Kenntnis, dass er mich als ihre Gesellschafterin angestellt hatte. Sie war erfreut, auf eine zurückhaltende, hochherrschaftliche Art. Sie tätschelte mir die Wange, dann bestand sie darauf, dass ihr Neffe sie ins Esszimmer geleitete, da sie das wichtigste weibliche Mitglied des Haushalts wäre, und er das wichtigste männliche. Er hielt ihr einfach seinen anderen Ellbogen hin, den sie mit einem Lächeln annahm.

„Morgen, Miss Steele, werde ich Sie zum Einkaufen mitnehmen", erklärte sie. „Wenn Sie meine Gesellschafterin sein sollen, brauchen Sie neue Kleider. Die hier sind viel zu langweilig."

KAPITEL 17

*M*eine Taschenuhr wirkte völlig normal. Ich verbrachte den Vormittag damit, sie auseinanderzunehmen und jeden winzigen Mechanismus zu untersuchen. Nichts war fehl am Platz. Es gab kein verstecktes Schlagwerk, keine Hämmer, Gongs oder Staffel-Scheiben. Sie konnte unter keinen Umständen geläutet haben.

Ich setzte sie wieder zusammen, eine wohlvertraute Aufgabe, die ich tun konnte, ohne hinzuschauen. Es war nicht die erste Taschenuhr, an der ich je gearbeitet hatte, aber es war diejenige, die ich am häufigsten geöffnet hatte. Meine Eltern hatten sie mir zu meinem sechzehnten Geburtstag geschenkt. In das Silbergehäuse waren meine Initialen eingraviert, und ein Geburtstagsgruß war in die Seite geätzt. Sie war mein wertvollster Besitz.

Irgendwie hatte sie mir das Leben gerettet.

Es klopfte an meiner Tür, und Willie rief: „Ich bin's. Kann ich mit dir reden, India?"

„Natürlich. Komm rein."

Sie öffnete die Tür gerade weit genug, um sich durchzuquetschen, und lehnte sich daran. Sie biss sich auf die Lippen und schaute überallhin, nur nicht zu mir.

„Gibt es etwas, das ich für dich tun kann, Willie?"

Sie schnaubte leise. „Ich hätte dich nicht wirklich kurz und klein gehackt, weißt du?"

Ich zwickte mich in den Handrücken, um mein Lächeln zu unterdrücken. „Weiß ich. Danke, dass du es mir noch einmal sagst."

„Matt sagt, du bleibst."

„Ich werde die Gesellschafterin seiner Tante." Ich hatte noch keine Zeit gehabt, die neue Vereinbarung mit ihnen zu besprechen, aber ich fühlte mich unermesslich erleichtert, seit die Entscheidung getroffen war. Die Unsicherheit über meine Zukunft hatte mich bedrückt, ohne dass ich es gemerkt hatte.

Sie nahm mich an den Unterarmen. „Du gibst es aber nicht auf, den Uhrmacher zu finden, oder?"

„Matt braucht meine Hilfe nicht mehr. Wir haben jeden Uhrmacher aufgesucht, den ich kenne. Cyclops kann ihn zu –"

„Nein, *du* musst helfen. Du kennst London besser als jeder von uns, und du kennst dich auch mit Taschenuhren aus." Sie bohrte mir die Finger in den Arm. „Du hast gesehen, was seine Uhr tut, India. Es ist lebenswichtig, dass sie repariert wird."

„Sie scheint vollkommen normal zu laufen. Sie ... verjüngt ihn, wenn er sie benutzt."

„Sie wird langsamer." Sie ließ mich los und setzte sich auf die Kante des Toilettentisches, an dem ich gearbeitet hatte. Sie senkte den Kopf, und einige lose Haarsträhnen fielen ihr ins Gesicht. „Sie läuft nicht mehr tagelang so wie früher. Eines Tages wird sie ganz stehenbleiben."

„Und es gibt niemanden, der sie reparieren kann?"

„Niemanden, den wir kennen."

Was für ein Uhrmacher reparierte eine lebensspendende, magische Uhr? Ein Magier, nahm ich an. Der Gedanke war völlig absurd, doch ich konnte ihn nicht abschütteln.

„Ich werde helfen, wann immer Matt es braucht", versicherte ich ihr. „Nun, sag mir, gehst du später mit mir und Miss Glass einkaufen? Wir hätten dich gerne dabei."

„Warum?" Sie zupfte am Stoff ihrer Hose über dem Oberschenkel. „Ich habe einen schrecklichen Modegeschmack."

„Oder verbirgst du deine Weiblichkeit insgeheim als Schutzmechanismus?"

Sie verzog das Gesicht auf völlig undamenhafte Art. „Verdammt unwahrscheinlich. Außerdem kann ich nicht mit zum

Einkaufen. Ich werde Travers wiedertreffen und ihm sagen, dass ich mich entschieden habe, um mein Medaillon zu spielen."

„Nein! Willie, das solltest du nicht tun. Du hast es Matt versprochen."

Sie marschierte zur Tür. „Ich muss."

„Wie? Du sagtest, du hast kein Geld."

„Ich brauche kein Geld."

„Du hast Matt um eine Leihgabe gebeten?"

Sie schüttelte den Kopf. „Er hat zu viel um die Ohren." Sie riss die Tür auf und überraschte ihren Cousin, der gerade die Faust zum Klopfen erhoben hatte.

Er trat mit hochgezogenen Augenbrauen zur Seite, als sie an ihm vorbeistürmte.

„Warum ist sie so mies gelaunt?", fragte er. „Sie war ganz zerknirscht, als ich vorhin mit ihr gesprochen habe."

Ich seufzte. „Sie ist immer noch verdrossen wegen ihres Medaillons." Ich erzählte ihm nicht, dass sie vorhatte, es in einem Spiel zurückzugewinnen. Es ging mich nichts an, und es hätte ihr nicht gefallen, wenn ich es ausplauderte. „Wie fühlst du dich heute Vormittag?"

„Besser."

Er wirkte auch erholter, aber ich rechnete inzwischen mit der Müdigkeit in seinem Blick. „Aber nicht völlig gesund."

Ein Moment verging. Zwei. „Damit rechne ich nicht", sagte er.

Mir tat das Herz weh. Wie schrecklich, sich immer müde zu fühlen, sich ständig Sorgen um die Gesundheit zu machen. Niemand sollte das müssen, erst recht kein junger, athletischer und tüchtiger Mann wie Matt.

„Nicht, India." Das tiefe Grollen seiner Stimme wogte über mich hinweg. „Bemitleide mich nicht."

Das sagte sich so leicht, war aber nicht leicht getan. Ich musterte die Taschenuhr in meiner Hand, fuhr mit dem Daumennagel über das Monogramm. „Erzähl mir von deiner magischen Uhr, Matt. Erzähl mir alles."

Er berührte seine Westentasche. Vielleicht wollte er keinen Moment von ihr getrennt sein, nicht einmal zu Hause. Da ich mitbekommen hatte, was geschah, wenn er zu lange von ihr getrennt war, verstand ich das.

Er schloss die Tür und setzte sich auf die Truhe am Fußende des Bettes. Er stützte die Ellbogen auf die Knie und sah mich an. „Also glaubst du an Magie."

„Ich ... ich weiß es noch nicht. Es scheint kindisch und fantastisch, aber ich habe einige Dinge gesehen. Erzähl mir, was du weißt. Und erzähl mir, warum ich bisher noch niemals von Dingen wie magischen, lebensspendenden Uhren gehört habe."

„Du hast noch nie von ihnen gehört, weil Magie jahrhundertelang unterdrückt wurde. Magier wurden im Mittelalter beinahe ausgerottet, nachdem eine kleine Gruppe mit dem Einsatz ihrer Magie unaussprechliche Verbrechen beging. Die Menschen verfielen in Panik und griffen *alle* Magier an, nicht nur die paar schuldigen. Jene, die entkommen konnten, haben seither aus Furcht ihr Geheimnis gewahrt."

Ich nickte, wagte kaum zu atmen. Konnte eine solche Geschichte stimmen? „Woher weißt du das alles?"

„Einer der Männer, die mir diese Taschenuhr gaben, hat mir das erzählt. Einer von ihnen war der Uhrmacher, der als Chronos bekannt war, der andere ein Chirurg. Sie haben mir das Leben gerettet."

„Chirurg? Ich glaube, du musst von Anfang an erzählen."

Er schenkte mir ein schiefes Lächeln. „Werde ich, Miss Ungeduldig. Vor fünf Jahren wäre ich beinahe an einer Schussverletzung gestorben. Der Schussverletzung, die mir mein Großvater beigebracht hat, wie es der Zufall so will."

„O Matt", murmelte ich.

„Kein Mitleid, India."

Ich presste die Lippen zusammen und nickte.

„Ich war in einer Stadt namens Broken Creek, und vor dem Saloon fand die Schießerei statt. Ein Chirurg aus einem der renommiertesten Krankenhäuser von New York war zufällig auch in dem Städtchen."

„Was tat er so weit weg von zu Hause in einem kleinen, abgeschiedenen Ort?"

„Er war Alkoholiker. Man hatte ihn beurlaubt, damit er trocken werden konnte. Zu seinem Unglück bemühte er sich nicht sonderlich. Zu meinem Glück wurde um zehn Uhr morgens auf mich geschossen, als der Saloon noch nicht geöffnet hatte. Er war ein hervorragender Chirurg, sogar mit zitternden Händen."

„War?"

„Er ist tot. Das weiß ich sicher, weil ich mich auf die Suche nach ihm machte, ehe ich hierher kam. Ich habe wenige Tage vor seinem Tod mit ihm gesprochen. Wenn man bedenkt, wie viel er trank, war ich überrascht, dass er so lange lebte. *Seinen* Namen kannte ich nämlich, und ich hoffte, er würde den wahren Namen von Chronos kennen. Sie haben bei meiner Operation nach dem Schusswechsel zusammengearbeitet. Ich erinnere mich an nichts, aber Duke, Cyclops und Willie sagten, dass es sowohl ein Alptraum als auch ein Traum gewesen war, der sich bewahrheitete. Sie sagten, Dr. Parsons hätte auf einem Tisch im Saloon an mir gearbeitet. Er hatte die Kugel entfernt, aber mein Leben entglitt, und er hatte die Wunde noch nicht zugenäht. Ich war dem Tode geweiht, wenn niemand ein Wunder wirken konnte."

„Oder Magie."

Er nickte. „Meine Freunde erzählten mir, dass sich eine kleine Menschentraube versammelte, um Dr. Parsons an mir arbeiten zu sehen. Ein weiterer Mann trat vor. Ich hatte ihn an einigen Abenden im Saloon mit Parsons reden sehen. Er fragte Parsons, ob er seine Idee ausprobieren wolle, und Parsons erwiderte, dass es für mich keine Überlebenschance gebe, wenn man normale chirurgische Methoden einsetzte. Duke erzählte mir, dass niemand wusste, wovon die Männer sprachen, aber Willie schrie sie an, sie sollten versuchen, was sie wollten, um mich am Leben zu halten. Sie befahlen allen zu gehen, aber Willie versteckte sich unter einem Tisch im Schatten. Ihrem Bericht zufolge durchsuchte mich der Mann, der sich Chronos nannte, und fand meine Taschenuhr." Er berührte wieder seine Tasche. „Willie zeigte sich fast, um ihn des Diebstahls zu bezichtigen, aber als sie sah, was er damit tat, blieb sie verborgen."

„Was tat er?", fragte ich atemlos.

„Chronos hielt meine Taschenuhr in der Hand, mit der Handfläche nach oben, schloss die Augen und flüsterte einige Worte. Die Uhr begann zu glühen, aber keinen der Männer kümmerte das. Willie glaubt, ich hätte an dieser Stelle aufgehört zu atmen, denn Parsons rief: ‚Jetzt! Es muss jetzt sein!' Chronos nahm meine Hand und legte sie auf seine, die Uhr zwischen uns. Während er sang, sah Willie, wie ein violettes Glühen in meine Haut eindrang und sich durch meine Adern ausbreitete."

„Ich habe gesehen, wie sie wirkt", sagte ich.

Er zog eine Augenbraue hoch und knurrte.

„Weiter. Was ist dann passiert?"

„Willie erzählt mir, dass Dr. Parsons wieder an mir arbeitete, meine Wunde vernähte, während Chronos weitersang und dabei die Uhr an meine Handfläche hielt. Als Parsons fertig war, sagte er Chronos, dass es beendet sei, und Chronos legte die Uhr auf die Verletzung. Dr. Parsons übernahm das Singen, und die Uhr leuchtete plötzlich auf. Willie sagte, sie dachte, sie würde brennen, aber das Licht schwand rasch. Auch meine Adern hörten auf zu leuchten. Da fiel ihr auf, dass sich meine Brust in einem tiefen Atemzug hob. Von diesem Augenblick an erinnere ich mich an alles. Es ist so klar, als wäre es gestern geschehen. Ich richtete mich auf. Sie gaben mir einen Schluck Whiskey. Ich war noch blutverschmiert, aber die Wunde war vernäht. Dann reichte mir Dr. Parsons die Taschenuhr. Er und Chronos erklärten, dass sie mich am Leben halten würde. Wann immer ich mich unnatürlich müde fühlte, sollte ich die Uhr in meiner Handfläche halten, und sie würde ihre Magie an mir wirken und mich zurück ins Leben holen. Ich hielt sie für völlig verrückt und sagte ihnen das auch. Sie sahen einander an, seufzten und sagten mir, ich solle zur Hölle fahren. Es war ihnen egal, was aus mir wurde. Aber in ihren Augen stand etwas. Ein Hochgefühl, denke ich, als hätten sie einen Sieg errungen. Sie klopften einander auf den Rücken und lobten einander. Sie begannen die Zukunft ihrer Entdeckung zu besprechen, und was es für die Welt bedeutete, aber sie waren sich nicht einig, ob man es der Öffentlichkeit mitteilen sollte. Ich hatte keine Ahnung, worüber sie redeten, aber es schien mich nicht zu betreffen. Es war, als wäre ich unwichtig."

„Du warst einfach zufällig der nächstbeste Sterbende", sagte ich. „Sie wollten mit Magie experimentieren, und du warst zur richtigen Zeit dort." Es überraschte mich, dass ich seine

Geschichte und die Vorstellung von Magie so mühelos angenommen hatte. Aber ich vertraute ihm, und ich vertraute darauf,
dass er nichts ohne handfeste Beweise glauben würde. „Was ist
danach passiert? Hast du die Männer in Broken Creek wieder
getroffen?"

Er schüttelte den Kopf. „Ich stand auf und ging. Etwas später
fand mich Willie. Sie litt an Schock. Sie erzählt mir, was sie im
Saloon miterlebt hatte. Keiner von uns glaubte ihr anfangs, aber
eine Woche später, als ich mich völlig grundlos erschöpft fühlte,
schlug sie vor, ich solle meine Taschenuhr in der Handfläche
halten und sehen, was passierte. Ich hielt sie für wahnsinnig und
weigerte mich. Ich wurde rasch krank, schwach, stand an der
Schwelle zum Tod. Die Ärzte wussten nicht, was mit mir nicht
stimmte. Willie legte mir eines Tages einfach die Uhr in die
Hand, während ich im Bett lag, und ich fühlte meine normale
Gesundheit sofort wiederhergestellt. Nicht, wie du mich jetzt
siehst, sondern völlig gebessert."

„Die glühenden Adern haben dich nicht bekümmert?"

„Sie haben mich in Panik versetzt. Aber ich konnte sofort die
Vorteile für meine Gesundheit spüren. Ich ließ die Taschenuhr
nicht los, bis ich mich wieder ganz hergestellt fühlte. Wir vier
besprachen, was das bedeuten könnte, wie es dazu gekommen
war. Cyclops hatte Geschichten über Magie gehört, aber nur
hinter vorgehaltener Hand. Wir fragten seine Großmutter, doch
sie weigerte sich, darüber zu reden. Sie sagte, Magie sei gefährlich und würde aus guten Gründen vor der Welt geheim gehalten. Sie sagte uns, dass Menschen magisch geboren wurden, von
magischen Eltern, aber dass es eine Fertigkeit war, die man üben
musste, damit sie wirksam funktionierte. Aus Willies Bericht
über die Operation ergab sich eindeutig, dass Parsons und
Chronos irgendwie zusammengearbeitet hatten und beide
Magier waren. Fünf Jahre lang nutzte ich die Taschenuhr, wann
immer ich mich unnatürlich müde fühlte, und sie funktionierte
perfekt. Aber vor vier Monaten ließ ihre Kraft nach, und ich
brauchte sie öfter. Ich wusste, dass ich Parsons und Chronos
aufsuchen musste."

„Ehe sie ganz aufhört zu laufen", sagte ich mit einem
Seufzen.

Er nickte leicht.

Meine Kehle schnürte sich zu. Ich versuchte, kein Mitleid zu zeigen, aber ich glaubte nicht, dass ich sonderlich gut darin war, meine Gedanken für mich zu behalten.

Er musterte seine Hände. „Ich wusste nichts über Chronos, aber ich wusste, wo Parsons arbeitete, darum reisten wir nach New York. Er lag auf dem Sterbebett und hatte nur noch wenige Tage zu leben."

„Was sagte er?"

„Dass er es bedauere, an mir experimentiert zu haben."

„Warum?"

„Weil es sich anfühlte wie Gott spielen. Es war Chronos' Idee gewesen, mich ins Leben zurückzuholen, und Parsons fühlte sich, als sei er dazu gedrängt worden. Er hatte Chronos seit jenem Tag nicht mehr getroffen."

„Hatte er zuvor viel Magie angewendet?"

„Nur selten. Er glaubt, er hat es in Broken Creek wohl eines Tages im betrunkenen Zustand vor Chronos erwähnt, und Chronos, der auch Magier war, begann, wilde Theorien auf den Tisch zu bringen, um ihre Magie zu kombinieren. Parsons erklärte, dass es verschiedene Magiestile gibt, basierend auf den Fertigkeiten oder dem Beruf der jeweiligen Person. Als Arzt half seine Magie ihm, Menschen zu heilen, aber er konnte ihnen nicht das Leben zurückgeben, sondern es nur eine Weile verlängern. Er behauptete, sie wäre aus diesem Grund fast nutzlos. Ein Ingenieur kann Stahl von überragender Stärke fertigen, aber dieser hält ebenfalls nur kurze Zeit. Ein Schreiner kann Holz aufwerten, so dass es nicht brennt, aber es hält nicht länger als ein paar Stunden."

„Aber Chronos hat einen Weg gefunden, seine Magie mit anderer zu verbinden, um ihre Wirkung zu verlängern", sagte ich. „Mein Gott." Es war genial und aufregend. Doch so seltsam. Ein Teil von mir konnte nicht glauben, dass ich über Magie sprach, ohne zu kichern. Vielleicht würde ich morgen aus diesem Traum erwachen und darüber lachen.

Aber Matts grimmiges Nicken war sehr echt. „Chronos hatte seine Magie noch nie zuvor mit der eines Arztes kombiniert. Tatsächlich hatte er bis zu jenem Tag in Broken Creek nur mit

Schreinern und ähnlichem gearbeitet. Chronos wusste, dass er die Magie anderer Magier verlängern konnte, aber das Leben eines Sterbenden zu verlängern hatte seines Wissens noch nie jemand versucht."

„Es ist ziemlich bemerkenswert. Also hat auch Parsons seine Magie in die Taschenuhr gegeben?"

„Die Magie beider Magier existiert in der Uhr und in mir. Die beiden Entitäten können nicht lange getrennt bleiben, oder die Magie lässt nach, und die Uhr kann nicht an einem anderen Menschen wirken, nur an mir. Sie ist genauso ein Teil von mir wie Herz oder Lunge."

„Darum glüht sie nicht, wenn jemand anders sie hält", sagte ich, eher zu mir selbst als zu ihm. „Hat Parsons dir erzählt, was zwischen ihm und Chronos vorfiel, nachdem sie dich geheilt hatten?"

„Nachdem die Euphorie über ihren Erfolg verflogen war, sagte Parsons Chronos, dass er Bedenken habe. Er sagte, er würde niemals wieder mit Chronos zusammenarbeiten, um ein Leben zu retten. Chronos bekam einen Wutanfall. Er sagte, sie stünden am Rande von etwas monumental Bedeutsamem für die Menschheit. Aber Parsons fürchtete, was geschehen könne, falls die Magie in die falschen Hände fiel. Chronos war wütend. Er hatte noch nie zuvor einen wirklich magischen Arzt getroffen, und er hatte Angst, dass er in seinem Leben keinen zweiten mehr finden würde. Offenbar sind das die seltensten Magier."

„Ich frage mich, ob er je einem anderen begegnet ist."

Matt zuckte mit den Schultern. „Parsons konnte mir nicht helfen, die Uhr zu reparieren. Da das Problem in der Uhrmacher-Magie liegt, nicht in der medizinischen Magie, braucht man einen Uhrmacher-Magier, um die Uhr zu warten. Kein normaler Uhrmacher kann das."

„Was ist mit einem anderen magischen Uhrmacher?", fragte ich und schloss die Finger um meine Uhr. „Einer, der nicht Chronos ist, aber ein Magier?"

„Parsons schien zu glauben, dass nur der ursprüngliche Magier sie reparieren könne."

Ich schaute auf meine Faust hinab. Das Gehäuse meiner Uhr fühlte sich nun kühl an, nicht warm wie am Abend zuvor, als

McTierney mich angegriffen hatte. Ich schluckte schwer. Mein Verstand war ein Wirrwarr aus Fragen und Theorien, die alle um Aufmerksamkeit buhlten. Ich schaffte es, sie zu sortieren. Es gab nur einen drängenden Punkt. Was, wenn Parsons falsch lag?

„Matt", flüsterte ich und schaute zu ihm auf.

Er ging vor mir in die Hocke. Sein Blick musterte meinen, besorgt, aber auch neugierig. „Was ist, India?"

„Letzten Abend ... meine Taschenuhr hat sich um McTierneys Handgelenk gelegt und ihn in einen Schockzustand versetzt. Sie hat ihn beinahe umgebracht."

Ich öffnete die Faust, und er nahm sich die Uhr von meinem Handgelenk. Er musterte sie und öffnete das Gehäuse. „Hat dein Vater sie gemacht?"

Ich nickte.

„Glaubst du, er könnte ein Magier gewesen sein?"

„Ich weiß es nicht. Aber diese Uhr hat geläutet und sich aus eigenem Antrieb bewegt. Ich glaube, auch die Uhr in der Spielhölle hat mich gerettet." Ich erzählte ihm, wie sie unerwartet abgetaucht war, als ich sie geworfen hatte, um Lord Dennison auszuschalten.

„Da fällt mir ein", sagte er düster. „Ich sollte ihm einen Besuch abstatten."

„Du machst nichts dergleichen. Der Vorfall ist Vergangenheit. Auf jeden Fall, was ich dir sagen will: Ich hatte diese Uhr in der Hand. Ich habe mit ihren Mechanismen herumgespielt, um etwas zu tun zu haben, während Willie pokerte. Genauso wie ich diese Uhr auseinandergenommen und zusammengesetzt habe, dutzende Male."

Er machte große Augen. „Du glaubst, *du* bist eine Magierin? Ich gebe zu, dass ich mich das gefragt habe. Meine Uhr fühlt sich wärmer an, wenn du in der Nähe bist, als würde sie auf deine Gegenwart reagieren."

Ich hob eine Schulter. „Ich weiß nicht, was ich denken soll. Das ganze Konzept der Magie ist mir so neu, und es ist so völlig merkwürdig. Ich weiß nichts darüber."

Er legte die Uhr zurück in meine Handfläche und schloss seine Hand um meine. „Ich weiß ebenfalls so wenig."

„Matt ... falls ich das bin ... könnte ich dir vielleicht helfen."

Ich legte die Hand auf seine Westentasche. Seine Uhr erwärmte sich unter meiner Berührung. Wir spürten es beide.

Er schluckte schwer und nickte. Dann zog er die Uhr heraus. „Nimm sie auseinander. Mach, was immer du mit deiner Taschenuhr und der Kaminuhr getan hast, und wir werden sehen, ob es etwas ändert."

Ich erzählte ihm nicht, dass ich das bereits getan hatte, ehe ich sie auf die Polizeiwache in der Vine Street gebracht hatte. Vielleicht würde mir meine Magie zeigen, was zu tun war, nun, da ich etwas mehr wusste. Ich machte mich sofort an die Arbeit. Er blieb nicht da. Ich nahm die Teile heraus und legte sie aus. Ich säuberte sie, prüfte sie und steckte sie zurück an ihren Platz. Es war leicht; der Mechanismus war nicht kompliziert. Aber ich spürte kein merkwürdiges Ziehen, keine Magie am Werk.

Matt kehrte mit Tee und Sandwiches auf einem Tablett zurück. „Tante fragt, wann du bereit zum Einkaufen sein wirst", sagte er und stellte es neben mir ab. „Bist du fertig?"

Ich klappte das Uhrengehäuse zu und hielt sie ihm an der Kette hin. Er nahm sie und schloss die Faust darum. Sie glühte sofort, und die Magie floss in ihn hinein, leuchtete in seinen Adern. Ich sah zu, wie sie zu seiner Kehle, über sein Gesicht und zu seinem Haaransatz fortschritt. Er atmete ein, atmete noch einmal, dann steckte er sie zurück in seine Tasche. Seine Gesichtsfarbe wurde wieder normal.

„Und?", drängte ich, konnte nicht mehr sitzen. „Wie fühlst du dich?"

„Als könnte ich dich küssen."

Mir stockte der Atem. „Also arbeitet sie jetzt effizienter?"

„Ich weiß es nicht. Ich werde es erst in ein paar Stunden wissen, aber ich möchte dich trotzdem küssen." Er lächelte. Er wirkte glücklicher, als ich ihn je zuvor gesehen hatte. „Ich habe dich schockiert."

„Ja", sagte ich und wandte mich ab, so dass er mein errötetes Gesicht nicht sehen konnte. „Sag mir später, wie du dich fühlst."

* * *

Matts Uhr war nicht repariert. Er musste sie immer noch alle paar Stunden benutzen, nicht jede Woche, wie es früher gewesen war. Das sagte er mir nach dem Abendessen unter vier Augen in der Bibliothek.

„Ich habe sie wieder benutzt", sagte er.

Ich fasste mein Kognakglas mit beiden Händen und starrte in die Flüssigkeit. Meine Sicht trübte sich. Ich kippte den ganzen Inhalt hinunter. „Es tut mir leid, Matt."

Er nahm mir das Glas aus der Hand. „Es ist nicht deine Schuld."

„Ich weiß", sagte ich bedrückt. Doch ich fühlte mich, als hätte ich ihn im Stich gelassen. „Glaubst du, meine Magie unterscheidet sich von der von Chronos?"

„Ich habe darüber nachgedacht, aber ich weiß es ehrlich nicht. Ich frage mich, ob deine Magie vielleicht einfach roh ist. Vielleicht könntest du mit einer Ausbildung die Lebensdauer meiner Uhr verlängern."

Aber es gab niemanden, der mich ausbilden konnte. Und da Magie ein so großes Geheimnis war, war es auch unwahrscheinlich, dass wir in Zeitungsannoncen auf einen Magier stießen. Noch schlimmer, es war auch unwahrscheinlich, dass wir Chronos selbst fanden.

„Wenn wir die Entwicklung mit der Gilde besprechen würden –"

„Nein." Er knallte das Glas auf den Tisch. „Nein, India, du solltest vor ihnen keine Magie erwähnen. Du hast ihre Gesichter gesehen. Sie können dich bereits nicht ausstehen. Das wird es schlimmer für dich machen. Außerdem, nach allem, was Dr. Parsons mir erzählt hat, haben die Behörden am meisten Angst vor Magiern. Wir haben in Amerika keine Gilden, aber es gibt Gremien und andere Gruppen, die Handwerk und Handel beaufsichtigen. Er hat behauptet, Magier wären nicht willkommen. Sie wären vielmehr verhasst. Du musst deine Magie geheim halten, India. Verstanden?"

Ich nickte. „Da Abercrombie und die anderen Mitglieder Angst vor mir hatten, haben sie wohl geargwöhnt, dass ich Magie besitze", sagte ich. „Aber wie? Haben sie es gespürt, meinst du?"

„Vielleicht. Oder sie wussten, dass dein Vater magisch war, obwohl er es nicht eingesetzt hat? Vielleicht haben sie das bei seinem Tod erfahren, da du gesagt hast, erst zu diesem Zeitpunkt hätten sie Angst vor dir bekommen."

„Ein wenig früher, als er versuchte, sie dazu zu bringen, mich zur Gilde zuzulassen", sagte ich geistesabwesend. „Aber Vater war kein Magier. Das hätte ich gewusst oder gemutmaßt. Er war niemals etwas anderes als normal."

Er füllte mein Glas aus der Karaffe auf der Anrichte auf und reichte es mir. „Ich bin sicher, es gibt eine logische Erklärung."

Ich seufzte. „Ich schätze, es muss eine geben." Ich trank schweigend, spürte seinen intensiven Blick auf mir, wagte es aber nicht, ihm zu begegnen. Meine Wangen waren bereits warm genug. „Erzähl mir, was du zu Abercrombie gesagt hast, damit er aufhörte, mich des Diebstahls zu bezichtigen. Er behauptete, du hättest ihn bedroht."

„Das war kaum eine Drohung. Ich habe nur erklärt, dass ich auf zwei Kontinenten für die Polizei arbeite und ein persönlicher Freund von Commissioner Munro bin. Als solcher würde Munro viel eher meinem Bericht der Ereignisse glauben als seinem."

„Das ist es? Es gab keine Drohungen gegen Leib und Leben?"

„Ich habe womöglich eine Sprache und einen Tonfall benutzt, der manche Menschen leicht einzuschüchtern scheint."

„Ah, ja, *diesen* Tonfall. Den habe ich schon gehört". Ich lächelte. „Danke, Matt. Das weiß ich zu schätzen."

Er winkte ab. „Es ist nichts."

Es fühlte sich nicht an wie nichts, aber ich ließ die Sache auf sich beruhen. „Wissen die anderen, dass ich versucht habe, deine Taschenuhr zu reparieren?"

Er nickte. „Sie haben mich gedrängt, dich darum zu bitten." Er wühlte in seiner Innentasche und holte einen Umschlag hervor. „Es gibt einen anderen Grund, warum ich dich hierherbestellt habe."

„Oh?"

„Das kam für dich, während du ausgegangen warst. Ich wollte es dir unter vier Augen geben."

Es war ein Telegramm aus dem fernen Amerika. „Da steht, dass Dorchester tatsächlich Patrick McTierney ist." Ich las weiter und keuchte. „Die Belohnung wird mir an diese Adresse in Goldbarren zugestellt!" Ich biss mir auf die Lippen, konnte mein Lächeln aber nicht unterdrücken. Ich las das Telegramm erneut und schaute dann zu Matt auf. Er lächelte. „Ich bekomme die Belohnung?"

„Natürlich."

„Aber ... er war deinetwegen hier."

„Du hast ihn gestellt."

„Es ist dein Beruf, und du musst all diese Menschen unterstützen."

„India, ich bin ein vermögender Mann. Darum hat sich mein Vater gekümmert. Er hat hart gearbeitet, nachdem er seiner Familie hier entkommen war, und hat ein Imperium aus Liegenschaften aufgebaut, das die ganze Welt umspannt. Ich brauche die Belohnung nicht." Seine Augen funkelten, während er sich neben mich an den Tisch lehnte. „Was wirst du also damit anstellen?"

„Ich weiß nicht. Wie viel sind zweitausend Dollar in englischem Geld?"

„Etwa vierhundert Pfund."

„Vierhundert!" Ich stürzte den Rest meines Kognaks in einem Schluck hinunter.

Matt nahm mir das Glas ab. „Ruhig jetzt, India, oder ich werde dich in dein Zimmer tragen müssen."

Ich hörte ihn kaum. Vierhundert Pfund war mehr, als mein Vater in einem Jahr verdient hatte. War es genug, um mir einen eigenen Laden und Ausrüstung zu kaufen? War es genug, um Eddie auszuzahlen?

Vielleicht, aber ich konnte trotzdem keine Geschäftsfrau werden. Die Gilde würde mir niemals die Lizenz gewähren. Ich konnte mir ein kleines Haus kaufen und ein freies Zimmer vermieten. Die Möglichkeiten waren endlos und ziemlich aufregend. Noch besser, ich musste noch keine Entscheidung treffen. Vorerst würde ich als Miss Glass' Gesellschafterin bleiben und in der Park Street wohnen.

„Matt, kennst du irgendwelche Geschäftsleute hier in London, die mir helfen können, das Gold vorerst anzulegen?"

„Der Anwalt meines Vaters wird jemanden kennen."

„Nichts Riskantes. Ich will es nicht verlieren."

„Dann vielleicht erst mal in den Banktresor, bis zu dem Zeitpunkt, an dem du es brauchst." Er hob das Glas zum Salut. „Gratuliere, India, du bist jetzt eine Frau mit eigenem Vermögen. Du verdienst es."

Bei seinem schiefen Lächeln breitete sich Wärme in mir aus. Der Kognak zeigte wohl seine Wirkung.

„Matt!", rief Duke vor der Tür. „Matt, bist du da drin?" Er stieß die Tür auf und knurrte: „Gut. Geh und halte deine dämliche Cousine davon ab, ihr Leben zu ruinieren."

Matt warf mir einen Blick zu und seufzte. Er stellte sein Glas ab und schob sich vom Tisch weg. „Was treibt sie denn nun?"

„Sie trifft sich mit Lord Travers und versucht, ihr Medaillon zurückzugewinnen."

„Wie?", fragte Matt. „Sie hat nichts mehr übrig, um damit zu spielen."

„Sie trägt ein Kleid."

Und dann kam es mir. Sie würde *sich selbst* Lord Travers als Bezahlung anbieten.

Ich raffte meine Röcke und rannte Duke und Matt hinterher. Ich fand sie, wie sie Willie in deren Zimmer zur Rede stellten. Sie hatte etwas Farbe auf ihre Wangen und Lippen aufgetragen, und das Haar floss ihr um die Schultern. Sie war wunderschön.

„Du siehst aus wie eine Hure!", fauchte Duke.

„Darum geht es ja", fuhr sie ihn an. Sie beäugte Matt, der mit angespannten Schultern dastand, sein ganzer Körper weitete sich bei seinen tiefen Atemzügen. Ich vermutete, das tiefe Atmen war ein Versuch, sich zu beherrschen, aber es funktionierte nicht sonderlich gut. Ich war froh, dass sich das harte Funkeln in seinen Augen nicht auf mich richtete.

Ich trat zwischen sie. „Ich leihe dir das Geld", erklärte ich Willie. „Ich bekomme bald etwas ausgezahlt. Vielleicht wird Lord Travers vorerst einen Schuldbrief annehmen."

Willie blinzelte mich an, aber das verhinderte nicht, dass ihr Tränen in die Augen traten. „Das würdest du für mich tun?"

„Natürlich."

„Ich kann nicht annehmen. Das ist mein Dilemma, und ich

werde mich selbst herausholen. Danke, aber ich will dein Geld nicht. Oder deines, Matt."

„Ich biete dir keins an", fauchte er. „Ich werde das Medaillon für dich zurückgewinnen. Hol deinen Mantel." Er drehte sich um und marschierte aus dem Zimmer.

„Ist er ein guter Pokerspieler?", fragte ich, als er außer Hörweite war.

„Er ist der beste überhaupt", sagte Willie leise.

„War", sagte Duke. „Er hat seit dem Schusswechsel mit seinem Großvater nicht mehr gespielt. Er gab danach all sein Spielen und Trinken auf."

„Sowas vergisst man nicht", erklärte Willie.

„Das wollen wir mal hoffen. Komm jetzt, gehen wir."

„Ich hole meinen Mantel", sagte ich und eilte in mein Zimmer.

* * *

MR. UNGER STIMMTE einem Privatspiel zwischen Lord Travers und Matt zu. Die Stille, die sich bei unserem Eintreten herabgesenkt hatte, hob sich, als aufgeregte Stimmen begierig Wetten darauf abschlossen, wer gewinnen würde. Alle Spiele wurden ausgesetzt, damit jeder zusehen konnte. Unger arrangierte die Möbel um, und Travers und Matt nahmen Platz.

Lord Dennison quetschte sich zwischen mich und Duke. Die Narbe auf seiner Stirn von der Verletzung, die ihm die Uhr zugefügt hatte, wirkte rot und frisch.

„Was für eine angenehme Überraschung", murmelte er mir gedehnt ins Ohr. „Wenn dein Freund verliert, gibt es dich dann diesmal als Einsatz? Ich wäre versucht, zu spielen –"

Er wurde plötzlich weggerissen. Matt hielt ihn am Kragen, zog diesen fest zu und an Dennison Kehle hoch. Dennisons Abwehrversuche brachten ihm lediglich ein rotes Gesicht und das Gelächter der anderen ein. „Ist das der Kerl?", knurrte Matt mich an.

Ich hob das Kinn. „Wenn dem so ist, was wirst du mit ihm anstellen?"

Mat schaute zu Dennison und dann zu mir, anschließend auf den Tisch. „Ihn bis auf den letzten Penny ausnehmen."

„In diesem Fall: ja."

Begeistertes Geflüster wogte durch die Menge. Die Leute spürten, dass ein gefährlich aufregendes Spiel bevorstand. Matt schob Dennison auf einen Stuhl. „Wenn Sie nicht spielen, bringe ich Sie hinten raus und verprügle Sie."

„Das ist empörend!", stotterte Dennison. „Wissen Sie, wer ich bin?"

„Klären Sie mich auf."

Dennison zupfte an seinem Kragen und reckte den Hals. „Ich bin Lord Dennison! Der Sohn des Earl of Morecombe."

Travers schnaubte. „Er ist unwichtig. Kommen Sie jetzt, spielen wir." Er zündete sich eine Zigarre an und lehnte sich auf seinem Stuhl zurück.

„Stehen Sie auf", befahl Matt.

„Bitte?" Travers biss auf seine Zigarre und regte sich nicht.

„Stehen Sie auf, damit ich sehen kann, dass Sie nichts verstecken."

„Prüf seine Taschen", sagte Willie.

„Teufel aber auch!", murmelte Travers, aber er schob seinen Stuhl zurück und stemmte sich hoch. „Von einem *Engländer* bin ich noch nie so behandelt worden."

Duke prüfte Travers' Taschen und den Stuhl und erklärte, er hätte nichts Widriges gefunden.

Travers schnaubte beim Hinsetzen. „Ich mogle nicht."

Ich stieß Willie an, als sie den Mund öffnete, um zu widersprechen. Sie schloss ihn grummelnd wieder.

„Geben", sagte Matt zum Dealer. „Was haben Sie einzusetzen?", fragte er Dennison.

„Nichts", sagte Dennison. „Habe alles beim Hasard verloren."

„Sind Sie in einem Gefährt hier?"

„Natürlich."

„Dann nehme ich das."

Lord Dennison verlor sein Gefährt beim ersten Blatt. Er schlich sich vom Tisch weg, den Kopf gesenkt, und murmelte, dass sein Vater ihn zurechtweisen würde, wenn er erfuhr, was er verloren hatte.

„Bleiben Sie, wo ich Sie sehe", befahl Matt Dennison und deutete auf eine Stelle, die ein gutes Stück von mir entfernt war.

Travers war etwas schwerer zu schlagen, aber Matt schaffte es mit lediglich einem Paar Achter, nachdem nur zehn Blätter gespielt worden waren. Travers hätte mit seinem Paar Buben gewinnen können, wäre er nicht zu früh ausgestiegen. Er reichte das Medaillon herüber.

Willie schnappte es sich und legte es sich um den Hals. Matt stand auf und nickte dem Dealer und Unger zu.

„Moment!", rief Travers, als ihm klar wurde, dass Matt aufbrach. „Noch ein Spiel. Geben Sie mir die Gelegenheit, von Ihnen zu lernen. Ihr Talent ist erhaben. Ich konnte Sie nicht einschätzen, kein bisschen." Er packte Matt am Arm, als dieser wegging, griff aber daneben und fiel fast vom Stuhl. „Kommen Sie schon, Sir, wir können das so interessant machen, wie Sie nur möchten. Ich bin ein verdammt reicher Mann. Fragen Sie jeden hier."

Matt schaute ihn mit völliger Verachtung an. „Ihnen einen guten Abend." Zu Dennison sagte er: „Kommen Sie und zeigen Sie mir Ihre Kutsche, und sagen Sie Ihrem Fahrer, dass er nicht mehr benötigt wird."

Dennison folgte uns die Stufen hinab, an den Türstehern vorbei, den Kopf und die Schultern gesenkt. Draußen fuhr eine Kutsche vor, als einer der Fahrer seinen Herrn erkannte. Dennison teilte ihm die schlechten Nachrichten mit. Der Fahrer wirkte bestürzt.

„Aber ich habe eine Familie! Wie soll ich sie ernähren?"

„Arbeiten Sie für mich", sagte Matt. „Ich wohne in der Park Street 16. Duke, fahr mit ihm."

„Ich fahre auch mit", sagte Willie rasch, während sie Matt beäugte. Sie ging wohl davon aus, dass sie eine Weile das Ziel seiner schlechten Laune sein würde, und wollte es so lang wie möglich abwenden.

„Darf ich bescheiden um eine Fahrt zurück nach Hause bitten?", fragte Dennison.

„Gehen Sie zu Fuß", knurrte Matt.

Er hielt mir die Tür seiner eigenen Kutsche auf und half mir beim Einsteigen. Er folgte mir und schloss die Tür. Cyclops fuhr los, die andere Kutsche hinter uns.

„Du spielst gut", versuchte ich es nach zwei Minuten angespannter Stille.

Er knurrte.

„Du hast gewonnen, Matt. Also, warum bist du so wütend?"

Er hatte aus dem Fenster geschaut, aber nun wandte er sich an mich. Ein Teil der Eiseskälte war bereits aus seinem Blick gewichen, aber er war immer noch unterkühlt. „Ich bin nicht wütend."

Ich stieß ein Lachen hervor.

Er rieb sich die Augen, und ich fühlte mich schlecht, weil ich mich über ihn lustig gemacht hatte. Der Arme war erschöpft. „Ich hatte in meiner Jugend viele Laster", sagte er. „Spielen war es eines davon, außerdem Trinken bis zum Exzess, häufig beides gleichzeitig."

„Du musst es nicht erklären", sagte ich.

„Ich will es. Du sollst wissen, dass ich aufgehört habe, weil ich den Menschen, zu dem ich wurde, wenn ich so spielte und trank, nicht leiden konnte. Ich gab es auf, nachdem ich angeschossen wurde. Man bekommt eine andere Perspektive, wenn das eigene Leben am seidenen Faden hängt."

Niemand von uns sagte etwas. Das Zischen der Kutschlampen, das Klappern der Hufe und das Rumpeln der Räder waren die einzigen Geräusche. Die Nachtluft war nicht kalt, aber sie war drückend, schwer. Mein Korsett fühlte sich zu eng an. „Es tut mir leid", sagte ich schließlich.

„Was denn? Nichts davon ist deine Schuld."

„Dass ich dich falsch eingeschätzt habe. Ich sehe jetzt, dass es keine Wut ist, sondern Anspannung. Du wolltest rasch dort weg."

„Ich wollte nicht einmal dorthin", sagte er leise. „Manchmal ..." Er nahm den Hut ab und fuhr sich mit der Hand durchs Haar. „Manchmal finde ich es verlockend."

„Doch du schaffst es inzwischen, einen oder zwei Drinks zu nehmen, ohne in Exzess zu verfallen. Warum nicht hier und da etwas Pokern?"

Er zuckte mit den Schultern. „Ich wollte nicht riskieren, in meine alte Art zu verfallen. Ich habe jahrelang nicht gespielt."

„Wir könnten zu Hause spielen. Das könnte auch Willie zufriedenstellen und sie davon abhalten, sich Gegner zu suchen. Wir müssen nicht um Geld spielen, sondern um etwas anderes. Zündhölzer oder Spielsteine."

Einer seiner Mundwinkel ging hoch, und er wurde wieder ganz verschmitzt. Seine Anspannung schwand völlig. „Du willst Pokerspielen lernen, India?"

„Wenn du es mir beibringst, ja."

Sein Lächeln wurde richtiggehend schelmisch. „Du setzt besser nichts ein, was du dir nicht leisten kannst zu verlieren."

Ich erwiderte das Lächeln, obwohl mein Herz wild flatterte. „Du aber auch nicht."

Sein Blick verdunkelte sich. „Zum ersten Mal im Leben möchte ich, glaube ich, verlieren."

ENDE

Um Matts und Indias Geschichte weiterzulesen, suchen Sie nach:
DER LEHRLING DES KARTOGRAPHEN
Teil 2 der Reihe Glass & Steele von C. J. Archer

HOLEN SIE SICH EINE KOSTENLOSE KURZGESCHICHTE.

Ich habe eine Kurzgeschichte zur Reihe *Glass & Steele* geschrieben, die vor DIE TOCHTER DES UHRMACHERS SPIELT. Sie heißt DAS SPIEL DES VERRÄTERS und folgt Matt und seinen Freunden ins Wildwest-Städtchen Broken Creek. Sie enthält Spoiler für DIE TOCHTER DES UHRMACHERS, das sollte man also vorher gelesen haben. Das Allerbeste ist aber, dass die Geschichte KOSTENLOS ist, exklusiv für Abonnenten meines Newsletters. Tragen Sie sich jetzt auf meiner Webseite ein, falls Sie das nicht bereits getan haben: WWW.CJARCHER.COM

Wenn Sie bereits Abonnent sind, finden Sie die Anleitung in meinem Newsletter.

EINE NACHRICHT DER AUTORIN

Ich hoffe, Ihnen hat DIE TOCHTER DES UHRMACHERS
genauso viel Spaß gemacht wie mir beim Schreiben. Als Indie-
Autorin ist es für den Erfolg des Buches entscheidend, es
bekannt zu machen. Wenn Ihnen dieses Buch gefallen hat, sagen
Sie es doch bitte weiter und schreiben Sie eine Rezension in dem
Shop, in dem Sie es gekauft haben.

ÜBER DIE AUTORIN

C.J. Archer begeistert sich für Geschichte und Bücher, seit sie denken kann, und wähnt sich glücklich, dass sie beides vereinen konnte. Sie verbrachte ihre frühe Kindheit in der dramatischen Schönheit des Outbacks von Queensland, Australien, lebt inzwischen aber mit ihrem Mann, zwei Kindern und einer frechen schwarzweißen Katze namens Coco in Melbourne.

Abonnieren Sie C.J.s Newsletter auf ihrer Webseite, um informiert zu werden, wenn sie ein neues Buch herausbringt: http://cjarcher.com/deutsch/

f   facebook.com/CJArcherAuthorPage
🐦   twitter.com/cj_archer
📷   instagram.com/authorcjarcher

www.ingramcontent.com/pod-product-compliance
Lightning Source LLC
Chambersburg PA
CBHW050146120726
47903CB00002B/508